CW01660542

S.J

S.J. Watson est né en 1971 et vit à Londres. Son premier roman, *Avant d'aller dormir* (Sonatine, 2012), connaît un succès international : récompensé par divers prix à travers le monde, dont le prix SNCF du polar 2012, cet ouvrage a été traduit dans une quarantaine de pays. Il a été adapté au cinéma par Rowan Joffe en 2014, avec Nicole Kidman et Colin Firth dans les rôles principaux. *Une autre vie* a paru en 2015 chez le même éditeur.

Retrouvez toute l'actualité de l'auteur sur :
www.sjwatson-books.com

UNE AUTRE VIE

DU MÊME AUTEUR
CHEZ POCKET

AVANT D'ALLER DORMIR
UNE AUTRE VIE

S. J. WATSON

UNE AUTRE VIE

Traduit de l'anglais
par Sophie Aslanides

SONATINE ÉDITIONS

Titre original :
SECOND LIFE

MIXTE
Papier issu de sources responsables
FSC® C003309

Pocket, une marque d'Univers Poche,
est un éditeur qui s'engage pour la préservation
de son environnement et qui utilise du papier fabriqué
à partir de bois provenant de forêts gérées
de manière responsable.

ISBN : 978-2-266-21673-9

Pour Alistair Peacock,
et pour Jenny Hill

Si la répression a bien été,
depuis l'âge classique, le mode fondamental
de liaison entre pouvoir, savoir et sexualité, on ne
peut s'en affranchir qu'à un prix considérable.

MICHEL FOUCAULT

God guard me from those thoughts men think
In the mind alone

W. B. YEATS

PREMIÈRE PARTIE

1

Je monte les escaliers mais la porte est fermée. Je reste devant, j'hésite. Maintenant que je suis là, je ne veux pas entrer. J'ai envie de faire demi-tour, de retourner à la maison. Je réessaierai plus tard.

Mais c'est ma dernière chance. L'exposition est en place depuis des semaines et elle se termine demain. C'est maintenant ou jamais.

Je ferme les yeux et j'inspire aussi profondément que possible. Je me concentre sur l'air qui doit remplir mes poumons, je redresse les épaules, je sens la tension dans tout mon corps, elle disparaît lorsque j'expire. Je me dis qu'il n'y aucune raison de s'affoler : je viens régulièrement ici pour retrouver des amis et déjeuner, voir les dernières expositions, assister à des conférences. Cette visite n'est en rien différente. Rien ici qui puisse me faire du mal. Ce n'est pas un piège.

Finalement, je me sens prête. Je pousse la porte et j'entre.

L'endroit est exactement le même que d'habitude – des murs blanc cassé, un plancher en bois ciré, au plafond, des spots installés sur des rails – et, bien qu'il soit tôt, il y a déjà quelques personnes qui déambulent. Je les observe un moment ; elles s'arrêtent devant des photos, certaines reculent de quelques pas pour pouvoir mieux les regarder, d'autres hochent la tête en écoutant le commentaire qu'un compagnon leur murmure à l'oreille, ou étudient la feuille imprimée qu'ils ont prise à l'entrée. Il règne une atmosphère de respect silencieux, de calme contemplation. Ils les aimeront, ou pas, puis ils retourneront dehors, reprendront le cours de leur vie et, vraisemblablement, les oublieront.

Au début, je m'autorise seulement un coup d'œil vers les murs. Il y a environ une douzaine de grandes photos accrochées à intervalles réguliers, plus quelques-unes, plus petites, entre deux grandes. Même si aujourd'hui, je suis venue pour une seule photo, je me dis que je pourrais flâner un peu, faire semblant de m'intéresser aux œuvres… Mais je n'en fais rien.

Il me faut un moment pour la trouver. Elle est placée sur le mur le plus éloigné, au fond de la salle, pas tout à fait au centre. Elle se trouve à côté de deux autres clichés – un portrait en couleur et en pied d'une jeune fille dans une robe déchirée, un plan rapproché d'une femme aux yeux cerclés de khôl en train de fumer une cigarette. Elle est en couleur, prise dans une lumière naturelle ; elle présente une palette où les bleus et les gris dominent, et agrandie de cette manière, elle est imposante. L'exposition est intitulée « Lendemain de fête » et, même si je ne la regarde pas en détail avant d'être à moins d'un mètre d'elle, je comprends pourquoi cette photo a été accrochée à un emplacement si privilégié.

Je ne l'ai pas regardée depuis plus de dix ans. Pas attentivement. Je l'ai vue, oui – bien qu'elle n'ait pas été particulièrement exploitée à l'époque, elle a quand même été publiée dans deux ou trois magazines, et même dans un livre –, mais je ne l'ai pas regardée depuis tout ce temps. Pas de près.

Je l'approche selon une trajectoire oblique, et j'examine d'abord l'étiquette. « Julia Plummer », lis-je, « *Marcus dans le miroir*, 1997, impression Cibachrome ». Rien d'autre, pas d'informations biographiques, et j'en suis soulagée. Je m'autorise à examiner la photographie.

Un homme ; il paraît avoir une vingtaine d'années. On voit la partie supérieure de son corps : il a l'air nu, et il contemple son reflet. L'image qui se trouve en face de lui est nette, mais lui ne l'est pas. Il a le visage émacié. Il plisse les yeux, il a la bouche entrouverte, comme s'il était sur le point de parler ou de soupirer. Il y a quelque chose de mélancolique dans cette photographie, mais ce qu'on ne peut pas voir c'est que, juste avant que le cliché soit pris, l'homme – Marcus – riait. Il vient de passer l'après-midi au lit avec sa petite amie, dont il est amoureux, tout comme elle l'est de lui. Ils se sont fait la lecture – *Adieu à Berlin* d'Isherwood, ou peut-être était-ce *Gatsby*, qu'elle a déjà lu, mais pas lui – en mangeant de la glace directement dans le pot. Ils ont chaud, ils sont heureux, rien ne peut leur arriver. Une radio émet du rythm'n'blues dans la chambre à coucher qui se trouve en face, de l'autre côté du couloir, et, sur la photo, il a la bouche ouverte parce que sa petite amie, c'est elle qui prend la photo, fredonne en même temps et qu'il s'apprête à l'imiter.

À l'origine, la photographie était différente. La jeune femme apparaissait dans le cadre, réfléchie dans le miroir juste au-dessus de l'épaule du jeune homme, le viseur contre son œil. Elle était nue, ses contours étaient flous. C'était un portrait d'eux deux, en un temps où les photographies prises dans les miroirs étaient encore inhabituelles.

J'avais aimé le cliché sous cette forme. Je le préférais, presque. Mais, à un moment donné – je ne me rappelle pas exactement quand, mais très probablement avant de l'exposer pour la première fois –, j'ai changé d'avis. J'ai décidé qu'elle était mieux sans moi. Je me suis sortie de la photo.

Je le regrette aujourd'hui. C'était malhonnête de ma part, c'était la première fois que j'utilisais mon art pour mentir, et j'ai envie de dire à Marcus que je m'en veux. Pour tout. De l'avoir suivi à Berlin, de l'avoir laissé tout seul sur l'image, de n'être pas la personne qu'il croyait que j'étais.

Même après tout ce temps, je m'en veux encore.

Il s'écoule un long moment avant que je me détourne de ma photo. Je ne fais plus ce genre de portraits. Maintenant, je prends des familles, des amis de Connor qui posent avec leurs parents et leurs jeunes frères et sœurs : des propositions d'emploi que je trouve à la sortie de l'école. De l'argent de poche. Cela ne me pose aucun problème : je le fais sérieusement, j'ai une certaine réputation, je suis compétente. Les gens m'invitent aux fêtes que donnent leurs enfants pour que je prenne des photos des invités, qu'ils enverront ensuite par mail, en souvenir – un jour, il s'est même trouvé que l'une de ces fêtes était organisée pour lever des fonds destinés à l'hôpital où travaille Hugh. J'aime faire cela, mais c'est plutôt technique ; ce n'est pas la même chose que de faire des portraits comme celui-ci – ce n'est pas de l'art, à défaut d'un mot plus approprié, et parfois la dimension artistique me manque. Je me demande si je pourrais encore, si j'ai encore l'œil, l'instinct pour savoir à quel moment précis je dois déclencher. Le moment décisif. Cela fait longtemps que je n'ai pas vraiment essayé.

Hugh pense que je devrais m'y remettre. Connor a grandi, il commence à mener sa propre vie. Vu les difficultés du début, nous nous sommes tous les deux consacrés beaucoup à lui, mais il a moins besoin de nous qu'autrefois. Il y a plus d'espace pour moi, désormais.

Je jette un coup d'œil aux autres photos exposées. Peut-être que je finirai par y revenir. Je pourrais me concentrer un peu plus sur ma carrière sans cesser de m'occuper de Connor. C'est possible.

Je descends et j'attends Adrienne. Initialement, elle voulait se rendre avec moi à l'exposition, mais je lui ai dit que non, que je voulais voir la photo seule. Elle ne s'en est pas formalisée. « Je te retrouverai au café, a-t-elle dit. Peut-être aurons-nous le temps d'attraper quelque chose à manger. »

Elle est en avance ; elle est assise à une table à côté de la fenêtre et tient un verre de vin blanc. Elle se lève à mon approche et nous nous étreignons. Nous ne sommes pas encore assises qu'elle est déjà en train de parler.

« C'était comment ? »

Je tire ma chaise. « Un peu étrange, pour dire la vérité. » Adrienne a déjà commandé une bouteille d'eau pétillante pour moi, et je me sers un verre. « C'est comme si ce n'était plus ma photo. »

Elle hoche la tête. Elle sait à quel point j'étais angoissée à l'idée de venir. « Il y a des photos intéressantes, là-haut. Tu vas aller voir ? Tout à l'heure ? »

Elle lève son verre. « Peut-être. » Je sais qu'elle ne le fera pas, mais je n'en suis pas affectée. Elle a déjà vu ma photographie et ne s'intéresse guère aux autres. « À la tienne », dit-elle. Nous buvons. « Tu n'as pas amené Connor ? »

Je secoue la tête. « Tout cela est un peu trop bizarre pour lui. » Je ris. « Il a autre chose à faire, de toute façon.

— Sorti avec ses copains ?

— Non, Hugh l'a emmené nager. Ils sont allés à Ironmonger Row. »

Elle sourit. Connor est son filleul et elle connaît mon mari depuis presque aussi longtemps que moi.

« Nager ?

— C'est un nouveau truc. Une idée de Hugh. Il vient de réaliser qu'il aura cinquante ans l'an prochain et ça lui fait peur. Il essaie de se remettre en forme. » Je marque une pause. « As-tu des nouvelles de Kate ? »

Je plonge le regard dans mon verre. Je ne voulais pas poser la question, pas si tôt, mais elle est sortie toute seule. Je ne sais pas trop quelle réponse je préférerais. Oui ou non.

Elle boit un peu de vin. « Pas depuis un moment. Et toi ?

— Ça date de trois semaines.

— Et… ? »

Je hausse les épaules. « Comme d'habitude.

— Au milieu de la nuit ?

— Ouais », dis-je avec un soupir. Je repense au dernier appel téléphonique de ma sœur. Deux heures du matin, tard, même pour elle, là-bas à Paris. Elle m'a semblé à côté de la plaque. Ivre, me suis-je dit. Elle veut récupérer Connor. Elle ne sait pas pourquoi je refuse de le lui rendre. Ce n'est pas juste, et au fait, elle n'est pas la seule à penser que Hugh et moi sommes égoïstes et vraiment impossibles.

« Elle ne faisait que répéter les mêmes vieux trucs.

— Peut-être que tu devrais lui parler. À nouveau, j'entends. Quand elle ne sera pas aussi…

— Fâchée ? » Je souris. « Tu sais aussi bien que moi ce que ça risque d'entraîner, et de toute manière je n'arrive jamais à la joindre. Elle ne veut pas décrocher son portable, et si j'appelle sur la ligne fixe je tombe sur sa colocataire, qui ne me dit rien. Non, elle est décidée. Soudain, après tout ce temps, elle ne désire rien de plus au monde que de s'occuper de Connor. Et elle pense que Hugh et moi l'en empêchons pour des raisons purement égoïstes. Elle n'a jamais pris le temps de réfléchir, ne serait-ce qu'un instant, à ce que Connor pourrait ressentir, à ce qu'il pourrait vouloir. En tout cas, elle ne lui a pas demandé. Une fois de plus, elle ne pense qu'à elle. »

Je cesse de parler. Adrienne connaît le reste ; je n'ai pas besoin de poursuivre. Elle connaît les raisons pour lesquelles Hugh et moi avons pris le fils de ma sœur, et elle sait que, pendant toutes ces années, Kate s'est satisfaite de la situation. Ce qu'aucun d'entre nous ne comprend, c'est pourquoi ce n'est plus le cas.

« Tu veux bien lui parler ? » dis-je.

Elle prend une grande inspiration, ferme les yeux. L'espace d'un instant, je m'attends à ce qu'elle me dise que je vais devoir m'en dépêtrer toute seule, que je ne peux pas arriver ventre à terre auprès d'elle à chaque dispute avec ma sœur ; c'est le genre de choses que mon père me disait, autrefois. Mais elle se contente de sourire, et dit : « J'essaierai. »

Nous passons commande et déjeunons. Nous parlons de nos amis communs ; ai-je vu Fatima récemment, savais-je qu'Ali avait un nouvel emploi, est-ce que je prévois d'aller à la soirée cocktail de Dee le week-end prochain ? Puis elle annonce qu'il est temps pour elle de partir, elle a une réunion. Je lui dis que nous nous reverrons samedi.

Je ne peux résister à l'envie de passer au magasin du musée avant de partir. Ils voulaient utiliser ma photographie de Marcus sur la couverture de la brochure mais je n'ai jamais répondu au mail et, du coup, ils ont choisi la photo d'un type assez androgyne en train de téter une sucette. Je n'ai pas répondu aux demandes d'interviews non plus, même si je n'ai pas réussi à empêcher un magazine, *Time Out*, je crois, de publier un article sur moi. J'étais une « ermite » disaient-ils, et ma photo était un des points forts de l'exposition, un « portrait intime », à la fois « touchant et fragile ». N'importe quoi, ai-je eu envie de leur répondre, mais je me suis abstenue. S'ils voulaient une « ermite », je n'allais pas leur enlever ce plaisir.

Je regarde à nouveau le gars à la sucette. Il me rappelle Frosty, et je parcours le livret avant de m'approcher des cartes postales disposées sur le présentoir. Normalement j'en achète quelques-unes, mais aujourd'hui je n'en prends qu'une, *Marcus dans le miroir*. J'ai, un instant, envie de dire à la vendeuse que c'est moi qui l'ai faite, que je l'ai prise pour moi, et que, même si je l'ai délibérément évitée pendant des années, je suis malgré tout heureuse qu'ils l'aient intégrée dans l'exposition et d'avoir eu l'opportunité de me l'approprier à nouveau.

Mais je me retiens. Je ne dis rien, je me contente de murmurer un « merci », puis je range la carte dans mon sac et je quitte la galerie. Malgré le froid qui règne en ce mois de février, je marche presque jusqu'à la maison – par Covent Garden et Holborn, je descends Theobald's Road dans la direction de Gray's Inn Road – et, au début, je n'arrive pas à penser à autre chose qu'à Marcus, et au temps que nous avons passé ensemble à Berlin, il y a bien des années. Mais quand j'arrive à Rosebery Avenue, j'ai réussi à m'évader du passé et je pense à ce qui se passe ici, maintenant. Je pense à ma sœur et j'imagine, contre tout espoir, qu'Adrienne pourra lui faire entendre raison, bien que je sache pertinemment qu'elle n'y parviendra pas. Il va falloir que je parle moi-même à Kate. Je serai ferme, mais gentille. Je lui rappellerai que je l'aime, que je veux son bonheur, mais je lui dirai aussi que Connor a presque quatorze ans, que Hugh et moi avons beaucoup lutté pour lui assurer une vie stable, que c'est important qu'il ne soit pas perturbé. Ma priorité est de lui faire comprendre que c'est mieux ainsi. Pour la première fois, je m'autorise à penser que Hugh et moi devrions probablement consulter un avocat.

Je tourne au coin et arrive dans ma rue. Une voiture de police est garée quelques maisons plus loin, mais c'est la nôtre qui est ouverte. Je me mets à courir ;

ma tête se vide d'un coup, et je ne pense plus qu'à une chose : voir mon fils. Je ne m'arrête pas avant d'avoir atteint la maison, la cuisine, et je vois Hugh debout devant moi, en train de parler à une femme en uniforme. J'attrape machinalement la serviette et le maillot de Connor mis à sécher sur le radiateur, puis Hugh et l'officier de police se tournent tous deux vers moi. Elle affiche une expression d'une neutralité parfaitement étudiée, celle-là même que prend Hugh lorsqu'il s'apprête à annoncer une mauvaise nouvelle. Ma poitrine se serre, je m'entends crier comme dans un rêve. « *Où est Connor ?* dis-je. *Hugh ! Où est notre fils ?* » Mais il ne répond pas. Il me regarde avec ses grands yeux écarquillés. Je sens bien que quelque chose de terrible s'est passé, quelque chose d'indescriptible. *Dis-moi !* ai-je envie de hurler, mais rien ne sort. Je n'arrive pas à bouger ; mes lèvres refusent de former des mots. Ma bouche s'ouvre, puis se ferme. Je déglutis. Je suis sous l'eau, je n'arrive pas à respirer. Je regarde Hugh s'avancer vers moi, j'essaie de me dégager lorsqu'il saisit mon bras, puis je retrouve ma voix. « Dis-moi ! » dis-je encore et encore, et, quelques instants plus tard, il ouvre la bouche et parle.

« Ce n'est pas Connor », dit-il, mais à peine ai-je le temps de me rendre compte du soulagement qui envahit soudain mes vaisseaux sanguins, qu'il reprend : « Je suis désolé, chérie. C'est Kate. »

2

Je suis assise à la table de la cuisine. Je ne sais pas comment je suis arrivée là. Nous sommes seuls ; la femme policier est partie, son travail est terminé. Il fait froid dans la pièce. Hugh me tient la main.

« Quand ? dis-je.

— Hier soir. »

Je regarde la vapeur s'élever de la tasse de thé sucré posée devant moi, mais cette dernière me paraît totalement étrangère. Je n'arrive pas à comprendre pourquoi elle se trouve là. Tout ce qui m'occupe l'esprit, c'est ma petite sœur, étendue dans une ruelle parisienne, trempée par la pluie et seule.

« Hier soir ?

— C'est ce qu'ils ont dit. »

Il parle doucement. Il sait que je ne me souviendrai que d'une partie de ce qu'il est en train de me raconter.

« Qu'est-ce qu'elle faisait là ?

— Ils ne savent pas. Elle prenait un raccourci, peut-être ?

— Un raccourci ? »

J'essaie de me représenter Kate, sur le chemin du retour. Ivre, probablement. Voulant grappiller quelques minutes sur son temps de trajet.

« Que s'est-il passé ?

— Elle venait de quitter un bar. Elle a été agressée. »

Je me souviens. Une agression, a dit l'agent de police, même s'ils ne savent pas encore si on lui a pris quelque chose. La femme avait détourné le regard à ce moment-là. Elle avait baissé les yeux et la voix, avant de se tourner vers Hugh. Mais je l'avais entendue. « Elle n'aurait pas été violée, semble-t-il. »

Quelque chose en moi s'écroule quand j'y pense. Je me replie sur moi-même ; je deviens minuscule, je rétrécis. J'ai onze ans, Kate en a quatre, et il faut que je dise à ma sœur que cette fois notre mère ne va pas rentrer de l'hôpital. Notre père pense que je suis assez grande pour lui parler, il ne s'en sent pas la force, c'est trop dur, c'est à moi que revient cette tâche. Kate pleure, bien que je ne sois pas certaine qu'elle comprenne ce que je lui ai dit, et je la serre contre moi. « Ça va aller », dis-je, même si une partie de moi sait déjà ce qui va se passer. Notre père ne va pas réussir à gérer, ses amis ne seront d'aucune aide. Nous sommes seules. Mais je ne peux pas le dire, il faut que je sois forte pour Kate. Pour ma sœur. « Toi et moi, lui dis-je. Je te le promets. Je vais prendre soin de toi. Toujours. »

Mais j'avais failli. Je m'étais enfuie à Berlin. Je lui avais pris son fils. Je l'avais abandonnée, et elle était morte.

« Que s'est-il passé ? » dis-je à nouveau.

Hugh est patient. « Chérie, je ne sais pas. Mais ils font tout ce qui est en leur pouvoir pour le découvrir. »

Au début, je m'étais dit qu'il valait mieux que Connor soit tenu à l'écart de l'enterrement de Kate. Il était trop jeune, il ne supporterait pas. Hugh n'était pas d'accord. Il me rappela que notre père ne nous avait pas laissées, ma sœur et moi, aller à l'enterrement de notre mère, et que je lui en avais voulu tout le reste de sa vie.

Je dus avouer qu'il avait raison, mais c'est la thérapeute qui nous fit prendre la décision. « Il ne peut pas être protégé, dit-elle. Il faut qu'il gère son chagrin. » Elle hésita. Nous étions dans son bureau, tous les deux. Elle avait les mains jointes et posées sur le bureau devant elle. Je contemplai les marques sur ses mains, de minuscules abrasions. Je me demandai si elle faisait du jardinage. Je l'imaginai, accroupie à côté de ses plates-bandes munie d'un sécateur, coupant les fleurs fanées sur les rosiers. Une vie à laquelle elle pourrait retourner, à la fin de la séance. Contrairement à nous.

« Julia ? »

Je levai la tête. J'avais manqué quelque chose.

« Est-ce qu'il a *envie* d'y aller ? »

Une fois à la maison, nous lui avons posé la question. Il y a réfléchi pendant un moment, puis il a dit qu'il aimerait bien, oui. Nous lui avons acheté un costume, une cravate noire, une nouvelle chemise. Dans cette tenue, il fait beaucoup plus âgé. Il marche entre Hugh et moi au moment où nous entrons dans le crématorium. « Est-ce que ça va ? » dis-je, une fois que nous nous sommes assis.

Il hoche la tête mais ne dit rien. L'endroit paraît saturé de douleur, mais la plupart des gens sont silencieux. En état de choc. La mort de Kate a été violente, gratuite, incompréhensible. Les gens se sont repliés sur eux-mêmes, pour se protéger.

Pourtant, je ne pleure pas, Connor non plus, son père non plus. Seul Hugh a regardé le cercueil. Je passe mon bras autour des épaules de notre fils. « Ça va aller », dis-je.

Les gens continuent à entrer derrière nous, ils s'installent. On entend des bruissements, des voix étouffées. Je ferme les yeux. Je pense à Kate, à notre enfance. Les choses étaient simples, en ce temps-là, même si elles n'étaient pas faciles. Après la mort de notre mère, notre père se mit à boire plus que de raison. Ses amis – essentiellement des artistes, des peintres, des gens de théâtre – commencèrent à passer de plus en plus de temps avec nous, et nous vîmes notre maison devenir le théâtre d'une sorte de fête interminable qui crachotait et vacillait sans jamais s'arrêter complètement. Tous les deux ou trois jours, des gens nouveaux arrivaient au moment où les précédents partaient ; ils apportaient encore des bouteilles, encore des cigarettes, et il y avait encore de la musique, parfois de la drogue. Maintenant, je comprends que tout cela faisait partie du chagrin qu'éprouvait notre père, mais à ce moment-là, cela ressemblait à une célébration de la liberté, une bringue qui dura une décennie. Kate et moi avions le sentiment d'être des rappels malvenus du passé et, même s'il tenait les drogues hors de notre portée et qu'il nous affirmait qu'il nous aimait, il n'avait ni l'envie ni la capacité d'être un père, et c'était à moi qu'était revenue la tâche de prendre soin de nous deux. Je préparais nos repas, je mettais le dentifrice sur la brosse à dents de Kate et la laissais posée pour l'heure du coucher, je lui lisais une histoire quand elle se réveillait en pleurant et je m'assurais qu'elle faisait ses devoirs et qu'elle était prête pour l'école tous les jours. Je la serrais contre moi et je lui disais que papa nous aimait et que tout se passerait bien. Je découvris que j'adorais ma sœur et, malgré les années qui nous séparaient, nous devînmes aussi proches que des jumelles, le lien qui nous unissait était presque surnaturel.

Mais elle se trouve là, dans cette boîte, et je suis ici, devant la boîte, incapable même de pleurer. C'est impossible à croire et, quelque part, je sais que je l'ai abandonnée.

Quelqu'un me tapote l'épaule. Je me retourne. Une inconnue, une femme. « Je voulais juste vous saluer », dit-elle. Elle se présente : Anna. Il me faut quelques instants pour réaliser qui elle est ; la colocataire de Kate, nous lui avons demandé de faire une lecture. « Je voulais vous dire à quel point je suis désolée. »

Elle pleure, mais il y a une espèce de stoïcisme chez elle. Une résilience. « Merci », dis je, et, quelques instants plus tard, elle ouvre le sac posé sur ses genoux. Elle me tend une feuille de papier. « Le poème que j'ai choisi… vous pensez que ça va ? »

Je parcours le poème, même si je l'ai déjà lu dans le document annonçant le programme de la cérémonie. « Pour les courroucés, j'ai été abusé, mais pour les heureux je repose en paix. » Je m'étais dit que c'était un choix étrange, alors que la colère est certainement la seule réaction possible, mais je m'abstiens de tout commentaire. Je lui rends la feuille. « C'est formidable. Merci.

— J'ai pensé que Kate l'aimerait peut-être. » Je lui dis que je suis certaine qu'elle a raison. Ses mains tremblent et, bien que la lecture ne soit pas longue, je me demande comment elle va aller jusqu'au bout.

Elle réussit, finalement. Même si elle souffre, elle va puiser de la force dans une réserve intérieure et ses mots sont énoncés clairement, et avec intensité. Connor la regarde et je le surprends à essuyer une larme avec le dos de sa main. Hugh pleure, lui aussi, et je me dis que je suis forte pour eux deux, il faut que je tienne le coup, il ne faut pas qu'ils me voient me décomposer. Pourtant, je ne peux m'empêcher de me demander si je ne me raconte pas des histoires et si je ne suis pas, au bout du compte, incapable de ressentir le moindre chagrin.

Ensuite, je vais voir Anna. « C'était parfait », dis-je. Nous sommes devant la chapelle. Connor est visiblement soulagé que ce soit terminé.

Elle sourit. Je repense aux appels téléphoniques de Kate ces dernières semaines et je me demande ce qu'Anna pense de moi, ce que ma sœur lui a raconté.

« Merci, dit-elle.

— Voici mon mari, Hugh. Et voici ma très chère amie Adrienne. »

Anna se tourne vers mon fils. « Et tu dois être Connor ? » dit-elle. Il hoche la tête. Il tend la main et, pendant un instant, je suis encore frappée de lui voir cet air tellement adulte.

« Heureux de vous rencontrer », dit-il. Il paraît complètement perdu, ne sachant pas comment il est censé se comporter. L'enfant insouciant d'il y a quelques semaines à peine, l'enfant qui rentrait à la maison en courant, poursuivi par trois ou quatre de ses camarades, pour venir chercher son ballon de foot ou son vélo, semble avoir soudain disparu. Le garçon qui passait des heures avec son bloc à dessin et ses crayons n'est plus. Je me dis que c'est temporaire, mon petit garçon va revenir, mais en même temps j'en doute.

Nous continuons à parler pendant un moment, mais Hugh doit sentir la détresse de Connor et propose qu'on se dirige vers les voitures. Adrienne dit qu'elle les accompagne et Hugh se tourne vers Anna. « Merci pour tout », dit-il, et il lui serre de nouveau la main avant de passer son bras autour des épaules de Connor. « Viens, mon grand », dit-il, et ils s'éloignent tous les trois.

« Il m'a l'air d'être un bon garçon », dit Anna, une fois qu'ils sont trop loin pour entendre. Le vent s'est levé ; il va bientôt pleuvoir. Elle écarte une mèche de cheveux qui tombe devant sa bouche.

« Oui, dis-je.

— Comment prend-il tout ça ?

— Je ne suis pas certaine qu'il ait encore bien réalisé. » Nous tournons les talons et avançons vers les fleurs qui ont été disposées dans la cour, devant la chapelle.

« Ça doit être difficile pour lui. »

Je me demande ce qu'elle sait de Connor. Elle et ma sœur étaient de vieilles amies ; Kate m'a dit qu'elles se connaissaient depuis l'école, vaguement, par l'intermédiaire d'autres gens. Il y a quelques années, elles se sont retrouvées grâce à Facebook et se sont rapidement rendu compte qu'elles étaient toutes les deux installées à Paris. Elles sont sorties boire des verres ensemble et, quelques mois plus tard, la colocataire d'Anna a quitté l'appartement et Kate l'a remplacée. Cela m'avait fait plaisir ; ma sœur avait toujours eu du mal à garder ses amis. Elles avaient dû parler beaucoup ; pourtant, Kate pouvait être secrète, et j'imagine que le sujet douloureux de Connor ne devait pas être facile à aborder.

« Il encaisse à peu près, dis-je. Je crois. »

Nous sommes arrivées au mur sud-ouest du crématorium, les couronnes, les chrysanthèmes blancs et les roses roses, les petits bouquets de lys blancs sur lesquels sont épinglées des cartes manuscrites. Je me penche pour les lire, ne comprenant pas bien encore pourquoi c'est le nom de Kate que je vois écrit partout. Le soleil se fraye alors un passage entre les nuages et, l'espace d'un instant, nous sommes illuminées par son éclat.

« Je parie qu'il n'est pas de tout repos », dit Anna, et je me remets debout. Connor est un bon garçon, il ne pose pas le moindre problème. Nous avons décidé de lui dire la vérité sur ses origines dès qu'il a eu l'âge de comprendre.

« Il va bien, dis-je. Enfin, jusqu'à présent...

— Il s'entend bien avec son papa ?

— Tout à fait. » Je ne lui dis pas que ce qui m'inquiète, c'est sa relation avec moi. J'essaie d'être la meilleure mère possible mais pourtant, parfois, ça ne vient pas naturellement. Certainement pas comme la paternité vient à Hugh.

Je me rappelle en avoir parlé une fois avec Adrienne. Hugh était très occupé par son travail, et Connor et moi étions en vacances avec ses jumeaux.

Elle avait été extraordinaire, toute la journée, avec les trois enfants. Ils étaient beaucoup plus jeunes, il y avait eu des crises, Connor n'avait pas cessé de pleurnicher et avait refusé de manger. Je n'avais pas été capable de gérer, et je me sentais mal. « Je m'inquiète ; peut-être est-ce parce ce n'est pas le mien », avais-je dit une fois les enfants couchés ; nous étions assises sur le canapé, elle avec un verre de vin, moi avec un soda. « Tu sais », avait-elle commencé. Elle m'avait dit que j'étais trop dure avec moi-même. « C'est bien le tien. Tu es sa maman. Et tu es une bonne mère. Il faut que tu gardes toujours en tête que tout le monde est différent, et tu n'as pas eu ta mère pour te montrer l'exemple. Personne ne trouve ça facile.

— Peut-être », avais-je répondu. Je ne pouvais m'empêcher de me demander ce que Kate aurait dit.

« C'est bien », dit soudain Anna, et je souris. « Oui, dis-je. Nous avons beaucoup de chance de l'avoir. » Nous continuons à contempler les fleurs. Nous échangeons des banalités, évitant de parler de Kate. Au bout de quelques minutes, nous reprenons le chemin du parking. Adrienne me fait de grands signes, et je dis à Anna que je ferais bien d'y aller.

« Je suis contente de vous avoir rencontrée », dis-je.

Elle se tourne vers moi et prend mes mains dans les siennes. Le chagrin l'a de nouveau submergée, elle a recommencé à pleurer. « Elle me manque », dit-elle simplement.

Je tiens ses mains. J'ai envie de pleurer, moi aussi, mais je ne pleure pas. L'engourdissement écrase tout. C'est une défense, d'après Hugh. Je bloque tout. Adrienne est d'accord. « Il n'y a pas une bonne façon de pleurer Kate », dit-elle. Je n'ai avoué à aucun de mes autres amis ce que je ressentais, de crainte qu'ils pensent que je ne suis pas éprouvée par le meurtre de ma sœur. Je m'en veux.

« Je sais, dis-je. Elle me manque aussi. »

Elle lève les yeux vers moi. Elle a envie de dire quelque chose. Les mots sortent en cascade. « Est-ce qu'on peut rester en contact ? Je veux dire, j'aimerais bien. Vous seriez d'accord ? Vous pourriez venir me rendre visite à Paris, ou je pourrais venir vous voir. Je veux dire, seulement si vous voulez bien, j'imagine que vous êtes très occupée…

— Anna, s'il vous plaît. » Je pose ma main sur son bras pour lui intimer le silence. Occupée à quoi ? me dis-je. Les quelques séances de shooting que j'avais prévues – un couple voulait des photos d'eux avec leur bébé de huit semaines, la mère d'un ami de Connor m'avait commandé un portrait de la famille avec leur labrador –, je les ai annulées. Là, tout de suite, je ne fais rien d'autre qu'exister, penser à Kate ; je me demande si cela peut être une coïncidence que le jour où je suis allée voir la photo de Marcus soit également le jour où elle a disparu.

Je parviens à sourire. Je ne veux pas paraître grossière. « J'aimerais beaucoup. »

3

Hugh est en train de prendre son petit-déjeuner. Du muesli. Je le regarde verser du lait dans son café et ajouter une demi-cuillerée de sucre.

« Tu es certaine que ce n'est pas trop tôt ? »

Mais c'est précisément la raison pour laquelle je veux y aller. Parce que cela fait deux mois et, d'après mon mari, je suis toujours dans le déni. J'ai besoin de donner une réalité à cet événement.

« Je veux y aller. Je veux passer du temps avec Anna. Lui parler. »

En le formulant, je me rends compte de l'importance que cela revêt pour moi. Anna et moi, nous nous entendons bien. Elle paraît chaleureuse, drôle. Compréhensive. Elle ne semble pas porter de jugement. Et Anna était plus proche de Kate que nous tous, plus proche que moi, que Hugh, qu'Adrienne, alors c'est Anna qui peut m'aider, d'une manière dont mes autres amis sont incapables. Et peut-être puis-je l'aider, moi aussi.

« Je pense que ça me fera du bien.

— Mais qu'est-ce que tu espères trouver ? »

Je marque une pause. Peut-être qu'une partie de moi veut aussi s'assurer qu'elle ne pense pas du mal de Hugh et moi, de nous qui avons pris Connor. « Je ne sais pas. J'ai juste l'impression que c'est quelque chose que j'ai envie de faire. »

Il reste silencieux. Cela fait neuf semaines, me dis-je. Neuf semaines, et je n'ai toujours pas pleuré. Pas vraiment. À nouveau, je pense à la carte postale qui se trouve encore dans mon sac, là où je l'ai rangée le jour de la mort de Kate. *Marcus dans le miroir.*

« Kate est morte, il faut que je regarde ça en face. » Même si j'ignore ce qu'est « ça ».

Il finit son café. « Je ne suis pas convaincu, mais… » Sa voix se radoucit. « Si tu es sûre, alors, vas-y. »

Je suis nerveuse lorsque je descends du train, mais Anna m'attend au bout du quai. Elle porte une robe jaune pâle, elle est debout dans la lumière qui descend en arcs des hautes fenêtres. Elle paraît plus jeune que dans mon souvenir, et elle a une beauté discrète, simple, que je n'avais pas remarquée à l'enterrement. Le genre de visage qu'autrefois, j'aurais voulu photographier ; il est chaleureux et ouvert. Elle sourit quand elle me voit et je me demande si elle est déjà en passe de s'affranchir de son deuil, alors que le mien commence à peine.

Elle agite la main. « Julia ! » Elle accourt pour me saluer. Nous échangeons deux baisers sur la joue, puis nous restons enlacées un moment. « Je te remercie tellement d'être venue ! Je suis si contente de te voir…

— Moi aussi, dis-je.

— Tu dois être épuisée ! Allons boire quelque chose. »

Nous allons dans un café, tout près de la gare. Elle nous commande un café à toutes les deux. « Du nouveau ? »

Je soupire. Qu'y a-t-il à dire ? Elle sait l'essentiel, déjà. La police a très peu avancé. Kate buvait dans un bar le soir où elle a été agressée, apparemment seule. Quelques personnes se souviennent l'avoir vue ; elle semblait de bonne humeur, bavardait avec le barman. Ses relevés téléphoniques n'ont rien apporté de plus, et on est sûr qu'elle est partie seule. C'est irrationnel, mais je ne peux me débarrasser de l'impression que je suis responsable de ce qui est arrivé.

« Pas vraiment.

— Je suis désolée. Comment vas-tu ?

— Je ne cesse de penser à elle. À Kate. Parfois, il me semble que rien ne s'est passé. J'ai l'impression que je pourrais prendre le téléphone et l'appeler, et tout irait bien.

— Tu es dans le déni, c'est normal. Après tout, cela ne fait pas si longtemps. »

Je soupire. Je ne veux pas lui dire à quel point Kate me hante, que je ne cesse de composer son numéro, pour entendre une voix préenregistrée m'informer en français que ce dernier n'est pas attribué. Je ne veux pas qu'elle sache que j'ai acheté une carte à Kate, que j'ai écrit un message, que j'ai scellé l'enveloppe avant de la cacher dans le bureau, sous une pile de papiers. Je ne veux pas admettre que la pire chose, la plus difficile, c'est de reconnaître qu'une petite partie de moi, une partie de moi que je déteste mais que je ne peux ignorer, est contente qu'elle soit partie, parce que, au moins, maintenant, elle ne m'appelle plus au milieu de la nuit pour exiger que je lui rende son fils.

« Deux mois, dis-je. Hugh dit que ce n'est presque rien. »

Elle a un sourire triste, mais ne fait pas de commentaire. D'une certaine façon, je suis soulagée ; il n'y a rien qu'on puisse dire, rien n'est pertinent. Parfois, le silence est préférable et je l'admire de l'affronter.

« Et toi ? demandé-je.

— Oh, tu sais, je suis très occupée par mon travail. Ça aide. » Je me souviens qu'elle est avocate, qu'elle est employée par une grande entreprise pharmaceutique, bien qu'elle ne m'ait pas dit laquelle. J'attends qu'elle ajoute quelque chose, mais elle ne dit rien.

« Comment va Connor ? » demande-t-elle. Elle semble sincèrement s'intéresser à lui ; je n'arrive pas à croire avoir un jour pu penser que c'était elle qui essayait d'aider ma sœur à récupérer son fils.

« Il va bien. Enfin, je crois… »

Nos cafés arrivent. Deux espressos, un sachet de sucre sur chaque soucoupe, un petit chocolat emballé dans du papier aluminium.

« En fait, je ne suis pas sûre que ce soit le cas. Qu'il aille bien, je veux dire. Il semble constamment en colère, il claque les portes sans raison, et je sais qu'il pleure beaucoup. Je l'entends, mais il refuse de l'admettre. »

Elle ne dit rien. Je résiste à l'envie de lui avouer que je m'inquiète à l'idée de perdre mon fils. Pendant tant d'années nous avons été si proches, plutôt comme des amis que comme une mère et son fils. Je l'ai encouragé dans sa pratique artistique, je l'ai accompagné ici ou là, pour qu'il puisse faire des croquis. Il s'est toujours tourné vers moi lorsqu'il était contrarié, autant que vers Hugh. Il m'a toujours tout dit. Alors pourquoi a-t-il maintenant l'impression qu'il doit souffrir seul ?

« Il ne cesse de me demander s'ils ont attrapé le coupable.

— C'est compréhensible. Il est jeune. Il a perdu sa tante. »

J'hésite. Elle doit savoir, non ?

« Tu sais que Kate était la mère de Connor ? »

Elle hoche la tête.

« Qu'est-ce qu'elle t'a confié ?

— Tout, je crois. Je sais que tu as pris Connor quand il était bébé. »

Ma gorge se serre, un réflexe défensif. C'est ce terme, « pris ». Je sens monter un spasme d'irritation familier – l'histoire réécrite, la vérité enfouie –, et j'essaie d'avaler ma contrariété.

« Nous ne l'avons pas exactement *pris*. En ce temps-là, Kate voulait que nous l'emmenions. »

Même si ça a changé ensuite, me dis-je. Je me demande ce qu'est devenue cette histoire, dans la version de Kate. J'imagine qu'elle a raconté à ses amis que nous l'avions embarqué brutalement, que nous lui avions arraché Connor alors qu'elle s'en sortait parfaitement bien, que nous voulions son bébé uniquement parce que nous ne pouvions pas en avoir.

À nouveau, la minuscule partie de moi qui se sent soulagée à cause de sa disparition remonte à la surface. Je ne peux pas l'empêcher, même si elle me paraît méprisable. Connor est mon fils.

« C'était compliqué. Je l'aimais profondément. Mais Kate pouvait avoir une perception complètement faussée de sa capacité à surmonter les difficultés. »

Anna sourit, comme pour me rassurer. Je poursuis. « Je sais que ce n'était pas facile pour elle. De renoncer à lui, je veux dire. Elle était très jeune quand il est né. Elle n'était, en fait, qu'une enfant. Elle avait seize ans. À peine plus âgée que Connor aujourd'hui. »

Je baisse les yeux et je regarde mon café. Je me souviens du jour où Connor est né. J'étais revenue de Berlin depuis quelques mois seulement et j'étais allée à une réunion. J'avais repris le programme et j'étais contente. Tout se passait bien. À mon arrivée à la maison, j'avais trouvé Hugh, qui avait préparé un sac de week-end. « Où allons-nous ? » avais-je demandé. Il m'avait dit que Kate était à l'hôpital. Le travail avait commencé. « J'ai appelé ton père, avait-il ajouté. Mais il ne répond pas. »

Je n'arrivais pas à comprendre ce que j'entendais, pourtant, quelque part, je savais que c'était vrai.

« Le travail ? avais-je dit. Mais… ?

— C'est ce qu'on m'a dit. »

Mais elle a *seize* ans, avais-je pensé. Elle ne gagne pas d'argent. Elle vit à la maison, notre père est censé s'occuper d'elle.

« Impossible.

— Apparemment, c'est bien le cas. Il faut qu'on y aille. »

Le temps que nous arrivions, Connor était né. « Ne sois pas fâchée, m'avait dit Hugh avant que nous entrions. Elle a besoin de ton soutien. »

Elle était assise sur son lit, elle le tenait dans ses bras. Elle me le tendit dès que j'entrai, et l'amour que je ressentis pour lui fut instantané, un choc, tellement il était intense. Je n'aurais pas pu être fâchée contre elle, même si je l'avais voulu.

« Il est magnifique », dis-je. Kate ferma les yeux, soudain épuisée, puis détourna le regard.

Plus tard, nous parlâmes de ce qui s'était passé. Elle prétendit qu'elle ne s'était même pas rendu compte qu'elle était enceinte. Hugh dit que ce n'était pas si rare. « En particulier chez les adolescentes, ajouta-t-il. Il arrive que leurs hormones ne soient pas stabilisées, ce qui rend leurs règles irrégulières. C'est peut-être surprenant, mais ça arrive. » J'essayai de l'imaginer. Pourquoi pas ; Kate était une fillette rondelette, confrontée à un corps qui ne lui était plus familier. Peut-être était-elle passée à côté du fait qu'elle portait un enfant.

« Elle a essayé de faire face, dis-je à Anna, pendant un ou deux ans, mais… »

Je hausse les épaules. Elle n'avait rien. Connor avait à peine trois ans, elle l'avait emmené à Bristol – sans dire à personne pourquoi – et elle vivait dans un minuscule meublé avec une salle de bains commune et pas de cuisine. Elle avait une plaque électrique branchée à côté du lavabo, et une bouilloire de voyage posée en équilibre sur une cuvette retournée. La seule fois où je lui avais rendu visite, la pièce empestait l'urine et les couches souillées, et Kate était au lit tandis que son fils était attaché dans un siège-auto posé par terre, nu et affamé.

Je regarde Anna. « Elle m'a demandé de le prendre. Juste pour quelques mois. Jusqu'à ce qu'elle retombe sur ses pieds. Elle adorait Connor mais elle ne pouvait pas s'occuper de lui. maman n'était plus là, bien sûr, et papa ne s'intéressait pas à elle. Les six mois sont devenus une année, puis deux. Tu sais comment ça se passe. Connor avait besoin de stabilité. Quand il a eu cinq ans, nous avons décidé, tous, que ce serait mieux si nous l'adoptions officiellement. »

Elle hoche la tête. « Vous n'avez pas essayé de contacter le père ?

— C'était un peu compliqué. Kate ne nous a jamais dit qui c'était. » Une pause. Je ressens une véritable honte, pour Kate, et de la tristesse, pour Connor. « Je ne crois pas qu'elle ait vraiment su qui il était.

— Ou peut-être n'était-ce pas quelqu'un dont elle aurait voulu qu'il l'aide…

— Non. » Je regarde par la fenêtre, la circulation, les taxis, les vélos qui passent. L'atmosphère est lourde. J'ai envie d'y remettre de la gaieté. « Mais il a Hugh, désormais. Ils sont incroyablement proches. Ils se ressemblent beaucoup, en fait. »

J'énonce cette phrase dans une sorte de précipitation. C'est ironique, me dis-je. Hugh est la seule personne avec laquelle Connor n'a pas de lien du sang, et pourtant c'est à Hugh que Connor accorde la plus grande confiance.

« Tu sais, dit Anna. Kate me disait toujours que, même si ça avait été très douloureux, elle avait été soulagée lorsque tu lui avais proposé de t'occuper de Connor. Elle a même dit que, d'une certaine façon, tu lui avais sauvé la vie. »

Je me demande si elle n'est pas en train d'essayer de me réconforter. « Elle a dit ça ?

— Oui. Elle a dit que si Hugh et toi n'aviez pas été là, elle aurait été obligée de retourner vivre avec votre père… »

Elle roule des yeux, elle croit que c'était une plaisanterie. Je ne dis rien. Je ne sais pas si je suis prête à partager avec elle l'histoire familiale. Pas autant que ça, pas encore. Elle perçoit mon malaise et tend le bras pour attraper ma main.

« Kate t'aimait, tu sais. »

Je sens une vague de soulagement m'envahir, mais elle est aussitôt balayée par une tristesse si profonde qu'elle en est physique, une palpitation à l'intérieur. Je regarde ma main dans celle d'Anna, et je pense à la manière dont je tenais celle de Kate dans la mienne. Quand elle était bébé, je prenais chacun de ses doigts minuscules et m'émerveillais de leur délicatesse, de leur perfection. Elle était née prématurée, si fragile et, en même temps, si pleine d'énergie et de volonté de vivre. Je n'avais pas tout à fait sept ans, mais mon amour pour ma sœur était déjà féroce.

Et pourtant, il n'avait pas suffi à la sauver.

« Elle te l'a dit ? »

Anna hoche la tête. « Souvent.

— J'aurais aimé qu'elle me le dise de son vivant. Mais j'imagine qu'elle n'aurait jamais voulu… »

Elle sourit. « Non… dit-elle en riant. Jamais. Ce n'était pas son genre. »

Nous finissons nos boissons puis prenons le métro pour rejoindre la rue Saint-Maur. Nous marchons jusqu'à l'appartement d'Anna. Elle vit dans un immeuble ancien, au-dessus d'une laverie automatique. Il y a une porte commune et Anna essaie de l'ouvrir avant de taper le code sur le pavé. « Elle est cassée la moitié du temps », dit-elle. Nous montons au premier étage. Il y a un bureau sur le palier, jonché de courrier ; elle ouvre un tiroir et tâte le dessous. « Une clé supplémentaire est cachée là, dit-elle. C'était l'idée de Kate. Elle oubliait constamment ses clés.

C'est pratique pour mon petit ami aussi, s'il arrive avant moi. »

Elle a donc un petit ami, me dis-je, mais je ne pose pas de questions. Comme dans toutes les amitiés toutes neuves, je découvre les détails au fur et à mesure. Nous entrons et elle prend mon sac, le pose à côté de la porte. « Tu es sûre que tu ne veux pas rester ici ? » dit-elle, mais je lui réponds que tout va bien, je vais dormir à l'hôtel où j'ai réservé une chambre, à quelques rues de là. Nous en avons parlé : je me retrouverais dans la chambre de Kate, entourée de ses affaires. C'est trop tôt. « Nous allons boire quelque chose, et ensuite nous déposerons ton sac en allant vers le restaurant. C'est un endroit génial. Bon, viens… »

C'est un bel appartement, grand, haut de plafond, avec des fenêtres au ras du plancher. Le salon est meublé avec goût, même si cela manque de caractère. Sur les murs, des affiches encadrées, les Folies Bergère, le Chat noir ; des reproductions que n'importe qui pourrait avoir acheté à la hâte. Cette pièce n'a pas été décorée avec amour.

« Tu loues cet appartement ? » Elle hoche la tête. « C'est très joli.

— Ça ira, pour un temps. Est-ce que tu veux boire quelque chose ? Du vin ? Je vais peut-être prendre une bière. »

Donc Kate ne lui a pas tout dit. « Est-ce que tu as du jus de fruit ? Ou de l'eau ?

— Bien sûr. » Je la suis dans la cuisine. Elle se trouve au fond de l'appartement, nette et propre – contrairement à la mienne, quand je suis partie ce matin – mais, malgré tout, Anna s'excuse. Elle range rapidement un morceau de pain qui traîne, un pot de beurre de cacahuète. Je ris et j'approche de la fenêtre. « Je vis avec un adolescent. Ce n'est rien, ça. »

Je pense à ma famille. Je me demande comment Hugh s'en sort avec Connor. Il a dit qu'ils allaient sortir ce soir, au cinéma, ou peut-être qu'ils joueraient aux échecs ; qu'ils iraient chercher un repas à emporter, ou peut-être qu'ils mangeraient dehors. Je sais que je vais devoir les appeler mais, dans l'immédiat, c'est un soulagement de n'avoir à me préoccuper que de moi.

Anna sourit et me tend un verre de jus de pomme. « Tu es sûre que tu ne veux rien d'autre ?

— Oui, merci. » Elle sort une bouteille de vin du réfrigérateur. « Tu ne veux pas te laisser tenter ? Dernière chance ! »

Je souris, je lui répète que je vais bien. Je pourrais lui dire que je ne bois pas, mais je ne veux pas. Elle risquerait de me poser des questions et ce n'est pas un sujet que j'ai envie d'aborder. Pas tout de suite. Je ne veux pas être jugée.

Anna s'assoit en face de moi et lève son verre. « À Kate.

— À Kate », dis-je. Je bois une gorgée de jus de fruit. Je note mon désir fugace de voir mon verre rempli, lui aussi, puis comme chaque fois je laisse cette pensée se dissiper.

« Tu veux voir sa chambre ? »

J'hésite. Je n'en ai pas envie, mais il n'y a pas moyen de l'éviter. C'est une des choses que je suis venue faire. Affronter la réalité de sa vie, et donc aussi celle de sa mort.

« Oui, dis-je. Allons-y. »

Elle n'est pas en si mauvais état que je l'aurais cru. Il y a une fenêtre qui donne sur un petit balcon, un grand lit avec une couette blanc cassé, un lecteur CD sur la coiffeuse, à côté des parfums. C'est bien rangé ; chaque objet est à sa place. Ce n'est pas du tout ainsi que j'imaginais le lieu de vie de Kate.

« La police a tout fouillé, dit Anna. Ils ont laissé la pièce dans l'état où ils l'ont trouvée, en gros. »

La police. Je les imagine à la recherche d'empreintes, ramassant certaines de ses affaires, faisant un relevé exhaustif de tous les aspects de sa vie. Ma peau est incandescente, un millier de minuscules commotions dues au choc. C'est la première fois que je fais le lien entre le lieu où je me trouve et la mort de ma sœur.

Je prends une profonde inspiration, comme si je pouvais sentir son odeur, mais elle est partie, il ne reste pas même son fantôme. La chambre pourrait être celle de n'importe qui. Je m'éloigne d'Anna pour aller jusqu'au lit. Je m'assois. Un livre est posé sur la coiffeuse.

« C'est pour toi. »

C'est un album photo, le modèle avec des pages rigides recouvertes de plastique adhésif. Avant même de l'ouvrir, je devine son contenu.

« Kate les montrait aux gens, dit Anna. C'est ma sœur, disait-elle. Elle était tellement fière. Je te jure. »

Mes photographies. Anna s'assoit sur le lit à côté de moi. « Kate m'a dit que c'était votre père qui les avait. Elle les a trouvées à sa mort.

— Mon père ? » dis-je. Je n'avais jamais soupçonné qu'il puisse s'intéresser, ne serait-ce que vaguement, à mon travail.

« C'est ce qu'elle a dit… »

Sur la première page, il y a cette photo, *Marcus dans le miroir.*

« Mon Dieu… » dis-je. Il me faut ravaler ma surprise. C'est la photo dans son intégralité, la version non-modifiée, non amputée. Je suis là, debout derrière Marcus, l'appareil rivé à l'œil. Nue.

« C'est toi ?

— Oui.

— Et le type, c'est qui ? Je le vois partout en ce moment. »

Je ressens une vague de fierté inattendue. « La photo a été utilisée dans une exposition. Elle est devenue assez connue.

— Alors, qui est-ce ? »

Je reporte mon regard sur la photo. « Un ex. Marcus. » Je trébuche sur son nom ; je me demande à quand remonte la dernière fois où je l'ai dit à haute voix. Je poursuis. « Nous avons vécu ensemble pendant un moment. Il y a des années. Je devais avoir… quoi… vingt ans ? À peine, je crois. C'était un artiste. C'est lui qui m'a offert mon premier appareil photo. J'ai pris ce cliché dans notre appartement. C'était un squat, en fait. À Berlin. Nous le partagions avec quelques autres. Des artistes, surtout. Certains venaient, d'autres partaient.

— Berlin ?

— Oui, Marcus voulait y aller. C'était au milieu des années 1990. Le Mur était tombé, la ville paraissait renaître. Comme si elle avait été lavée. Tu vois ? » Elle hoche la tête. Je ne suis pas sûre que ça l'intéresse, mais je continue. « Nous habitions à Kreuzberg. Le choix de Marcus. Je crois que c'était à cause de

Bowie. » Elle a l'air perplexe. Peut-être est-elle trop jeune. « David Bowie. Il a habité là. Ou il a enregistré là, je ne sais plus… »

Je pose les doigts sur la photo. Je me souviens que j'avais toujours mon appareil avec moi, tout comme Marcus avait son bloc à dessin, et notre ami Johan son carnet. Ces objets n'étaient pas seulement des outils, ils faisaient partie intégrante de ce que nous étions, c'est grâce à eux que nous parvenions à donner un sens au monde. À cette époque, je prenais de manière quasi obsessionnelle des portraits de gens en train de se préparer, de se maquiller, de mettre la dernière touche à leurs cheveux avant de partir.

Le regard d'Anna se pose sur la photo. « Il a l'air… » commence-t-elle, mais elle s'interrompt. C'est comme si elle avait vu quelque chose sur cette photo, quelque chose qui la dérange, quelque chose qu'elle n'arrive pas bien à définir. Je regarde à nouveau le cliché. Il a cet effet sur les gens, qui se laissent surprendre.

Je finis sa phrase. « Malheureux ? Il l'était. Pas tout le temps… Là, juste après que cette photo a été prise, il s'est mis à fredonner une chanson qui passait à la radio. Mais oui, il l'était parfois.

— Pourquoi ? »

Je ne veux pas lui dire la vérité. Pas toute la vérité.

« Il était juste… il était un peu perdu, je crois, à ce moment-là.

— Il n'avait pas de famille ?

— Si. Ils étaient très proches, mais… Tu sais, la drogue rend la communication difficile. »

Elle lève les yeux vers moi. « La drogue ? »

Je hoche la tête. Elle l'a forcément vu, non ?

« Tu l'aimais ?

— Je l'aimais beaucoup. » Je me surprends à souhaiter de toutes mes forces qu'elle ne me demande pas ce qui s'est passé, tout comme j'espère qu'elle ne demandera pas comment nous nous sommes rencontrés.

Elle doit sentir ma réticence. « C'est une photo extraordinaire », dit-elle. Elle pose sa main sur mon bras. « Elles le sont toutes. Tu as beaucoup de talent. Regardons-en d'autres. »

Je tourne la page. Ici, Kate en a mis une qui date de bien avant ; en noir et blanc, dont les bords sont délibérément floutés. Frosty, maquillée, mais sans sa perruque, qui enfile des chaussures à talons. Elle est assise sur notre canapé, un cendrier qui déborde à ses pieds, à côté d'un paquet de cigarettes et d'un briquet. Cette photo a toujours été l'une de mes préférées.

« Qui est-ce ?

— Frosty. Une amie.

— Frosty ?

— Je ne me rappelle pas son vrai nom. De toute façon, elle détestait devoir l'utiliser.

— Elle ? » Anna paraît choquée et je pense que je sais pourquoi. Sur la photo, les cheveux de Frosty sont coupés très courts ; même avec le maquillage, elle a l'air plus masculine que féminine.

« Oui, c'était une femme. » Je ris. « En fait, elle n'était ni l'un ni l'autre, mais elle se disait toujours femme. Elle disait : "Faut prendre une décision, dans le monde où on vit. Il n'y a que deux toilettes dans les bars. Il n'y a que deux cases sur les formulaires. Homme ou femme." Elle a décidé qu'elle était une femme. »

Anna regarde de nouveau la photo. Je ne m'attends pas à ce qu'elle comprenne. Les gens comme Frosty

– ou même les gens comme Marcus – ne font pas partie de son monde. Ils ne font même plus partie du mien aujourd'hui.

« Qu'est-elle devenue ?

— Je ne sais pas, réponds-je. Aucun d'entre nous n'a jamais pensé que Frosty survivrait longtemps. Elle était trop fragile pour ce monde… Mais peut-être avions-nous trop le sens du mélodrame. À dire vrai, j'ai quitté Berlin dans la précipitation. Je les ai laissés derrière moi. Je n'ai pas la moindre idée de ce qui leur est arrivé après mon départ.

— Tu ne t'es jamais retournée ? »

C'est une drôle de formulation. Je pense à la femme de Lot, la colonne de sel. « Je ne pouvais pas. » C'était trop douloureux, ai-je envie de dire, mais je m'abstiens. Je referme l'album et je le lui rends.

« Non, elles sont à toi. »

J'hésite.

« Garde-les. Ça aussi. »

Elle me tend une boîte qui se trouvait par terre, à côté du lit de Kate. C'est une boîte à biscuits. Sur le couvercle se trouvent les mots *Huile d'Olive**, et l'image d'une femme vêtue d'une robe rouge.

« C'est pour toi.

— Qu'est-ce que c'est ?

— Ce sont les objets personnels de Kate. Je me suis dit que tu devrais les avoir. »

Voilà donc ce qui reste de ma sœur. Voilà ce que je suis venue chercher pour le rapporter à la maison. À son fils.

Je suis tendue, comme si cet objet pouvait contenir un piège, un rat ou une araignée venimeuse.

Je soulève le couvercle. La boîte est remplie de carnets, de photos, de papiers. Son passeport est posé sur le dessus et je l'ouvre pour découvrir sa photo. Elle est récente, je ne la connais pas. Ses cheveux sont plus courts et je constate qu'elle a perdu du poids. On dirait presque quelqu'un d'autre.

Je regarde la date d'expiration. Le passeport est encore valable huit ans. Huit ans dont elle n'aura jamais besoin. Je le referme brusquement et le remets à sa place, puis je referme la boîte.

« Je verrai le reste plus tard », dis-je. Je me rends compte que je me suis mise à pleurer, pour la première fois depuis sa mort. Je suis exposée, dénudée. J'ai l'impression qu'une grande entaille a été ouverte en moi comme chez les patients de Hugh, du cou jusqu'à l'entrejambe. Je suis écorchée vive, mon cœur n'est plus qu'une plaie béante.

Je pose la boîte. Je veux m'enfuir, trouver un endroit paisible et chaud où je pourrai passer le reste de mes jours sans devoir penser à quoi que ce soit.

Mais tout ceci est bien la raison de ma présence ici, n'est-ce pas ? Ma mission n'est-elle pas d'extraire tous les souvenirs de ma sœur, de m'assurer qu'une minuscule part d'clle survivra pour Connor ? Ne suis-je pas venue pour ressentir quelque chose, dire mes regrets, dire adieu ?

Oui, je le crois. Voilà pourquoi je suis là. J'agis comme il convient.

Alors pourquoi dois-je me détester ?

« Tout va bien, dit Anna. Vas-y, pleure. Tout va bien. »

4

Nous prenons un taxi pour aller au restaurant. On nous conduit à notre table, dehors, sur le trottoir. Nappe blanche maintenue par des pinces en plastique, une corbeille de pain. La soirée est douce et agréable, l'air est immobile, chargé de promesses.

Nous bavardons. Une fois que j'ai retrouvé mes esprits, nous décidons que nous devrions passer la soirée à célébrer la vie de Kate autant qu'à pleurer son décès. Nous rions, il y a une certaine aisance dans nos échanges ; Anna sort même son téléphone pour faire une photo de nous deux, avec la Seine en toile de fond. Elle me dit qu'elle aime cette partie de la ville, qu'elle voudrait y habiter, un jour. « C'est très central, dit-elle. Au bord de l'eau… » Elle commande un pichet de vin. Au moment où le serveur s'apprête à verser, je mets la main sur mon verre et je secoue la tête.

« Tu ne bois pas ?

— Non », dis-je. Je pense aux excuses que j'ai inventées par le passé – je suis sous antibiotiques, je fais un régime, je conduis –, mais tout à coup arrive l'inévitable. D'autres excuses commencent à affluer, celles qui me disent pourquoi aujourd'hui, exceptionnellement, je peux boire une gorgée. La journée a été difficile, je suis stressée, cela fait quinze ans et cela ne me fera aucun mal.

Ma sœur a été tuée.

« Ça ira, merci. »

Je repense à ce que j'ai appris. Je ne peux pas éviter la tentation de boire ; je dois identifier l'envie impérieuse. Je dois garder en tête qu'elle est normale, et temporaire. Je dois la défier, ou la surmonter.

« Pour être honnête, je ne bois pas. Depuis un bon moment. » Anna hoche la tête et avale une gorgée tandis que je demande qu'on m'apporte de l'eau pétillante. Elle paraît intéressée mais elle ne pose pas de questions, et je suis soulagée. Lorsqu'elle pose son verre, je constate qu'elle est distraite, agitée. Elle bouge sur sa chaise, arrange les plis de sa serviette.

« Je voulais te parler de quelque chose.

— Vas-y. »

Elle hésite. Je me demande ce qu'elle va dire. Je sais que la police l'a interrogée longuement ; le bar où se trouvait Kate ce soir-là est l'un de ceux qu'elle fréquente. Je me prépare à une révélation.

« C'est à cause de l'argent… »

Je souris. Le testament de Kate a dû la surprendre, et Hugh m'a avertie qu'elle en parlerait probablement.

« L'argent que Kate t'a laissé ?

— Oui. Ça a été un choc… » Elle prend une tranche de pain. « Je ne m'y attendais pas du tout. Pour être honnête, je n'avais pas la moindre idée qu'elle laisserait de l'argent, encore moins qu'elle m'en laisserait une partie, à moi… Et je ne lui ai rien demandé. Je veux vraiment que tu le saches. »

Je hoche la tête. Je me souviens que c'est Hugh qui avait persuadé Kate d'écrire un premier testament, et nous avions été tous les deux soulagés lorsqu'elle l'avait modifié ensuite pour y inclure Anna. Cela signifiait qu'elle avait des amis, qu'elle se créait des liens solides.

« Je sais. Il n'y a aucun problème.

— Est-ce que tu as été surprise ? Qu'elle me laisse de l'argent ?

— Non, c'est logique. Tu étais sa meilleure amie. Kate était quelqu'un de généreux. Elle voulait très certainement que tu l'aies. »

Elle paraît soulagée. Je me demande si c'est à cause de l'argent ou parce que cette conversation se révèle moins pesante qu'elle ne l'avait craint.

« D'où vient-il ?

— De notre père. Il est décédé il y a quelques années et il a laissé son argent à Kate. Juste ce qu'il y avait à la banque, plus le produit de la vente de sa maison. Au total, la somme était bien plus importante qu'on ne s'y attendait. »

Bien plus importante, effectivement, me dis-je. Presque un million de livres. Mais je ne dis rien.

« Est-ce qu'il t'en a laissé, à toi ? »

Je secoue la tête. « Il devait penser que je n'en avais pas besoin. »

Ou peut-être était-ce la culpabilité. Il savait qu'il avait négligé sa plus jeune fille. Il essayait de se racheter auprès d'elle.

Anna soupire.

« Oh, ce n'est pas grave, dis-je avec empressement. Hugh a de l'argent qui lui vient de sa famille, et Kate avait du mal à joindre les deux bouts.

— Mais elle ne l'a pas dépensé.

— Non. Hugh a suggéré qu'elle en mette de côté, qu'elle le garde en cas de coup dur. Mais nous ne pensions pas qu'elle l'écouterait vraiment.

— Je te donnerais volontiers ma part. Tu veux ? »

Sa proposition est sérieuse. Je pose ma main sur son bras. « Certainement pas. En plus, elle a laissé le reste à Connor. Une assez jolie somme. » Beaucoup plus que ce qu'elle t'a donné à toi, me dis-je, même si, une fois de plus, je ne dis rien. « Je suis sa curatrice, et je ne lui donnerai pas tant que je ne serai pas certaine qu'il ne le dépensera pas en jeux vidéos ou en survêtements. »

Elle ne dit rien. Elle n'a pas l'air convaincue.

« Il est clair que Kate voulait que tu aies cet argent. Profites-en… »

Un sourire apaisé éclaire son visage. Elle me remercie et, quelques instants plus tard, le serveur s'approche : pendant une minute, nous nous absorbons dans le choix et la commande de notre dîner. Une fois qu'il est reparti, le silence s'installe. Le soleil déverse sa lumière dorée sur la Seine. Les gens se promènent, bras dessus bras dessous. Le voile de mon chagrin se lève, brièvement, et j'aperçois la paix. Je me sens presque capable de me détendre.

« C'est si joli, dis-je. Je comprends pourquoi Kate est venue à Paris. »

Anna sourit. Je pense à la manière dont cela aurait pu se passer si ma sœur et moi avions réussi, d'une manière ou d'une autre, à accorder nos différences pour retrouver la proximité qui avait été la nôtre quelques années plus tôt. Peut-être aurais-je pu alors leur rendre visite, à toutes les deux. Nous aurions pu être là toutes les trois à bavarder, à nous raconter des histoires, à nous amuser. Étions-nous si différentes, Kate et moi ?

Je me tourne vers Anna. Pour la première fois, je me sens capable de lui en parler. « J'aimerais tant savoir ce qui s'est passé, dis-je doucement. Ce soir-là… »

Elle finit son verre et se ressert.

« Normalement, on devait sortir ensemble », dit-elle. Quelque chose dans le ton de sa voix me fait penser que je ne suis pas la seule à me sentir coupable. « Mais j'étais occupée ce jour-là. Elle était seule. »

Je soupire. Je ne veux pas imaginer la scène.

« Était-ce un quartier mal famé ? L'endroit où on l'a retrouvée ?

— Non, pas particulièrement.

— Que s'est-il passé, Anna ?

— Qu'a dit la police ? Tu leur as parlé ?

— Oui. Pas autant que Hugh. Le ministère des Affaires étrangères dit qu'ils préfèrent être en liaison avec l'un d'entre nous seulement. Pour que ce soit plus simple, j'imagine, et il s'est proposé. Mais je leur parle, moi aussi.

— Et vous en discutez entre vous ?

— Oh, il me dit tout. Mais rien ne s'avère tellement utile.

— Vraiment ?

— Oui, ce ne sont que des impasses. Pas de mobile. Ils disent qu'ils ont interrogé ses amis, mais…

— Mais aucun d'entre nous ne savait quoi que ce soit…

— Exactement. Ils font chou blanc à chaque fois. La seule chose qui les interpelle, c'est sa boucle d'oreille. »

Je ferme les yeux. C'est tellement difficile. Je ne peux m'empêcher de visualiser le corps de ma sœur. Elle a été trouvée avec une seule boucle d'oreille. On aurait dit que l'autre lui avait été arrachée.

« Ils m'ont interrogée là-dessus.

— Et tu ne te souviens de rien ? »

Elle secoue la tête. « Non. Elle avait de la valeur ?

— Aucune, un bijou fantaisie. Doré, je crois. Un drôle de motif dans le genre attrape-rêves indien, avec des plumes turquoise. J'imagine que, dans le noir, on pouvait croire que c'était du vrai, mais pourquoi n'en prendre qu'une ? Et, pour autant qu'ils sachent, rien d'autre ne lui a été pris. Elle avait encore son téléphone, son sac à main. » J'ai un moment d'hésitation. « Je pense que c'est la raison pour laquelle je trouve tout ça si difficile. Ça n'a aucun sens. Hugh n'arrête pas de suggérer que j'aille voir un thérapeute.

— Et tu crois que tu devrais y aller ? »

Je prends mon verre. « Je ne suis pas certaine du bien que ça me ferait. Mais c'est typique de Hugh. Mon mari est un homme merveilleux, mais il est chirurgien. Si quelque chose est endommagé, il veut le réparer, puis passer à autre chose. Parfois je pense que, même s'il ne le dit pas, ça le contrarie que je ne me remette pas plus rapidement. Tu sais ? Il doit croire que je suis complètement obsédée par le fait de savoir qui l'a tuée.

— Et ce n'est pas le cas ?

— Bien sûr que non. Je sais que ça ne la ramènera pas. C'est juste que… nous étions si proches, toutes les deux. Chacune pouvait terminer les phrases de l'autre. Comment ai-je pu ignorer qu'elle avait des ennuis ?

— Tu n'as aucun reproche à te faire… commence-t-elle, mais je l'interromps.

— Tu la connaissais, Anna. Qu'est-ce qu'elle faisait dans ce bar, seule ? »

Elle prend une grande inspiration. « Je ne sais pas trop. » Elle regarde au loin, vers la Seine. Les autocars garés sur le pont sont auréolés d'une lueur argentée dans le soleil couchant, les bâtiments sur la rive droite scintillent.

« Quoi ? Qu'est-ce qu'il y a ? Anna ?

— Je pense qu'elle voyait peut-être quelqu'un…

— Un petit ami ?

— Genre… »

Je sens une vague d'énergie monter en moi. Une réaction pavlovienne à la promesse d'un progrès.

« Que veux-tu dire ? Qui voyait-elle ? Est-ce que la police est au courant ?

— Ce n'est pas si simple. » Elle paraît mal à l'aise. « Elle… elle avait des petits amis. Au pluriel. »

Je respire profondément et je pose ma fourchette. « Tu veux dire qu'elle en avait plusieurs en même temps ? »

Elle hoche la tête.

« Tu crois que l'un d'eux a découvert l'existence des autres ? Est-ce que tu en as parlé à la police ?

— Je leur ai dit tout ce que je savais. J'imagine qu'ils ont creusé, je crois qu'ils sont encore en train d'enquêter là-dessus. Le truc, c'est… ce n'était pas aussi simple que ça. » Elle hésite mais ne baisse pas la voix, bien qu'il y ait des gens aux tables voisines. « Ce n'étaient pas vraiment des petits amis. Kate s'amusait. Tu vois ? Elle aimait rencontrer des types et passer un bon moment. Moi aussi, ça m'arrivait.

— Dans des bars ?

— Non. En ligne.

— OK… dis-je. Elle rencontrait des gens sur Internet.

— Pas seulement sur Internet.

— Elle rencontrait des hommes pour coucher. »

Elle a l'air d'être sur la défensive. « Ça arrivait ! Mais, bref, je sais qu'elle ne les a pas tous rencontrés en vrai. Elle était plus là-dedans que moi mais, pour une grande part, c'était beaucoup de tchat coquin, tu vois ? Du fantasme. »

J'essaie de me représenter Kate, seule dans sa chambre, devant son ordinateur. Pour une raison inconnue, je pense à Connor, assis devant le sien, son visage éclairé par l'écran, puis à Hugh, face au sien.

Je repousse cette pensée. Hugh n'est pas ce genre de personne.

« Nous fréquentions toutes les deux ce genre de sites. C'était avant que je rencontre mon petit ami, bien sûr. On bavardait avec des gens, on comparait nos impressions, parfois on allait à des rendez-vous. Tu vois ?

— Mais la police a dit qu'elle était repartie seule.

— Peut-être qu'on lui avait posé un lapin ?

— Tu me jures que la police est au courant de ça ? Ils ne m'ont rien dit… Elle s'est peut-être mise dans une situation vraiment dangereuse.

— Oh oui, je leur ai dit. Ils m'ont interrogée pendant des heures. Ils ont posé des questions sur tout. Ses amis. Les gens qu'elle connaissait. Même sur Hugh et toi. » Elle me lance un regard puis elle baisse les yeux. La colère me picote. Avons-nous fait l'objet d'une enquête ? Pensent-ils que je pourrais faire du mal à ma sœur ? « Ils ont emporté son ordinateur, son téléphone. Je suppose qu'ils n'ont rien trouvé...

— Peut-être n'ont-ils pas assez creusé ? »

Elle a un sourire triste. « Eh bien, j'imagine que nous allons devoir leur faire confiance, ils doivent savoir ce qu'ils font, non ? » Elle marque une pause. « Je suis désolée si je t'ai contrariée. »

Je regarde la ville. Il fait nuit, maintenant, le ciel est éclairé, Notre-Dame se trouve en face de nous, chargée de sa propre histoire fantomatique. Je suis écrasée par la tristesse. Toutes ces questions qui ne mènent nulle part.

Je me remets à pleurer. J'ai l'impression d'avoir acquis un nouveau talent : maintenant que j'ai commencé, je n'arrive plus à m'arrêter. « Comment quelqu'un peut-il faire une chose pareille à ma sœur, à quelqu'un, sans être inquiété ?

— Je sais, je sais. » Elle me tend un mouchoir en papier qu'elle sort de son sac, puis elle pose sa main sur la mienne. « Tu as besoin de faire ton deuil. »

Je ferme les yeux. « Je sais, dis-je. Mais tout ce que j'essaie de faire a pour seul effet de rendre le gouffre encore plus béant. C'est comme une blessure qui refuse de se refermer. »

Dans mon esprit, je vois Kate toute petite ; nous nous préparons à aller à une fête, elle porte une robe jaune citron qui autrefois était à moi, et un serre-tête orné d'un nœud jaune. Elle s'est hissée en position debout en se tenant à une chaise, puis elle l'a lâchée. Elle oscille, puis elle me regarde. Elle est hésitante, déterminée et, après deux ou trois faux départs, elle soulève un pied, puis l'autre. Elle fait quelques pas, les bras écartés, puis elle commence à tomber.

Je me souviens l'avoir rattrapée, soulevée dans mes bras – elle riait déjà – et l'avoir emmenée jusqu'à l'endroit où se trouvait notre mère, qui enfilait ses gants. « Elle a marché, dis-je. Katie a marché ! » Et notre mère nous a serrées toutes les deux contre elle, et nous avons ri toutes les trois, de contentement.

Le poids de mon chagrin augmente encore et, d'un clignement de paupières, je chasse cette image. Elle pose son verre. « Est-ce que ça pourrait t'aider, d'y aller ?

— D'aller où ?

— À l'endroit où ça s'est passé. » Je secoue la tête, mais elle continue. « Moi, j'y suis allée. L'autre semaine. Il fallait que je voie de mes propres yeux. » Elle serre ma main. « C'est juste une ruelle. Rien de spécial. À côté d'une voie ferrée. »

Je ne dis rien. Je ne sais combien de fois je me suis figuré cet endroit, combien de fois j'ai imaginé ma sœur là-bas.

« J'y ai laissé des fleurs. Je crois que ça m'a aidée. »

Je garde le silence. Je ne suis pas prête. Pas prête à regarder la mort de Kate en face. Je ne suis pas assez forte.

« Tu as juste besoin d'un peu plus de temps… »

Le temps. Que j'ai en abondance, dont Kate a été privé.

« On y va ensemble ? »

Je ferme les yeux. Kate est là-bas, ai-je envie de dire. Son fantôme. Elle est enfermée là-bas, elle hurle. Elle ne peut s'échapper, et je ne peux pas l'aider.

« Non. Non, je ne peux pas. »

Quelque chose cède en moi. Je sens la rupture, puis une libération. Je tends le bras vers le pichet. Le geste est automatique, je suis à peine consciente de mon mouvement. Je pense à Kate, je la vois assise devant son ordinateur en train de bavarder avec des étrangers, de leur raconter ses secrets. Je pense à Anna, je pense à Hugh, et à Connor, à Frosty et Marcus, et, avant de me rendre compte de ce que je suis en train de faire, le verre est dans ma main, et je me dis, ça ne peut pas me faire de mal, hein ? Et n'ai-je pas assez attendu ?

Les réponses viendront, si je ne me précipite pas. Je porte le verre à mes lèvres, je repousse toutes les pensées, et là, pour la première fois depuis quinze ans, je bois, et je bois, et je bois.

5

Je suis dans le train. J'ai soif, j'ai les lèvres sèches, mais j'ai l'esprit parfaitement clair. Je me souviens des gueules de bois, et ce n'en est pas une. Je n'ai pas bu tant que ça, ce n'est pas possible. Sinon, je le saurais.

Je repense à hier soir. La boisson est descendue dans ma gorge comme dans un lieu familier, une clé dans une serrure, quelque chose me rendant ma complétude et, en avalant, j'ai senti se dénouer des muscles dont je ne savais même pas qu'ils étaient contractés. J'ai retrouvé des sensations dangereusement connues.

Ce n'est pas bon. Je le sais, je me le répète, encore et encore. Si je ne fais pas attention, je vais oublier qu'il n'y a pas de demi-mesure, me convaincre que je peux boire un verre de temps à autre, ou que tout va bien du moment que je ne bois que du vin, ou que je ne bois pas avant le soir, ou que je ne bois pas pendant le repas. Une excuse en entraînera une autre.

Je sais que je dois faire quelque chose. Je sais que je dois le faire maintenant.

Une fois arrivée à la maison, j'appelle Adrienne. C'est toujours vers elle que je me tourne quand j'ai besoin d'aide. Elle comprend, bien qu'elle n'ait jamais suivi le programme. Son addiction, si elle en a une, c'est le travail. Elle décroche immédiatement.

« Chérie, tu es rentrée. C'était comment ? »

Je reste silencieuse. Je ne sais que dire. Tant d'années de vigilance, toutes perdues, toutes envolées en un soir. Je devrais tout avouer, mais une partie de moi y répugne.

« J'ai…

— Qu'y a-t-il ?

— Est-ce que je peux te parler de quelque chose ?

— Bien sûr. »

Je n'arrive pas à le dire. Pas encore.

« Savais-tu que Kate était sur des sites ? Pour rencontrer des hommes, je veux dire ?

— Eh bien, je sais qu'elle était adepte des sites de rencontres. Comme tout le monde. C'est ça que tu veux dire ?

— Oui. Mais elle ne se contentait pas de rendez-vous. Anna dit qu'elle pratiquait le tchat coquin.

— Le cyber-sexe ?

— Oui. Et elle rencontrait des gens, apparemment. »

J'hésite. Je suis consciente que ce n'est pas la raison pour laquelle je l'ai appelée, ni celle pour laquelle je voulais lui parler. Mais cela paraît plus facile de commencer par là. C'est une préparation, une prise d'élan. Adrienne ne dit rien.

« Tu le savais ?

— Oui, elle me l'avait dit. »

La jalousie me picote la peau.

« Elle ne me l'a jamais dit, à moi. »

Adrienne soupire. « Chérie, elle s'amusait. Ce n'était pas quelque chose d'important dans sa vie, elle faisait ça de temps en temps. Et de toute façon, tu ne lui parlais plus depuis un bon moment. »

Elle a raison. On ne se parlait plus des sujets véritablement importants, j'imagine. Je sens déferler une nouvelle vague de nausée.

« Et si l'homme qui l'a tuée était quelqu'un qu'elle a rencontré sur le Net ?

— La police est au courant. Je suis sûre qu'ils cherchent dans cette direction. »

Vraiment ? me dis-je. Je n'arrive pas à me concentrer. Je ferme les yeux. Je prends une grande inspiration. J'ouvre la bouche pour parler, mais les mots refusent de sortir.

« Chérie, tu es sûre que ça va ? »

Elle sait, me dis-je. Elle est ma plus vieille amie, elle a forcément deviné. Je baisse la voix, bien que la maison soit vide.

« Julia, qu'y a-t-il ?

— J'ai bu un verre. »

Je l'entends soupirer. Sans en être certaine, je suppose qu'elle exprime sa désapprobation.

« Je n'en avais pas l'intention. Je veux dire… Je ne voulais pas le faire, mais… »

Je m'impose le silence. Je suis en train de trouver des excuses. De ne pas prendre mes responsabilités. De ne pas admettre que je suis impuissante face à l'alcool. Des trucs de base.

Je respire profondément, et je le dis une nouvelle fois.

« J'ai bu un verre.

— OK. Un seul ?

— Non. »

Je t'en prie, ne me dis pas que je suis sur une pente glissante. Je le sais. S'il te plaît, ne me fais pas me sentir encore plus mal que je ne le suis déjà.

« Oh, ma chérie, dit-elle.

— Je me sens assez mal. Affreusement mal, en fait. »

Un nouveau silence. S'il te plaît, ne me dis pas que ce n'est rien et que je ne dois plus y penser.

« Adrienne ?

— Tu traverses un moment difficile, dit-elle. Ça s'est passé. C'est un faux pas, une rechute, mais il faut que tu te pardonnes à toi-même… Est-ce que tu as réfléchi à ce dont nous avons parlé ? »

Elle me parle de thérapie. Elle est d'accord avec Hugh et, comme tous ceux qui sont en thérapie, elle pense que je devrais en faire une, moi aussi, ou voir un spécialiste. Elle m'a même recommandé quelqu'un. Martin Quelque chose.

Mais la vérité, c'est que je ne veux pas. Pas maintenant, pas encore. Pas quand je suis comme ça. Je pense que ça échouerait, et ensuite, ce ne serait plus quelque chose que j'aurais en réserve.

« Non, dis-je.

— OK, bon, je n'insiste pas, mais j'aimerais au moins que tu y penses. »

Je lui dis que je l'ai déjà fait, et que j'y réfléchirai encore. Mais je commence à me demander si je n'ai pas mérité cette douleur, si je ne dois pas la vivre pleinement, si, d'une certaine façon, ce n'est pas quelque chose que je dois à ma sœur. J'ai été incapable de la sauver. J'ai pris son fils.

« Est-ce que tu en as parlé à Hugh ? »

Je ne réponds pas.

« Du fait que tu as bu un verre. Est-ce que tu lui as dit ? »

Je ferme les yeux. Je ne veux pas. Je ne peux pas.

« Julia… ?

— Pas encore, dis-je. C'est inutile. Cela ne se reproduira plus… »

Elle m'interrompt. « Chérie, écoute. Tu es ma plus vieille amie, mon amie la plus chère. Je t'aime. Inconditionnellement. Mais je crois que tu dois en parler à Hugh. » Elle attend que je réagisse, mais je ne dis rien. « Je sais que tu es la seule à pouvoir en décider, mais je suis sûre que c'est exactement ce qu'il faut faire. »

Elle fait preuve de tendresse, de gentillesse ; pourtant, j'ai l'impression que c'est brutal. Je lui dis que je le ferai ce soir.

Hugh est sorti pour la soirée. Il est au squash, et ensuite il ira prendre un verre avec ses amis. Il n'est pourtant pas tard quand il rentre, Connor vient juste d'aller se coucher. Presque tout de suite, je décide que je vais lui dire.

J'attends que nous soyons assis dans le salon, devant la télévision. À la première interruption publicitaire, je coupe le son et me tourne vers lui, comme si je m'apprêtais à lui demander s'il a envie d'une tasse de thé.

« Chéri ?

— Mmm ? »

Je trébuche sur les mots.

« J'ai rechuté. »

Je n'ajoute rien. Je n'en ai pas besoin. Il sait ce que ça veut dire. Il n'a pas suivi le programme, il n'est même pas allé à une réunion, mais il a beaucoup lu à ce sujet. Il en sait assez long. Il sait ce qu'est une rechute, tout comme il sait qu'il ne doit pas essayer d'influer sur mon comportement en modifiant le sien, qu'il ne peut pas me faire arrêter de boire en ne buvant pas lui-même.

Il sait aussi qu'il vaut mieux ne pas me demander combien de verres j'ai bu ni quand ni pourquoi. C'est totalement inutile. Les réponses sont non-pertinentes. J'ai bu un verre. Que ce soit une minuscule gorgée ou une bouteille entière ne fait aucune différence.

Il prend ma main. Je pensais qu'il allait être en colère, mais il ne l'est pas. C'est pire. Il est déçu. Je le vois dans ses yeux.

« Je suis désolée.

— Tu n'as pas à t'excuser auprès de moi. »

Ce n'est pas ce que j'ai envie d'entendre. Mais qu'est-ce que j'ai envie d'entendre ? Que *peut*-il dire ? L'addiction est une maladie qui ne ressemble pas à celles que Hugh a l'habitude de voir. Hugh est quelqu'un qui découpe les parties abîmées, avant de les envoyer dans un incinérateur. Le patient est guéri, ou pas.

Je le regarde. Je veux qu'il me dise qu'il m'aime. Je ne veux pas qu'il me dise qu'il sait ce que je vis. Je veux qu'il me rappelle qu'un faux pas n'est pas nécessairement une rechute, ou qu'il me dise que je devrais peut-être retourner aux réunions, ou qu'il me fasse sentir que nous faisons front ensemble.

« Je ne boirai plus », dis-je.

Il sourit et me dit qu'il espère bien, pour moi et pour Connor. Il me dit qu'il est là pour moi, toujours, mais c'est trop tard. Il a d'abord posé la culpabilité, et maintenant, j'écoute à peine. Je pense à ma marraine, Rachel. J'aurais tant voulu l'appeler, mais elle a déménagé, cela fait bien longtemps que nous n'avons pas été en contact. Et je pense à Kate.

Finalement, il se tait. J'attends un moment, puis je le remercie. Nous restons là encore quelques minutes, puis je lui dis que j'ai besoin de dormir. Il m'embrasse et me dit qu'il me rejoint dans un instant.

Je suis seule, mais je ne laisserai plus une telle chose arriver, me dis-je. Je serai vigilante. Quoi qu'il arrive, quoi qu'il en coûte, je ne boirai plus jamais.

6

Je me réveille tôt. Mes paupières s'ouvrent d'un seul coup. Encore une mauvaise nuit. Nous sommes en juin, deux mois depuis mon séjour à Paris, quatre mois depuis la mort de Kate. Il fait encore noir. On est au milieu de la nuit.

L'atmosphère de la pièce est chaude et étouffante, les draps sont trempés. Hugh a écarté la couette d'un coup de pied et, allongé à côté de moi, il ronfle doucement. De mon côté du lit, le réveil égrène les secondes, trop fort. 4 h 40. L'heure à laquelle je me suis réveillée la nuit dernière, et la nuit d'avant.

J'ai encore rêvé de Kate. Cette fois, elle avait à peu près quatre ans, nous étions dans le jardin. Elle portait une robe jaune, des ailes d'ange découpées dans du papier jaune et un collant noir. Elle voulait que je la poursuive ; elle produisait une sorte de bourdonnement, faisait semblant d'être une abeille. « Viens ! » me répétait-elle sans fin, mais j'en avais assez, je voulais arrêter. Je voulais retourner à mon livre. « Allez, Julia ! disait-elle. Viens ! » puis elle fit volte-face et se mit à courir, en direction d'un bois. Je voulais lui crier de ne pas aller par-là, mais je ne le fis pas. J'avais trop chaud, j'étais trop lasse. Je la laissai tout simplement partir en courant, puis je tournai les talons, prête à rentrer à la maison. À ce moment-là, le rêve se transforma : nous étions des adultes, quelque chose de terrible était en train de se passer, et soudain c'était moi qui courais, qui courais derrière elle, qui l'appelais par son nom, et elle disparaissait dans une ruelle. Il faisait noir, j'essayais désespérément de la rattraper, de la sauver. Je tournai au coin et je la découvris, allongée sur le sol. J'arrivais trop tard.

Je m'assois au bord du lit. Chaque nuit, c'est la même chose, un rêve avec Kate en train de se vider de son sang puis, dans un autre rêve caché derrière, il y a Marcus, toujours Marcus, la bouche ouverte, accusatrice. Je sais que je ne me rendormirai pas, comme toujours.

Ce soir, je suis faible. Je ne peux pas m'en empêcher. Alors je me laisse aller à penser à lui. À Marcus. Pour la première fois depuis des années, je repense au jour où nous nous sommes rencontrés. Je ferme les yeux et je le revois. J'y suis à nouveau. Marcus est assis en face de moi, de l'autre côté du cercle. C'est sa première réunion. Nous sommes dans une salle paroissiale, il y a des courants d'air, un samovar crépite dans un coin. Le directeur, un type appelé Keith, a déjà expliqué le programme et présenté la première intervenante, une femme dont j'ai oublié le nom. J'écoute à peine ce qu'elle dit ; cela fait un moment que je viens, depuis le jour où j'ai fini par admettre que je buvais trop, depuis trop longtemps. Et je regarde Marcus. Il a le même âge que moi, et nous sommes tous deux beaucoup plus jeunes que les autres participants. Il est assis au bord de sa chaise. Il paraît attentif, curieux et pourtant, en même temps, il ne semble pas totalement intéressé. Quelque chose chez lui cloche. Je me demande s'il est là pour lui, ou pour quelqu'un d'autre. J'imagine une petite amie, quelqu'un qu'il avait espéré convaincre de venir ce soir, mais qui a refusé. Peut-être aimerait-il rentrer chez lui, auprès d'elle, pour lui rapporter ce qu'il a appris. Ce n'est pas si difficile de faire le pas, lui dira-t-il peut-être. Ces gens veulent aider. La semaine prochaine, tu viens avec moi.

J'avais envie de savoir. Je n'aurais pu dire pourquoi ; sans doute parce qu'il avait l'air d'une personne avec qui je pouvais m'entendre. J'allai le voir pendant la pause. Je me présentai et il me dit qu'il s'appelait Marcus. « Bonjour », dis-je, et il sourit, et c'est à ce moment-là que je réalisai à quel point j'étais attirée par lui. C'était un désir qui avait une consistance, une forme, une attirance presque physique. Je ne l'avais jamais ressenti auparavant, pas comme ça. J'avais envie de tendre la main, de toucher son cou, ses cheveux, ses lèvres. Juste pour être sûre qu'il existait, qu'il était bien réel. « Première fois ? » demandai-je, et il répondit oui, oui en effet. Nous bavardâmes un moment. J'appris, je ne sais plus comment, ni s'il me donna l'information spontanément, que la petite amie n'existait pas. Il était célibataire. Lorsque revint le moment de rejoindre nos places, il vint s'asseoir à côté de moi et, après la réunion, nous sortîmes. Nous marquâmes une pause pour nous dire au revoir, prêts à partir dans des directions différentes.

« Tu seras là la semaine prochaine ? »

Il haussa les épaules, donna un coup de pied dans le bord du trottoir. « Probablement. » Sur le point de s'en aller, il se ravisa puis sortit un bout de papier de son portefeuille.

« Tu as un crayon ? » demanda-t-il.

Est-ce là ? Je me le demande aujourd'hui. Est-ce à ce moment-là que ma vie a quitté un chemin, celui de la guérison, de la stabilité, de la sobriété, pour en emprunter un autre ? Ou cela est-il venu plus tard ?

J'ouvre les yeux. Je ne peux plus penser à lui. Il appartient à mon passé ; ma famille, c'est ici, maintenant. Ma famille, c'est Hugh et Connor.

Et Kate.

Je me lève. Cela ne peut plus durer, ces réveils au milieu de la nuit. Cette façon d'*esquiver* les choses. Je suis hantée par le lieu où elle a perdu la vie ; j'aurais dû aller le voir lorsque j'en avais l'occasion, mais il y a d'autres moyens.

Je descends les escaliers et je m'assois à la table de la cuisine. Je suis déterminée, il faut que je le fasse. À Paris, je me suis montrée lâche, mais je peux rectifier le tir. J'allume mon ordinateur portable et j'ouvre l'application de cartographie. Je rentre l'adresse.

J'appuie sur Entrée. Une carte apparaît sur l'écran, quadrillée de rues et constellée de centres d'intérêt. Il y a une flèche qui pointe sur l'endroit et, lorsque je clique sur Street View, la carte disparaît et laisse place à une photo de la rue. Elle est large, bordée d'arbres, avec des magasins, des banques et un empilement de préfabriqués couverts de graffiti. La photo a été prise durant la journée et le lieu paraît animé ; des passants en train de marcher, figés par le cliché, leur visage flouté maladroitement par le logiciel.

Je fixe l'écran. Cette rue semble ordinaire. Comment ma sœur a-t-elle pu y perdre la vie ? Comment cela a-t-il pu ne laisser aucune trace ?

Je me prépare psychologiquement, puis je me déplace dans la rue. Je vois la ruelle qui s'insinue entre deux bâtiments, la ligne ferroviaire aérienne au-dessus de la rue.

J'y suis, me dis-je. À l'endroit où elle est morte.

Je zoome. Elle paraît anodine, inoffensive. À un bout, il y a un kiosque peint en bleu avec un panneau publicitaire qui vante les *Cosmétiques Antilles**[1], et deux rangées de bittes d'amarrage sur le trottoir. La ruelle décrit un virage après une distance que j'évalue à quatre ou cinq mètres, et je ne peux pas voir plus loin. Je me demande où elle mène, ce qui se trouve de l'autre côté.

Je me demande pourquoi il n'y avait personne pour la sauver et, pour la millionième fois, ce qu'elle faisait là.

J'ai besoin de réponses. Je vais chercher la boîte qu'Anna m'a donnée, sous le lit où je l'ai cachée, et je la descends. Je regarde la photo sur le couvercle, la femme à la robe rouge. Depuis deux mois, j'essaie de l'ignorer, terrifiée à l'idée de ce que je pourrais y trouver, mais je n'en peux plus. Que pourrais-je y découvrir de si affreux ? me dis-je. Anna n'a-t-elle pas assuré qu'elle ne contenait que de la paperasse ?

1. Tous les passages en italique suivis d'un astérisque sont en français dans le texte. *(N.d.T.)*

Néanmoins, j'ai peur. Mais de quoi ? Peut-être de trouver des preuves des progrès qu'elle avait faits dans la vie, me démontrant qu'elle avait raison, que Connor aurait été bien plus heureux s'il était retourné avec elle ?

Je sors le passeport et je le garde un moment à la main avant de le mettre de côté. En-dessous, je trouve des lettres, et encore en-dessous, son certificat de naissance et son permis de conduire, ainsi que sa carte d'assurance maladie et un petit papier sur lequel figure ce que je devine être son numéro de sécurité sociale.

Pour une raison obscure, ces découvertes m'apaisent. Je suis face à quelque chose qui n'attendait que moi. Je me débrouille bien. Je me sens étonnamment calme.

Je continue à explorer. Cela devient plus difficile ; il y a des photos prises à des soirées, une de Connor que je lui avais envoyée, une autre montrant des amis en croisière sur la Seine. Je me dis que je prendrai le temps de les examiner plus tard. Plus loin, il y a un Filofax rose, format de poche. Cet objet cristallise toutes mes peurs, mais apparemment elle a cessé de l'utiliser lorsqu'elle s'est acheté un iPhone, l'été dernier. Rangée à l'intérieur, une feuille de papier. Je la sors et je la déplie.

Immédiatement, je vois un nom que je reconnais. En haut, je lis « Jasper1234 ». C'est le nom du labrador que nous avions lorsque nous étions enfants, suivi de quatre chiffres, et à côté elle a écrit « KatieB », puis une adresse Internet, rencontrz.com. Le reste de la page est occupé par une liste de mots étranges – « Eastdude », « Athletique27 », « Kolm », « Ourcq » –, tous écrits à des moments différents, avec des encres différentes et des stylos différents. Il me faut à peine quelques instants pour réunir les pièces du puzzle. Rencontrz.com est le site dont Anna m'a parlé, celui qu'elles fréquentaient toutes les deux. Kate utilisait le nom de notre chien comme mot de passe, KatieB était son pseudo.

Je replie la feuille et la range. La culpabilité que je m'étais promis de ne pas ressentir revient palpiter au creux de mon estomac. J'aurais dû regarder cela plus tôt, me dis-je. Cela pourrait être important, quelque chose que la police a laissé passer, peut-être. Je l'ai abandonnée ; il y avait quelque chose que j'aurais pu faire pour la sauver, quelque chose que je peux encore faire pour tout réparer.

Je compose le numéro d'Anna. Il est tôt, mais je ne peux pas attendre. Et il est une heure de plus à Paris. Presque six heures.

Elle décroche presque immédiatement. Endormie. Angoissée. « Oui ?

— Anna, c'est moi. Julia.

— Julia. Est-ce que ça va ?

— Oui, ça va. Je suis désolée de t'appeler si tôt. Je ne voulais pas te réveiller mais, tu sais, cette boîte que tu m'as donnée ? Tu es sûre que la police l'a examinée ?

— La boîte ? Tu veux dire, les affaires de Kate ?

— Oui. Tu es certaine que la police l'a eue ?

— Oui, j'en suis certaine. Pourquoi ?

— Je suis en train de regarder son contenu, là…

— Mais il est très tôt…

— Je sais, mais je n'arrivais pas à dormir. Bon, il y a une liste de noms. Ça pourrait être des gens à qui elle parlait. En ligne. Je me suis dit que la police devrait voir ça…

— Je crois qu'ils sont au courant. Ils ont pris tout ce qui se trouvait dans cette boîte, et ils ont dit qu'ils avaient gardé ce dont ils auraient peut-être besoin.

— Tu es sûre ?

— Je crois bien. Donne-moi une seconde. »

Elle reste silencieuse un moment ; j'imagine qu'elle se secoue pour se réveiller complètement. « Désolée. De quels noms s'agit-il ? »

Je lis les deux ou trois premiers. « Est-ce que ça te dit quelque chose ? Est-ce qu'elle t'a parlé de l'un d'entre eux ?

— Non… »

Je continue à lire. Après quelques noms, elle m'arrête. Elle est bien réveillée, désormais.

« Attends. Est-ce que tu as dit « Ourcq » ? Ce n'est pas un pseudo. C'est une station de métro. »

Je sais immédiatement ce qu'elle va dire.

« C'est à côté de l'endroit où on a retrouvé son corps.

— Donc, voilà ce qu'elle était allée faire là-bas. Rencontrer quelqu'un de cette liste.

— Je ne sais pas », dit-elle. Mais je ressens déjà un curieux élan d'énergie. « Mais j'imagine que c'est possible. »

Je mets fin à la conversation. Je regarde à nouveau la liste des pseudos. C'est comme si j'avais trouvé une faille dans le mur de mon chagrin, quelque chose qui pourrait me permettre de passer de l'autre côté. Du côté de la paix.

J'allume mon ordinateur. Je tape à toute vitesse : rencontrz.com. Je me dis que je vais juste jeter un coup d'œil. Je ne veux pas faire de mal à qui que ce soit. Je suis sur le point d'appuyer sur Entrée, lorsque j'entends un bruit. Un accès de toux, puis une voix.

« Chérie ? » C'est Hugh. « Il est cinq heures du matin. Qu'est-ce que tu fais debout à une heure pareille ? »

Je ferme la fenêtre du navigateur et je me tourne vers lui. Il a enfilé son peignoir dont il a noué la ceinture, et il baille tout en se frottant les yeux. « Ça va ?

— Oui. Je n'arrivais plus à dormir.

— Encore ? Qu'est-ce qui ne va pas ?

— Je n'arrête pas de me dire que la police a dû passer à côté de quelque chose. »

Il soupire. Je lui répète la même chose tous les jours.

« Je crois qu'ils sont extrêmement consciencieux, au contraire. » Il s'approche et s'assoit à côté de moi. Je sais qu'il voit ce qui se trouve sur mon écran.

« Dès que j'apprends quoi que ce soit je te le dis aussitôt. Tu le sais bien.

— Oui, mais est-ce que tu crois qu'ils enquêtent toujours ?

— Je suis certain qu'ils font tout... » commence-t-il, mais je l'interromps.

« Je veux dire, qu'ils enquêtent vraiment ? »

Il sourit. C'est son sourire triste, plein de compassion. Son sourire de chirurgien. Autrefois, je l'imaginais en train de le répéter devant le miroir, déterminé à ne pas être un de ces médecins qu'on accuse d'avoir un mauvais contact avec les patients.

« Je suis sûr que oui. Nous en avons parlé avec eux. Ils ont interrogé tous ses amis, tous les gens avec qui elle travaillait. Ils ont épluché ses communications téléphoniques, prélevé les informations dans son ordinateur. Ils ont suivi toutes les pistes. Mais ce n'est certainement pas évident, pour eux : ils commencent à trouver que ça ressemble à un acte arbitraire, gratuit…

— Tu leur as parlé des sites de rencontres ?

— Oui. Je les ai appelés dès que tu me l'as dit. Mais ils étaient déjà au courant. Anna leur avait dit. D'après eux, Kate n'avait pas de petit ami…

— Mais ce n'est pas seulement pour rencontrer quelqu'un. Anna a laissé entendre qu'elle s'en servait pour coucher. Juste pour le sexe. » Il secoue la tête, mais je poursuis. « Tu vois, des coups d'un soir. Elle a précisé que ce n'était pas souvent, mais que ça arrivait. Et que Kate ne lui disait pas toujours où elle allait ni qui elle retrouvait. »

Une expression désapprobatrice passe, fugace, sur son visage. Je me demande l'espace d'une seconde s'il pense qu'elle a mérité ce qui lui est arrivé, et la seconde d'après je repousse cette pensée.

« Est-ce que tu crois que c'est lui qui l'a tuée ?

— Qui ?

— Celui qu'elle allait retrouver. Pour coucher avec lui. Ou était-ce un de ces types avec qui elle tchattait ?

— Je suis sûr que la police creuse de ce côté-là…

— Ils ne nous l'ont pas dit.

— Écoute, nous avons déjà parlé de tout ça. Ils font leur enquête. Ce que je crois, c'est qu'elle parlait à beaucoup de gens en ligne, mais qu'elle n'en a rencontré qu'un ou deux. »

J'hésite. Il faut que je le pousse dans ses retranchements : il en sait plus qu'il ne veut bien me dire. Il y a peut-être un minuscule fragment qui est passé inaperçu, un détail qui débloquera tout le reste et fera que toutes les pièces se mettront en place.

« Mais… »

Il m'interrompt. « Julia, nous avons parlé de tout cela un millier de fois. Ils ont gardé son ordinateur ; ils font tout leur possible. Mais si elle avait ce genre de pratiques et qu'elle agissait en cachette, il va être quasiment impossible de retrouver tous les gens avec lesquels elle a été en contact. Il y a peut-être des sites auxquels elle était abonnée et dont nous ne connaissons pas l'existence, une multitude de gens avec qui elle communiquait… Qu'est-ce que c'est ? »

Au départ je ne sais pas de quoi il parle, mais ensuite je vois qu'il regarde mon écran.

« C'est une photo. » Il ne porte pas ses lunettes et est obligé de se pencher pour mieux y voir. « C'est là que Kate est morte. »

Il pose sa main sur mon épaule. Une main lourde, qui se veut rassurante. « Es-tu sûre que c'est une bonne idée de regarder ça, chérie ?

— Non », dis-je. Je n'y tiens pas absolument, mais j'aimerais bien qu'il m'approuve.

Mais pourquoi le ferait-il ? Il pense que la police fait de son mieux et ne cherche pas plus loin.

« Je ne suis pas certaine que ce soit une bonne idée du tout, mais que suis-je censée faire d'autre ?

— Revenir te coucher, par exemple.

— Bientôt.

— Allez, viens. » Il serre mon épaule puis referme doucement mon ordinateur. « Viens te reposer. Tu te sentiras mieux après, je te le promets. Ordre du médecin. »

Je me lève. Je ne me sentirai pas mieux, ai-je envie de dire, je ne me sens jamais mieux. Il tourne les talons, prêt à remonter l'escalier.

« Je monte dans une minute, dis-je. Je vais me faire une tasse de thé. Peut-être que je vais lire un peu. Jusqu'à ce que je retrouve le sommeil.

— D'accord », dit-il. Il sait que je n'ai aucune intention de le suivre. « Tu n'as pas oublié que nous avons du monde à dîner ce soir, n'est-ce pas ?

— Non, dis-je, alors que j'avais effectivement oublié.

— Maria et Paddy… »

Bien sûr. Nous connaissons les Renouf depuis des années, depuis l'époque où Maria est entrée dans le service de Hugh comme chef de clinique. En ce temps-là déjà, Hugh sentait son potentiel, disait que c'était une pépite, qu'il ne fallait pas la laisser partir. Je les aime bien, tous les deux, mais c'est la première fois qu'il les invite, qu'il invite quelqu'un, en fait, depuis la mort de Kate. J'imagine qu'il s'est dit que ça me ferait du bien de cuisiner. Peut-être a-t-il raison. Suivre une recette. Éplucher, découper, peser. J'aimais bien cela, avant Kate. J'allais à des cours de cuisine, j'étais fière d'être passée de la femme qui n'y connaît rien à celle qui fait ses pâtes elle-même.

Mais maintenant, je n'ai aucune envie de voir qui que ce soit.

« On ne peut pas annuler ? »

Il vient me rejoindre. « Chérie, ça te fera du bien, je te le promets. » Il dépose un baiser sur le sommet de ma tête. C'est un baiser tendre et chaud. L'espace d'un instant, je veux me réfugier au fond de lui, pour qu'il me protège. « Nous allons passer un bon moment.

Comme à chaque fois. Maria ne va pas arrêter de parler boulot et Paddy te tournera autour, et ensuite, une fois qu'ils seront partis, nous en rirons. Je te le promets. »

Il a raison. Je sais qu'il a raison. Je ne peux pas m'enfuir éternellement.

« J'irai faire les courses ce matin », dis-je.

Il remonte à l'étage. Je reste sur ma chaise. Je laisse mon ordinateur fermé. Je ne veux pas m'inscrire sur rencontrz. J'ai peur de ce que je pourrais y voir.

Je fais du thé, je reste là avec mon livre. Une heure passe, une deuxième. Hugh descend, douché, prêt à partir travailler, suivi quelques minutes plus tard par Connor.

« Bonjour maman », dit-il. Il est habillé, en uniforme, le pull-over gris, la chemise blanche et la cravate marron. Je le regarde se servir un bol de céréales, se verser un verre de jus de fruit. Il a l'air chaque jour plus âgé, pensé-je.

« Ça va, chéri ? » dis-je, et il me répond « Ouais » avec un petit haussement d'épaules gentil, comme s'il n'y avait aucune raison pour que ça n'aille pas.

Peut-être qu'il va effectivement bien, mais j'en doute. Il ne pleure plus, mais c'est finalement plus inquiétant. Les seuls moments où il parle de la mort de Kate, c'est pour demander s'il y a « du nouveau », autrement dit « Est-ce qu'ils les ont arrêtés ? ». Au début, cela me mettait en colère – il se focalise complètement là-dessus –, mais maintenant je comprends que c'est la seule façon qu'il a trouvée de gérer son chagrin. Après tout, il vient à peine d'avoir quatorze ans. Comment pourrait-il réagir autrement ?

Il s'assoit devant son petit-déjeuner et je le regarde commencer à manger.

Le thérapeute chez qui nous l'avons emmené dit que tout ceci est normal. Il s'en sort aussi bien que possible, chemine à sa manière dans son chagrin, et nous devrions essayer de ne pas nous inquiéter. Mais comment puis-je ne pas m'inquiéter ? Il refuse de me parler. Il s'éloigne de moi. J'ai besoin de lui faire savoir à quel point je l'aime, qu'il n'y a rien que je ne ferais pour lui, mais c'est presque comme s'il avait décidé qu'il s'en fichait désormais.

Je m'éclaircis la voix. « Je suis disponible, si tu veux parler.

— Je vais bien. » Il mange ses céréales rapidement, tandis que je me fais un café. Pendant quelques instants, je me retrouve avec Kate, c'est le moment de la préparer pour l'école, mais la seconde d'après, c'est Connor qui se lève, débarrasse ses affaires. Ne pars pas, ai-je envie de dire. Reste avec moi. Parle-moi. Mais, bien entendu, je ne peux pas. « À ce soir ! » dis-je, et, en moins de temps qu'il n'en faut pour le dire, il a pratiquement passé la porte. Sans que je sache pourquoi, un désir pressant de le serrer dans mes bras me submerge.

Autrefois, j'y aurais cédé, mais plus aujourd'hui. En ce moment il peut aussi bien réagir par l'indifférence que par le contraire, comme si ce que je faisais ne le concernait plus, et aujourd'hui je ne pourrais pas le supporter. « Je t'aime ! » m'écrié-je, et en partant il répond : « Salut maman ». C'est presque suffisant.

Il grandit. Je le sais. Il est en train de devenir un homme ; ce serait une période difficile, même sans avoir à gérer la mort de Kate en plus. Il faut que je me rappelle que, quoi qu'il arrive, quelles que soient les difficultés, même s'il devient distant, il est dans la souffrance. J'ai peut-être le sentiment d'avoir failli déjà un million de fois, mais je dois malgré tout prendre soin de lui, le protéger, comme j'ai pris soin de sa mère et l'ai protégée, quand elle était enfant.

Je me détourne de la fenêtre. Je vais photographier une famille la semaine prochaine – une collègue d'Adrienne, son mari et leurs deux petites filles – et il faut que j'y pense. C'est la première fois que je me sens capable de travailler depuis la mort de Kate et je veux que cela se passe bien. En outre, j'ai un dîner à préparer. Il y a des choses à faire.

7

J'appelle Adrienne pour avoir les détails concernant son amie. Je veux organiser la séance. J'ai mon studio au fond du jardin ; j'y garde mes trépieds et mes spots, deux ou trois toiles de fond que je peux accrocher au plafond. J'y ai un bureau, même si je fais généralement mon travail de retouche sur mon ordinateur portable à la maison, assise à la table de la cuisine, ou dans le salon. « Ce serait bien s'ils pouvaient venir chez moi, dis-je. Ça faciliterait les choses. »

Elle perçoit le manque d'enthousiasme dans ma voix.

« Qu'est-ce qui ne va pas ?

— Tu l'as senti…

— Bien sûr. Parle-moi. »

Je n'en ai pas envie mais je n'arrive pas à comprendre pourquoi. Est-ce parce que je redoute qu'elle me dise juste de laisser courir, de cesser de m'en mêler, de cesser de m'inquiéter ?

« J'ai parcouru les affaires de Kate. Les trucs qu'Anna m'a donnés.

— Chérie…

— J'ai trouvé ses codes d'accès. Pour le site qu'elle fréquentait.

— Quel site ?

— Le site pour rencontrer des hommes. Il y avait aussi une liste de noms. De gens à qui elle parlait, ou qu'elle rencontrait, j'imagine.

— Les as-tu donnés à la police ?

— Hugh dit qu'ils les ont déjà.

— Bien. Alors tu ne peux rien faire de plus. »

Si, il y a quelque chose.

« Je pourrais m'inscrire. Sous son nom, je veux dire. J'ai son mot de passe. Je pourrais découvrir s'il y avait quelqu'un d'autre. »

Pendant un long moment, elle reste silencieuse.

« Adrienne ?

— Tu ne penses pas que la police l'aurait fait ?

— Je ne sais pas. Peut-être qu'ils n'ont pas compris ce qu'était rencontrz.com. Ni que Jasper1234 était son mot de passe. Je me suis dit que je pourrais aller sur le site et regarder l'historique de ses conversations. Pour voir s'il y a d'autres noms.

— Je ne sais pas… ça paraît risqué. »

Ses réserves ne font que renforcer ma détermination.

« Je veux seulement récupérer une liste de noms. »

S'ensuit une longue pause, comme si elle essayait de peser le pour et le contre. L'aspect positif résidant dans le fait de me maintenir occupée, et le risque étant que cela ne mène qu'à encore plus de déception.

Après tout, elle a raison. Il y a de fortes chances pour que la police ait déjà fait tout ça.

« Je suppose que ça ne peut pas faire de mal, dit-elle. Tant que tu ne parles que de récupérer la liste. Mais pourquoi ne pas d'abord vérifier auprès de la police ? »

Soudain, je ne suis pas sûre que ce soit une bonne idée, finalement. Une liste de noms. Que ferait la police avec ça ?

« Si ça se trouve, je ne vais même pas me donner cette peine. »

Elle soupire. « Fais attention, Julia. Quoi que tu fasses. Et donne-moi des nouvelles. »

Je passe l'après-midi à faire des courses, à cuisiner. Pendant un moment, je m'oublie dans le rythme de la recette. Mais cela ne dure pas. Et la soirée démarre mal. Connor annonce qu'il a des devoirs et qu'il veut dîner dans sa chambre ; Hugh et moi nous chamaillons pour savoir si nous devons lui en donner la permission. Les tensions couvent et la situation ne s'arrange qu'au moment où nos invités arrivent.

Après cela, la soirée suit le déroulement habituel, et pourtant l'atmosphère est indéniablement différente. La mort de Kate projette son ombre désormais familière – Paddy en parle presque dès leur arrivée, et ils nous présentent tous les deux leurs condoléances –, mais c'est plus que cela. Je suis détachée, je n'arrive pas à participer. Ils parlent beaucoup de Genève, où Hugh a été invité pour prononcer le discours d'ouverture d'une conférence, la semaine prochaine. Maria présentera aussi son travail et, bien que je connaisse cette ville, je ne me mêle pas à la conversation. Je me sens complètement à l'écart, observatrice de très loin. Je regarde Hugh verser du vin et je hoche la tête, tandis qu'ils boivent avec une moue appréciative, je mange le bœuf Wellington que j'ai cuisiné et j'accepte poliment leurs compliments, mais je fais semblant, je prétends être une personne normale. Ce n'est pas moi.

Lorsque nous avons terminé, Paddy avoue qu'il aimerait bien faire un saut dehors pour fumer une cigarette. « Je ne savais pas que tu fumais, dis-je.

— Sale habitude, dit-il, mais... » Il hausse les épaules. Je lui signifie que cela ne nous dérange pas qu'il fume à l'intérieur à côté d'une fenêtre ouverte, mais Marie proteste.

« Pas question ! Il n'a qu'à aller dehors ! »

Il fait celui qui est contrarié, mais cela reste bon enfant, plein d'humour. Il prend ses cigarettes dans sa veste et se tourne vers moi. « Tu m'accompagnes ? »

J'acquiesce. Hugh me regarde mais ne dit rien. Nous sortons, et refermons la porte derrière nous. Il fait presque nuit, et encore chaud. Nous nous asseyons sur le muret, au bord de la flaque de lumière projetée par la fenêtre de la cuisine ; derrière nous, se trouve mon studio. Il me propose une cigarette. « Tu ne fumes pas, si ? »

Je la prends. « Très rarement », réponds-je. Il allume sa cigarette et me tend le briquet. J'inhale profondément et je sens le cheminement de la fumée, la montée immédiate. Nous restons un moment silencieux, puis il me demande comment je m'en sors.

« Pour de vrai, je précise. »

Je déglutis avec peine. « C'est dur. Tu sais...

— Oui, je sais. Mon frère est mort il y a des années. D'un cancer. Il était plus âgé que moi...

— Oh mon dieu, dis-je. Je n'en savais rien.

— Aucune raison que tu le saches. » Un silence. Un battement. « L'issue était prévisible, mais malgré tout c'était affreux. Alors je ne peux même pas imaginer ce que tu es en train de traverser. »

Nous nous taisons quelques instants.

« Comment va Connor ? » demande-t-il.

Je soupire. Il n'y a rien à dire, mais je suis contente qu'il se soit donné la peine de poser la question. « Il va bien, je crois. Il n'en a pas vraiment parlé. Je ne suis pas certaine pour autant que ce soit une bonne chose…

— Il le fera, j'imagine. Quand il sera prêt.

— Je suppose. J'aimerais bien savoir ce qu'il pense. Ce qui se passe dans sa tête. Il reste des heures dans sa chambre, même si ce n'est pas nouveau, en fait. C'est comme s'il m'évitait.

— C'est aussi une question d'âge, non ? En plus, c'est un garçon. »

Je le regarde, son profil se découpe sur le fond des lumières de la maison. Est-ce aussi simple que ça ? J'ai perdu ma mère quand j'étais enfant ; je n'ai pas la moindre idée de ce qui est normal. Peut-être a-t-il raison, c'est juste que c'est un garçon, et que je suis une femme, et c'est pour cela qu'il se détache de moi. Je trouve cette pensée curieusement rassurante. Peut-être cela n'a-t-il rien à voir avec le fait que je ne suis pas sa vraie mère.

« Est-ce que Maria et toi, vous n'avez jamais envisagé d'avoir des enfants ? »

Il lance un regard en direction de sa femme, qu'on aperçoit dans la cuisine en train d'aider mon mari à préparer le dessert. Connor les a rejoints, ils rient de quelque chose.

« Pas vraiment, dit Paddy en ramenant ses yeux sur moi. La carrière de Maria… tu vois ? Et je n'y tiens pas plus que ça. Je viens d'une grande famille. Nous avons beaucoup de neveux et nièces… »

Il a l'air déçu mais je ne le connais pas assez pour me permettre de creuser davantage. Pas vraiment assez.

« Tant mieux », dis-je. J'écrase mon mégot.

« On rentre ?

— D'accord ! » Il s'essuie les mains sur son jean puis se lève, et me tend une main pour que je la saisisse. « Est-ce que vous allez à la fête de Carla ? »

J'avais complètement oublié. Une autre collègue de Hugh, qui a une grande maison dans le Surrey, un grand jardin, un barbecue à gaz. Elle organise une fête chaque année, au mois de juillet, et invite tout le monde. L'année dernière, nous nous étions bien amusés ; aujourd'hui cette perspective ne me réjouit absolument pas. Mais je suis prise au piège : elle envoie les invitations dès le mois d'avril. Il n'y a aucun moyen d'y échapper.

« J'imagine que oui », dis-je en me levant. Il sourit et dit que ça lui fait plaisir. Il attend une fraction de seconde avant de lâcher ma main, pas assez longtemps pour que je sois certaine que cela ait la moindre signification. Je ne sais pas si c'est moi qui ai tardé, ou lui.

Ils partent. Hugh va dans la cuisine, sans dire un mot. Je le suis. Il commence à ranger, à gratter chaque assiette avant de la rincer et de la mettre dans l'évier. Il ne sourit pas, ne se tourne même pas vers moi quand je lui parle.

« Qu'est-ce que tu as ? »

Il ne me regarde toujours pas. Une assiette tombe bruyamment dans l'évier. Est-ce parce que je suis sortie dans le jardin avec Paddy ?

« C'est Connor, dit-il.

— Connor ? » Je saisis un torchon et je commence à essuyer le plan de travail. « Qu'est-ce qu'il a ? Tu es toujours contrarié parce que je l'ai autorisé à manger dans sa chambre ?

— Entre autres, oui. »

Je choisis de l'ignorer. S'il veut ajouter d'autres sujets à la discussion, alors il va devoir en parler plutôt que de me laisser deviner.

« Il a été assez secoué ces derniers temps, dis-je. Je ne crois pas que nous devrions le forcer à faire ce qu'il n'a pas envie de faire. Nous devrions lâcher un peu de lest avec lui. »

Il pose l'assiette qu'il a dans les mains et se tourne pour me faire face. « Oui, eh bien, je pense que nous lui avons laissé beaucoup trop de lest ces derniers temps. Nous ne devrions pas lui céder. Il est très important que nous maintenions un quotidien normal, Julia.

— Ce qui veut dire ? »

Il tourne les paumes vers le ciel. « Le thérapeute a dit que nous ne devons pas faire trop d'exceptions. Il faut qu'il comprenne que la vie continue. »

La vie continue ? Ma colère monte encore d'un cran. La vie n'a pas continué pour Kate, en tout cas. Je prends une grande inspiration. « Je m'inquiète pour lui, c'est tout.

— Pas moi ? Il rentre, il sent la cigarette…

— La cigarette ?

— Tu n'avais pas remarqué ? Ses vêtements… »

Je secoue la tête. Je n'ai pas remarqué quoi que ce soit de ce genre. Soit je suis devenue négligente, soit Hugh imagine des choses, et je soupçonne que la seconde hypothèse soit la bonne. « Peut-être que ses amis fument ? Est-ce que tu as pensé à ça ? »

Il plisse les yeux dans une mimique accusatrice.

« Et après ? Il va boire ?

— Hugh…

— Se bagarrer à l'école…

— Quoi ?

— Il m'a raconté. Il s'est retrouvé dans une histoire de bagarre.

— *Il* t'en a parlé ?

— Oui. Il était contrarié. Il refusait de me raconter ce qu'il y avait, mais ça ne lui ressemble pas, Julia. Il ne s'est jamais battu à l'école. »

Il n'a jamais perdu sa mère non plus, pensé-je, mais je ne dis rien.

« Peut-être devons-nous le laisser faire ses propres erreurs ? Il faut qu'il grandisse. Il faut qu'il relâche la pression, surtout après ce qui s'est passé.

— Je pense juste qu'il faut que nous soyons plus vigilants avec lui.

— Moi, surtout, tu veux dire. Tu penses que *je* devrais être plus vigilante. Tu sais, il me semble que tu es le père parfait quand il s'agit de jouer aux échecs ou de vous faire livrer des repas lorsque je suis absente. Mais quand il a besoin d'un peu de discipline, là, c'est soudain mon boulot ? » Il m'ignore. « Alors ?

— Ce n'est pas ce que je veux dire. Écoute, c'est juste que je ne suis pas certain que tu…

— Que je *quoi* ? »

Je sais exactement ce qu'il veut dire. *Que je donne le bon exemple*. Il fait référence à ce qui s'est passé à Paris.

« Je ne suis pas certain qu'en ce moment tu sois là pour Connor de la manière dont il aurait besoin. »

Je ne peux pas m'empêcher d'éclater de rire, mais c'est nerveux. D'un certain point de vue, il a peut-être raison.

« Qu'est-ce que ça veut dire, exactement ? »

Il baisse la voix. « Julia, s'il te plaît. Calme-toi. Sois raisonnable. »

Je retourne à la table pour finir de débarrasser et lui tourne le dos. C'est là que cela se produit. Devant moi se trouve le verre dans lequel j'ai bu à table et, au moment où je le saisis, un désir soudain et presque irrésistible remonte à la surface. Je me vois en train d'y verser le vin de la bouteille qu'ils n'ont pas complètement terminée, et de boire. Je le sens, lourd dans ma bouche. J'en sens le goût, poivré, chaud. Je le veux, plus que tout.

Je tiens le verre dans ma main. Je me dis que c'est la première fois depuis Paris, la première fois que je suis tentée. Ce n'est pas un faux pas. Ça a seulement le sens que je veux bien y mettre.

« Julia ? »

Je l'ignore. Laisse passer la crise, me dis-je. Laisse passer. Le désir va monter jusqu'à son apogée comme une vague géante, puis se retirera. Il suffit d'attendre. Hugh est là de toute manière et, quoi qu'il arrive, je ne boirai pas devant lui.

Pourtant, j'ai réussi à boire à Paris, et c'était il y a des semaines. Depuis, je n'ai même pas éprouvé la moindre tentation. Même si je devais boire maintenant, cela ne signifierait pas forcément le début de la fin.

Je repense au programme. La première étape. Ce n'est pas quelque chose que je peux contrôler ; le fait sé des semaines sans être tentée ne signi- que je suis guérie. Il est illusoire d'imaginer qu'on puisse contrôler quoi que ce soit.

Je pense à ma marraine, Rachel. « L'addiction est une maladie patiente, m'a-t-elle dit un jour. Elle attendra toute ta vie, s'il le faut. N'oublie jamais ça. »

Je n'ai pas oublié. Je ne l'oublierai pas.

« Julia ? » dit Hugh. À sa voix, il paraît agacé. J'ai raté quelque chose ; il devait être en train de me parler.

Je me retourne. « Oui ?

— Je sais qu'il a de la peine à cause de la mort de sa mère… »

Le choix des mots fait mal, mais ma colère supplante le désir de boire et le force à reculer encore d'un cran.

« Il n'a jamais considéré Kate comme sa mère.

— Tu sais ce que je veux dire. La mort de Kate le touche forcément, mais…

— Mais quoi ?

— Mais il n'en parle pas encore vraiment, et je trouve cela inquiétant. Peut-être qu'il devrait, à ce stade. »

Son commentaire me met en rage. « Est-ce qu'il ne t'est jamais venu à l'esprit que c'est un processus ? Il n'y a pas de calendrier. Tout le monde n'est pas capable de gérer la mort de Kate comme toi.

— Ce qui signifie ?

— Qu'il va falloir bien plus de temps à Connor pour se remettre de la mort de Kate qu'il ne t'en a fallu, à toi. »

Je pense à ce qu'Adrienne m'a dit. « Ne t'imagine surtout pas que Hugh s'en fiche. C'est juste son côté collet monté. Le chagrin, c'est désordonné, et il n'aime pas le désordre. En plus, n'oublie pas qu'il doit se frotter à des questions de vie et de mort au quotidien, dans son travail. Tout le temps. On doit s'endurcir, dans ce genre de contexte. »

Il a l'air choqué. « Je ne me suis pas remis de sa mort. Kate et moi avons été proches, autrefois. Elle me manque à moi aussi. Qu'est-ce qui te fait dire une chose pareille ? C'est blessant.

— Est-ce que tu es toujours en contact avec le ministère des Affaires étrangères ? Ou est-ce que tu me laisses tout faire ?

— Je leur parle tout le temps, Julia…

— Tu penses que je ne devrais pas aller sur Internet et regarder à quoi ressemble l'endroit où elle a été tuée…

— Je pense juste que tu es assez mal comme ça. Tu as besoin de te concentrer sur Connor, sur ton travail. Sur l'avenir, pas sur le passé.

— Qu'est-ce que tu entends par là ? »

Il ouvre la bouche pour parler, puis il semble se raviser. Quelques instants plus tard, il se retourne et jette le torchon qu'il avait posé sur son épaule.

« Julia, je suis vraiment inquiet à ton sujet.

— À *mon* sujet ?

— Oui, aussi étonnant que ça puisse paraître. Je pense qu'il faut que tu ailles voir quelqu'un. Tu ne t'en sors pas. Je pars à Genève lundi, et tu seras seule ici…

— Oh, je m'en sortirai très bien, dis-je, mais il continue à parler, il ne paraît pas m'avoir entendue.

— … et je voudrais bien que tu envisages, au moins, d'aller voir quelqu'un… »

Ma fureur redouble d'intensité. Une digue cède en moi. Je ne peux en supporter davantage. « Oh, fous-moi la paix, Hugh. » Le verre dont j'avais oublié la présence dans ma main s'écrase sur le sol. Je ne me souviens pas l'avoir jeté.

Il fait un pas dans ma direction, puis paraît changer d'avis et se retourne, comme pour partir. Finalement, il est furieux, moi aussi, et je me sens presque mieux. C'est autre chose que l'apathie, ou la souffrance.

« Où vas-tu ?

— Dehors. Je vais me promener. J'ai besoin de me calmer. »

Il s'en va. Toute la maison tressaille, puis tout redevient silencieux, et je suis seule.

8

Je reste assise au bord du lit un moment. Je caresse la housse de couette. Du coton égyptien, bleu-vert pastel. Notre lit… Que s'est-il passé ?

Nous l'avons acheté lorsque nous avons emménagé ici il y a quatre ans, et il n'a rien de très spécial. C'est l'endroit où nous dormons, nous parlons, nous lisons. Parfois, nous faisons l'amour et, lorsque cela arrive, c'est toujours tendre, lent. Agréable, généralement, à défaut d'être excitant.

Cela l'a-t-il jamais été ? Oui, pendant un certain temps, mais dans une relation la frénésie des débuts ne peut être maintenue durablement ; il faut qu'elle se consume, qu'elle se transforme en autre chose. Ce n'est ni sa faute ni la mienne. Cela arrive à tout le monde.

Peut-être est-ce arrivé plus tôt pour nous. Hugh est le fils du meilleur ami de mon père ; il me connaît depuis que je suis entrée à l'école. Bien qu'il soit plus âgé que moi, nous nous sommes toujours bien entendus, et lorsque son père essayait de prendre soin du mien, Hugh prenait soin de moi, et m'aidait à m'occuper de Kate. Notre passion, lorsqu'elle s'est enfin déclarée, était muette. Elle était déjà chargée d'une histoire. J'ai parfois l'impression que nous avons raté une étape, que nous sommes directement passés d'une relation d'amitié à une relation de compagnonnage.

J'entends Hugh rentrer. Il va dans le salon. Je me lève. Il faut que je descende, que j'aille lui parler, que nous crevions l'abcès. Si je ne le fais pas, il dormira dans le canapé de son bureau et je passerai une autre nuit allongée seule dans le lit, à essayer de trouver le sommeil, alors que mon cerveau crépite, sillonné d'images et de pensées qui refusent de battre en retraite. Je retournerai les événements de la soirée dans tous les sens, et, au centre, il y aura toujours Kate. Descendant la ruelle, levant les yeux pour apercevoir devant elle une silhouette dans l'ombre, souriant aimablement ; mais au moment où elle fait un pas de plus, la silhouette lève la main et le sourire de Kate se transforme en une grimace de terreur lorsqu'elle comprend que la situation a mal tourné, que, cette fois, elle a commis une erreur. L'homme qu'elle est venue voir n'est pas celui qu'elle croyait.

Si je fermais les yeux, je verrais la scène aussi clairement que si elle se déroulait devant moi, j'en ai la certitude. Un poing dans la figure, un coup donné par un pied lourdement chaussé. Comment ai-je pu ne pas le sentir ? Ce lien occulte que je pensais avoir avec elle, pourquoi nous a-t-il abandonnées au moment où il était si important ? A-t-il été rompu lorsque nous avons recueilli Connor ? Je verrais son sang, répandu sur le trottoir. Je verrais son nez, cassé. Je l'entendrais pousser un cri. Je me demanderais si elle avait su, si elle avait senti que c'était la fin. Je me demanderais si elle avait beaucoup souffert. Je me demanderais si elle avait pensé à moi et, si oui, si c'était avec amour. Je me demanderais si, à la fin, elle m'avait pardonné.

Je descends l'escalier. « Hugh ? »

Il est assis dans le salon, avec un verre de whisky. Je m'assois face à lui.

« Tu devrais aller te coucher.

— Je suis désolée. »

Il me regarde, pour la première fois depuis que je suis entrée dans la pièce. Il soupire, boit une gorgée.

« Ça fait mal.

— Je sais. »

Il n'y a rien d'autre à dire. Nous allons nous coucher.

Le matin, je parle à Connor.

« Je ne sais pas ce que tu as entendu hier soir, dis-je. Mais ton père et moi, nous t'aimons très fort. »

Le lait qu'il verse dans son bol de céréales fait des clapotis et éclabousse un peu la table. Je résiste à l'envie pressante de les essuyer. « Je vous ai juste entendus vous disputer. »

Cela fait aussi mal qu'une gifle. C'est le contraire de ce que je veux pour mon fils, de ce que j'ai promis à Kate. De la stabilité. Des parents aimants. Un foyer sans conflits.

« Tous les couples se disputent, c'est normal.

— Est-ce que vous allez vous séparer ?

— Non ! Bien sûr que non ! »

Il retourne à son bol de céréales. « Vous vous disputiez pour quoi ? »

Je ne veux pas lui répondre.

« C'est difficile. Les derniers mois ont été durs. Pour nous tous. Avec Tatie Kate, et tout ça. » Je sais que je dis des évidences, mais ça me paraît honnête, et nécessaire. Une ombre passe dans son regard et, l'espace d'un instant, j'entrevois de quoi il aura l'air lorsqu'il sera bien plus âgé, mais cette expression disparaît, laissant derrière elle une sorte de tristesse. J'ai l'impression qu'il va dire quelque chose, mais il ne le fait pas.

« Elle te manque ? »

Il s'immobilise, la cuillère à mi-hauteur entre le bol et sa bouche. Il la repose dans le bol. À nouveau, il a l'air pensif, bien plus âgé. Pour une raison mystérieuse, il me rappelle Marcus – c'était la même expression qui se peignait sur son visage en ces rares occasions où il était inquiet ou pensif –, mais il se met à parler et redevient instantanément un adolescent.

« Je ne sais pas. » Son visage se décompose, les larmes lui montent aux yeux. C'est inattendu ; je bondis sur mes pieds, poussée par le désir de l'apaiser, de le réconforter.

« Tout va bien. Quoi que tu ressentes, et même si tu ne sais pas ce que c'est, ce n'est pas grave. »

Il hésite. « J'imagine qu'elle me manque. Un peu. Et à toi ?

— Oui, elle me manque. Tous les jours.

— J'veux dire, poursuit-il. On ne la voyait pas si souvent que ça, mais quand même…

— C'est différent, n'est-ce pas ?

— Oui. Quand quelqu'un est vivant, même quand on ne le voit pas très souvent, on sait qu'on peut le voir. Si on veut.

— Oui.

— Et maintenant, je ne peux plus. »

Je reste silencieuse. Parce que je veux lui laisser le temps de parler, mais aussi parce que je suis en train de me demander s'il avait réellement l'impression qu'il pouvait voir sa mère quand il voulait. Hugh et moi, nous lui aurions peut-être donné la permission s'il avait réclamé – de le faire, d'y aller et de passer du temps avec elle –, mais nous ne l'avons jamais vraiment encouragé. Peut-être avais-je trop peur qu'elle ne le laisse pas repartir.

« Tu sais, dis-je enfin, quoi que tu ressentes, tu peux me demander ce que tu veux. Absolument tout ce que tu veux. »

Bien que je les dise avec la plus grande sincérité, mes mots sonnent creux. Parce que la vérité, c'est qu'il y a des secrets, des choses que je ne lui dirai pas, même s'il me pose la question.

Un long silence, puis il demande : « Tu crois qu'ils vont les attraper ? Les gens qui ont tué Kate ? »

J'en reste bouché bée. Il ne l'a pas appelée Tatie. Je me demande si c'est la première étape avant de l'appeler maman. L'air est électrique.

« J'espère bien, chéri. Mais c'est difficile. »

Le silence s'installe entre nous.

« Papa dit que c'était quelqu'un de gentil qui avait de mauvaises fréquentations. »

Je glisse deux tranches dc pain dans le grille-pain et je lève les yeux. Je souris. C'est exactement ce que Hugh pensait de moi. Que j'étais quelqu'un de gentil, mais de trop influencé par ceux qui m'entouraient. Pendant mon séjour à Berlin, il me disait : « Fais attention à toi. Tu nous manques à tous… » Et je savais qu'il voulait dire : *Ces gens ne sont pas tes amis*. Il essayait de me sauver, même en ce temps-là ; seulement, je n'étais pas prête à être sauvée.

« C'était quelqu'un de véritablement gentil. Point. »

Il hésite.

« Alors, pourquoi est-ce qu'elle ne voulait pas de moi ?

— Connor, c'est compliqué…

— Papa dit que je ne devrais pas m'en préoccuper. Il dit que Tatie Kate m'aimait beaucoup, mais qu'elle ne s'en sortait pas, qu'elle n'avait pas les moyens d'élever un bébé, mais que vous, si, alors c'était logique.

— Eh bien, c'est vraiment une manière très simpliste de voir les choses… »

Je me demande à quel moment Hugh a raconté tout ça à Connor. Je ne savais même pas qu'ils en avaient parlé. Je me dis que nous devons faire des efforts supplémentaires, pour être francs avec Connor, pour être unis. Comme nous l'avons décidé, il y a des années.

« Si vous vouliez des enfants, pourquoi vous n'en aviez pas ?

— Nous ne pouvions pas. » J'essaie de garder une voix impassible. Je ne veux pas qu'elle tremble, qu'elle trahisse la perte que je veux taire. « Nous avons essayé. Plusieurs années. Mais l'un d'entre nous… » Je m'interromps. Il n'a pas besoin d'avoir les détails. « Nous ne pouvions pas, c'est tout. » Tout me revient alors. La clinique, les murs blancs et les sols en lino, les gants bleus qui débordent des boîtes, les affiches faisant la promotion d'associations et de centrales d'aide dont je savais que je ne les contacterais jamais. Je me souviens des étriers, du métal froid entre mes jambes. La sensation d'être punie.

Je me rends compte que je n'ai jamais parlé de cela à quiconque, certainement pas à Hugh. Il ne sait rien de ce bébé que j'aurais pu avoir mais que je n'ai pas eu.

« Qui ne pouvait pas ? »

Je regarde mon fils. Le fils de Kate. « Je ne sais pas. » Le sentiment de honte, familier, m'envahit alors. Je pensais l'avoir surmonté depuis des années. Je me trompais. « Nous ne savons pas. Mais peu importe. Cela ne fait aucune différence. Nous t'aimons, Connor. Tu es notre fils. »

Le grille-pain émet un petit tintement, le pain sort d'un bond. Je sursaute un peu, puis je commence à beurrer ses toasts.

« Merci maman », dit-il. Je ne sais pas très bien de quoi il me remercie.

Je sors la clé de mon sac et je défais le cadenas. La porte de la petite maison s'ouvre vers l'intérieur avec un grincement, et j'attends un peu, le temps de laisser s'échapper une partie de la chaleur. Bien que les parois soient enduites et peintes et que j'allume des bougies parfumées lorsque je travaille, il y règne quand même une vague odeur de bois. Néanmoins, l'endroit est rassurant ; c'est mon espace, mon refuge.

Je referme la porte derrière moi et m'assois à mon bureau. Devant moi, je pose la boîte à biscuits, celle qu'Anna m'a donnée. Je me sens plus calme, maintenant. Je sais ce que j'ai à faire.

Je sors le Filofax de Kate de la boîte et je le pose sur le bureau, à côté de mon ordinateur portable. La lumière qui entre dans mon atelier par la fenêtre derrière moi se reflète sur la surface ; j'ajuste la position de ma chaise et modifie l'orientation de mon écran. Enfin, j'appuie sur une touche.

Le fond d'écran est une vieille photo de moi, où l'on me voit assise sur un banc à Hampstead Heath, avec Connor sur les genoux. Sur la photo, il a quatre ans, peut-être cinq. Dix ans déjà, et j'ai l'air si heureuse, si ravie d'être enfin mère, et pourtant, aujourd'hui, j'ai l'impression que tout cela appartient à une époque totalement différente. Je constate une fois de plus à quel point, depuis la mort de Kate, il y a un avant et un après dans ma vie.

J'appuie sur une autre touche et la photo de Connor disparaît, remplacée par la dernière fenêtre que j'ai ouverte. C'est une vidéo.

Je clique sur Play. C'est une vidéo de nous deux, Connor et moi, sur la plage. Hugh nous a filmés il y a des années, du temps où il utilisait encore son caméscope. Connor a à peu près cinq ans, il porte un maillot de bain rouge et il est tartiné d'écran total ; nous courons tous les deux dos à la caméra, vers la mer, en riant.

C'était un été magnifique ; nous avions loué une villa au Portugal. Nous passions nos journées au bord de la piscine ou sur la plage. Nous déjeunions dans un restaurant du village ou nous partions en voiture en direction des collines. Nous nous asseyions sur la terrasse pour contempler le coucher de soleil, une fois que nous avions mis Connor au lit. Nous restions là, à parler, puis nous allions nous coucher et là, en silence, doucement, nous faisions l'amour. Nous étions heureux. Si parfaitement heureux.

Le film est presque terminé lorsque je reçois un appel : c'est Anna, sur Skype. Je n'ai pas envie de lui parler maintenant. Je clique sur Ignorer. Je la rappellerai plus tard. Ce que j'ai à faire ne prendra pas beaucoup de temps.

La vidéo se termine ; Connor est figé au loin.

Je suis prête.

J'ouvre mon navigateur et je commence à taper l'adresse Web : rencontrz. Je n'ai besoin que de rentrer les premières lettres, le reste se complète automatiquement en reconnaissant ma recherche de l'avant-veille, lorsque je n'avais pas été jusqu'à taper sur Entrée.

Je me lance. J'ai une impression de légèreté ; c'est inexplicable, mais bien réel. Mon corps n'est plus ancré à rien. Je flotte. La fenêtre se charge. Une photo apparaît, un couple, qui marche sur une plage en riant. Elle est bien banale, mais à quoi m'attendais-je ?

En haut de l'écran, une barre intitulée « nom d'utilisateur » et une autre « mot de passe ». Je tape KatieB, puis Jasper1234. J'appuie sur Entrée.

Je ne sais pas trop ce qui va se passer. La machine semble hésiter, prendre une éternité, mais alors, l'écran change et un message apparaît au milieu : « Heureux de vous retrouver, Katie ! Cela faisait longtemps ! »

On dirait que quelque chose m'a frappée, m'a giflée pour me ramener sur terre. Je suis complètement à cran, je n'arrive pas à respirer, mais ensuite je réalise qu'il s'agit d'un message automatique. Je respire profondément, j'essaie de me calmer. À côté, un bouton marqué « Entrer ». Je clique.

Je ne suis pas prête pour ce qui suit ; il y a une photo de ma sœur dans le coin supérieur gauche de l'écran, sous le logo du site. Un autre électrochoc. C'est comme si elle était là, assise devant son ordinateur. C'est comme si tout ce que j'avais à faire, c'est taper un message et cliquer sur Envoyer

– exactement comme je le fais avec Anna, Adrienne, Dee et Fatima –, et ensuite je pourrai à nouveau lui parler, lui dire que je suis désolée, que Connor va bien. Qu'elle me manque.

Mais je ne peux pas. Elle est partie. Je me concentre sur la raison qui m'a poussée à me connecter à ce site, je m'oblige à regarder la photo qu'elle a utilisée. On dirait qu'elle a été prise pendant des vacances. C'est un plan rapproché. Elle est allongée sur un drap de plage, à plat ventre, et elle lit. Ses lunettes sont remontées sur sa tête, elle est bronzée. Elle porte un maillot deux-pièces et elle s'est calée sur ses coudes. Ses seins sont un peu écrasés contre la serviette, mais elle a l'air naturelle, elle ne pose pas.

Elle sourit. Heureuse. Je regarde fixement la photo. Je me demande quand elle a été prise, et par qui. Elle a l'air si détendue. Je n'arrive pas à croire que la petite fille que je tenais autrefois dans mes bras, que je baignais, à qui je lisais des livres, est partie. Je n'arrive pas à croire que je ne lui reparlerai plus jamais.

Je me mets à pleurer. Je glisse, en arrière, vers la douleur. Je n'y arriverai pas, me dis-je. Pas seule.

Je rappelle Anna.

« Il doit y avoir un onglet en haut concernant l'activité récente. Tu pourrais aller voir là : tu sauras qui sont les dernières personnes à avoir regardé son profil. »

Elle m'a déjà demandé si j'allais bien, ce que j'étais en train de faire. Elle a déjà soulevé la question de savoir si c'était une bonne idée, et je lui ai répondu le demi-mensonge qu'elle m'avait été suggérée par

Adrienne. « Je veux juste voir s'il y a quelque chose que la police a pu manquer. »

« OK, j'y suis.

— Alors tu devrais voir les *tchat-rooms*. Sur la droite. »

Je réduis la fenêtre de tchat et le visage d'Anna disparaît. Derrière, c'est le site de rencontres, avec la liste des tchat-rooms. *Un plus. Un petit à-côté. Couples et groupes*. Je me demande vers lequel Kate s'est orientée.

« OK.

— Kate et moi, on allait d'habitude sur *On cause*, dit Anna. Mais il doit y avoir un onglet en haut marqué Amis et Favoris.

— Je le vois.

— Ce sont les gens avec qui Kate échangeait. Ceux avec lesquels elle est en lien, auxquels elle a lié son profil. »

Je clique sur l'onglet et une nouvelle liste de noms apparaît, avec des photos associées. Je tressaille. Ma main droite commence à trembler. Robbie676, Lutture, SteveXXX... La liste est interminable.

Je déroule ; en tout, une quinzaine noms.

« Alors ? » demande Anna.

Mon espoir s'enfuit par vagues et soudain, je suis vide. Littéralement vidée. Tout cela est futile, je suis une idiote. Que croyais-je découvrir ? Un message d'un de ses amis, me disant qu'il a tué ma sœur ? Un message adressé à elle : « J'ai fini par t'avoir ? »

« Je ne sais pas. Juste une liste de noms. Ça pourrait être n'importe qui. »

Elle ne dit rien.

Je me rends compte pour la première fois qu'elle a peut-être peur. Elle a été sur le même site, il est même possible qu'elle ait parlé aux mêmes gens. Elle doit se dire que cela aurait pu aussi bien être elle, dans la ruelle, au lieu de Kate.

Pendant quelques instants, je regrette que cela n'ait pas été le cas, puis je repousse cette pensée. Je ne le souhaite pas, ni pour elle ni pour personne.

« Peut-être que tu devrais aller en voir certains ? dit-elle. Regarder leur profil ? Vérifier si l'un d'eux ne vit pas dans le secteur. »

Je suis surprise. « Ce n'est pas forcément le cas ?

— Non. N'oublie pas que Kate ne cherchait pas seulement à rencontrer des gens pour de vrai. Avec certains, c'était totalement virtuel. Ils peuvent se trouver n'importe où, à l'autre bout du monde. »

Elle a raison, bien entendu. Je sélectionne deux ou trois profils à examiner. SexyLG, dont la photo de profil représente un coucher de soleil, vit dans le Connecticut ; CRM1976 s'avère être une femme. Je clique sur quelques autres et découvre que la plupart d'entre eux vivent à l'étranger – en Europe, aux États-Unis, en Australie. Certains sont bien plus âgés que Kate, très peu sont plus jeunes. Personne ne ressemble au genre de personnes que j'aurais cru intéresser Kate, d'un point de vue sexuel ou autre.

« Personne ?

— Toujours pas. Il faut que je creuse encore. »

Je passe les autres en revue. Je n'en vois qu'un seul qui pourrait coller. Harenglish.

« En voilà un. Homme, vit à Paris. » Je clique sur son profil. Il a choisi un plan poitrine, il est chauve. Il porte des lunettes et un blouson de motard en cuir.

Il a caché son âge mais il doit avoir trente-cinq, quarante ans. Il est Poissons, dit-il, célibataire, il cherche l'amour ou « un peu de fun en passant ».

« Comment s'appelle-t-il ? » demande Anna. Je lui dis, puis je l'entends taper sur son clavier. J'imagine qu'elle se connecte sur le site, et qu'elle va voir son profil.

Je regarde fixement sa photo comme s'il s'agissait d'une énigme à résoudre. Il a l'air gentil, innocent en fait, mais qu'est-ce que cela veut dire, après tout ? N'importe qui peut trouver une bonne photo, on peut toujours se présenter sous son meilleur jour. N'est-ce pas ce que nous essayons tous de faire, d'une certaine manière ? Montrer notre meilleur visage au monde, camoufler la noirceur qui se cache à l'intérieur ? Le filtre d'Internet rend juste la chose plus aisée.

Si seulement il y avait un moyen me permettant de découvrir quelle relation il entretenait avec ma sœur. S'ils avaient été assez proches pour qu'elle le classe parmi ses amis, pourquoi ne lui a-t-il pas envoyé de messages, pourquoi n'a-t-il pas exprimé sa stupéfaction, ou au moins sa surprise, lorsqu'elle a disparu ?

« Je ne le reconnais pas. »

Je m'imagine en train de faire ce qu'Adrienne a suggéré. Noter son nom, ainsi que ceux de toutes les personnes que Kate était susceptible d'avoir rencontrées, puis faire passer ces informations à la police. Mais peut-être ont-ils déjà enquêté sur ces noms.

« Je vais lui envoyer un message.

— Attends ! » Je perçois une tension dans sa voix ; c'est à la fois inquiétant et surprenant. J'ouvre la fenêtre Skype : elle a les yeux plissés comme si elle se concentrait très fort, elle a l'air angoissée.

« Qu'y a-t-il ?

— C'est peut-être dangereux. Attends, réfléchis. Tu es connectée avec le profil de Kate. Si c'est lui qui l'a tuée, il saura que tu es quelqu'un d'autre, en train de se faire passer pour elle. Ça va juste le faire fuir, le rendre encore plus prudent. Il faut qu'on la joue finement. » Elle hésite. « Peut-être que je pourrais lui envoyer un message ? Juste salut. Voir si j'arrive à découvrir quelque chose. »

Je l'entends taper. « C'est parti », dit-elle au bout de quelques secondes, et, à cet instant précis, ma machine émet un petit ping. Mais le message ne vient pas d'elle, ni de Harenglish. Quelqu'un d'autre a envoyé un message à Kate. Eastdude.

Tout à coup, je ressens une bouffée d'excitation étrange, à laquelle je ne m'attendais pas.

« J'ai un message !

— De qui ? »

Je lui dis. Elle connaît ce nom. J'ouvre la liste que Kate avait cachée dans son Filofax : il y est.

« Ce type est sur la liste de Kate. C'est lui.

— Julia, on n'en sait rien. »

Elle a raison. Au moment même où je m'apprête à tchatter avec Eastdude, je me rends compte que mon raisonnement a une faille. S'il a tué ma sœur, pourquoi serait-il en train de lui écrire, là, tout de suite ?

Je regarde fixement le message comme s'il était dangereux, empoisonné.

« Peut-être se demande-t-il juste pourquoi Kate est restée si silencieuse.

— Je vais le lire. »

Je clique sur le message d'Eastdude et il s'ouvre dans une autre fenêtre. On dirait qu'il a été tapé dans l'urgence. « Hé katie. T revenue ! Tu m'as manqué ! Si ça te dit un autre plan Q – suis tjs partant ! »

J'essaie d'imaginer ce que Kate aurait fait. Aurait-elle répondu par un simple « oui » ? Et après ? Ils auraient convenu d'un rendez-vous, j'imagine, ils se seraient rencontrés. Pour un verre ? Un dîner ? Ou serait-elle allée chez lui, ou l'aurait-elle fait venir chez elle ? Aurait-elle trouvé plus simple de faire l'impasse sur les préliminaires ?

« Il veut savoir si elle est tentée par un plan Q.

— Où ça ?

— Il ne dit pas. » Je clique sur son profil. Il vient d'avoir trente ans, dit-il, bien que sa photo laisse penser qu'il en a au moins dix de plus. Sous « lieu », il a mis « New York ».

« New York.

— Mais ça n'a aucun sens. »

Je relis. « « un autre plan Q ». Je ne me souviens pas que Kate soit jamais allée à New York. Elle y est allée ?

— Non. Il doit vouloir parler de cybersexe. »

Le cybersexe. Des descriptions interminables de qui fait quoi à qui. Ce qu'ils portent, les sensations que ça leur donne. Adrienne a toujours plaisanté sur le fait que, dans la réalité, ce sont le plus souvent des gens qui traînent en survêtement, couverts de vomi de bébé.

« Mais ils appelleraient ça un plan cul ? dis-je.

— C'est possible.

— Il n'y a pas d'historique de conversation.

— Alors tu devrais laisser tomber, Julia.

— Je pourrais répondre à ce message. Il pense que je suis Kate.

— Et obtenir quoi ?

— Juste pour savoir ce qu'il sait… »

Je regarde à nouveau la photo. Eastdude. Il a l'air innocent, inoffensif. Il perd ses cheveux et, sur la photo qu'il a choisie, il tient dans ses bras une femme dont la silhouette a été maladroitement découpée. Tout comme je me suis retirée de la photo de Marcus.

Je me demande de quoi Kate et lui ont parlé. Je me demande s'il la connaissait bien, ou à peine.

N'est-ce pas la raison pour laquelle je suis venue sur ce site ? Pour le découvrir ?

« Je ne sais pas si ça va aider, dit Anna.

— Aie confiance en moi, dis-je. Je te rappelle. »

Nos messages défilent sur l'écran. Eastdude pense qu'il est en train de parler à Kate.

« Tu ne te rappelles pas comme c'était chaud ? Ça me désole. »

La ligne suivante est un symbole, un visage rond, jaune, qui fait un clin d'œil. Il plaisante.

Je me sens mal à l'aise. C'est comme ça que commence un tchat de cybersexe, par des considérations sur la météo ?

« J'ai eu pas mal de trucs à faire, ces derniers temps. »

Sa réponse est presque instantanée.

« Du boulot ? »

Je ne sais pas trop ce qu'il veut dire. Kate n'avait que des emplois temporaires, à ma connaissance ; barmaid, serveuse, secrétaire. À nouveau, je me demande ce qu'elle lui a dit.

Il faut que je reste vague.

« En gros, oui.

— Dur. En tout cas, j'adorerais reprendre les choses là où on les avait laissées. Tu vas bien ? J'ai cru qu'il t'était arrivé quelque chose

— Pourquoi donc ?

— Tu as disparu. Ensuite, j'ai eu une visite de la police. Ils m'ont demandé de quels sujets on avait parlé. Si j'étais allé à Paris récemment. Je me suis dit que ça avait quelque chose à voir avec toi. »

Je me fige.

« Tu leur as dit ? »

Il lui faut un moment pour répondre.

« Qu'est-ce que tu crois ? »

Que veut-il dire ? Oui, il l'a fait, ou non, il ne l'a pas fait ?

Je me rappelle qu'il ne peut pas avoir tué ma sœur. Il pense qu'il est en train de lui parler.

À moins qu'il soit en train de mentir.

« Il ne m'est rien arrivé, dis-je. Je suis en forme.

— Plus qu'en forme, à mon avis ! »

Un autre symbole : un visage suant avec la langue pendante.

« Merci », réponds-je. Je me rends compte qu'il faut que je sois prudente si je veux le faire parler. « Alors, tu disais que tu voulais reprendre là où nous en étions.

— Dis-moi ce que tu portes, d'abord. »

J'hésite. Ce n'est pas bien, je me sens atrocement mal. Je fais semblant d'être ma sœur – ma sœur morte –, et à quelles fins ?

J'essaie de me convaincre. Je veux découvrir qui l'a tuée. Je fais ça pour de bonnes raisons, pour Kate et son fils.

Alors, pourquoi ai-je envie de vomir ?

« Qu'est-ce que je portais, la dernière fois ? écris-je.

— Tu ne te souviens pas ?

— Non, dis-je. Pourquoi tu ne me rafraîchirais pas la mémoire ?

— Plus grand-chose, à la fin. »

Un autre visage souriant, cette fois avec la langue pendante.

J'hésite. Le curseur clignote, attendant que je décide ce que je vais écrire, jusqu'où je vais mener cette affaire. Cela paraît irréel, moi à Londres, lui à New York, séparés à la fois par des milliers de kilomètres et par rien du tout.

« J'imagine que c'est ce que tu portes en ce moment même. »

Je ne réponds pas.

« Je pense à toi ne portant rien du tout… »

Je ne dis toujours rien. Ce n'est pas ce que je voulais voir arriver.

« Je commence à avoir la trique, là. »

Je ferme les yeux. Je ne devrais pas être en train de faire ça. Je suis une voyeuse, je pille la vie virtuelle de ma sœur, la vie privée de ma sœur décédée. Je suis une voleuse.

Je devrais arrêter, mais je ne peux pas. Pas maintenant. Pas tant que je ne sais pas avec certitude que ce n'est pas lui.

Un autre message arrive.

« Et toi, tu as envie de moi ? »

J'hésite. Kate me pardonnerait, non ? J'écris :

« Oui.

— Tant mieux, dit-il. Dis-moi ce dont tu te souviens. Dis-moi que tu te souviens comme c'était chaud.

La manière dont tu décrivais ton corps. Les choses que tu faisais.

— Je me souviens.

— Dis-moi ce que tu veux, là, tout de suite.

— Toi.

— Je t'embrasse, partout. Ta bouche, ton visage. Je descends. Tes seins. Ton ventre. »

À nouveau, quelque chose en moi me dit que c'est mal. Il pense qu'il parle à Kate. Il est en train d'imaginer qu'il baise avec ma sœur morte.

« Tu aimes ? »

Mes mains sont suspendues au-dessus du clavier. Si seulement je savais quoi répondre.

« Tu aimes sentir ma langue sur ta peau ? J'adore le goût de ta peau… »

Qu'est-ce que Kate aurait dit ?

« Tu veux que je descende plus bas ? »

Que dire ? Oui ? Oui, je veux ? Je peux lui répondre que je veux qu'il descende, que je ne veux pas qu'il arrête, ou je peux lui demander ce qu'il a raconté à la police, où il était en février, le soir du meurtre de ma sœur, s'il a tué ma sœur. Rien qu'en le formulant dans ma tête, cela paraît ridicule.

J'attrape ma machine et je me lève. Je ne sais pas quoi faire.

« Tu es prête ? »

La terre s'ouvre sous mes pieds. Je coule. Mon cœur bat trop fort, je n'arrive pas à respirer. Je veux que mon esprit arrête de s'agiter frénétiquement, mais je ne cesse de penser à ce que Kate aurait peut-être dit, à ce qu'elle aurait peut-être fait.

Je regarde la machine dans mes mains. L'espace d'un instant, je la déteste : c'est comme si elle contenait les réponses et j'ai envie de la secouer pour qu'elles tombent, pour obtenir la vérité.

Mais ça ne marche pas. Elle ne peut pas. C'est juste un outil, elle ne peut rien me dire.

Je la referme d'un coup sec.

Hugh rentre du travail et nous dînons, tous les trois, à table. Après, il fait sa valise, me demandant de temps en temps où se trouve telle chemise, si j'ai vu son après-rasage, puis il monte pour terminer son discours, pendant que Connor et moi regardons un DVD dans le salon, *La Mémoire dans la peau*. Je n'arrive pas vraiment à me concentrer ; je repense à cet après-midi, je me demande si le gars à qui Anna a envoyé un message – Harenglish – lui a fait signe. Je m'interroge aussi sur le cybersexe, dont je devine qu'il n'est pas très différent du sexe par téléphone. Cela me fait penser à Marcus ; en ce temps-là il n'y avait ni SMS, ni mails, ni tchats, et seulement une poignée de personnes étaient équipées de *pagers*. On n'avait que la voix.

Connor se penche en avant et attrape une poignée du pop-corn que j'ai préparé pour lui. Mon esprit part à la dérive.

Je me souviens de la première fois où nous avons couché ensemble, Marcus et moi. Nous nous connaissions depuis quelques semaines, nous nous parlions au téléphone, nous passions du temps ensemble après les réunions, autour d'un café. Il a commencé à me raconter son histoire. Il venait d'une bonne famille, ses parents étaient vivants, il avait une sœur qui était gentille, normale, stable. Mais il y avait toujours de l'alcool à la maison, qui lui était interdit, et il était attiré. La première fois qu'il avait pris une cuite, c'était au whisky ; il ne se souvenait de rien, sauf du fait qu'il avait senti une partie de lui s'ouvrir, à ce moment-là, et qu'il voudrait un jour recommencer.

« Quel âge avais-tu ? » ai-je demandé.

Il a haussé les épaules. « Sais pas. Dix ans, peut-être ? »

À mon avis, il exagérait, mais il m'a juré que non. Il avait commencé à boire. Il avait toujours eu une grande sensibilité artistique, a-t-il continué, et la boisson lui donnait l'impression d'être meilleur. Sa peinture avait fait des progrès. Les deux choses étaient devenues intimement liées. Il peignait, il buvait, il peignait. Il avait abandonné l'université, ses parents l'avaient mis dehors. Seule sa sœur l'avait soutenu, mais elle était bien plus jeune, elle ne comprenait pas.

« Et après ça, je me suis retrouvé seul. J'ai essayé de gérer, mais…

— Que s'est-il passé ? »

Il a pris un ton léger. « Une fois de trop à me réveiller sans savoir où je me trouvais ni comment j'étais arrivé là. Une fois de trop à me demander pourquoi je saignais. J'ai appelé ma mère. J'ai dit que j'avais besoin d'aide. Elle a demandé à un ami de m'accompagner à ma première réunion du groupe.

— Et nous y voici.

— Oui, nous y voici. » Il a marqué une pause. « Je suis heureux de t'avoir rencontrée. »

Il m'a téléphoné deux ou trois semaines plus tard. Kate regardait la télévision avec une amie, et j'ai pris l'appel sur le poste situé dans la cuisine. Il avait l'air contrarié.

« Qu'est-ce qui ne va pas ? ai-je dit.

— J'ai bu un verre. »

J'ai soupiré, fermé les yeux. « Est-ce que tu as appelé Keith ?

— Je n'ai pas envie de parler à Keith. Je n'ai pas envie de le voir. C'est toi que j'ai envie de voir. »

Je me sentais à la fois mal et ravie. Il avait bu, mais c'était vers moi qu'il se tournait. Il m'a demandé de passer chez lui, et j'ai répondu que oui, bien sûr, je viendrais. Lorsque je suis arrivée, il était assis sur son canapé défoncé, une bouteille à ses pieds. Je me suis assise à côté de lui et lui ai pris la main. Savais-je que nous allions nous embrasser ? Probablement. Savais-je que c'était très certainement une erreur ?

Probablement pas.

Le film se termine et Connor monte, puis, quelques instants plus tard, je l'imite. Je tends l'oreille en passant devant sa porte, mais je n'entends rien d'autre que le bruit saccadé de ses doigts sur le clavier de l'ordinateur. Je me fais couler un bain et je reste allongée dans l'eau pendant un long moment, les yeux fermés, m'enfonçant régulièrement dans un sommeil lourd avant de me réveiller pour ajouter de l'eau chaude. Lorsque j'en sors, Hugh est déjà dans le lit.

« Viens », dit-il en tapotant la place vacante à côté de lui. Je souris. « J'arrive. » J'ai attaché une serviette autour de ma poitrine et je l'attache plus serré, puis je m'assois à la coiffeuse et je me mets de la crème. Le temps que je termine, Hugh ronfle et j'éteins la lumière. Il fait chaud, mais il souffle une petite brise et je m'approche de la fenêtre pour ajuster les rideaux. Dehors, une silhouette, à peine visible dans les ombres, une image voilée comme une écharpe de brume.

On dirait un homme, et je me retourne pour réveiller Hugh, pour lui demander s'il la voit, ou s'il pense que c'est mon imagination qui me joue des tours. Mais il est profondément endormi et, lorsque je regarde à nouveau, l'homme est parti ; je me demande s'il a jamais été là.

9

Je conduis Hugh à l'aéroport puis je rentre. On est lundi, il y a beaucoup de circulation, l'air est chaud et lourd. Je suis décidée à rester occupée tout le temps de son absence – avancer dans mes travaux, trier les affaires dans la chambre de Connor, mettre de l'ordre dans les fichiers de mon ordinateur, m'assurer que tous les appareils sont chargés et prêts pour la séance photo de mercredi – mais, lorsque j'arrive à la maison, c'est déjà le début de l'après-midi et il fait bien trop chaud pour entreprendre quoi que ce soit.

Je suis agitée, indécise. J'enfile une robe d'été et je choisis de m'installer dans le jardin. Je vais me chercher une limonade au réfrigérateur mais, lorsque j'ouvre la porte, je vois la bouteille de vin que Hugh a ouverte hier soir. Le désir monte à nouveau, tout comme c'est arrivé après le dîner. Je prends la limonade et je referme la porte, mais il est inutile de nier ce que je ressens.

Rachel me le disait : « Recule d'un pas et tends-le vers la lumière, disait-elle. Regarde-le dans les yeux. »

C'est exactement ce que je fais. D'abord, j'ai envie d'un verre. Ensuite, je suis seule, Hugh est parti,

Connor est à l'école. Il n'y a aucune raison logique pour que je m'en prive.

Sauf qu'il y en a. Mille.

Cette fois le désir s'installe. Je le reconnais, je le sens, pourtant il ne s'en va pas. Il grandit, il commence à devenir plus fort que moi, c'est un animal, un prédateur impitoyable, quelque chose qui a des dents, quelque chose qui veut détruire.

Je ne le laisserai pas gagner. Pas cette fois. Je me dis que je suis déterminée, que je suis plus grande que ce démon qui veut me vaincre. Je le surmonte, le foudroie d'un regard et, finalement, il commence à reculer. Je mets de la glace dans mon verre, je retrouve le roman que je suis en train de lire, je prends mon ordinateur et je sors. Je m'assois à la table de la terrasse. Mon cœur bat la chamade, comme si la lutte avait été physique mais, une fois de plus, je suis heureuse de m'être montrée si vigilante.

Je sirote ma limonade en écoutant les sons de l'été, la circulation, les avions qui passent dans le ciel, une conversation dans un jardin, plus loin. Mon livre est posé devant moi, mais je l'ignore. Je sais que je n'arriverai pas à me concentrer ; je relirai la même page, encore et encore. Inutile.

J'ouvre mon ordinateur. Je me demande si le gars d'hier – Harenglish – a répondu à Anna ou si Eastdude, le type avec qui j'ai parlé, m'a réécrit.

Je vais jusqu'à la page des messages. Il a répondu. J'ouvre le message. « Que s'est-il passé ? J'espère que tu vas bien. »

Mon corps tout entier est parcouru par un frisson d'angoisse. D'angoisse, et aussi d'excitation ; même s'il pense qu'il est en train de parler à Kate, une partie de moi est flattée qu'il soit déçu.

J'essaie de me concentrer sur ce qui est important. Il faut que je sois plus méthodique. Je me dis qu'il est peu probable qu'il ait quoi que ce soit à voir avec la mort de Kate : en supposant qu'il m'ait dit la vérité, la police l'a interrogé comme suspect et l'a éliminé de l'enquête. En plus, il vit à New York.

Je ne vois aucun intérêt à répondre à son message. Je clique sur Effacer. Je me sens un peu mal, mais après tout, c'est un étranger, quelqu'un que je ne rencontrerai jamais. Je me fiche de ce qu'il pense. J'ai des choses plus importantes à faire.

J'ouvre la page des Amis et Favoris de Kate et je déroule la liste. Je fais attention, cette fois-ci, j'examine chacun d'entre eux, et je regarde où il vit. Ils sont dispersés partout. Sans compter Eastdude, il y a onze personnes avec qui elle était régulièrement en contact. Parmi celles-là, seulement trois vivent en France, et un seul, le gars d'hier, Harenglish, à qui Anna a envoyé un message, se trouve à Paris.

J'hésite. J'ouvre Skype, mais Anna n'est pas connectée. Je lui envoie un mot pour lui demander si elle a eu une réponse, bien que je sache qu'elle me l'aurait dit si cela avait été le cas.

Je me convaincs que son silence ne signifie pas qu'Harenglish est le type qui a tué Kate. Pas du tout. Peut-être qu'ils se sont à peine parlé, qu'ils se connaissaient à peine. Peut-être qu'il va rarement lire ses messages, ou qu'il n'est pas très réactif. Il y a un million de raisons pour expliquer son silence. Ce n'est pas forcément parce qu'il sait exactement où elle a fini.

Mais j'ai besoin d'être sûre. Je reste là, un moment. Je sirote ma limonade. Je pense à ma sœur, et à ce que je peux faire pour l'aider. Au fur et à mesure, une idée qui a mijoté toute la nuit finit par éclore.

J'appelle Anna. « J'ai réfléchi, dit-elle.

— À quoi ?

— À ta suggestion. Tu sais, bavarder avec ce gars. Ce n'est peut-être pas une si mauvaise idée. »

Je lui décris mon projet.

« Je commence à envisager de créer mon propre profil. Je me suis dit que si je pouvais tchatter avec des gens… s'ils pensent que je suis nouvelle… ils seront plus enclins à me dire des choses. »

Elle m'explique comment faire. Je travaille vite, et cela ne me prend pas beaucoup de temps. Lorsqu'on me demande de choisir un nom d'utilisateur, j'hésite et je me décide pour JayneB. C'est assez proche de mon propre nom, mais pas trop proche. La photo que je choisis a été prise par Hugh il y a quelques années, pendant les vacances. Le soleil éclatant derrière ma tête plonge mon visage dans un contre-jour. Je ne l'ai pas choisie au hasard : Kate et moi sommes assez différentes physiquement, sauf sur cette photo. Si quelqu'un a connu Kate, il va peut-être trouver une ressemblance ; peut-être que cela m'ouvrira une porte. Je rentre mes informations personnelles – date de naissance, taille, poids. Je clique enfin sur Sauvegarder.

« C'est fait », dis-je.

Elle me recommande de faire attention. Je retourne en ligne. Je suis impatiente : enfin, je fais quelque chose. Le gars d'hier – Harenglish – va peut-être me parler, voyant que je suis nouvelle sur le site. Peut-être pourrai-je alors découvrir qui il est et jusqu'où allait sa relation avec ma sœur.

Je lui envoie un message. « Salut, dis-je. Comment allez-vous ? » Je sais qu'il ne répondra pas immédiatement, s'il répond, et je rentre à l'intérieur remplir à nouveau mon verre. J'attrape une pomme dans la coupe à fruits. Je me demande ce qu'il va faire lorsqu'il va trouver mon message. S'il en reçoit des tonnes, ou juste quelques-uns. S'il répond à tous, ou seulement à ceux qui lui plaisent. Je me demande ce qui arrive normalement, si *normalement* veut dire quelque chose.

Je retourne dehors. Une brise s'est levée, il fait un peu plus frais. Je bois une gorgée avant de poser mon verre sur la table ; je mords dans la pomme. Elle est croquante mais un peu acide. Je la pose sur la table et, à ce moment-là, mon ordinateur émet un ping.

J'ai un autre message, mais il ne vient pas de lui. Il vient de quelqu'un d'autre. Je l'ouvre, et j'éprouve une étrange sensation. Un plongeon. Une descente. Une porte vient de s'entrouvrir. Quelque chose est en train d'arriver.

DEUXIÈME PARTIE

10

Ce jour-là, je reste dans le jardin pendant des heures, mon ordinateur en train de ronronner devant moi. J'ai exploré le site, j'ai cliqué sur des profils, j'ai ouvert des photos. Comme si je croyais pouvoir tomber par hasard, accidentellement, sur le tueur de Kate, comme si, par magie, j'allais être attirée vers lui. La glace a fondu dans mon verre, la pulpe de ma limonade a commencé à attirer les mouches. J'étais encore là lorsque Connor est rentré de l'école ; à ce stade, la batterie de mon ordinateur était presque vide et j'étais juste assise, en silence, pensant à Kate, et à qui elle avait parlé, et à ce qu'ils s'étaient peut-être dit.

« Salut maman », a-t il lancé, et j'ai refermé mon portable. Je lui ai dit bonjour et j'ai tapoté la chaise voisine. « Je fais un peu de tri », ai-je dit au moment où il s'asseyait. Le mensonge a glissé sur ma langue avec tant d'aisance que je l'ai à peine remarqué.

Le lendemain, il est censé aller à la fête de Dylan. Son meilleur ami, un gentil gamin, un peu réservé, peut-être. Ils passent pas mal de temps ensemble, essentiellement ici, à jouer sur l'ordinateur ou sur la

Xbox de Connor. J'essaie de me faire discrète, tendant l'oreille de temps en temps. Il y a généralement beaucoup de rires, tout au moins c'était le cas, avant Kate. Dylan vient parfois me demander du jus de fruit ou un biscuit, il est d'une politesse extrême. À Noël dernier, je les ai emmenés faire de la luge à Hampstead Heath avec deux autres garçons de l'école que je ne connaissais pas. Nous nous sommes bien amusés ; j'étais contente de voir Connor avec des gamins de son âge, d'avoir un aperçu de l'homme qu'il allait devenir. Mais j'ai du mal à croire que Dylan et lui parlent de ce qu'ils ressentent. À mon avis, il n'est pas la personne vers laquelle Connor se tourne quand il a besoin de soutien.

C'est l'anniversaire de Dylan, et il le fête chez lui ; juste des pizzas et des bouteilles de Coca, de la musique, peut-être du karaoké. Quelques gamins vont rester et passer la nuit sous une tente plantée dans le jardin ; j'imagine les DVD de fin de soirée et le dernier en-cas avant la distribution de lampes de poche et de sacs de couchage. Ils sortiront sur la pelouse, passeront la nuit à rire, à bavarder, à jouer à des jeux sur leurs téléphones et, le jour suivant, quand leurs parents viendront les chercher, ils ne nous diront rien, à part que c'était bien.

Je le conduis en voiture. Nous nous garons devant la maison et je vois les ballons accrochés aux poteaux de la clôture, les cartes suspendues aux fenêtres du salon. Connor ouvre la portière et au même instant, Sally, la mère de Dylan, sort sur le porche. Je la connais assez bien, nous sommes déjà allées prendre des cafés après l'école, bien qu'il y ait toujours eu d'autres gens avec nous. Je ne l'ai pas vue depuis un moment.

Je la salue d'un geste de la main, elle me répond. Derrière elle, je vois des serpentins, des enfants qui courent, qui montent l'escalier à toute allure. Elle lève les sourcils et je souris d'un air entendu.

« Amuse-toi bien, dis-je à Connor.

— Oui. »

Il me laisse l'embrasser sur la joue puis prend son sac et entre en courant dans la maison.

Lorsque j'arrive chez moi, les lieux paraissent atrocement déserts. Hugh est encore à Genève et il m'a envoyé un SMS – le vol s'est bien passé, l'hôtel est bien, il va bientôt aller dîner et il se demande comment je me sens –, et je tape une réponse : « Je vais bien, merci. Tu me manques. »

J'appuie sur Envoyer. Je prépare à dîner, puis je m'installe devant la télévision. Je devrais appeler des amis, je le sais. Mais c'est difficile, je ne veux pas m'imposer, je sens bien que le son de ma voix les coupe dans leur élan, tandis que l'ombre de Kate nous écrase tous.

Je ne suis plus moi-même, je m'en rends compte. Je porte autre chose désormais. Les stigmates de la souffrance. Et je ne le veux pas.

Je pense à Marcus. Nous nous fréquentions depuis moins d'un an, lorsqu'il m'a annoncé qu'il voulait déménager. « Où ? » demandai-je, et il répondit : « Berlin. »

Il paraissait tellement sûr de lui, tellement impatient. Je crus qu'il essayait de s'éloigner de moi, même si, jusque-là, nous avions été heureux. Il le vit dans mes yeux. L'éclair de déception, réprimé un instant trop tard.

« Non, dit-il. Tu ne comprends pas. Je veux que tu viennes avec moi.

— Mais… »

Il secoua la tête. Il était déterminé.

« Il faut que tu viennes. Je veux y aller avec toi. Je ne veux pas y aller seul. »

Mais tu iras seul, me dis-je. Si je ne viens pas. Tu as déjà pris ta décision.

« S'il te plaît. Qu'est-ce qui te retient ici ? » Je secouai la tête. « Les réunions ? Nous sommes clean depuis une éternité. Nous n'avons plus besoin d'y aller.

— Je sais mais…

— C'est Kate ? »

Je hochai la tête. « Elle n'a que douze ans. »

Il me caressa le bras, m'embrassa. « Elle va à l'école, maintenant. Tu ne pourras pas la surveiller éternellement. »

Je pensai à tout le bonheur que nous avions eu, Kate et moi, bien que la vie ait parfois été difficile. Nous faisions du pop-corn que nous mangions en regardant des vidéos, nous jouions dans les hautes herbes au fond du jardin, faisant semblant d'être pourchassées par des dinosaures. Nous mettions les vêtements de notre mère, enfilions ses chaussures, nous aspergions de son parfum.

« Cela fait combien d'années que tu t'occupes d'elle ?

— Huit ans.

— Exactement. Et maintenant, il est temps que ton père fasse un peu sa part. En plus, elle est presque adolescente. Tu dois vivre ta propre vie. »

Je lui dis qu'il fallait que j'y réfléchisse, mais en réalité je savais déjà. Kate avait presque treize ans, elle était plus âgée que moi à l'époque où j'avais commencé à m'occuper d'elle. Je lui avais consacré assez d'années de ma vie. Elle s'en sortirait bien.

Sauf que cela ne s'était pas passé ainsi. J'ouvre les yeux. J'attrape mon ordinateur.

Anna est connectée. Je lui envoie un message.

« Des nouvelles ? » demande-t-elle.

Je pense aux quelques personnes qui m'ont écrit. Il n'y avait rien d'intéressant.

« Pas encore », dis-je.

Hugh rentre de sa conférence. Il prend le train depuis l'aéroport, puis un taxi, et il arrive les bras chargés d'un énorme bouquet de fleurs. Il m'embrasse puis me le tend. « Qu'ai-je fait pour mériter ça ? dis-je, et il hausse les épaules.

— Rien. Je t'aime, c'est tout. Tu m'as manqué. » Je trouve un vase. « Tu m'as manqué à moi aussi », dis-je, un peu trop automatiquement.

Je prends les ciseaux dans le tiroir de la cuisine et je commence à tailler les tiges.

« Comment va Connor ?

— Bien, je crois.

— Et toi ? »

Je lui dis que je vais bien. « J'ai eu un contrat, dis-je en repensant à la veille. Un ami de Fatima. Sa fille veut être mannequin et elle a besoin de photos pour son book.

— C'est bien, dit-il. Tu as vu Adrienne ?

— Non, mais elle a appelé. Elle est à York, pour le boulot. Mais nous sommes convenus de dîner ensemble. »

Il sourit et dit que ça va sûrement me faire du bien. Je passe sous silence le moment où Adrienne m'a demandé si j'avais pris une décision quant à mon inscription sur un site, et que j'ai répondu non, pas encore.

Un autre mensonge : je me suis connectée plusieurs fois. Maintenant, nous sommes vendredi soir. Hugh est en haut, il met de l'ordre dans sa paperasse, et Connor est chez un ami pour travailler sur un projet de groupe. J'ai déjà retouché les photos que j'ai prises mercredi, et maintenant je regarde distraitement la télévision. C'est une série : flics sous couverture, meurtres horribles à la pelle, ruban adhésif, vengeance et viol. Toutes les victimes sont très belles, bien entendu ; on ne s'y intéresserait probablement pas, autrement. Et puis on est censés envier leur existence jusqu'à l'instant précis où la lame leur entaille la chair.

C'est peine perdue, je n'arrive pas à me concentrer. J'éteins. Je ne peux pas m'empêcher de penser à Kate. Elle était jolie, mais pas belle, et elle n'a pas été violée. Kate a été tuée parce qu'elle se trouvait par hasard dans la mauvaise ruelle, dans le mauvais quartier, au mauvais moment, en tout cas c'est ce que Hugh et tout le monde me disent. C'est aussi simple que ça.

Sauf que ce n'est pas le cas. Ce n'est pas possible.

Je me connecte sur rencontrz. Je sais que je devrais arrêter d'y aller, me trouver une autre occupation, mais je n'y arrive pas. Mon message à Harenglish date d'une semaine, et il n'a toujours pas répondu.

Il n'est pas connecté, mais il y a quelque chose dans ma boîte aux lettres, quelque chose de nouveau.

Largos86. Je clique sur son profil, je vois qu'il est plus jeune que moi – il prétend avoir trente et un ans, mais il ne paraît même pas avoir cet âge –, il est beau, des cheveux bouclés, courts. Je me dis qu'il pourrait être mannequin, ou acteur, bien que je sois consciente qu'il a dû choisir la photo la plus flatteuse de lui-même. S'il jouait dans la série que je viens d'arrêter, il aurait le rôle d'un médecin bienveillant, ou d'un amant. Il est trop beau pour être le mari. J'ouvre son message.

« Bonjour. J'adorerais bavarder avec vous. Vous me rappelez quelqu'un. »

Je tressaille. J'ai l'impression d'avoir reçu un coup. Je te rappelle quelqu'un. À cet instant, je me dis qu'il ne peut avoir qu'une personne en tête. Après tout, j'ai délibérément choisi la photo de mon profil pour ressembler à Kate.

Il faut que je sache. À la fin de son message, un lien, une invitation à tchatter en privé. Largos86 sait que je suis connectée. Je clique sur Accepter, puis je tape sur mon clavier.

« Salut. Je vous rappelle qui ? »

Sa réponse arrive instantanément.

« Quelqu'un que j'aimais beaucoup. »

Aimais, noté-je. Au passé. Quelqu'un qui n'est plus dans le paysage, d'une manière ou d'une autre.

« Mais ne parlons pas d'elle. Comment allez-vous ? »

Non ! C'est d'elle dont je veux parler.

« Bien. »

Quelques instants plus tard, il répond.

« Je m'appelle Lukas. Ça vous dit de tchatter ? »

Je m'interromps. Je fréquente ce site depuis assez longtemps pour savoir que d'habitude les gens ne donnent pas leur nom si rapidement. Je me demande s'il ment.

« Je m'appelle Jayne. »

Je marque une pause.

« Où vous trouvez-vous ?

— À Milan. Et vous ? »

Je pense à son premier message. *Vous me rappelez quelqu'un.*

Je veux découvrir s'il a éventuellement parlé à Kate. Je décide de mentir.

« Je suis à Paris.

— C'est beau !

— Vous connaissez Paris ?

— Je travaille là-bas. De temps en temps. »

Je sens des picotements partout, la sueur sur ma peau. J'essaie de respirer, mais il n'y a pas d'oxygène dans la pièce.

Serait-il possible qu'il ait parlé à ma sœur ? Qu'il l'ait rencontrée ? Est-ce lui qui l'a tuée ? Cela paraît peu probable ; il a l'air trop innocent, trop confiant. Pourtant, je sais que cette impression n'est en rien fondée, c'est juste un sentiment, et les sentiments peuvent être fallacieux.

Que faire ? Je tremble, je suffoque. Je veux mettre fin à la conversation mais, si je le fais, je ne saurai jamais.

« Vraiment ? dis-je. Vous venez souvent ?

— Oh non, pas si souvent. Deux ou trois fois par an. »

J'ai envie de lui demander s'il était là en février, mais je ne peux pas prendre ce risque. Il faut que je sois prudente. S'il connaissait Kate et qu'il a quelque chose à cacher, il pourrait vite se méfier de moi.

Je dois rester légère, enjouée. Si nos échanges prennent un tour sexuel, il n'y aura aucun moyen de faire la moindre découverte, je n'aurai pas d'autre choix que de mettre fin à la conversation aussi rapidement que possible. Je veux trouver des indices, mais je ne peux pas laisser la situation m'échapper.

« Où vous installez-vous lorsque vous allez là-bas ? »

J'attends, un message clignote. Je n'arrive pas à savoir si je veux qu'il me dise qu'il a un appartement dans le 19e arrondissement ou que son bureau lui a réservé une chambre d'hôtel à côté du métro Ourcq, ou pas. Si c'est l'une ou l'autre de ces deux réponses, alors c'est lui. Hugh et moi pourrons informer la police de ce que j'ai découvert. Je pourrai passer à autre chose.

Mais si ce n'est pas le cas, que ferai-je ? Je ne saurai toujours pas.

Son message arrive.

« Je n'y suis pas souvent. Généralement, je vais à l'hôtel.

— Où ?

— Ça varie. Généralement dans le centre. Ou alors du côté de la gare du Nord. »

Je n'ai pas besoin de sortir un plan de Paris pour savoir que la gare du Nord n'est pas du tout près de l'endroit où l'on a trouvé le corps de Kate. Curieusement, je suis soulagée.

« Pourquoi demandez-vous cela ?

— Comme ça.

— Vous vous dites que c'est peut-être près de chez vous ? »

Il a ajouté un smiley qui sourit. Je me demande si on est passés à l'étape suivante de la drague. Une partie de moi veut mettre fin à la conversation, mais l'autre pas. Il ment, peut-être.

J'hésite un moment, puis je tape.

« Je suis dans le nord-est. Le métro le plus proche est Ourcq. »

C'est un risque. Si c'est lui, il saura que je suis liée à Kate, que cela ne peut pas être une coïncidence. Mais que fera-t-il ? Coupera-t-il court à la conversation ? Avant de se déconnecter ? Ou va-t-il rester sur le site pour essayer de découvrir ce que je sais exactement ? Il me vient à l'esprit qu'il a peut-être déjà deviné qui je suis et pourquoi je bavarde avec lui. Il a peut-être tout compris dès le début.

J'appuie sur Envoyer, puis j'attends. Largos86 tape. Le temps s'étire ; on dirait que ça prend une éternité.

« C'est un joli coin ?

— Ça va. Vous ne connaissez pas ?

— Non. Je devrais ?

— Pas nécessairement.

— Alors qu'est-ce que vous faites de beau ? La journée a été bonne ? »

J'hésite. La dernière fois, à ce stade de la conversation, on me demandait déjà ce que je portais, ou si j'aimais les jeux de rôles fantasmés ou le cyber dur. C'est un soulagement de constater que cette conversation-là n'a rien de menaçant.

« Pas mauvaise, je dirais. »

Je me demande pourquoi je suis soulagée. Est-ce parce que dans ces rares et brefs instants, je ne suis pas en deuil ?

« Dites-moi ce que vous avez fait.

— Je ne suis pas un sujet passionnant.

— Mais si. Dites-moi tout !

— Pourquoi ne me dites-vous pas d'abord quelque chose vous concernant ?

— OK, laissez-moi réfléchir. »

Il a ajouté un symbole, un autre smiley. Celui-ci a l'air perplexe. Quelques instants plus tard, son message arrive.

« OK. Vous êtes prête ?

— Oui.

— J'adore vraiment les chiens. Et les chansons d'amour ringardes. Plus elles sont ringardes, plus j'aime. Et j'ai vraiment peur des araignées. »

Je souris. Je ne peux pas m'en empêcher. Je regarde à nouveau sa photo. J'essaie d'imaginer ce que Kate a dû penser, en le regardant. Il est certainement très beau, et il doit avoir son âge.

Le message suivant arrive.

« À vous. Vous me devez trois informations. »

Je passe en revue la liste de ce que je pourrais lui dire. Je cherche quelque chose qui pourrait le faire parler, l'amener à me dire s'il était à Paris en février, ou s'il a bavardé avec Kate.

Je me penche et je commence à taper.

« OK. Ma saison préférée est l'hiver. J'adore Paris, surtout en février. »

J'appuie sur Envoyer et, quelques instants plus tard, il répond.

« Voilà l'information numéro un.

— Et… » Je m'immobilise soudain. Il y a un bruit, une clé dans la serrure. Le monde réel fait irruption, trop violemment. C'est Connor qui rentre. Lorsqu'il ouvre la porte, je suis encore en train de reprendre mes repères, dans le salon où je me trouve, dans ma propre maison. J'allume la télévision et le générique défile en silence. Connor entre.

« Oh, je ne savais pas que tu étais là. »

Je referme ma machine et je la mets de côté. Mon cœur bat très fort, comme si j'avais pris de la drogue. Il porte une casquette de base-ball que je n'ai jamais vue auparavant, et un sweat-shirt noir ; il mâche du chewing-gum.

« Qu'est-ce que tu as fait ?

— Travaillé. »

Je m'efforce de sourire. « Comment ça avance ?

— Bien. Qu'est-ce que tu fais ? »

J'ai la tête qui tourne. C'est comme si la vie domestique revenait en trombe et me submergeait dans un flot de banalités, entre les repas à préparer, les allers-retours à l'école, les préoccupations concernant le menu du dîner ou l'entretien des plans de travail de la cuisine.

Je tripote mon collier. « Je lis mes mails. »

Il me demande quelque chose à manger. Je lui fais un sandwich, il monte à l'étage et je reprends mon ordinateur. Largos86 n'est plus connecté, alors j'envoie un message à Anna.

« Il dit qu'il s'appelle Lukas.

— Et alors ? »

Que dire ? J'ai une intuition, un soupçon. Fondé sur quoi ?

« Je ne sais pas. Il y a quelque chose avec lui. Il paraît vraiment enthousiaste. »

J'hésite, mais je continue.

« Je me demande juste s'il connaissait Kate.

— C'est peu probable, tu ne crois pas ? »

J'acquiesce.

« Mais si, c'est possible qu'il lui ait parlé.

— Tu crois ?

— Ben… il n'y a pas tant de gens sur ce site.

— Alors tu crois que ça pourrait valoir la peine de continuer à tchatter avec lui ?

— Ne t'emballe pas trop. Mais qui sait ? Nous pourrons peut-être découvrir avec qui d'autre Kate échangeait. Ou au moins, prouver d'une manière ou d'une autre qu'il la connaissait, ou pas. »

Le jour suivant, j'emporte mon ordinateur dans mon atelier. Le type est connecté. Largos86.

« Vous avez disparu, dit-il. Je me suis demandé ce que j'avais fait. »

C'est son quatrième ou cinquième message. Au début, je n'étais pas certaine de vouloir répondre, mais il insiste.

Je n'arrive pas à oublier ce qu'il a dit. *Vous me rappelez quelqu'un. Quelqu'un que j'aimais beaucoup.*

« Je suis désolée », dis-je.

Je suis prise d'une furieuse envie d'inventer une excuse. Je ne peux pas lui parler du retour à la maison de Connor. Mais non, cela engagerait la conversation dans une mauvaise direction. Je me demande qui épie qui. Je me demande qui est le chat, et qui est la souris.

« Êtes-vous seule ? »

J'hésite. Connor est à la maison, il fait ses devoirs, et Hugh est sorti, parti à un concert avec un ami, alors c'est comme si je l'étais. En tout cas, je me sens seule.

En plus, j'ai compris que j'allais devoir donner quelque chose si je voulais avoir quelque chose en retour.

« Oui. Oui, je suis seule. »

Quelques instants plus tard, son message apparaît :

« Ça m'a fait plaisir de discuter avec vous hier… »

Je me demande s'il va y avoir un mais…

« Merci.

— Mais on n'a pas encore vraiment parlé de vous.

— Qu'est-ce que vous voulez savoir ?

— Tout ! Mais commencez peut-être par me dire ce que vous faites. »

Je décide que je ne veux pas dire la vérité.

« Je suis dans le milieu artistique. Je suis commissaire d'exposition.

— Ouah, ça a l'air intéressant.

— Parfois, oui. Et vous, alors ? Je sais que vous voyagez.

— Oh, ne parlons pas de moi. C'est rasoir. »

Peut-être, mais j'essaie de découvrir pourquoi il est si enthousiaste à l'idée de bavarder à nouveau avec moi ce soir.

« Non, je suis sûre que non. Allez-y.

— Je suis dans les médias. J'achète des espaces publicitaires pour de grosses campagnes.

— Alors, qu'est-ce que vous faites à Milan ? Vous êtes en vacances ?

— Non, répond-il. Je vis là, temporairement. Je travaille. Je vis à l'hôtel. Je suis sur le point de sortir pour dîner, et après peut-être que j'irai dans un bar. Mais ce n'est pas très amusant quand on est seul… »

L'ellipse semble suggérer une invitation à un compliment. Je me répète que je dois encore découvrir s'il rencontre les gens avec qui il tchatte, et ce qu'il fait avec eux si c'est le cas.

J'essaie d'imaginer comment Jayne répondrait. Elle se devrait au moins de faire une allusion à ce qu'il vient de dire.

« Je parie que vous ne resterez pas seul longtemps.

— Merci », répond-il. Puis un autre message arrive.

« Est-ce que je peux vous demander ce que vous portez ? »

Quelle politesse, me dis-je. Pas tout à fait ce à quoi je me serais attendue.

Mais, à quoi m'attendais-je, en fait ? En général, on reçoit : *Qu'est-ce que vous portez ? Décrivez-moi votre tenue. Je veux vous enlever vos vêtements, dites-moi ce que ça vous fait.* Mais d'habitude, ces messages arrivent beaucoup plus tôt, peu de temps après le premier contact, pas au bout de quelques jours.

« Pourquoi voulez-vous savoir ? »

Je me demande si je dois ajouter un smiley qui fait un clin d'œil. Est-ce ce que Kate aurait fait ?

« Je veux juste pouvoir vous imaginer. »

Je sens que je me raidis. Je ne suis pas sûre de vouloir qu'il m'imagine. Cela me laisse une sensation déplaisante. Je me rappelle que je fais ça pour Kate, et pour Connor. Pour nous tous.

« Si vous voulez savoir, écris-je, je porte un jean et une chemise. À vous.

— Eh bien, je suis juste allongé sur le lit. »

Je regarde à nouveau la photo et je l'imagine. Je vois la chambre d'hôtel, quelconque, neutre. Je me demande s'il a enlevé ses vêtements. Je suppose qu'il a un beau corps, fort et musclé. Il a dû aller se chercher un verre ; pour une raison inconnue, je me le figure avec une bière, buvant directement à la bouteille. Je commence à sentir en moi une sorte d'ouverture, mais je ne sais pas de quoi il s'agit. Est-ce parce que j'ai enfin la sensation d'être sur une piste qui me permettra d'élucider le mystère du meurtre de ma sœur ? Ou parce qu'un bel homme a choisi de m'envoyer un message, à moi ?

« Si vous êtes occupée, ce n'est pas grave. Je vous laisse tranquille.

— Non, je ne suis pas occupée.

— OK. Donc, je suis ici, et vous êtes là-bas. Qu'est-ce que vous cherchez ? Qu'est-ce qui vous branche ? »

J'essaie d'imaginer ce que Kate aurait dit. Je n'y parviens pas.

« Je ne sais pas trop.

— Ça va ? »

Je décide qu'il est plus facile de dire la vérité.

« Je n'ai jamais fait ça avant.

— Pas de problème. On peut discuter une autre fois, si vous vous sentez mal à l'aise.

— Non, je ne me sens pas mal à l'aise. C'est juste que je ne veux pas vous décevoir.

— Vous êtes belle. Comment pourriez-vous me décevoir ? »

Tout au fond de moi, mais indéniablement présente, je ressens une toute petite palpitation d'excitation. Un signal lointain venant d'une étoile très lointaine.

« Merci. »

Quelques instants plus tard, il répond :

« Tout le plaisir est pour moi. Vous êtes *vraiment* belle. Ça me fait plaisir de discuter avec vous.

— Ça me fait plaisir à moi aussi.

— Alors pourquoi ne me diriez-vous pas ce que vous faites ce soir ? »

Je marque une pause pour réfléchir. Bientôt, je me mettrai à préparer le dîner, puis je m'installerai peut-être avec un livre. Mais je ne veux pas lui dire ça.

« Je vais éventuellement sortir avec des amis. Ou alors aller voir un film.

— Chouette. »

Nous bavardons encore un peu. Il me demande quels films j'ai vus récemment, nous parlons de livres et de musique. Il s'avère que nous aimons tous les deux Edward Hopper et que nous avons tous deux essayé, sans succès, de lire *Finnegans Wake* jusqu'à la fin. C'est agréable, mais j'ai l'impression de m'éloigner de plus en plus de mon but initial, qui est de découvrir s'il a jamais tchatté avec ma sœur, ou s'il était à Paris en février, ou même qui je lui rappelle. Au bout de quelques minutes, il dit :

« Bon, je ferais mieux de me préparer pour aller dîner.

— Avant d'aller au bar ?

— Peut-être. Même si je ne suis pas vraiment sûr d'en avoir tellement envie.

— Pourquoi donc ?

— Je vais peut-être plutôt revenir ici et voir si vous êtes toujours connectée. »

Une autre minuscule décharge de plaisir.

« Vous aimeriez ça ?

— Peut-être.

— J'aimerais bien tchatter à nouveau. »

Je ne réponds pas.

« Et vous ? »

Je regarde fixement le curseur qui clignote. Pour une raison inconnue, je repense à l'époque où j'étais à Berlin, dans le squat avec Marcus, Frosty et les autres ; la sensation de vouloir et de ne pas vouloir quelque chose, en même temps.

Une fois de plus, je me rappelle pour qui je suis en train de faire tout cela.

« J'aimerais bien. »

Nous mettons un terme à la conversation. Je me déconnecte et j'appelle Anna.

« Comment ça s'est passé ?

— Je ne sais pas trop.

— Est-ce que c'est devenu sexuel ?

— Pas vraiment. Non.

— Ça va le devenir, dit-elle.

— Écoute, tu ne veux pas aller voir son profil ? Et me dire si tu le reconnais ? »

Elle hésite. Je l'entends se lever ; elle se déplace dans son appartement. « Bien sûr, mais je ne reconnais pas son nom. Je ne pense pas qu'il puisse être l'un de ceux que Kate a rencontrés. Par contre, elle a peut-être tchatté avec lui.

— Il faut que je sache.

— Ne t'emballe pas trop. »

Promis, dis-je. Nous parlons encore un peu. Dès que nous avons terminé, je me reconnecte. Je ne peux pas m'en empêcher. Je regarde le profil de Lukas, les photos qu'il a téléchargées. Elles ont l'air totalement ordinaires. Il porte une chemise à carreaux, le col est ouvert, son visage est large et beau, ses yeux sont noirs. Est-ce qu'il connaissait ma sœur ? Est-ce possible ?

Je lis les autres éléments de son profil. Il se décrit comme sportif, il adore s'amuser, il aime lire, écouter de la musique, manger dehors. Lorsque je descends sur la page, je note la présence d'un lien vers sa page Facebook. Je clique.

C'est la même photo de profil, mais je la regarde à peine. Je vais directement dans son journal, et je remonte dans le temps. Jusqu'à février. Il faut que je sache.

Je tombe sur un cliché de lui dans le désert, à côté d'un homme. Ils se tiennent par les épaules, d'un air triomphant. On voit Uluru à l'arrière-plan. « Nous avons réussi ! » dit la légende. Lorsque Kate a été tuée, il était en Australie.

Mais cela ne signifie pas pour autant qu'il ne la connaissait pas. Je repense à ce qu'il m'a dit. *Vous me rappelez quelqu'un.*

J'envoie un message à Anna. « J'ai vérifié sur Facebook. Il était en Australie. »

Je vais me coucher. Il est plus tard que je ne le croyais ; Hugh a déjà éteint la lumière, il est endormi. Il a laissé les rideaux ouverts pour que je puisse me déshabiller à la lumière du dehors. Avant tout, je vérifie qu'il n'y a personne dans la rue, mais ce soir, elle est déserte, à part un couple qui marche, bras dessus bras dessous ; ils ont l'air soit ivres soit amoureux, c'est difficile de dire. Je suis nue lorsque je me glisse dans le lit ; je me tourne sur le côté et je contemple

Hugh, dont la silhouette se découpe dans la semi-pénombre. Mon mari, me dis-je, comme si j'avais besoin qu'on me rappelle cet état de fait.

Je l'embrasse doucement, sur le front. La chaleur de la nuit est lourde et collante, et j'ai le goût de la sueur qui s'est formée sur sa peau. Je me tourne de l'autre côté, à l'opposé de lui. Ma main descend sous la couverture, entre mes cuisses. Je ne peux pas me retenir. C'est la conversation de cet après-midi. La discussion avec le gars en ligne. Lukas. Quelque chose a été éveillé, un désir complexe, mais indéniable.

Je le laisse monter. Je pense à Lukas. Je n'y peux rien, même si ça a le goût de la trahison. *Vous êtes belle*, avait-il dit, et l'excitation que j'avais ressentie à ce moment-là avait été instantanée et pure. Je l'imagine maintenant, il le dit, encore et encore, *Tu es belle, tu es magnifique, je te veux*, et, pour une raison inconnue, il change, il devient Marcus. Il me conduit à l'étage, nous sommes dans le squat, nous allons dans la chambre que nous partageons, nous nous dirigeons vers le matelas posé sur le sol, avec le tas de draps et de couvertures que nous n'avons pas arrangés depuis le matin. J'ai passé la journée seule ici, il était sorti. Mais maintenant il est rentré, nous sommes tous les deux. Il s'est disputé avec sa famille, sa mère est désespérée, elle veut qu'il revienne. Même pour quelques semaines seulement, avait-elle tenté, mais il sait que cela veut dire pour toujours. Je lui promets que je le soutiendrai s'il y va, s'il décide que c'est ce qu'il veut, mais je sais qu'il ne le fera pas. Pas maintenant qu'il est ici, heureux. Il m'embrasse. J'imagine son odeur, sa peau douce, la toison sur sa poitrine. Ces détails me reviennent – je sais que ce sont en partie des souvenirs, en partie des inventions, un mélange de fantasme et de mémoire – et tout cela m'emmène à un endroit où je suis forte, où je maîtrise les événements, où Kate est vivante et où tout va bien se passer.

Ma main, mes doigts bougent en décrivant des cercles. J'essaie de penser à Hugh, à une version de Hugh, un Hugh idéalisé qui n'a jamais existé. J'imagine la manière dont il me regarderait, la manière dont il me regardait autrefois, ses yeux partant de mon visage, descendant pour marquer une première pause au niveau de mon cou, avant de se poser sur mes seins, pour descendre plus bas l'espace d'un instant, avant de revenir se poser sur mon visage. Son évaluation prendrait trois secondes, peut-être quatre. J'imagine laisser mes yeux suivre le même chemin que celui qu'ont pris les siens, son menton mal rasé, les poils noirs que l'on devine sous sa chemise, sa poitrine, la boucle de sa ceinture. Je l'imagine se pencher vers moi pour me parler, l'odeur de son après-rasage, l'odeur à peine perceptible de son haleine, comme du cuir mâché. Je l'imagine en train de m'embrasser, ce Hugh idéalisé, qui est en réalité Lukas, qui est en réalité Marcus.

Ma main bouge plus vite, mon corps se tend puis retombe. Je suis libre. Je suis devenue une substance légère, aérienne, rien d'autre que de l'énergie.

11

J'attends avec un verre d'eau pétillante. Adrienne est en retard.

Le restaurant est flambant neuf. D'après Adrienne, même Bob, qui, en sa qualité de critique gastronomique, rencontre rarement ce genre de difficultés, a eu du mal à nous obtenir une table. J'ai longtemps hésité sur ma tenue et, à la fin, j'ai opté pour une robe sans manches toute simple, à carreaux, avec le collier que Hugh m'a offert à Noël et un peu de mon parfum préféré. Cela fait si longtemps que je ne suis pas sortie dîner que j'ai l'impression de me préparer pour un rendez-vous, et maintenant, je commence à avoir l'impression qu'on m'a posé un lapin.

Finalement, je la vois arriver. Elle agite la main puis rejoint notre table.

« Ma chérie ! » Elle m'embrasse sur les deux joues puis nous nous asseyons. Elle range son sac sous sa chaise. « Bon… » Elle attrape la carte et lit sans cesser de parler. « Pardon d'être en retard. Le métro a été arrêté. Un “accident de voyageur”, ils appellent ça. » Elle lève les yeux. « Un pauvre connard égoïste qui en avait assez et a décidé de bousiller la journée de tout le monde. » Je souris. C'est un humour noir que nous partageons ; je sais qu'elle ne le pense pas sincèrement. Comment le pourrait-elle, après ce qui est arrivé à Kate ? « Ça ne t'ennuie pas que je prenne un verre ? »

Je secoue la tête et elle commande un verre de Chablis, puis me dit que je devrais goûter la langouste. Adrienne a toujours été un vrai tourbillon mais, ce soir, elle paraît presque trop agitée. Je me demande si elle essaie de se rattraper après son retard, ou si quelque chose l'angoisse.

« Bon », dit-elle, une fois qu'on lui a apporté son verre. Sa voix se détend et prend des tonalités rassurantes. « Comment vas-tu ? » Je hausse les épaules, mais elle lève la main. « Pas la peine de me servir des bobards du genre "Je vais bien". Comment vas-tu, pour de vrai ?

— Je vais bien, je t'assure. » Elle me regarde, son visage exprime une franche déception. « En gros », dis-je.

Elle pousse le pain qui vient d'arriver vers moi, mais je l'ignore. « Cela fait combien de temps, maintenant ? Quatre mois ? »

Pour la première fois, je ne peux pas répondre immédiatement, il faut que je calcule. J'ai cessé de compter les jours et les semaines ; peut-être est-ce la première preuve d'un progrès. Je suis étrangement contente.

« Presque cinq. »

Elle a un sourire triste. Je sais qu'elle comprend ce que je ressens, plus que la plupart des gens. Il y a quelques années son beau-père est mort brutalement, d'une crise cardiaque, pendant qu'il conduisait.

Ils étaient proches, et l'intense chagrin qu'elle en a éprouvé l'a profondément atteinte.

« Commencent-ils à comprendre ce qui s'est passé ? » L'espace d'un instant, son expression semble changer ; elle paraît presque friande de détails, à moins que ce soit mon imagination. J'ai déjà vu cette expression, c'est celle de la journaliste qui sommeille en elle ; elle ne peut s'en empêcher. Elle veut tout savoir.

« Tu veux dire, concernant le coupable ? Pas encore. Ils ne nous disent pas grand-chose, en fait... » Je laisse ma phrase en suspens. J'ai l'impression que chaque semaine qui passe rend un peu plus improbable l'éventualité d'arrêter le coupable, mais je me refuse à l'exprimer avec des mots.

« Comment va Hugh ?

— Ça va. Tu sais... » Je réfléchis un instant. Je peux être franche avec elle. « En fait, parfois, je me dis qu'il est presque soulagé. »

Vraiment ? Ou bien peut-être que je dis cela parce que, par moments, je m'inquiète encore de l'être, moi aussi.

Elle incline la tête. « Soulagé ?

— Oh, je ne veux pas dire soulagé qu'elle soit morte. C'est juste que... parfois je pense qu'il apprécie le fait que ça rende la situation plus simple, enfin j'imagine. Avec Connor. » J'hésite. « Peut-être qu'il a raison. Ils paraissent bien plus proches, eux deux, ces derniers temps. »

Je lève les yeux pour regarder Adrienne. Elle connaît ma grande inquiétude concernant le fait que, si jamais l'affaire était allée au tribunal, le juge défendrait le droit de Connor à choisir.

« Je connais Hugh depuis toujours, Julia. Il a toujours aimé que les choses soient bien carrées. Mais il n'est pas soulagé. Ne sois pas trop dure avec lui. »

Je me sens vide ; j'ai l'impression de vouloir tout partager avec Adrienne, me débarrasser de mon fardeau, le refiler pour retrouver un peu de sérénité.

« Il n'est même pas là, la plupart du temps.

— Chérie, est-ce qu'il n'a pas toujours été comme ça ? » Elle boit un peu de son vin. Une vague de désir me submerge, la première depuis des semaines. Je me force à l'ignorer. Elle continue à me parler, mais je dois lutter pour me concentrer. « Ils sont tous comme ça. On les épouse parce qu'ils réussissent, parce qu'ils sont ambitieux, entre autres. Ensuite, c'est précisément ça qui les éloigne de nous. C'était la même chose avec Steve, et maintenant c'est pareil avec Bob. Je le vois à peine, il est tellement occupé… »

Je me recentre. C'est différent pour elle. Elle a une carrière stimulante, elle aussi. Elle peut se détacher de son mari aussi aisément qu'il peut prendre ses distances. Mais je n'ai pas envie de discuter.

« Tu vois quelqu'un ? »

Je me sens me recroqueviller. Elle sait, me dis-je. Pour Lukas. Bien qu'il n'y ait rien à savoir. Nous nous parlons encore régulièrement et, bien que j'essaye de me répéter qu'il n'y a aucune raison de le croire, je ne cesse de penser qu'il a certainement connu Kate. Je n'arrive pas à le percer à jour, alors je persiste à y retourner.

« Qu'est-ce que… ? » dis-je à Adrienne, mais elle m'interrompt.

« Un thérapeute, tu en vois un ? »

Bien sûr. Aucune raison de s'affoler. « Ah, ça. Non, je n'y vais pas. »

Il y a un silence. Elle ne me quitte pas des yeux ; elle me jauge, elle essaie de détecter la raison qui m'a poussée à réagir de cette manière.

« Julia ? Si tu ne veux pas en parler… »

En fait, je veux bien. Je veux en parler. Elle est ma plus vieille amie.

« Tu te souviens, je t'ai dit que j'envisageais de m'inscrire sur un site ? Pour récupérer la liste des gens avec qui Kate communiquait.

— Oui, tu as aussi dit que tu avais changé d'avis. »

Je reste silencieuse.

« Julia ?

— Il y avait quelqu'un sur lequel j'avais des doutes. »

Elle pose son verre et lève les sourcils. « Vas-y, continue…

— Il est de passage à Paris. Il m'a envoyé un message. Je me suis convaincue qu'il s'agissait de quelqu'un qui tchattait avec Kate. Quelqu'un dont la police ignore l'existence.

— Alors tu as transmis ces informations aux autorités ? »

Je ne dis rien.

« Julia… ?

— Pas encore.

— Pourquoi ?

— J'ai besoin d'être sûre… Je lui parle, c'est tout. J'essaie de découvrir ce qu'il sait.

— Chérie, es-tu certaine que c'est une bonne idée ?

— Quelle alternative y a-t-il ? Donner son nom à la police… ?

— Oui, c'est exactement ce que tu devrais faire !

— Je ne veux pas le faire fuir, et en plus, il y a de fortes chances pour qu'ils ne tiennent aucun compte de mes informations.

— Bien sûr qu'ils en tiendront compte ! Pourquoi ne le feraient-ils pas ? Ils ont le devoir de creuser. Il vit à Paris, cela devrait être facile. »

Je ne lui dis pas qu'il vit à Milan. « Je sais ce que je fais. Nous n'avons échangé que deux ou trois fois. »

C'est un mensonge, une demi-vérité. J'essaie de faire marche arrière. La situation a évolué. Maintenant il allume sa Webcam, et il m'a demandé de connecter la mienne, même si je ne l'ai pas encore fait. Il me dit que je suis belle. Il me dit qu'il voudrait qu'il y ait un moyen que je sois là, auprès de lui, et, bien que je me sente coupable de lui mentir, je lui dis que je le voudrais moi aussi. Nos conversations s'achèvent toujours de la même manière : il a adoré bavarder avec moi, il est impatient que nous recommencions. Il me dit de prendre soin de moi, de faire attention. Et parce que ce serait impoli de ne pas le faire, parce que je n'arrive pas à voir clair en lui, je lui dis les mêmes choses.

Par moments, j'ai l'impression d'être cruelle. Je ne le fais pas exprès, et pourtant, il m'aime bien, ou il aime bien la personne qu'il croit que je suis.

« Il sait où tu habites ? »

Je secoue la tête. L'autre jour, j'ai commis une erreur et j'ai mentionné le métro. J'ai dû avouer que j'étais à Londres, pas à Paris, mais il ne sait rien de plus.

« Non, bien sûr que non. »

Un long silence. « Alors, de quoi parlez-vous ? »

Je ne réponds pas, ce qui, en soi, est une manière de répondre.

« Julia, tu es très vulnérable, en ce moment. Tu es sûre que tu sais ce que tu fais ? »

Je hoche la tête. « Bien sûr. » Mais elle ne paraît pas convaincue.

« Tu l'aimes bien. »

Je secoue la tête. « Non. Ce n'est pas ça. C'est juste que… qu'on dirait qu'il y a une connexion. Et je me demande si cette connexion a quelque chose à voir avec Kate.

— De quelle manière ?

— Tu sais comme nous étions proches. C'était presque surnaturel. Et disons que…

— Tu penses que si tu ressens une connexion avec cet homme, ça veut forcément dire quelque chose ? »

Je ne réponds pas. C'est exactement ce que je pense. Elle n'a pas idée de ce qu'elle me procure, cette impression que je fais quelque chose d'utile, quelque chose qui pourrait nous conduire, Connor et moi, à la solution, nous amener à retrouver une forme de quiétude.

« Julia. » Elle prend un air sévère. « Tu ressembles à une adolescente qui a le béguin pour un garçon de la classe supérieure.

— C'est ridicule. » Je pense sérieusement ce que je dis mais cela manque de conviction, même à mes propres oreilles. Est-ce vraiment ce que je ressens ? Je ne peux nier que j'attends les messages de Lukas avec impatience.

Tout cela n'a peut-être rien à voir avec l'enquête. Peut-être est-ce parce que, maintenant, je sais ce qu'a pu ressentir Kate, lorsqu'elle bavardait avec ces hommes ; j'arrive à me sentir plus proche d'elle. Je connais son monde.

« Tu sais, dis-je, même si c'est futile, une perte de temps, peu importe, non ? J'essaie juste de faire quelque chose pour parvenir à accepter la mort de ma sœur.

— Alors, tu as parlé d'elle à ce gars ? »

Je dis non, mais c'est un mensonge. L'autre jour, j'ai eu une mauvaise matinée après une nuit d'insomnie, et je n'arrivais pas à chasser Kate de mes pensées. Il voyait bien que quelque chose ne tournait pas rond. Il ne cessait de me demander si tout allait bien, s'il pouvait faire quelque chose. Je lui ai raconté.

Il a répondu qu'il était désolé d'apprendre la mort de ma sœur, et il m'a demandé ce qui s'était passé. J'allais lui dire la vérité lorsque j'ai compris tout à coup que ce serait une erreur. J'ai prétendu que c'était un suicide. Il y a eu une longue pause, au cours de laquelle je me suis demandé ce qu'il allait répondre, puis il a redit qu'il était désolé, et qu'il aurait bien voulu pouvoir me serrer dans ses bras, être là pour moi.

Il a dit qu'il comprenait, et cela m'a fait du bien. Pendant un moment, je me suis presque sentie mal de m'être demandé s'il était impliqué d'une quelconque façon dans la mort de ma sœur. Presque mal.

« Bon, au moins c'est quelque chose. Est-ce que vous baisez ?

— Bien sûr que non ! » m'écrié-je, mais en même temps, je pense aux sensations que j'éprouve lorsqu'il allume sa webcam, lorsque je peux le voir répondre à mes messages, me sourire, me faire un signe de la main lorsqu'il me dit au revoir. Est-ce que j'ai envie de lui ?

Je pense à l'autre nuit, dans le lit. Hugh et moi avions fait l'amour, pour la première fois depuis des mois, mais c'était Lukas qui était dans ma tête.

Mais en même temps, ce n'était pas lui. L'homme que j'imaginais, dont je rêvais, était fantasmé. Une invention de ma part, complètement différente du Lukas avec qui je tchatte, de celui que je vois sur mon écran.

« Il sait, pour Hugh ?

— Bien sûr que non.

— Pourquoi ?

— Parce que je veux qu'il pense que je suis libre. Autrement, comment vais-je découvrir s'il est bien la personne qu'il prétend être ?

— Bien sûr. » Elle me regarde, droit dans les yeux. « Et qu'est-ce que Hugh dirait, d'après toi ? S'il le découvrait ? »

Ce n'est pas la première fois que j'y pense, bien sûr. « Mais j'essaie juste de découvrir ce qui s'est passé. Surtout pour aider Connor. »

Elle a l'air carrément exaspérée. Elle a l'air de penser que je suis stupide. Il est possible qu'elle le croie. Il est possible que je le sois.

Notre repas arrive. Je suis soulagée. La tension diminue tandis que nous arrangeons nos serviettes sur nos genoux avant de commencer à manger. « Écoute, dis-je. Il n'y a pas le moindre sentiment dans cette affaire. Ce ne sont que des mots sur un écran… »

Elle pique quelques feuilles de salade. « Je pense que tu es bien naïve. Tu es en train de te faire embobiner.

— Est-ce qu'on pourrait changer de sujet ? »

Elle pose sa fourchette. « Tu sais que je t'aime, et que je te soutiens. Mais… »

Nous y voici, me dis-je. « Quoi ?

— C'est juste que… c'est tout à fait étonnant, ce que les gens lâchent en ligne, sans s'en rendre compte. Il est très facile de croire que tout cela est réel.

— Adrienne, je ne suis pas idiote.

— J'espère juste que tu sais ce que tu fais. »

Nous finissons de dîner et prenons un café avant de partir. C'est une belle soirée chaude ; des couples sillonnent la ville, bras dessus bras dessous. L'air résonne de rires, frémit de possibilités. Je me sens déstabilisée, comme si j'avais bu un verre ou presque. Je décide de rentrer en métro.

« J'étais très contente de te voir.

— Moi aussi. » Nous nous embrassons mais je me sens déçue. Je pensais qu'elle jugerait mes échanges avec Lukas pour ce qu'ils sont, qu'elle m'accorderait même son soutien. Mais elle ne l'a pas fait. Elle ne me soutient pas. « Fais attention à toi », dit-elle, et je le lui promets.

J'arrive sur le quai en même temps que la rame. Elle est bien pleine, mais je m'assois sur l'un des quelques sièges libres et, une seconde trop tard, je me rends compte qu'il est collant, on y a renversé de la bière. Je sors mon livre de mon sac, mais ce n'est qu'une défense. Je ne l'ouvre pas.

À Holborn, un brusque tumulte. Un groupe de garçons monte, des adolescents, à peine vingt ans ; ils sont en short, T-shirt et tiennent des canettes de bière. L'un d'eux dit quelque chose – je n'entends pas – et les autres rient. « Fuck ! » dit l'un d'eux ; un autre dit : « Quelle salope ! » Ils font beaucoup de bruit, et ne cherchent aucunement à être discrets ; il y a des enfants dans le wagon, malgré l'heure tardive. Je croise le regard de l'homme assis en face de moi, il sourit et lève les sourcils. L'espace d'un moment, notre désapprobation nous rend complices. Il a un visage allongé, des cheveux courts, des lunettes. Sur ses genoux, il tient une serviette en cuir souple, mais il a un look plutôt décontracté, jean et chemise. Le train démarre. Il sourit, puis retourne à son journal et j'ouvre mon livre.

Je n'arrive pas à me concentrer. Je lis le même paragraphe, plusieurs fois. Je ne peux pas me le cacher : j'espère avoir un message de Lukas à mon retour à la maison. Et je ne cesse de penser à l'homme assis en face de moi.

Je soupire, je lève les yeux. Il me regarde à nouveau, et maintenant il sourit et soutient mon regard assez longtemps. Cette fois, c'est moi qui, la première, détourne le regard ; au-dessus de sa tête, il y a un panneau publicitaire. Je fais semblant de le trouver fascinant ; c'est une affiche pour une université. SOYEZ QUI VOUS VOULEZ, dit le slogan. Une femme portant une toque serre un parchemin roulé, un grand sourire aux lèvres. À côté, une publicité pour une agence de rencontres. ET SI VOUS SAVIEZ QUE TOUS CEUX QUI VOUS PLAISENT DANS CETTE RAME SONT CÉLIBATAIRES ? Et si je le savais ? me dis-je. Que ferais-je ? Rien, j'imagine. Je suis mariée, j'ai un enfant. Je baisse le regard, brièvement, je le détourne de l'affiche ; l'homme a repris la lecture de son journal. Je me surprends à parcourir son corps, sa poitrine, qui est plus large que l'on pourrait s'y attendre, vu son visage allongé, ses jambes, ses cuisses. Bien qu'il ne lui ressemble pas du tout, je commence à voir Lukas en lui. Je l'imagine, levant les yeux vers moi, souriant comme j'ai vu Lukas sourire sur Skype tant de fois ces derniers jours. Je m'imagine en train de l'embrasser, de le laisser m'embrasser. Je m'imagine en train de l'entraîner dans un des escaliers de la prochaine station, de défaire la braguette de son jean, de sentir son érection durcir dans ma main.

Soudain, je me vois comme d'autres me voient. Je suis choquée par mes propres pensées. Cela ne va pas du tout. Ce n'est pas moi. Je baisse les yeux vers mon livre et je fais semblant de lire.

12

Je crois qu'il est revenu. Il ne se tient pas tout à fait dans la lumière. Il observe ma fenêtre.

Il est là, sans être là. Quand je plonge le regard directement dans les ombres, j'arrive à me convaincre que ce n'est rien, un effet de lumière, une illusion d'optique. C'est juste mon cerveau, qui cherche l'ordre dans le chaos, qui essaie de donner un sens au hasard. Pourtant, dès que je détourne les yeux, la silhouette semble sur le point de se préciser. De se montrer comme bien réelle.

Cette fois, je ne me détourne pas. Cette fois, je me dis qu'il est réel. Ce n'est pas mon imagination. Je reste où je suis, à l'observer. La dernière fois, j'en ai parlé à Hugh et il a dit que ce n'était rien, un jeu d'ombres, et ce soir j'ai envie de graver son image sur ma rétine, de l'amener à nouveau à mon mari, de la lui montrer. Regarde, ai-je envie de dire. Cette fois, je ne suis pas en train de délirer, je n'imagine pas des choses. Il était là.

La silhouette ne bouge pas. Elle est parfaitement immobile. Je ne la quitte pas des yeux. Tout à coup, on dirait qu'elle recule, je ne sais pas comment, pour s'enfoncer dans les taches d'ombre. Là, sans être là.

Je me tourne, je réveille mon mari. « Hugh. Viens. Regarde. Il est à nouveau là. »

À contrecœur, il se lève. La rue est déserte.

Peut-être que Hugh a raison. Peut-être que je suis paranoïaque.

« Hugh pense que j'ai perdu la tête », dis-je à Anna. Nous sommes sur Skype, je viens de finir d'ajouter des photos sur mon site Web, de mettre un peu d'ordre. Son visage apparaît dans la fenêtre qui occupe le coin de mon écran. « Ça ne pourrait pas être quelqu'un qui promène son chien ?

— Il n'y a pas de chien. » Elle s'apprête à dire quelque chose, mais la vidéo se fige et je n'entends pas. Quelques instants plus tard, la communication est rétablie et je poursuis. « Il se plante devant ma maison. Ça me donne la chair de poule. Si je m'éloigne pour aller chercher Hugh, par exemple, à chaque fois, quand je reviens, il a disparu.

— Peut-être que c'est un détraqué quelconque.

— Possible.

— Est-ce que tu en as parlé à Adrienne ?

— Non. » J'en avais l'intention l'autre soir, mais j'ai renoncé, me disant qu'elle pensait déjà que j'étais folle.

« Que vas-tu faire ? »

Je lui dis que je ne sais pas. « Ça a l'air tellement vrai. Je te jure. Je ne suis pas folle.

— Bien sûr que non, réagit-elle. Je ne l'ai pas pensé une seconde. En plus, c'est une réaction assez logique, compte tenu de ce qui s'est passé. »

Je suis soulagée. Même si elle dit cela pour me faire plaisir, au moins Anna n'essaie pas de me convaincre que je me trompe, ou que je suis cinglée.

« Comment ça avance, avec le gars ? Celui avec qui tu tchattes. Celui dont tu penses qu'il a peut-être quelque chose à voir avec Kate.

— Lukas ? »

Devrais-je lui raconter ? Ou va-t-elle juste me dire de transmettre l'information à la police et de laisser tomber ?

« Je ne sais pas bien », dis-je. Je lui donne quelques détails. Plus que ce que j'ai révélé à Adrienne, mais pas tout. « Nous échangeons quelques messages de temps en temps. Il y a quelque chose, avec ce type. Quelque chose que je n'arrive pas bien à définir. Ce n'est probablement rien… »

Mais je n'y crois pas vraiment. Il me suit toujours de près. À moins que ce soit moi ; l'un ou l'autre. En tout cas, j'ai connecté ma Webcam, moi aussi. Hier soir. Juste quelques instants. Moins d'une minute. Je l'ai laissé voir mon visage.

Mais je m'abstiens de lui révéler cette information.

« Moi, j'ai eu une réponse du gars à qui j'avais envoyé un message. Celui de la liste de Kate, Harenglish.

— Ah bon ? »

Et tu ne m'as rien dit ? me dis-je. J'imagine qu'il n'avait rien à voir avec tout ça.

« Et qu'est-ce qu'il disait ?

— Pas grand-chose. Si ce n'est qu'il ne cherche pas à rencontrer des gens, pas dans la vraie vie. Il s'est inscrit pour s'amuser un peu. Des petits échanges coquins. Mais seulement en ligne. Il aime trop sa femme pour risquer quoi que ce soit d'autre.

— Et tu le crois ?

— Oui, je le crois. »

C'est le jour de la fête de Carla. Elle vit à des kilomètres de chez nous, à mi-chemin entre Londres et Guildford. Hugh conduit, Connor est assis derrière moi ; il écoute de la musique sur son iPod, beaucoup trop fort. L'an dernier, nous nous étions tous bien amusés ; j'avais apporté une salade que j'avais faite – aubergines grillées, saumon aux citrons confits –, et je m'étais même acheté une nouvelle robe. Connor s'était bien entendu avec les enfants du voisin, Hugh avait apprécié de se détendre avec ses collègues. Aujourd'hui, je n'ai aucune envie d'y aller. Il a fallu que Hugh me convainque. « Ça va être bien, m'a-t-il dit. Une occasion pour Connor de voir ses amis, et une occasion pour toi de lui montrer comme tu t'en sors bien. »

Est-ce que je m'en sors bien ? Je pense à Lukas. Aujourd'hui, il est à un mariage et, hier soir, après une discussion au cours de laquelle je lui ai parlé de l'homme que je croyais voir devant chez moi, je lui ai donné mon numéro de téléphone. Auparavant, il m'avait donné le sien.

Maintenant, je le regrette. Je me sens déjà assez mal de lui raconter des histoires.

Je me tourne pour regarder Hugh. Lukas m'a dit qu'il aimerait pouvoir me protéger, qu'il ne laisserait personne me faire du mal. Je me sentirais en sécurité. Et mon mari ? Il est tendu vers l'avant, les yeux rivés sur la route. C'est ainsi que je l'imagine au bloc. Le scalpel à la main, penché sur un corps qui a été ouvert comme un poisson qu'on va vider. Me protégerait-il ? Bien sûr que non. Il pense que j'invente tout ça.

Carla nous accueille avec force sourires et embrassades, puis elle nous fait traverser la maison jusqu'à la terrasse. Hugh s'avance vers le mari de Carla, Connor va rejoindre une couverture étendue sur le sol où les autres enfants sont rassemblés. Je repère Maria et Paddy entourés de quelques autres personnes, et je vais les rejoindre.

Maria me serre dans ses bras, puis c'est au tour de son mari. Ils parlent de travail ; Maria raconte la conférence de Genève. Elle commence à décrire les résultats qu'elle y a présentés – elle parle d'artères descendantes antérieures, de calcification, d'ischémie – et certains hochent la tête pendant que d'autres prennent un air perplexe. Un homme un peu plus âgé est debout à côté de Paddy, je me souviens l'avoir rencontré l'an dernier, c'est un avocat, de Dunfermline, et lorsque Maria finit de parler, il dit : « Cela paraît totalement impénétrable ! » et tout le monde rit. Quelques instants plus tard, il se tourne vers moi.

« Et vous, vous vous situez comment, là-dedans ? Vous aussi, vous gagnez votre vie en charcutant des gens ? »

Il y a un silence. Kate n'a pas été charcutée, mais malgré tout le mot me blesse. Une image de ma sœur surgit, et je n'arrive pas à la repousser. J'ouvre la bouche pour répondre, mais aucun mot ne sort.

Paddy tente de venir à ma rescousse.

« Julia est photographe. » Il sourit et se tourne vers moi. « Elle a beaucoup de talent. »

J'essaie de sourire, mais je n'y parviens pas. La vision de Kate persiste, sa chair arrachée, ouverte, agonisante. L'homme à qui je suis présentée m'a tendu la main, il sourit.

« Je vous prie de m'excuser, je vais me rafraîchir. »

Je verrouille la porte derrière moi et je m'y adosse. J'inspire profondément et je fais un pas en avant. La fenêtre est ouverte ; des rires montent de la terrasse en-dessous.

Je n'aurais pas dû venir, j'aurais dû inventer un prétexte. J'en ai assez de faire comme si tout était normal, alors que ce n'est pas le cas. Je sors mon téléphone. C'est un geste automatique, instinctif, je ne sais pas très bien pourquoi je le fais, mais je suis contente : j'ai un message de Lukas.

« Le mariage est sympa. Je suis déjà ivre. Je pense à toi. »

Malgré la noirceur que je ressens, la joie m'envahit, comme pour désinfecter une blessure. Ce n'est pas parce que le message vient de lui, me dis-je. C'est seulement le frisson de se sentir désirée.

Maintenant, j'ai appris comment Kate aurait répondu. « Je suis à une fête affreuse. J'aurais aimé que tu sois là… »

J'appuie sur Envoyer. Je me rince les mains à l'eau froide, puis je m'en passe sur le visage et le cou. Elle dégouline, sous ma robe, jusqu'au creux de mes reins, éveillant ma peau. Je regarde par la fenêtre.

Connor est dehors. Il est assis sur l'herbe avec un autre garçon et une fille. Ils rient, complices ; il semble particulièrement proche de la fille. Je me rends compte que, dans peu de temps, il va commencer à sortir avec des filles, à coucher, et ensuite une partie de lui se détachera définitivement de moi. C'est nécessaire, mais j'en suis remplie de tristesse.

Il lève la main pour faire un signe à son père. Je suis frappée de sa ressemblance avec Kate, au même âge. Ils ont la même légère rondeur du visage, le même demi-sourire qui peut disparaître et réapparaître en un instant.

Il ressemble à sa mère. Je ne devrais pas en être étonnée. Pourtant, c'est une surprise, et elle me fait mal.

Je rejoins le groupe, mais je n'arrive pas à entrer dans la conversation. Pourquoi ai-je été si excitée de recevoir le message de Lukas ? Pourquoi lui ai-je répondu ? Les questions reviennent en boucle et, au bout d'une minute ou deux, je demande qu'on m'excuse et je vais voir Connor. Il est avec ses amis, je le dérange et je m'en veux. J'avance jusqu'au petit pavillon niché sur le côté, au fond du jardin, entre la maison et le portail qui mène à l'endroit où sont garées les voitures. Il est de forme octogonale, peint en vert d'eau, et il est rempli de coussins. Lorsque je l'atteins, je constate que les portes sont ouvertes, et qu'il n'y a personne à l'intérieur.

Je m'assois et je m'appuie contre la paroi en bois. De là, je perçois le babillage des invités. Je ferme les yeux. On sent une odeur de bois récemment vernis ; elle me rappelle les seules vacances dont je parvienne à me souvenir du vivant de ma mère, dans un chalet que nous avions loué dans la forêt de Dean. Je la vois encore, debout devant la cuisinière, en train de faire bouillir de l'eau pour le café de mon père, pendant que je donne à manger à Kate. Elle chante avec la radio, fredonnant tout bas, et Kate rigole. Nous étions tous vivants, à ce moment-là, et à peu près heureux.

Mais c'était avant que commence le lent processus de dislocation qui s'est terminé le jour où la mort de ma sœur m'a laissée totalement seule.

J'ai envie d'un verre. Maintenant. J'ai envie d'un verre et, pire, plus dangereux encore, je pense que j'en mérite un.

Une ombre se projette sur mon visage. J'ouvre les yeux ; une silhouette se découpe sur le seuil devant moi, ses contours se détachent dans la lumière de l'après-midi. Il me faut seulement un instant pour me rendre compte qu'il s'agit de Paddy.

« Salut. » Il a l'air gai, mais son enthousiasme est légèrement forcé. « Je peux me joindre à toi ?

— Bien sûr. » Il avance d'un pas. Il trébuche sur la petite marche. Il est plus ivre que je ne le pensais.

« Comment ça va ? » Il me tend l'un des deux verres de vin qu'il a apportés de la maison. « Je me suis dit que tu en voudrais peut-être. »

J'en veux, me dis-je. J'en veux.

Mais je sais que je dois repousser cette envie.

Il pose le verre par terre, à ma portée. Laisse passer la crise, me dis-je. Laisse passer. Il s'assoit sur le banc. Il est juste à côté de moi, si près que nous nous touchons.

« Ils sont encore en train de parler boutique. Ils ne s'arrêtent donc jamais ? »

Je hausse les épaules. Je ne veux pas être entraînée là-dedans. Nous contre eux. Les chirurgiens et leurs moitiés, qui sont presque toujours des épouses.

« C'est leur boulot.

— Pourquoi faisons-nous cela ?

— Faisons-nous quoi ?

— Ces fêtes ? Ça te plaît ? »

Je décide d'être franche. « Pas vraiment. Je n'aime pas être entourée de gens qui boivent, surtout à cause de mon addiction. »

Il paraît surpris, mais il doit bien savoir. Nous avons parlé du fait que je ne bois pas, même si c'était de manière détournée. « Ton addiction ?

— À l'alcool.

— Je ne savais pas. »

Nous restons silencieux un moment, puis il glisse la main dans la poche de son jean, d'un mouvement lent et malhabile. « Une cigarette ? »

Je tends la main pour prendre celle qu'il m'offre. « Merci. » L'air entre nous est tellement lourd qu'il paraît solide. Chargé. Quelque chose va se passer, forcément, ou alors quelque chose va céder, une résolution ou une protection. L'un de nous doit parler.

« Écoute… » dis-je, mais exactement au même instant, il se met à parler lui aussi. Je ne saisis pas ce qu'il dit et je lui demande de répéter.

« C'est juste… » commence-t-il. Il baisse la tête, il hésite à nouveau.

« Quoi ? Qu'est-ce qui se passe ? » Je réalise que je sais ce qu'il est sur le point de dire. « C'est juste que… quoi ? »

Sorti de nulle part, Lukas apparaît. Je l'imagine en train de m'embrasser. Je pense à mon fantasme, je veux que ce soit du désir, du désir pur, assez puissant pour risquer de me fendre la tête contre le bois derrière moi. Je veux ses mains sur moi, fébriles, en train de remonter ma robe. Je veux sentir le plaisir de céder, de le laisser faire ce qu'il aime.

Je veux éprouver une envie si forte qu'elle se transforme en besoin, en besoin impérieux.

« Paddy… ? dis-je, mais il m'interrompt.

— Je voulais juste dire que je te trouve très belle. »

Il prend ma main très vite, et je le laisse faire. Je suis choquée et je ne le suis pas, tout à la fois. D'une certaine manière, je savais qu'il me dirait une chose pareille, tôt ou tard.

À nouveau, je pense à Lukas. Ses mots, dans la bouche de quelqu'un d'autre. Il me vient à l'esprit que si Paddy levait les yeux, m'attrapait par la nuque et m'embrassait, je ne l'en empêcherais pas. Pas s'il le faisait maintenant. En cet instant où je suis assez faible, mais cet instant ne durera pas.

Une pensée absurde jaillit. C'est toi, me dis-je. C'est toi qui m'épies devant la fenêtre de ma chambre. Là, pas là…

Et il passe à l'acte. Il m'embrasse. Il n'y a pas de mains voraces, fourrageant sous mes vêtements. C'est presque juvénile. Quelques instants à peine, et nous nous écartons l'un de l'autre. Je le regarde. Le monde est immobile, les voix de la fête ne sont plus qu'un murmure au loin. C'est le moment où soit nous allons échanger un autre baiser – cette fois avec plus de frénésie, plus de passion –, soit l'un de nous va détourner le regard et le moment passera, perdu à jamais.

Ses yeux se plissent. Quelque chose ne va pas. Il me regardait, mais ce n'est plus le cas. Il regarde par-dessus mon épaule, derrière moi.

Je me retourne pour suivre son regard. Il y a quelqu'un. Connor.

Je me lève. Le verre de vin que Paddy tenait dans sa main se renverse sur ma robe, mais je remarque à peine. « Reste ici ! » dis-je entre mes dents avant de pousser la porte. Je me mets à courir. Paddy m'appelle, mais je l'ignore.

Il s'arrête, puis se tourne pour me regarder. Son visage est indéchiffrable. « Maman ! Tu es là ! Je n'arrivais pas à te trouver. »

Je le rejoins. Je n'arrive pas à savoir s'il s'agit d'un sarcasme, ou si c'est moi qui imagine des choses.

« Qu'est-ce qu'il y a ?

— Papa m'a envoyé te chercher. Il fait un discours, je crois.

— OK. » Je me sens très mal, pire que s'il m'avait carrément dit *Je t'ai vue en train d'embrasser ce type. Je vais dire à papa que tu le trompes.* Au moins, je saurais.

Mais il ne dit rien. Il est impassible, son visage, hermétique. Nous y voilà, me dis-je. J'ai merdé. Une seule imprudence en tant d'années, et il faut que mon fils soit là pour la voir. Cela paraît injuste, mais en même temps je le mérite.

« J'arrive dans une seconde », dis-je.

Une fois qu'il est parti, je retourne voir Paddy. « Merde !

— Il nous a vus ? »

Je ne réponds pas. Il faut que je réfléchisse.

« Est-ce qu'il a dit quelque chose ?

— Non. Mais ça ne veut pas dire qu'il ne nous a pas vus. » Je passe mes doigts dans mes cheveux. « Merde… ! »

Il s'avance vers moi. Je ne sais pas trop ce qu'il va faire ; il me prend la main. « Tout va bien se passer. » Sa main monte à hauteur de mon visage, comme pour le caresser.

« Paddy, non !

— Où est le problème… ? »

Le problème ? ai-je envie de dire. Mon mari. Mon fils. Ma sœur morte.

« Je t'aime bien. Tu m'aimes bien. Allez… »

Je me rappelle qu'il est ivre.

« Non.

— Julia…

— Non, dis-je. Paddy. Je ne coucherai jamais avec toi. Jamais. »

Il a l'air blessé. Comme si je l'avais giflé.

« Paddy… commencé-je, mais il m'interrompt.

— Tu crois vraiment que tu es quelqu'un de spécial, n'est-ce pas ? »

J'essaie de rester calme.

« Paddy. Tu as beaucoup bu. Retournons là-bas et oublions tout ce qui s'est passé. D'accord ? »

Il lève les yeux, me lance un regard glacial.

« Je t'emmerde », dit-il.

13

Il est trois heures du matin. Enfin, je crois. Peut-être plus tard. Il fait trop chaud, l'atmosphère est lourde. J'entends le doux bruit de la pluie d'été contre la fenêtre. Je suis épuisée, mais jamais le sommeil ne m'a paru plus inaccessible.

Mon esprit refuse de rester tranquille. Je n'arrête pas de penser à Paddy. Ce que j'aurais dû faire, ce que je n'aurais pas dû faire. Et je ne cesse de penser à ce que mon fils a peut-être vu. Ou pas.

Hugh a cru que j'avais bu. Il m'a interrogée, sur le trajet du retour. L'air de rien, sans me regarder. Espérant me piéger, me faire dire la vérité sans que je m'en rende compte.

Il a posé la question doucement. Connor était assis à l'arrière, en train d'écouter son iPod. « Chérie, est-ce que tu as… ?

— Quoi ?

— Est-ce que tu as bu un verre ? »

J'ai frémi d'indignation. « Non ! »

Il lui a fallu un moment pour décider s'il devait me croire ou non. Jusqu'où il devait pousser l'interrogatoire.

« OK. J'ai cru voir Paddy en prendre un pour toi.

— Il l'a fait, oui. Mais je ne l'ai pas touché. »

J'ai retenu mon souffle mais Hugh s'est contenté de hausser les épaules. J'ai lancé un coup d'œil vers la banquette arrière ; Connor ne semblait pas conscient de ce qui se passait, une bombe à retardement.

« Je t'ai déjà dit que je ne reboirais jamais, ai-je rappelé à mon mari en me tournant de nouveau vers lui. Je te le promets. »

Je repousse les couvertures. Je descends au rez-de-chaussée et me sers un verre d'eau. Mon ordinateur est là où je l'ai laissé ce matin, sur l'îlot central dans la cuisine.

Je ne devrais pas le toucher. On est au milieu de la nuit ; Lukas ne sera pas connecté. Personne ne le sera. En plus, n'ai-je pas fait assez de dégâts pour aujourd'hui ? Je rince mon verre et le repose sur l'égouttoir, puis je m'approche de la fenêtre. Il fait noir dehors. Je regarde le jardin. Mon propre reflet plane sur la terrasse.

Il ne m'a pas contactée depuis hier après-midi ; il était déjà ivre à ce moment-là. Qui sait dans quel état il était lorsqu'il est allé se coucher ? Je l'imagine, allongé dans sa chambre d'hôtel, à moitié déshabillé, une chaussure jetée au loin.

Peut-être n'est-il pas seul ? On fait souvent des rencontres aux mariages ; il flotte comme un air de romance, l'alcool coule à flots, les chambres d'hôtel ne sont jamais très loin. Et si une femme avait jeté son dévolu sur lui ? Ou lui sur elle ? Et si…

Il faut que j'arrête. Comment se fait-il que je me mette à penser des choses pareilles ? Je ne devrais pas avoir la moindre raison d'être jalouse.

Je m'assois. Je ne peux pas m'en empêcher.

Il est en ligne. D'abord, je me dis qu'il a peut-être laissé son ordinateur allumé, mais ensuite il m'envoie un message.

« Tu es là ! Tu n'arrives pas à dormir, toi non plus ? »

Je souris. C'est vraiment comme si quelque chose nous maintenait connectés.

« Non. C'était bien ?

— Je suis rentré il y a à peine une heure. Je ne voulais pas me coucher.

— Pourquoi ?

— J'espérais que j'aurais la chance de te parler, j'imagine. J'allais appeler, mais je ne voulais pas te réveiller. »

Je ressens un mélange d'émotions. Je suis flattée, et en même temps soulagée. Hugh aurait entendu le téléphone, et qui sait ce qu'il aurait pensé ?

Cela aurait été bien irresponsable, mais ensuite je me rappelle que Lukas pense que je suis célibataire. Libre.

« Je ne dormais pas.

— Je n'ai pas arrêté de penser à toi. Toute la journée. J'aurais voulu que tu puisses être là. Comme ça, j'aurais pu te montrer à tout le monde. »

Je souris intérieurement. Ce n'est pas la première fois que je me demande comment il parvient toujours à trouver exactement les mots qu'il faut.

Au bout d'un moment arrive son message suivant.

« J'ai un aveu à te faire. »

J'essaie de rester légère.

« Ça a l'air inquiétant. Bon ou mauvais ?

— Je ne sais pas. »

On dirait que nous y sommes.

« Alors, il vaudrait mieux que tu me dises. »

Je me demande comment je me sentirais si tout à coup il écrivait : « J'étais à Paris en février et j'ai fait une chose épouvantable. »

Je me rappelle la page Facebook que j'ai regardée. Ça ne peut pas être ça.

« C'est la bonne chose à faire, je pense. Je ne t'ai rien dit avant parce que je n'étais pas sûr, mais maintenant je le suis. »

Un silence.

« Mais je veux te le dire en face. Je veux qu'on se voie. »

La chose qui grandit en moi prend encore plus d'ampleur. Je réalise qu'une partie de moi le veut aussi, mais une autre partie de moi veut juste le regarder droit dans les yeux. Le jauger, l'évaluer. Savoir ce qu'il sait, ce qu'il a peut-être fait.

Je tente de chasser cette idée de ma tête. Je suis trop près du bord. Je suis mariée. Il est à Milan, je suis à Londres. Je ne veux pas que cela arrive. C'est un fantasme, c'est tout. C'est absurde. Je suis simplement en train de l'imaginer parce que je sais que c'est impossible. Lukas doit exister enfermé dans une boîte ; il faut qu'il y ait une barrière protectrice entre lui et ma vraie vie.

Un autre message arrive.

« Nous *pouvons* nous rencontrer, dit-il. Je ne voulais pas te le dire au cas où ça te ferait paniquer, mais le mariage a eu lieu à Londres. »

Je me fige.

« Je suis là. En ce moment-même. »

Des frissons me parcourent, la peur, mais mêlée à autre chose. L'excitation : mon estomac se noue, se retourne, j'ai le goût métallique de l'adrénaline sur la langue. Toutes mes excuses sont balayées d'un coup. Il est là, nous nous trouvons dans la même ville. C'est comme s'il était là, juste en face de moi. Les choses auxquelles j'ai pensé, les choses qu'il s'est décrit en train de me faire, tout pourrait vraiment arriver. Si je le veux. Mais, plus important, je pourrais le voir, selon les termes que je définis, sur mon territoire. Je pourrais essayer de savoir ce qu'il sait. S'il connaissait ma sœur.

J'essaie de retrouver mon calme. Je tape sur le clavier.

« Pourquoi ne m'as-tu rien dit ? »

Je suis soulagée qu'il ne puisse pas me voir, qu'il ne puisse pas lire l'angoisse sur mon visage.

« Je ne sais pas. Je n'étais pas sûr que tu voudrais me rencontrer, que ce soit une bonne idée. Mais il s'est passé quelque chose aujourd'hui. Tu m'as manqué, d'une drôle de manière. Peut-être parce que j'avais ton numéro. Bref, je sais que c'est ce que je veux. C'est toi que je veux. »

Ses mots sont gravés là, sur l'écran.

C'est toi que je veux.

« Dis-moi que tu veux me voir, toi aussi. »

Est ce que je le veux ? Oui, me dis-je. Pour Kate. S'il l'a connue, elle lui a peut-être parlé des autres personnes qu'elle avait rencontrées. Elle lui a peut-être parlé de toutes sortes de choses, qu'il serait le seul à savoir. Il pourrait peut-être m'aider.

Je pense à la mise en garde énoncée à la fois par Adrienne et Anna. *Fais attention.*

Si seulement je lui avais parlé de Hugh. Si seulement je lui avais dit que je suis mariée, que j'ai un fils. Les choses ne sont pas aussi simples qu'elles paraissent. S'il savait, je pourrais être honnête.

Je pourrais lui dire qu'il m'est impossible de le rencontrer, malgré l'envie dévorante que j'en ai. Je n'aurais pas à inventer d'excuse.

« Tu ne veux pas me voir, c'est ça ? »

J'hésite. Je devrais lui dire que je suis prise. Que j'ai une obligation à laquelle je ne peux pas me soustraire. Une réunion, par exemple. Un rendez-vous. Je pourrais même lui raconter que je suis sur le point de monter dans un avion pour partir en vacances. Je pourrais rester vague. « C'est tellement dommage, lui dirais-je. Peut-être la prochaine fois. »

Mais il saurait ce que cela signifie vraiment. *La prochaine fois*, c'est-à-dire *jamais*. Puis je perdrais tout, tous les progrès que j'ai déjà faits. Et, jusqu'à la fin de mes jours, je me demanderais s'il détenait la clé permettant de déchiffrer les événements de cette fameuse nuit froide de février à Paris, alors que je l'aurais laissé me filer entre les doigts.

Je repense à ses premiers mots. *Vous me rappelez quelqu'un.*

Je prends ma décision.

« Bien sûr ! Tu es là pour combien de temps ?

— Jusqu'à mardi soir. Nous pourrions nous retrouver mardi. Vers l'heure du déjeuner. »

Je sais ce qu'Adrienne dirait. Elle s'est montrée claire. Parle à Hugh. Donne les informations le concernant à la police, puis laisse tomber.

Mais je ne peux pas faire ça. Ils ne bougeront pas. Mes mains s'immobilisent, à quelques centimètres au-dessus du clavier. Il commence à faire jour ; bientôt, mon mari se lèvera, puis Connor. Une autre journée commencera, une autre semaine. Tout sera exactement pareil.

Il faut que je fasse quelque chose.

14

C'est le matin. Hugh et Connor sont partis, l'un au travail, l'autre à l'école. Je suis toute désœuvrée.

Je téléphone à Anna. Elle ne décroche pas mais, très peu de temps après, je reçois un SMS. « Tout va bien ? »

Je lui dis que c'est urgent, elle répond qu'elle va inventer un prétexte. Quelques minutes plus tard, elle rappelle. Il y a de l'écho quand elle parle ; je suppose qu'elle est cachée dans les toilettes, sur son lieu de travail.

« Eh bien, je ne l'avais pas vue venir, celle-là ! dit-elle, une fois que je lui ai expliqué ce qui s'est passé la nuit précédente. Tu lui as dit que tu allais le rencontrer ? »

Je repense à mon dernier message.

« Oui.

— OK…

— Tu penses que c'est une mauvaise idée.

— Non, répond-elle. Non. C'est juste que… Il faut vraiment que tu fasses attention. Tu es certaine qu'il est bien la personne qu'il prétend être ? »

Oui, me dis-je. Aussi certaine qu'on puisse l'être à propos de quelqu'un qu'on n'a jamais rencontré.

« Cela pourrait être n'importe qui », fait-elle remarquer.

Je sais ce qu'elle essaie de me dire, mais j'ai besoin d'avoir quelqu'un de mon côté. « Tu penses que je ne devrais pas y aller.

— Je n'ai pas dit ça.

— Il faut que je sache. Quelle que soit ton opinion.

— Mais…

— Pour Connor, autant que pour moi. »

Elle ne répond pas. J'entends quelque chose dans le fond, de l'eau qui coule, des voix, une porte qui se ferme, puis elle parle.

Elle paraît angoissée, mais un peu excitée, aussi, comme si elle sentait qu'on se rapprochait de la vérité.

« Tu vas le voir dans un endroit public ? »

Nous sommes convenus de nous retrouver à son hôtel, à St. Pancras.

« Bien sûr.

— Promets-moi.

— Je te le promets.

— Est-ce que tu pourrais emmener une amie ? Adrienne ?

— Il pense que nous nous voyons pour… enfin, il pense que c'est un rendez-vous galant.

— Eh bien, elle n'a qu'à s'asseoir dans un coin. Tu n'es pas obligée de la lui présenter. »

Elle a raison. Mais je sais déjà ce qu'Adrienne répondrait si je le lui demandais, et je ne vois pas qui d'autre pourrait m'accompagner.

« J'y réfléchirai.

— Demande-lui !

— OK. »

Je regrette que nous soyons si éloignées l'une de l'autre.

« Tout se passera bien.
— Je sais, dit-elle. Promets-moi que tu feras attention.
— Je te le promets. »

Je me prépare. Je me douche, je me passe du lait hydratant. Je me rase les jambes avec un nouveau rasoir, le même nombre de passages sur chaque jambe. Un besoin absurde de symétrie que je n'ai pas éprouvé depuis des années.

Je parle à Hugh pendant le petit-déjeuner. L'idée de lui dire la vérité m'a effleurée, mais je sais ce qu'il pensera, ce qu'il dira. Il me fera sentir que je suis idiote. Il m'empêchera d'aller au bout. Et donc, j'ai besoin d'une excuse, d'un alibi, au cas où il appelle et que je ne réponde pas, ou s'il rentre à l'improviste.

« Chéri, dis-je au moment où nous nous asseyons pour prendre notre café, j'ai quelque chose à te dire.

— Qu'y a-t-il ? Qu'est-ce qui ne va pas ? »

Il a l'air inquiet. Je sens la culpabilité me frapper comme un poignard.

« Oh, ce n'est rien de grave. C'est juste que j'ai bien réfléchi à ton idée. Ton idée de voir quelqu'un. Un thérapeute. Et je pense que tu as raison. »

Il prend ma main. « Julia, c'est formidable. Je crois vraiment que tu ne le regretteras pas. Je peux demander à un collègue, si tu veux, voir si on peut me recommander quelqu'un…

— Non, dis-je, un peu trop précipitamment. Non, ça va. J'ai trouvé quelqu'un. Je le vois aujourd'hui. »

Il hoche la tête. « Qui est-ce ? Tu connais son nom ?

— Oui, bien sûr. »

Il y a un silence. Il attend.

« Qui est-ce ? »

J'hésite. Je n'ai pas envie de lui dire, mais je n'ai pas le choix. Et franchement, cela ne peut pas être dangereux. Il respectera le serment d'Hippocrate. Il cherchera peut-être à savoir qui il est, mais il n'essaiera jamais de le contacter. « Martin Green.

— Tu es sûre que c'est quelqu'un de bien ? Je connais plein de gens qui pourraient me recommander…

— Hugh, je ne suis pas une de tes patientes. C'est quelque chose que je dois faire moi-même. OK ? » Il s'apprête à protester, mais je le fais taire. « Hugh ! Tout va bien. Adrienne dit qu'il est très bien et, de toute manière, ce n'est qu'une première consultation. Juste pour voir si ça colle entre nous. Fais-moi confiance. S'il te plaît… »

Je le vois se détendre. Je souris, pour lui montrer que toute ma colère a disparu. Il me rend mon sourire, puis il m'embrasse. « Je suis fier de toi », dit-il. Je sens la culpabilité m'envahir, mais je la repousse. « Bravo. »

Je passe ma garde-robe en revue. Je dois choisir mes vêtements avec discernement. Il faut que je convainque Lukas que je suis bien la personne que je prétends être, que je veux exactement ce qu'il pense que je veux.

J'essaie mon jean avec un chemisier blanc, puis une robe avec un collant et des bottes. Je me plante devant le miroir. Mieux, me dis-je. Je choisis un collier et je me maquille : pas trop, on est en pleine journée, après tout, mais assez pour ne plus être tout à fait moi-même.

Peut-être est-ce exactement ce que je suis en train de faire, finalement. Je choisis les vêtements qui me permettront de me transformer en cette autre personne, celle que Lukas a rencontrée sur Internet. En Jayne.

Je m'assois devant ma coiffeuse et je me mets du parfum, un peu derrière chaque oreille, un peu au creux de chaque poignet. Il a une odeur sucrée de beurre frais. C'est un parfum cher, que Hugh m'a offert pour Noël il y a deux ans. « Fracas ». Ma mère le portait autrefois, et il a toujours été le préféré de Kate, aussi. Son odeur me les rend plus proches, toutes les deux.

Je suis enfin prête. Je me regarde dans la glace. Face à mon reflet, je repense à ma photo, *Marcus dans le miroir*. Je me rappelle la première fois où nous avons fait l'amour. Je n'ai jamais manqué de confiance, mais ce soir-là, même alors qu'il m'embrassait, je me disais qu'il allait peut-être s'en aller. Même alors qu'il me déshabillait, je me disais, c'est la première fois, et ce sera aussi la dernière. Même alors qu'il me pénétrait, je me disais, je ne peux pas être assez bien pour cet homme, c'est impossible.

Et pourtant, je l'étais. Nous avons commencé à nous fréquenter. Nous avons commencé à manquer des réunions, occasionnellement au début, puis de plus en plus souvent. Et ensuite, nous sommes partis vivre à Berlin. Il faisait froid ; je me souviens que la première nuit a été vraiment dure, puis nous nous sommes rapprochés des amis qu'il avait là-bas. Une semaine à dormir par terre, puis un mois, avant de trouver un endroit à nous, et…

Et je ne veux pas penser à ça maintenant. Repenser à quel point nous étions heureux.

Je me mets debout. Je jette un coup d'œil à mon téléphone. Pas de messages. Une partie de moi espère qu'il va annuler. Je pourrais alors me déshabiller, enlever le maquillage, mettre le jean et la chemise que je portais quand j'ai dit au revoir à Hugh ce matin. Je pourrais me préparer une tasse de thé et m'asseoir devant la télévision, ou prendre un bon roman. Cet après-midi, je pourrais travailler un peu, appeler des gens. Ainsi soulagée, je pourrais nourrir un ressentiment silencieux, me jurer de ne plus jamais lui envoyer de message, retrouver Hugh et passer le restant de mes jours à me demander si Lukas connaissait Kate, s'il aurait pu me conduire à l'homme qui l'a tuée.

Mais il n'y a pas de messages ; il n'a pas changé d'avis, et je ne suis pas déçue. Pour la première fois depuis des mois, je commence à avoir l'impression qu'il va se passer quelque chose, d'une manière ou d'une autre. Je sens une espèce d'élasticité ; l'avenir est inconnu, mais il semble malléable, pliable. Une douceur à un endroit qui, avant, paraissait dur et rigide comme du verre.

Je prends un taxi. Il fait si chaud que l'air est poisseux, même avec la fenêtre ouverte. La sueur me coule dans le dos. Dans le taxi, il y a la même annonce publicitaire que celle que j'ai vue dans le métro en revenant de mon dîner avec Adrienne. SOYEZ QUI VOUS VOULEZ.

Nous arrivons à St. Pancras. La voiture monte l'allée pavée, on m'ouvre la portière. Je sens une brise souffler sur ma nuque lorsque je sors, avant d'entrer dans l'hôtel. Les portes coulissantes s'écartent sans bruit et un escalier de marbre me conduit à un intérieur agréablement aéré par l'air conditionné. Le toit au-dessus de ma tête est en verre, avec des poutrelles en acier, un vestige de l'ancienne gare, me dis-je. Tout est très élégant, les fleurs coupées, le parfum de citron, de cuir et de richesse. Je parcours le hall des yeux ; deux hommes sont assis côte à côte sur un canapé vert ; une femme en tailleur lit le journal. Il y a des panneaux : RESTAURANT, SPA, SALLES DE RÉUNION. Derrière le comptoir de la réception, on s'active avec efficacité. Je regarde ma montre, je suis en avance.

Je sors mon téléphone. Pas de messages.

J'attends que ma respiration ralentisse, que mon cœur cesse de m'envoyer ses signaux d'alarme insistants, ses tentatives de mises en garde. J'enlève mon alliance et je la range dans mon sac. Mes mains me donnent la sensation d'être nues, comme tout le reste de ma personne, mais sans mon alliance ce que je m'apprête à faire me semble moins proche d'une trahison, d'une certaine manière.

Au comptoir, je demande où se trouve le bar. Le gars est jeune et terriblement séduisant. Il me montre la direction et me souhaite une belle journée. Je le remercie et je m'éloigne. Son regard s'attarde sur moi, je le sens dans mon dos tandis que je bats en retraite, comme s'il connaissait la raison de ma présence. J'ai envie de me retourner, de lui dire que ce n'est pas ce qu'il croit, que je ne vais pas aller au bout.

Je fais semblant, c'est tout.

Lukas est assis au bar, dos à moi. J'étais inquiète de ne pas le reconnaître, mais il est facilement repérable. Il porte un costume sur mesure mais, en m'approchant, je constate qu'il ne s'est pas donné la peine de mettre une cravate. Quelques efforts, mais pas trop. Comme moi, j'imagine. Je suis surprise de voir un verre de champagne posé devant lui, un autre devant le siège vide voisin du sien. Je me rappelle que je suis là pour Kate.

Son visage apparaît devant moi. Elle est petite, sept ou huit ans. Notre père vient de nous dire qu'il allait nous mettre en pension, juste pendant deux ou trois ans, même si nous savons toutes les deux que ça durera jusqu'à ce que Kate quitte la maison. Elle a l'air terrifiée et, une fois de plus, je lui explique que tout va bien se passer. « Tu m'auras, moi, dis-je, et tu te feras plein de nouvelles amies, je te le promets ! »

Je ne savais pas si c'était vrai, à ce moment-là. Elle avait du caractère, on sentait poindre des envies de rébellion. Elle pouvait se prendre de passion pour quelque chose et se fourrer dans de gros ennuis. Mais elle a fini par se faire des amies. L'une d'elles a dû être Anna, mais il y en a eu d'autres. Elle avait la vie dure, mais elle n'était pas malheureuse ; elle ne l'a pas été tout le temps. Et je me suis occupée d'elle. J'ai fait de mon mieux. Jusqu'à ce que…

Non, me dis-je. Je ne peux pas penser à ça maintenant. Marcus n'a rien à faire là-dedans. Je repousse l'image et j'avance.

Lukas ne m'a pas encore vue, et j'en suis contente. Je veux apparaître brusquement, être là avant qu'il ait eu l'occasion de me jauger de loin. Il a dix ans de moins que moi, et ça se voit. Je suis assez tendue, je ne veux pas risquer de surprendre un éclair de déception dans son regard.

« Bonjour », dis-je lorsque j'arrive à côté de lui.

Il lève les yeux : ils sont d'un bleu foncé, encore plus saisissants en vrai. L'espace d'une seconde, son visage reste sans expression, il m'explore du regard, comme s'il essayait de m'identifier, de me sonder de l'intérieur. Il me fixe comme s'il n'avait pas la moindre idée de qui je suis, de la raison pour laquelle je suis là, puis, tout à coup, son visage s'éclaire d'un grand sourire et il se lève.

« Jayne ! » Je ne le corrige pas. Il y a une lueur fugace de surprise qui passe dans ses yeux et je me rends compte qu'il pensait que je ne viendrais pas.

« Tu as réussi à venir ! » Il sourit, soulagé, et son soulagement est contagieux. Je sens que nous sommes tendus tous les deux, ce qui signifie que ni l'un ni l'autre ne détient tout le pouvoir.

« Bien sûr ! » dis-je. Arrive un moment délicat. Faut-il nous embrasser ? Nous serrer la main ? Il pousse le verre vers moi.

« Je suis content. » Un nouveau silence. « Je t'ai commandé du champagne. Je ne savais pas trop ce qui te ferait plaisir.

— Merci. Je crois que je vais juste prendre de l'eau pétillante. »

Je me glisse dans mon siège et il commande ma boisson. Je le regarde, je contemple cet homme mal rasé, aux yeux bleus et, à nouveau, je me demande ce que je fais là. Je me suis répété que je venais pour essayer de savoir s'il connaissait ma sœur, mais il n'y a pas que ça, bien sûr.

Je me demande si je suis naïve. Si c'était lui que ma sœur allait retrouver ce soir-là. Cette pensée me saute au visage. Brutalement. L'homme qui se trouve devant moi paraît incapable de violence, mais cela ne signifie rien. Pas besoin d'avoir le crâne rasé ou la peau tatouée pour être capable de brandir une arme.

Je me souviens de ce que j'ai vu. De l'endroit où il se trouvait en février. Je commence à me calmer lorsque mon eau arrive.

« Voilà. Tu ne bois pas ?

— Non. »

J'observe l'ajustement habituel que font les gens dans ce cas-là. Je sais qu'ils se demandent si je suis une personne puritaine – peut-être par conviction religieuse – ou une alcoolique repentie.

Comme à chaque fois, je ne dis rien. Je n'ai pas besoin de donner des excuses. Je promène mon regard dans le bar. C'était la salle des guichets, autrefois ; les gens faisaient la queue ici avant de monter dans leur train, et de nombreux éléments anciens – les lambris, l'énorme pendule accrochée au mur au-dessus de nous – ont été conservés. Il y a du monde ; les gens sont assis avec leur valise, ou leur journal. Ils déjeunent, ou prennent le thé. Ils sont en transit, ou clients de l'hôtel au-dessus. Pendant quelques instants, je regrette de ne pas être comme eux. J'aurais voulu que la raison de ma présence ici soit aussi simple que la leur.

Comme si c'était la première fois, je réalise que Lukas a une chambre ici, quelques étages au-dessus. La raison pour laquelle il pense que je suis venue m'apparaît dans toute sa clarté.

« Est-ce que ça va ? » demande-t-il. Il y a une tension dans l'air ; nous sommes hésitants. Me revient à l'esprit le fait qu'il croie que nous sommes tous deux célibataires et que, même si son chemin a croisé celui de Kate, il n'y a aucune raison pour que j'appréhende autant la situation.

« Oui, merci. » Je saisis mon verre et le lève comme pour le prouver. « À la tienne ! »

Nous trinquons. J'essaie de l'imaginer avec ma sœur. Je n'y parviens pas.

Je me demande ce qui se passe habituellement, à ce stade. J'imagine Kate, ou Anna – je sais qu'elle aussi a fait ce genre de choses. Je vois des baisers, des mains qui arrachent des vêtements. Je vois des gens poussés sur un lit par un désir enfiévré. Je vois des corps nus, de la chair.

Je bois mon eau. Lorsque je repose mon verre, j'aperçois une trace de rouge à lèvres sur le bord et je suis choquée, brièvement, par sa couleur. Il paraît vif, comme s'il était en Technicolor, et en plus ce n'est pas ce que j'ai l'habitude de porter, pas au beau milieu de la journée. Ce n'est pas moi. C'est bien la raison pour laquelle je l'ai mis.

Je me sens perdue. Je pensais que ce serait facile. Je pensais que je le verrais, et que les réponses se déverseraient, que le chemin vers la vérité sur ce qui est arrivé à Kate deviendrait clair instantanément. Mais la situation n'a jamais paru aussi confuse, et je ne sais pas quoi faire.

« Tu es belle », dit-il. Je souris et je le remercie. Je le regarde. Il paraît solide, plus solide que la plupart des éléments qui m'entourent. J'arrive à peine à croire qu'il est là, que, presque sans effort, je pourrais tendre la main et toucher sa peau.

Il sourit. Je soutiens son regard mais, malgré tout, d'une certaine façon, c'est moi qui me sens nue. Je détourne les yeux. Je pense à Hugh en salle d'opération, un corps allongé sous les draps devant lui, les chairs ouvertes, mouillées, luisantes. Je pense à Connor dans sa salle de classe, la tête penchée sur son bureau à la fin d'une nouvelle année scolaire, aux longues vacances qui l'attendent. Puis Lukas sourit et je repousse ces images, je les enferme à double tour. Il pose son verre et j'aperçois quelque chose qui brille à sa main gauche.

Je suis presque soulagée. C'est un choc, mais le malaise qui s'était installé entre nous se dissipe.

« Tu es marié.

— Non.

— Mais ton alliance... »

Il regarde sa main comme pour vérifier le bien-fondé de mes propos, puis me regarde. « Je ne t'ai jamais dit ? »

Je secoue la tête. Je me dis que je ne peux pas lui reprocher de m'avoir trompée, avec tous les mensonges que je lui ai racontés.

« *J'étais* marié... » Il prend une grande inspiration, puis laisse échapper un profond soupir. « Cancer. Il y a quatre ans.

— Oh. » Quel choc. C'est brutal. Je fouille son regard et je ne vois que de la souffrance. De la souffrance, et de l'innocence. Je tends la main comme pour attraper la sienne. Je le fais par réflexe, sans y penser. Quelques instants plus tard, il tend le bras et la saisis. Il n'y pas d'électricité qui crépite, pas d'étincelle d'énergie qui bondit de l'un à l'autre. Malgré tout, je me rends vaguement compte que c'est la première fois que nous nous touchons, et l'instant est donc signifiant, qu'importe ce qui arrivera par la suite.

« Je suis tellement désolée. » Cela paraît maladroit, comme toujours.

« Merci. Je l'aimais profondément. Mais la vie continue. C'est un cliché, mais c'est vrai. » Il sourit. Il me tient toujours la main. Nous nous regardons. Je cligne des yeux, lentement, mais je ne détourne pas le regard. Je sens quelque chose, quelque chose que je n'ai pas ressenti depuis longtemps, depuis si longtemps que je n'arrive pas bien à l'identifier.

Du désir ? Du pouvoir ? Un mélange des deux ? Je ne sais pas.

Une fois de plus, j'essaie de le visualiser en compagnie de Kate. Je le saurais, n'est-ce pas ? Pendant toute notre enfance, j'ai toujours su ce qu'elle pensait, je sentais quand elle avait des ennuis. Si cet homme a quelque chose à voir avec sa mort, ne le saurais-je pas ?

« Je ne peux plus rester comme ça. Montons, tu veux ? »

Ce n'est pas ainsi que cela doit se passer. Ce n'est pas pour cela que je suis venue.

« Je suis désolée. Est-ce qu'on ne pourrait pas parler un peu ? »

Il sourit et dit : « Bien sûr. » Il enlève sa veste et la pose sur le dossier de son fauteuil, puis me prend à nouveau la main. Je le laisse faire. Nous parlons un moment, mais de tout et de rien, nous esquivons, bien que l'objet de l'esquive ne soit pas le même pour lui et pour moi. Pour moi, c'est Kate, mais pour lui ? Le fait qu'il veuille m'emmener à l'hôtel, j'imagine. Au bout de quelques minutes arrive le moment décisif. Il a fini son verre, le mien est vide depuis longtemps. Nous pouvons en commander d'autres et continuer à parler, ou nous pouvons partir. Il y a une hésitation, un repli, puis il dit : « Je suis désolé. De ne pas t'avoir dit que j'avais été marié, veux-je dire. » Je ne réponds pas. « Est-ce que je peux te poser une question ?

— Bien sûr.

— Pourquoi as-tu dit que tu étais à Paris ? La première fois qu'on s'est parlé. »

Nous tournons autour, en cercles de plus en plus rapprochés.

« C'était vrai. J'y étais en vacances.

— Seule ? »

Je pense à Anna. « J'étais chez une amie. » Je saisis ma chance. « Pourquoi ? À quand remonte ton dernier voyage, à toi ? »

Il réfléchit quelques instants. « En septembre l'an dernier, je crois.

— Tu n'y es pas allé depuis ? »

Il penche la tête. « Non, pourquoi ?

— Comme ça. » J'essaie une approche différente. « Tu as des amis à Paris ?

— Pas vraiment. Non.

— Pas un seul ? »

Il rit. « Pas à ma connaissance ! »

Je prends un air mélancolique. « J'ai toujours rêvé d'y aller en hiver, en février. La Saint-Valentin à Paris, tu vois ? » Je souris, comme si je rêvassais. « Ça doit être beau…

— Tellement romantique. »

Je soupire. « J'imagine. Tu n'y es jamais allé en hiver ? »

Il secoue la tête. « C'est drôle. Je n'imagine pas qu'il puisse neiger là-bas. Je dois associer cette ville à l'été. Mais tu as raison, ça doit être magnifique. »

Je regarde mon verre. Pourquoi mentirait-il ? Il ne sait pas qui je suis. Pourquoi me dirait-il qu'il n'est jamais allé à Paris en hiver si ce n'est pas vrai ?

« Alors, qui est ton amie qui habite là-bas ? »

Une expression étonnée se peint sur mon visage.

« Celle chez qui tu es allée.

— Oh, c'est juste une amie. » J'hésite, mais j'ai déjà décidé ce que je devais faire. « Je me suis dit que tu la connaissais peut-être.

— Ah bon ?

— Elle est parfois sur rencontrz. »

Il sourit. « Je ne connais pas beaucoup de gens qui fréquentent ce site, crois-moi. »

Je me force à rire. « C'est vrai ?

— Non, tu es la première personne que je rencontre.

— Vraiment ?

— Je le jure. »

Je me rends compte que je le crois. Il n'a jamais parlé à Kate. La déception commence à poindre.

« Mais tu tchattes avec des gens sur le site ?

— Quelques personnes, mais pas beaucoup. »

Je sais ce que je dois faire. Je sors mon téléphone et je déverrouille l'écran. Je souris, essayant de rester légère. « Ce serait drôle si... dis-je. Une sacrée coïncidence... Elle adorerait... »

Je lui tends mon téléphone. J'ai ouvert une photo de Kate. Je me force à continuer.

« C'est elle. Mon amie. »

Un silence. Je le regarde dans les yeux tandis qu'il prend mon téléphone dans sa main.

« Tu lui as parlé ? »

Son visage est dénué d'expression. Je suis consciente du fait que la prochaine émotion qui traversera son regard me dira la vérité. Je lui ai jeté la photo au visage, il a été pris par surprise. Si par hasard il connaît Kate, il se trahira. Forcément.

Il se passe un long moment, puis son visage s'éclaire d'un grand sourire. Il me regarde. Il secoue la tête en riant. « Je ne l'ai jamais vue sur le site, non. Mais elle a l'air sympa. »

Je vois qu'il dit la vérité. J'en suis certaine. La déception grandit, mais elle est tempérée, mêlée de soulagement. « Elle l'est ! » dis-je. Je me force à sourire et je range mon téléphone. Je commence à bavarder. « À dire vrai, elle ne se connecte pas très souvent. En fait, je ne suis même pas sûre qu'elle l'ait jamais fait… »

Lukas rit. Je m'inquiète – j'ai peur qu'il se rende compte que quelque chose ne tourne pas rond. « Cela aurait été une sacrée coïncidence ! Et si on commandait un autre verre ? »

Je dis non. « Ça va, merci. »

J'essaie de me calmer.

« Et toi, alors ? Est-ce que tu rencontres beaucoup des personnes avec qui tu parles sur le site ?

— Non, pas vraiment.

— Mais tu es venue me voir, moi.

— Oui. »

Il me prend à nouveau la main. Il me regarde droit dans les yeux.

J'arrive à peine à respirer. Il ne connaissait pas ma sœur. Il ne l'a jamais vue.

« Pourquoi ? »

Je devrais me lever. Je le sais. Je devrais m'en aller, lui dire que je vais aux toilettes, et ne jamais revenir. Ce serait tellement facile ; il ne sait pas où j'habite.

Je vais le faire, me dis-je. Bientôt.

« Je t'aime bien, j'imagine.

— Et moi aussi, je t'aime bien. »

Il se penche vers moi. Il soupire. Je sens son haleine sur ma joue.

« Je t'aime vraiment bien. »

Je sens la chaleur de sa peau, l'odeur de son après-rasage mêlée à celle de la sueur. Il a fait tomber une digue. Tout ce que je contenais depuis des semaines, des mois, des années, est en train de me submerger.

« Montons.

— Non, non, je suis désolée…

— Jayne… » Il chuchote presque. « Belle Jayne… Je serai parti demain. C'est notre seule chance. Tu veux la saisir, n'est-ce pas ? Tu me veux ? »

Je le regarde. Je me sens plus vivante que jamais. Je ne veux pas que ça s'arrête. Pas encore. C'est impossible.

Je hoche la tête.

« Oui. »

Il m'embrasse, ses mains posées sur mes hanches, il m'attire contre lui, tout en me poussant en arrière, en arrière, en arrière vers le lit. Je tombe sur le dos et l'instant d'après il est sur moi, et je tire sur sa chemise pour la sortir de son pantalon, je la déboutonne à tâtons d'une main maladroite, et ses mains sont sur ma poitrine, puis sa bouche, et tout n'est plus que sueur et fureur, je ne résiste pas parce que ce n'est plus la peine, la ligne est déjà franchie, elle l'a été dès lors que je me suis avancée vers lui dans le bar, dès lors que j'ai quitté la maison pour venir ici, dès lors que lui ai dit « Oui, oui, je viendrai te voir », et il est inutile de prétendre le contraire. Ma trahison a été progressive mais inexorable, une aiguille avançant sur une pendule, et elle m'a conduite ici, à cet après-midi. Et en ce moment précis, avec ses mains sur ma peau nue, les miennes sur la sienne, sa queue qui durcit entre mes jambes, je ne regrette pas. Je n'ai aucun remords. Je réalise à quel point j'ai été idiote. Depuis le tout début, c'était de cela qu'il s'agissait.

Lorsque nous avons terminé, nous restons allongés sur le dos, côte à côte. Le bien-être de l'après. Mais il plane une sorte de malaise ; je comprends maintenant pourquoi on appelle cela la petite mort, mais même si c'est vrai, cela signifie au moins qu'avant j'étais vivante.

Il se tourne pour me faire face. Il cale sa tête sur son bras et, à nouveau, je prends conscience des années qui nous séparent, du fait qu'il a à peu près l'âge de Kate. Sa peau est ferme et tendue, ses muscles gonflent lorsqu'il bouge, ils sont visibles, vivants. Pendant que nous faisions l'amour, j'ai été frappée par ça, et maintenant je me demande si j'ai jamais connu cela avec Hugh. Je n'arrive pas bien à me rappeler ; il me semble que mes souvenirs de lui plus jeune ont été en quelque sorte effacés par tout ce qui s'est passé depuis.

S'impose à mon esprit que Lukas ayant dix ans de moins que moi, il a vingt ans de moins que mon mari.

Il tend la main pour me caresser le bras. « Merci… » J'ai l'impression que c'est moi qui devrais le remercier, mais je ne dis rien. Nous restons un moment silencieux. Je regarde son corps, maintenant qu'il ne bouge plus. Je regarde son ventre, qui est ferme, et, sur sa poitrine, les poils qui ne sont pas gris. J'examine sa bouche, ses lèvres, qui sont humides. Je plonge mon regard dans le sien et je constate qu'il me regarde avec les mêmes yeux.

Il m'embrasse. « Tu as faim ? Veux-tu que nous mangions quelque chose ?

— Au restaurant ?

— Nous pourrions faire monter quelque chose. »

Il doit être presque 15 h 00, me dis-je, peut-être même plus tard. Connor va bientôt rentrer. Et même si ce n'était pas le cas, même si j'avais toute l'éternité, déjeuner avec cet homme me semble être un pas de trop. Ce serait partager quelque chose de plus que seulement nos corps, cela impliquerait une intimité plus grande que celle que nous avons partagée, qui n'était que désir, et chair.

Je souris.

« Qu'est-ce qu'il y a de drôle ?

— Rien. »

Je réalise qu'une partie de moi a envie de partir. J'ai besoin d'être seule, besoin d'un moment de solitude pour comprendre ce que je viens de faire, et les raisons pour lesquelles je l'ai fait. Je n'en avais pas l'intention, lorsque je suis arrivée ici, et pourtant m'y voilà. « J'adorerais manger un morceau, mais je dois y aller. Bientôt. »

Il me caresse l'épaule. « Il le faut vraiment ?

— Oui. » Je cherche une excuse. « Je dois retrouver quelqu'un. Une amie. »

Il hoche la tête. Je réalise que j'aimerais bien qu'il me demande de rester, j'aimerais bien qu'il me supplie d'annuler mon rendez-vous, j'aimerais voir sa déception quand je lui dirai que je ne peux pas.

Mais je sais qu'il ne le demandera pas. Passer le reste de la journée ensemble n'a jamais fait partie de l'accord qu'il pensait avoir conclu avec moi ; cela irait à l'encontre des termes de notre engagement. Et le silence qui s'est installé entre nous devient long, presque inconfortable. La schizophrénie du désir ; il est difficile de croire que l'intimité que nous partagions, il y a quelques secondes à peine, peut s'effacer en un instant. Je deviens consciente des détails présents dans la pièce, l'heure affichée sur le téléviseur qui est fixé sur le mur en face, la cheminée, avec sur son manteau la pile de vieux livres reliés que probablement personne ne lit. Je ne les avais pas remarqués avant.

« À quelle heure est ton vol ? »

Il soupire. « Pas avant ce soir. 20 h 00, je crois. » Il m'embrasse. Je me demande vaguement pourquoi il n'a pas rendu la chambre, puis je réalise que la raison, c'est moi. « J'ai tout l'après-midi. » Il m'embrasse à nouveau. D'une manière plus insistante, cette fois. « Reste… »

Je pense à lui en train de monter dans son avion, de rentrer chez lui. Je pense au fait que je ne le reverrai jamais. Je me souviens avoir pensé la même chose à propos de Marcus, quand je croyais qu'il avait rencontré quelqu'un d'autre à Berlin, quelqu'un de plus intéressant, et que je finirais par rentrer à la maison, auprès de Kate et de mon père, retrouver mon ancienne vie. Mais c'était faux. Notre amour était devenu plus fort, plus intense. En hiver, nous ouvrions la fenêtre de notre appartement et montions sur le rebord glacial. Nous nous enroulions dans une couverture et contemplions la Fernsehturm illuminée dans le ciel si bleu, nous parlions de notre avenir, de tous les endroits que nous irions visiter, des choses que nous irions voir. Ou alors, nous emportions une bouteille de vin bon marché, ou de vodka, jusqu'au Tiergarten, ou nous allions nous promener à la gare du Zoologischer Garten. J'avais mon appareil photo ; je prenais des jeunes prostitués, des marginaux et des fugueurs. Nous rencontrions des gens, nos vies s'ouvraient, prenaient de l'ampleur. Kate me manquait terriblement, mais je ne regrettais pas de l'avoir laissée.

Mais ça, c'était l'ancien moi. Je ne peux plus me comporter comme ça.

« Je suis désolée », dis-je. J'ai vraiment l'impression que je m'égare, que Jayne – le moi, la version de moi qui est capable de faire ce que je viens de faire – est en train de disparaître. Bientôt, elle sera remplacée par Julia, mère, épouse et, autrefois, fille. Je ne suis pas certaine d'avoir envie qu'elle parte.

« Il faut vraiment que…

— S'il te plaît, non. » Il est plus violent cette fois et, pendant quelques instants, il a l'air si désespéré, si vibrant de désir, que je sens un soudain élan me prendre par surprise. Quel bonheur, me dis-je. J'avais oublié ce que c'était, ce bonheur pur, simple, plus puissant que n'importe quelle drogue. Ce n'est pas ce que je viens de faire, ce que je vais refaire d'un instant à l'autre. Ce n'est pas d'avoir trompé mon mari et de ne pas m'être fait prendre. C'est moi. J'ai quelque chose, maintenant, quelque chose qui m'appartient. Une chose personnelle, un secret. Je peux le garder caché dans une boîte et le sortir de temps en temps, comme un trésor. J'ai quelque chose qui n'appartient à personne d'autre.

« Reste, dit-il. Juste un petit peu. » Et je reste.

15

Je rentre à la maison. Quand j'ouvre la porte, je trouve une poignée de cartes postales qu'on a fourrées dans la boîte aux lettres. Je me baisse pour les ramasser et, le souffle coupé, je constate qu'il s'agit des cartes que les prostituées laissent dans les cabines téléphoniques. Sur chacune d'elles, la photo d'une femme, chaque fois différente, en sous-vêtements ou complètement nue, qui pose à côté d'un numéro de téléphone. « Jeune salope très chaude » sur l'une, « Fessées à gogo » sur l'autre. Aussitôt je repense à la dernière phrase que Paddy m'ait lancée – *Je t'emmerde* – et, immédiatement, je me dis qu'elles viennent de lui. Il les a fourrées dans la boîte dans un mouvement de colère puérile et malveillante.

J'essaie de me calmer. C'est un accès de paranoïa. Elles ne peuvent pas venir de lui, c'est sûr. C'est aussi ridicule que de croire que c'est lui qui m'espionne par la fenêtre. Plus l'explication est simple, plus il y a de chances pour qu'elle soit vraie ; Paddy aurait été obligé de traverser la ville, un jour où il est censé être au travail, pour les déposer à un moment où il savait que je serais absente de la maison. Il est beaucoup plus probable qu'il s'agisse de gamins. Juste des gamins, qui font une blague.

Pourtant, je sens le goût de la peur dans ma bouche lorsque je les déchire en petits morceaux avant de les jeter à la poubelle. Je l'ignore. Je ne le laisserai pas m'atteindre. Ce n'est rien, pas de quoi s'inquiéter, une farce stupide. Je dois mettre un terme à cette paranoïa.

Je monte et je retire mes bottes. J'enlève le maquillage que j'ai mis avant de partir, puis les vêtements. Il est difficile d'imaginer qu'il y a à peine quelques heures, j'étais en train de mettre toutes ces choses ; c'est comme un film que je projette en marche arrière, une vie qui se déroule à l'envers. À la fin, c'est une autre moi qui apparaît là, devant le miroir. Julia. Ni meilleure ni pire. Juste différente.

Je mets mon jean, une chemise, puis je redescends au rez-de-chaussée. Mon téléphone sonne. Un son intrusif, bien trop fort. Je suis contrariée ; j'aurais voulu disposer de plus de temps avant que le monde réel ne fasse son retour fracassant, mais lorsque je décroche je constate que c'est Anna, et j'en suis ravie. À elle, je peux parler en toute honnêteté.

« Comment ça s'est passé ? Tu as découvert quelque chose ?

— Il ne sait rien. J'en suis sûre. »

Elle hésite, puis elle dit : « Je suis désolée. »

Sa voix est douce. Elle sait à quel point j'ai besoin de réponses.

« Ce n'est pas grave.

— Je pensais vraiment que… » commence-t-elle, mais je suis prise d'un besoin impérieux de dire la vérité et elle est la seule personne qui puisse comprendre.

« Nous avons couché ensemble.

— Quoi ? »

Je répète. Je songe à ajouter que je pensais que ça aiderait, mais je m'abstiens. Ce n'est pas vrai, même si j'aimerais beaucoup y croire. Nous avons couché ensemble parce que j'en avais envie.

« Tu vas bien ? »

Je me demande si je suis censée me sentir mal. Ce n'est pas le cas.

« Oui. Très bien. J'ai passé un bon moment.

— C'est à cause de Kate, tout ça ? »

Est-ce à cause de Kate ? Je ne sais pas. Est-ce que j'avais envie de coucher avec Lukas pour avoir l'impression d'être elle ?

Que ce soit l'un ou l'autre, je la comprends mieux, aujourd'hui.

« Peut-être.

— Tu vas le revoir ? »

Sa question me choque. Je suis à l'affût d'une note de reproche, mais je n'en perçois aucune. Je sais qu'elle comprend.

« Non, non, je ne le reverrai pas. De toute manière, il part ce soir.

— Ça ne t'embête pas trop ?

— Je n'ai pas le choix, dis-je. Mais non, non ça ne m'embête pas. »

J'essaie de paraître légère, indifférente. Je ne suis pas certaine qu'elle me croie. « Si tu en es sûre », dit-elle, puis je change de sujet. Nous parlons encore, d'elle, de son petit ami, Ryan, et de leur belle relation. Elle dit que je devrais revenir la voir, quand j'en aurai l'occasion, et elle me précise qu'elle sera totalement débordée de travail dans les prochaines semaines, mais qu'elle n'a pas encore les dates exactes. « Après, nous pourrons rattraper le temps perdu, dit-elle. Aller dîner dehors, peut-être. Nous amuser un peu. »

Nous amuser. Je me demande de quel amusement elle parle. Je me rappelle qu'elle est plus jeune que moi, mais pas de beaucoup.

« Ce serait génial », dis-je. Je sais que je dois paraître distraite. Je pense toujours à Lukas, j'imagine le revoir, je me demande ce que cela pourrait donner si un jour je le présentais à mes amis ; je me demande si cette pensée paraît si séduisante précisément parce que je ne le ferai jamais.

Je ne cesse de me répéter que ma vraie vie est celle-ci. Anna est ma vraie amie. Pas Lukas. « J'aimerais beaucoup », dis-je.

Connor rentre. Je lui prépare un sandwich et lui dis de ne pas oublier de mettre sa tenue de sport dans la machine à laver, puis, un peu plus tard, j'entends la clé de Hugh tourner dans la serrure. Il arrive dans la cuisine alors que je suis en train de préparer le dîner. Je l'embrasse, comme toujours, et je le regarde se servir un verre, puis enlever sa cravate et poser soigneusement sa veste sur le dossier de la chaise. La culpabilité que je ressens est prévisible mais, étonnamment, elle ne dure pas longtemps. Ce que j'ai fait cet après-midi n'a rien à voir avec l'amour que je porte à mon mari. Lukas dans une boîte, Hugh dans une autre.

« Comment était ta journée ? »

Il ne répond pas, ce qui signifie *pas bien*, je le sais. Il me demande comment s'est passée ma séance de thérapie.

« Pas mal. » Je me rends compte que je n'ai pas l'air convaincue. « Bien, je crois. »

Il s'approche de moi, pose une main sur mon bras. « Ne te décourage pas. Cela prend du temps. Je sais que tu as fait le bon choix. »

Je souris, puis reprends la préparation du dîner. Hugh dit qu'il va monter dans son bureau, et j'en suis soulagée mais, au moment où il se retourne, je ne peux plus me retenir. Il n'est pas lui-même. Sa voix est terne, il bouge comme si l'air était épais. Quelque chose cloche.

« Chéri ? »

Il se retourne.

« Qu'est-ce qui se passe ?

— Mauvaise journée, dit-il. C'est tout. »

Je pose le couteau que j'utilisais pour couper les légumes. « Tu veux en parler ? »

Il secoue la tête. La déception me transperce comme une lame et je constate à quel point j'ai envie de me sentir proche de mon mari. Maintenant, après ce qui s'est passé cet après-midi – après ce que j'ai fait –, j'ai besoin qu'il se confie à moi. Je perçois sa réticence comme un rejet.

« Hugh ?

— Ce n'est rien, dit-il. Je t'assure. Nous en parlerons plus tard. »

Nous dînons, tous les trois, puis restons assis à la table de la cuisine. Connor est face à moi, son ordinateur ouvert devant lui, un bloc-notes et une pile de manuels de biologie à côté. Il étudie les valves du cœur, le domaine de son père, et se penche vers l'écran, cliquant régulièrement sur son trackpad. Son visage exprime une concentration intense. Hugh est assis à côté de lui et tient un document qu'il annote ; de temps en temps, il jette un coup d'œil sur le travail de Connor, fait un commentaire lorsqu'il lui pose une question. Il semble être revenu à la normale ; ce qui le préoccupait tout à l'heure est oublié, ou caché sous la surface. Ce n'était probablement rien. Juste mon imagination.

Mon téléphone vibre, signalant l'arrivée d'un nouveau message.

« Je regrette de ne pas t'avoir acheté des fleurs cet après-midi. Tu mérites un peu de romantisme. »

Je pose mon portable, retourné. Je regarde ma famille. Ils n'ont rien remarqué et, même s'ils ne peuvent pas voir le message, je me sens coupable. Je ne devrais pas faire ça, pas ici, pas maintenant.

Mais je ne fais rien. Pas vraiment. Il vibre à nouveau.

« Tu es extraordinaire. C'est bizarre, j'ai l'impression de te connaître depuis une éternité. »

Cette fois, je dois répondre.

« Vraiment ? C'est ce que tu ressens ?

— Oui. »

Sa réponse est instantanée. Je l'imagine, devant son clavier, attendant mon prochain message.

« Tu n'es pas mal non plus. »

J'appuie sur Envoyer, puis je tape un autre message.

« Et tu m'as offert du champagne.

— Que tu n'as pas bu.

— Mais tu me l'as offert. C'est tout ce qui compte.

— C'est le moins que je puisse faire pour toi. »

Hugh tousse et je lève la tête. Il me regarde, regarde le téléphone que je tiens dans ma main. « Est-ce que tout va bien ?

Oh, oui oui. » J'essaie de contrôler ma voix pour qu'elle ne me trahisse pas. « C'est juste Anna. Elle envisage de venir.

— De venir chez nous ? » demande Connor, qui lève les yeux, plein d'espoir. Je me demande s'il pense à Kate, à ce qu'il pourrait découvrir sur sa mère en discutant avec sa plus vieille amie.

« Non, je ne crois pas. Elle vient pour le travail. J'imagine qu'ils lui ont réservé un hôtel. »

Il ne dit rien. Il me vient une idée : peut-être cela lui ferait-il du bien d'apprendre à connaître un peu mieux Anna. Je me dis que je ferai en sorte qu'ils se voient, quand elle sera là.

Je jette un coup d'œil à mon portable. Un autre message.

« Qu'est-ce que tu fais ? »

La question est, sans le moindre doute, sexuelle. Pourtant, lorsqu'il me l'avait posée, la fois où nous avions parlé pour la première fois, les mêmes mots avaient eu l'air totalement innocents.

Ou peut-être avais-je choisi de ne pas les voir pour ce qu'ils étaient.

Hugh se lève. « Je vais faire du café, dit-il. Julia ? »

Je lui dis que je n'en veux pas. Il va jusqu'à la machine et l'allume avant de remplir le réservoir au robinet derrière moi. Je rapproche le téléphone de ma poitrine. Juste un peu.

« Comment va-t-elle ?

— Bien, dis-je. Je crois.

— Je n'avais pas réalisé que vous étiez toujours en contact. »

Je suis surprise. Il doit savoir que nous nous parlons régulièrement. Tout à coup, je me dis qu'il doit me soupçonner de mentir.

« Si si. »

Il ne répond pas. Il retourne s'asseoir, et mon téléphone bourdonne une nouvelle fois.

« Tu es là ? »

Hugh remarque mon manège. Il paraît agacé, ou contrarié, je ne sais pas.

« Désolée chéri.

— Pas grave. » Il prend son stylo, comme s'il allait se remettre à son article. Sa contrariété n'a pas duré longtemps. « Écris à ton amie. Nous parlerons plus tard.

— Je suis désolée. » J'éteins mon portable, mais Connor a déjà commencé à interroger son père sur les artères et, dans un instant, Hugh sera absorbé dans son explication. Je ne fais de mal à personne.

« Je vais aller travailler un peu », dis-je.

Je traverse le jardin et pénètre dans la cabane, autrement dit mon bureau. Je pose mon téléphone et j'ouvre mon ordinateur.

« Désolée, tapé-je. J'étais sortie. Je suis rentrée maintenant.

— Qu'est-ce que tu fais… ?

— Rien.

— Tu portes… ?

— D'après toi ? »

Il y a un silence, puis :

« Il faut que je te revoie. Dis que tu veux me voir, toi aussi. »

Oui, me dis-je. Je le veux. C'est drôle comme mes désirs ont perdu de leur ambiguïté maintenant qu'ils ne peuvent être assouvis.

« Bien sûr que je le veux.

— Je t'imagine. Nue. Je n'arrive pas à penser à autre chose… »

Je suis assise sur mon tabouret. Je sens le cale-pied métallique sous mes semelles, l'assise dure en acrylique sous mes fesses. Je ferme les yeux. Je le vois, là, dans la pièce avec moi. Il paraît réel. Plus réel que tout le reste.

Je ne réponds pas pendant un moment. Je vois ma famille dans la cuisine, Connor perplexe, Hugh en train de l'aider tout en sirotant son café, mais je repousse l'image, et j'imagine ce que Lukas est en train de décrire. J'imagine ce qu'il veut faire.

Je me mets à taper. Je le vois tout en écrivant. Il est debout derrière moi. Je sens son après-rasage, l'odeur discrète de sa sueur.

« Je veux être nue pour toi.

— J'ai tellement envie de toi. »

Je repense à sa frénésie de cet après-midi, à l'urgence de son besoin. Le choc de son désir. Je le laisse me parcourir le corps. Je me sens vivante.

« J'ai envie de toi, moi aussi.

— J'imagine… Je tends la main. Je passe mes doigts dans tes cheveux. »

À nouveau, dans un éclair, je vois mon mari, mon fils. C'est mal, me dis-je. Je ne devrais pas faire ça. Je devrais protester. Mais je sens ses mains sur mon crâne, à la fois pressantes et douces. Lukas me fait sortir de ma coquille, fragment par fragment, il me donne une sensation de sécurité, instant après instant, il m'encourage à m'abandonner. Il permet à mes fantasmes de s'exprimer en les amadouant, ils se déploient devant lui.

« Dis-moi ce que tu veux. »

Je porte ma main à ma gorge. J'imagine que c'est lui qui me touche.

« Dis-moi tes désirs. »

Je me retourne. Je ferme le verrou de la porte à l'intérieur. Je prends une grande inspiration. Est-ce que je vais pouvoir ? Je ne l'ai jamais fait.

« Dis-moi tes fantasmes. »

Il y a beaucoup de choses que je n'ai jamais expérimentées. Je défais un bouton de ma chemise.

Je commence à taper.

« Je suis seule dans un bar. Il y a un étranger.

— Continue… »

Je laisse les images affluer.

« Je n'arrive pas à détacher mon regard de lui.

— Il est dangereux…

— Quelqu'un à qui je serais incapable de dire non.

— À qui tu serais incapable de dire non ? Ou qui n'est pas du genre à accepter le moindre refus ? »

J'hésite. À peine. Je sais ce qu'il veut. Je sais ce que je veux, aussi.

Ce sont des mots sur un écran, me dis-je. C'est tout.

« À qui on ne peut rien refuser.

— Que se passe-t-il ? »

Je respire profondément. Tout un univers de possibles se déploie devant moi. Je défais un deuxième bouton de ma chemise. Je ne fais de mal à personne.

« Dis-moi », dit-il. Et j'obéis.

Lorsque nous avons terminé, je ne me sens pas embarrassée. Enfin, pas vraiment. Je n'ai pas décrit un viol – c'était plus compliqué que cela, plus nuancé –, mais je suis malgré tout un peu mal à l'aise, comme si j'avais, d'une certaine manière, trahi mon sexe.

C'était un fantasme, me dis-je, et un fantasme assez courant, d'après ce que j'ai lu. Mais ce n'est pas quelque chose que je souhaiterais à quelqu'un. Pas dans la vraie vie.

Il m'envoie un message.

« Ouah ! Tu es un sacré numéro. »

Vraiment ? me dis-je. Ce n'est pas ainsi que je me perçois. À ce moment précis, maintenant que c'est terminé, j'ai envie de tout lui dire. J'ai envie de lui expliquer pour Hugh, le mari dont il ignore l'existence. Je veux lui parler de mon si doux, si attentionné mari, qui est si préoccupé.

Je veux aussi lui dire que, parfois, Hugh ne me suffit pas. J'ai un besoin brutal, animal, et oui, oui, très occasionnellement, j'ai juste envie de me sentir utilisée, comme si je n'étais rien d'autre qu'un sexe, de l'air et de la lumière.

Et j'ai envie de lui expliquer qu'une personne ne peut pas être tout, pas tout le temps.

Mais comment le pourrais-je, alors qu'il ne sait même pas que Hugh existe ?

« Toi aussi », dis-je.

Je regarde l'heure. Il est bientôt 21 h 00 ; cela fait presque quarante-cinq minutes que je suis là.

« Il faut que j'y aille, dis-je, mais, à ce moment-là, j'entends le doux ronronnement d'un avion qui passe au-dessus et quelque chose m'apparaît brusquement. Tu ne devrais pas être dans l'avion ?

— Je devrais.

— Tu l'as raté.

— Pas raté. Je l'ai annulé. Je me suis dit que j'allais passer un jour de plus à Londres.

— Pourquoi ? » dis-je. J'espère que je connais déjà la réponse.

« Pour te voir. »

Je ne suis pas certaine de ce que je dois éprouver. Je suis excitée, oui, mais derrière, il y a autre chose. J'arrive presque à me convaincre que je n'ai pas été infidèle, que je n'ai pas trahi mon mari. Mais si je le revois ?

Je me dis que je ne suis pas obligée de coucher encore une fois avec lui.

Un nouveau message arrive. Ce n'est pas tout à fait ce à quoi je m'attendais.

« La vérité, c'est qu'il y a quelque chose qu'il faut que je te dise. »

16

Nous convenons de nous retrouver à l'hôtel le jour suivant. J'arrive en avance ; je veux me ménager un peu de temps pour reprendre mes esprits, me calmer. Je suis tendue, je n'arrive pas à imaginer ce qu'il tient tant à me dire. Cela ne peut être une bonne nouvelle, autrement il m'en aurait certainement parlé hier, alors que nous étions ensemble au lit, ou cette nuit, quand nous tchattions sur Internet. C'est difficile de se préparer au pire, quand on n'a aucune idée de ce qu'est le pire. Je suis assez distraite comme ça. Ce matin, Hugh a fini par me dire ce qui le préoccupait. Il a reçu une lettre, une plainte. Elle a été envoyée en copie au chirurgien en chef et au directeur de l'hôpital. « Une plainte ? Mais que s'est-il passé ? »

Il nous verse le thé qu'il a préparé. « Pas grand-chose, en fait. J'ai pratiqué un pontage sur un patient il y a quelques semaines. Classique. Rien d'inhabituel. Il va bien, mais il fait un syndrome confusionnel post-CEC. »

J'attends mais il ne poursuit pas. Il fait ça souvent. Je suis censée savoir.

« C'est quoi ?

— Un syndrome de post-perfusion. Déficit d'attention, troubles moteurs légers, quelques problèmes de mémoire à court terme. C'est assez courant. Généralement, ça disparaît.

— Alors, pourquoi la plainte ? »

Il pose sa tasse sur la table. « La famille prétend que je ne les ai pas avertis de ce risque avant l'opération. Ils prétendent que cela aurait peut-être affecté leur décision s'ils avaient été au courant.

— Mais tu les as avertis ? »

Il me regarde. Je n'arrive pas à savoir s'il est en colère. « Bien sûr. Je le fais toujours.

— Alors, où est le problème ?

— Hier, j'ai sorti les notes que j'avais prises pendant la consultation et je les ai parcourues. Je n'ai pas écrit explicitement que j'avais averti la famille que c'était une possibilité. » Il soupire. « Et apparemment, si je ne l'ai pas écrit, alors, légalement, c'est comme si je n'avais rien dit. Le fait que je le dise *toujours* et à *tous* mes patients ne change rien. »

Je pose une main sur son épaule. « Est-ce que ça va aller plus loin ?

— Eh bien, la plainte est officielle. » Il secoue la tête. « C'est pathétique. Je veux dire, qu'est-ce que cela aurait changé, de toute manière ? Personne ne renonce à un pontage parce qu'il y a un risque d'oublier ce qu'il y a sur la liste de courses pendant quelques semaines ! Enfin… »

Je le regarde lutter pour reprendre le contrôle de sa colère. Je l'ai déjà vu râler – certains patients peuvent être tellement déraisonnables, d'autres sont toujours prompts à trouver un sujet de mécontentement, si trivial soit-il –, mais, cette fois, il a l'air furieux.

« Il va falloir qu'il y ait une enquête. Je vais écrire une lettre d'excuses, j'imagine. Mais je connais ce genre d'individus. Ils cherchent à obtenir réparation. Je n'ai commis aucune erreur, mais ils pousseront aussi loin qu'ils le pourront.

— Oh, chéri…

— Et là, tout de suite, c'est la dernière chose dont j'ai besoin. »

Je me sens coupable. J'ai été écrasée par la mort de Kate, oubliant qu'il avait un métier, une vie à poursuivre, lui aussi. Je lui dis que nous ferons front ensemble, que tout se passera bien. J'oublie presque Lukas.

Mais maintenant, il n'y a plus que lui. Je traverse la gare, je monte l'escalier, je rejoins la galerie au bout des quais. Je repense à hier, et à la fois où je suis venue ici, alors que je partais voir Anna à Paris. À ce moment-là, la seule chose que j'avais en tête, c'était Kate.

Lukas m'attend. Bien que nous soyons convenus de nous retrouver dans le hall de l'hôtel, il est juste à la porte du bar, debout sous l'immense statue qui trône au bout des quais – une femme et un homme, enlacés, ses bras à lui autour de sa taille à elle, elle a les mains sur son visage et son cou –, il tient un bouquet de fleurs. Alors que j'approche, je remarque qu'il ne m'a pas vue arriver. Il se dandine d'un pied sur l'autre, nerveux, mais lorsqu'il me voit, il me fait un grand sourire. Nous nous embrassons. Pour ceux qui nous regardent, nous devons donner l'impression d'essayer de copier la statue en bronze qui nous domine.

« Ça s'appelle *Le Point de rendez-vous*, commente-t-il après m'avoir étreinte. Je me suis dit que j'allais plutôt t'attendre ici. Ça me paraissait approprié. »

Je souris. Il me tend les fleurs. Ce sont des roses, d'une profonde couleur lilas, elles sont très belles. « Elles sont pour toi. »

Je les prends. Il se penche et m'embrasse à nouveau, mais ma main va se poser sur son épaule comme pour le repousser. Je me sens si exposée ; j'ai l'impression que le monde entier est rassemblé dans cette gare, en train de nous regarder. Je suis tendue, comme si je voulais tout en même temps : qu'il en arrive au fait rapidement et qu'il parte, qu'il m'invite à rester déjeuner, qu'il me dise qu'hier était une erreur, qu'il m'avoue ne pas avoir le moindre regret.

Mais il reste silencieux, tandis que nous traversons le bar sombre en direction du hall fort éclairé. « C'est bien toi », finit-il par dire, une fois que nous sommes arrivés en pleine lumière. Je lui demande ce qu'il entend par là.

« Ce parfum. Tu le portais hier…

— Tu ne l'aimes pas ? »

Il secoue la tête. Il rit. « Pas vraiment. »

Un court instant de déception. Il doit le voir. Il s'excuse. « Ce n'est pas grave. Juste un peu trop fort. Pour moi, du moins… »

Je souris et détourne brièvement le regard. Son commentaire fait mal, l'espace d'un instant, mais je me dis que ce n'est pas grave. J'ai des sujets de préoccupation plus importants.

« Il est peut-être un peu envahissant, pour le milieu de journée.

— Pardon, dit-il. Je n'aurais pas dû en parler. » Il ouvre la porte et s'écarte pour me laisser passer.

« Qu'est-ce que tu voulais me dire ?

— Je t'en parlerai tout à l'heure. Allons boire un verre. »

Nous nous asseyons, commandons des cafés. Je pose les fleurs sur mon sac à main, à mes pieds, comme si j'essayais de les cacher, et j'espère qu'il ne le remarque pas.

Je lui demande à nouveau pourquoi nous sommes là. Il soupire, se passe la main dans les cheveux. Je ne pense pas que ce soit par nervosité. Il a l'air perdu. Et effrayé.

« Ne sois pas fâchée. Je t'ai menti.

— OK. » C'est l'épouse, me dis-je. Elle est vivante et elle croit qu'il est encore à Londres parce qu'il a raté son avion. « Continue…

— Je sais qu'au départ, ce n'était qu'une passade démarrée sur Internet, mais le truc, c'est que j'ai vraiment envie de te revoir. » Je souris. Je ne sais pas quoi penser. Je suis flattée, soulagée, mais je ne comprends pas pourquoi il fallait faire tant de mystère. *Il y a quelque chose qu'il faut que je te dise. Ne sois pas fâchée*. Il doit y avoir un *mais* quelque part.

« Est-ce que tu veux me revoir ? » Au ton de sa voix, il paraît plein d'espoir, inquiet.

J'hésite. Je ne sais pas ce que je veux. Je n'arrive pas encore à me débarrasser complètement de l'idée qu'il pourrait peut-être m'aider à trouver les réponses dont j'ai besoin.

Mais ce n'est pas toute l'histoire. Il y a en moi un désir de le revoir pour des raisons qui n'ont absolument aucun lien avec Kate.

« Oui, dis-je. Oui, je le veux. Mais ce n'est pas si facile. Tu vas rentrer chez toi, et moi je vis ici, et…

— Je ne vais pas rentrer. Pas en Italie, du moins.

— OK… » Nous y voilà. Mon esprit mouline à toute vitesse. *Où, alors ?* ai-je envie de dire. *Où ?* Mais je me contente de hocher la tête. Une partie de moi sait déjà ce qu'il s'apprête à dire.

« Je vis ici. »

La réaction est immédiate. J'ai la chair de poule, ma peau est devenue hypersensible. Je sens le soleil sur mon épaule, la rugosité du tissu sur le fauteuil, le poids de mon bracelet-montre sur mon bras. Comme si tout ce qui était flou et vague était devenu d'un coup affûté.

« Ici ? »

Il confirme d'un signe de tête.

« À Londres ?

— Non. Mais pas loin. Je vis juste à côté de Cambridge. »

Voilà pourquoi nous nous retrouvons ici. À la gare.

« OK… » Je suis encore en train de digérer ce qu'il vient de me dire. C'est trop d'intimité, trop de proximité. D'une manière perverse, la nouvelle me donne envie de m'éloigner, de m'abstraire un moment pour comprendre ce que je ressens.

« Tu parais très… silencieuse.

— Ce n'est rien, la surprise. Tu m'as dit que tu vivais à Milan.

— Je sais, je suis désolé. Tu n'es pas fâchée contre moi ? » Soudain, il paraît si jeune, si naïf. Il me rappelle moi, quand j'avais dix-huit, dix-neuf ans, au temps où je tombais amoureuse de Marcus.

Il reprend. « Parce que je t'ai menti ? Tu sais, c'est juste un truc qu'on dit comme ça, quand on pense qu'on bavarde en ligne et que ça ne va mener nulle part. Tu sais comme c'est…

— Je suis mariée. » Ça sort brusquement, comme si je ne m'y attendais pas moi-même et, dès que j'ai fini ma phrase, je détourne les yeux, je regarde derrière lui. Je ne sais pas comment il va réagir, mais que ce soit de la colère, de la déception ou autre chose, je ne veux pas voir sa réaction.

Il ne dit rien pendant un long moment, puis il se décide à prendre la parole.

« Mariée ?

— Oui. Je suis désolée de ne pas te l'avoir dit. Je pensais que ça n'avait pas d'importance. Je croyais que c'était juste un truc sur Internet. Tout comme toi. »

Il soupire. « C'est bien ce que je pensais.

— Ah bon ? »

Il désigne ma main, d'un mouvement de la tête. « Ton alliance. Elle laisse une marque. »

Je regarde ma main. C'est vrai. Autour de mon doigt, un sillon, l'empreinte de l'alliance que je porte d'habitude, son négatif.

Il sourit mais, à l'évidence, il est contrarié.

« Comment s'appelle-t-il ?

— Harvey. » Le mensonge s'échappe de ma bouche facilement, comme si j'avais toujours su que j'aurais à le dire un jour.

« Qu'est-ce qu'il fait ?

— Il travaille dans un hôpital.

— Il est médecin ? »

J'hésite. Je ne veux pas dire la vérité. « Un peu, oui.

— Est-ce que tu l'aimes ? »

La question me surprend mais la réponse vient instantanément.

« Oui. Je n'imagine pas ma vie sans lui.

— Parfois, ce n'est qu'un manque d'imagination, pourtant… »

Je souris. Je pourrais choisir d'être offensée, mais non. Visiblement, nous avions tous deux nos mensonges. « Peut-être… » Nos cafés arrivent : un cappuccino pour moi, un espresso pour lui. J'attends pendant qu'il ajoute du sucre dans le sien, puis je dis : « Mais pas pour Harvey et moi. Je ne pense pas qu'il s'agisse d'un manque d'imagination. »

Je remue mon café. Peut-être a-t-il raison, après tout. Peut-être ne suis-je pas capable d'imaginer une vie sans Hugh parce que cela fait trop longtemps que je n'en ai pas eu une. Peut-être est-il devenu une partie organique de mon être, quelque chose que je tiens pour acquis, tant qu'il est là. Ou peut-être est-il comme une cicatrice. Une partie de moi que je ne remarque même plus, mais qui est indélébile malgré tout.

« Alors, ça s'arrête là ? » Son visage s'est empourpré ; il a un air de défi enfantin. Je détourne le regard, vers la réception. Un couple est en train de prendre une chambre ; ils sont un peu âgés, excités comme tout. Ils sont américains, et posent mille questions. Leur premier voyage en Europe, j'imagine.

Bien que je ne sache pas ce qu'il y a entre Lukas et moi, je prends conscience que je n'ai pas envie que ça se termine. Ces derniers jours, ces dernières semaines, je me suis sentie mieux et, maintenant, je sais que ce n'était pas seulement parce que j'essayais de découvrir l'assassin de Kate.

« Je ne veux pas que ça s'arrête. Mais mon mari, c'est le… » Je m'interromps. Le père de mon fils, allais-je dire ; non seulement c'est quelque chose que je ne veux pas lui dire, mais c'est aussi un mensonge.

Il me regarde avec l'air d'attendre la suite. Il faut que je dise quelque chose.

« C'est l'homme qui m'a sauvée.

— Sauvée ? De quoi ? »

Je bois une gorgée de mon café, le repose sur la soucoupe. J'ai vraiment envie d'un verre.

Laisse passer. Laisse passer.

« Une autre fois, peut-être.

— Montons, tu veux ? » dit-il. Il y a une impatience fébrile dans sa voix, comme s'il voulait finir sa phrase avant que je puisse dire non. « J'ai toujours une chambre. »

Je secoue la tête, alors que j'en ai envie. J'en ai tellement envie, mais je sais que je ne dois pas. Pas maintenant. Maintenant, je sais ce qui pourrait être possible. Laisse passer, me dis-je à nouveau. Laisse passer.

« Non, dis-je. Je ne peux pas. »

Il pose la main sur la table entre nous. Je ne peux pas m'en empêcher. Je pose la mienne sur la sienne. « Je suis désolée. »

Il lève les yeux, me regarde. Il paraît nerveux, hésitant. « Jayne. Je sais que nous nous connaissons à peine, mais t'avoir rencontrée est la meilleure chose qui me soit arrivée depuis la mort de ma femme. Je ne peux pas te laisser partir.

— J'ai peur que...

— Es-tu en train de dire qu'hier, c'était une erreur ?

— Non. Non, pas du tout. C'est juste que... »

C'est juste que c'est plus compliqué que ça, ai-je envie d'ajouter. Il ne s'agit pas que de moi, et de Hugh. Il y a Connor, aussi, et ce qui arrive dans notre vie. La mort de Kate. La plainte contre Hugh. Ce n'est pas une période facile. Rien n'est simple.

Je découvre que j'ai envie de lui dire la vérité sur Kate. Peut-être qu'il peut être là pour moi. Impartial. Un vrai soutien. Il a perdu sa femme, après tout. Il pourrait comprendre d'une manière dont Hugh, Anna et Adrienne et les autres sont incapables.

« C'est juste que quoi ? »

Quelque chose m'arrête.

« Je ne veux pas mettre en péril mon mariage.

— Je ne te demande pas de quitter ton mari. Je te demande de venir dans la chambre. Une fois encore, pas plus. »

Je ferme les yeux. Comment saurai-je que c'est bien la dernière fois ? Je me souviens m'être dit la même chose à une époque, lorsque l'aiguille m'avait piquée pour la seconde fois, puis à nouveau, la troisième fois.

« Non. » Et pourtant, au moment précis où je le dis, je pense à l'après, quand nous serons allongés tous les deux, enroulés dans les draps. Je vois la chambre, le haut plafond, la douce brise du climatiseur. Je vois Lukas, endormi. Sa poitrine fait un tout petit bruit en montant et en descendant. Pour une raison inconnue, malgré le chemin qui m'a menée jusqu'à lui, je me sens en sécurité.

Bientôt je vais rentrer à la maison – retrouver ma vraie vie, avec Hugh et Connor, Adrienne et Anna, retrouver une vie sans ma sœur –, mais peut-être que si je fais ça avant, ce sera différent. La douleur de sa mort n'aura pas disparu, mais elle sera émoussée. Je ne m'inquiéterai plus autant du fait que son assassin soit toujours en liberté. Je penserai à nouveau à ce moment, où tout paraît si vivant, si simple, quand toute ma souffrance et tout mon chagrin se sont atténués, concentrés, transformés en cette entité précise, cet unique besoin, cet unique désir. Lui et moi, moi et lui. Si je couche encore avec lui, il y aura au moins un bref moment de plus sans passé ni futur, où rien d'autre n'existe au monde que nous, et ce sera un minuscule instant de paix.

Il prend ma main. Il parle doucement.

« Viens. Viens avec moi. »

TROISIÈME PARTIE

17

Mon nouvel appareil photo arrive. C'est un Canon, un reflex mono-objectif, pas tout à fait le haut de gamme mais un peu plus petit et plus léger que celui que j'utilise depuis quelques années. Je l'ai cherché sur Internet et je l'ai commandé il y a quelques jours. Je n'en ai pas besoin, c'est une dépense excessive, mais je veux sortir plus souvent, prendre plus de photos dans la rue, comme autrefois. C'était une proposition de Hugh, mon cadeau d'anniversaire, et il avait l'air très content de lui quand il m'a tendu le paquet samedi.

Je l'ai ouvert le jour même, en haut, et seule, puis je l'ai emporté dehors, sur Upper Street, autour de Chapel Market et Angel. J'ai fait quelques clichés d'essai et, quand je l'ai porté à mon œil, le déclenchement m'a paru intuitif, instinctif. Lorsque j'ai regardé à travers le viseur, j'ai eu l'impression que c'était de cette manière que j'aimais voir le monde. Dans un cadre.

Je le prends de nouveau pour sortir, la courroie passée autour du cou, avec le zoom que j'ai commandé par la même occasion. C'est très différent, de prendre des photos tout en se déplaçant. Il faut repérer le cliché potentiel au milieu du chaos, puis attendre le moment parfait, tout en essayant pendant tout ce temps de rester invisible, de passer totalement inaperçu. Les photos que je prends ce samedi-là sont mauvaises ; un manque total de discernement. Je me sens rouillée, comme un chanteur ayant passé des années contraint au silence.

J'essaie de ne pas être déçue, malgré tout. Je me dis qu'une fois que j'aurai repris confiance, je trouverai mon sujet ; pour le moment, j'ai juste besoin de faire des photos et de réhabituer mon œil. La joie que procurent ces photos réside plus dans le fait de les prendre que dans le résultat final.

En même temps, cela a toujours été comme ça. Je repense aux photos que j'ai prises à Berlin. C'était facile, là-bas. Les amitiés que nous forgions étaient profondes, les gens étaient attirés par nous, notre appartement est vite devenu un refuge pour les déracinés et les laissés-pour-compte. Il était plein d'artistes et d'interprètes, de *Drag Queens*, de junkies et de prostituées ; ils venaient pour quelques heures, pour quelques jours, pour quelques mois. J'ai voulu rassembler des témoignages sur eux. Ils me fascinaient : c'étaient des gens pour qui l'identité était fluide, quelque chose qu'ils choisissaient, sans être contraints par les attentes d'autres personnes. Au départ, certains m'ont traitée avec défiance, mais ils ont rapidement pris conscience que, loin de vouloir les figer, restreindre leur liberté, je cherchais à les comprendre et à attester de leur fluidité. Ils ont commencé à me faire confiance. Ils sont devenus ma famille.

Et toujours au centre, Marcus. Je le photographiais d'une manière obsessionnelle. Je le prenais en photo quand il dormait, quand il mangeait, quand il était allongé dans un bain d'eau fraîche qui finissait par ressembler à de la boue, quand il travaillait sur une toile ou faisait des croquis dans des rues portant les stigmates de la guerre, dans ce qui était, autrefois, l'Est. Nous préparions à dîner pour tout le monde, de grandes casseroles pleines de pâtes, que nous servions avec des tomates et du pain, et je prenais des photos. Nous avons participé à la Love Parade, avons pris de l'ecstasy et avons dansé sur de la techno avec les autres déjantés, et je prenais des photos. Je prenais tout le temps des photos. Il me semblait que la vie n'était pas vécue si elle n'était pas attestée par autant de clichés. Aujourd'hui, je suis au Millennium Bridge. On est au milieu de l'après-midi et il fait très chaud – sur la promenade, la vapeur urbaine semble monter des rues –, mais au moins, ici, sur le pont, la brise souffle.

Je m'accroupis pour me faire aussi petite que possible et je prépare mon matériel. Je bois un peu d'eau dans la bouteille que j'ai achetée en chemin, puis ma main revient se poser sur mon appareil photo. Je parcours les visages, je cherche le cliché, j'attends.

J'attends quoi ? Un sentiment de l'étrangeté, de l'extraordinaire que recèle la banalité du quotidien. Pendant longtemps, je ne vois rien qui m'intéresse. Sur le pont, la moitié des gens sont des touristes en short et T-shirt, les autres sont en costume. Je prends quelques photos quand même. Un homme, qui s'avance vers moi. Il approche de la quarantaine, j'imagine, il porte une chemise, une veste, mais pas de cravate. Au début il me semble tout à fait quelconque, mais ensuite je relève quelque chose.

C'est intangible, mais indiscutable. Je frissonne, mes sens sont alertés. Cet homme est différent des autres. Comme s'il possédait une gravité, s'il troublait l'air en s'y déplaçant. Je porte l'appareil à mon œil, je le cadre dans le viseur, je zoome. Je fais la mise au point, j'attends, je refais la mise au point à mesure qu'il s'approche. Il me regarde franchement à travers l'objectif et, bien que son expression ne varie pas, il semble se passer quelque chose. C'est comme s'il me voyait sans me voir. Je suis un fantôme, miroitant, translucide. J'appuie sur le déclencheur, puis j'attends une seconde, et j'enfonce le bouton.

Il ne remarque même pas. Il détourne le regard vers Tower Bridge, derrière moi, et continue à marcher. Quelques instants plus tard, il a disparu.

Je reste encore un peu, mais même sans regarder les photos que j'ai prises, je le sais. J'ai ma photo. Il est temps de partir.

Je traverse le hall et je monte dans la chambre. Lukas vient ouvrir, une serviette autour des reins ; comme d'habitude, il nous a versé un verre à chacun – une bière pour lui, de l'eau pétillante pour moi – et, une fois que nous nous sommes embrassés, il me tend mon verre. J'inspire à fond pour sentir son odeur, le parfum boisé, profond de son après-rasage, la légère trace du vrai lui qui y est mêlée, et je souris. Je pose mon appareil photo sur la table. C'est la première fois que je l'apporte avec moi.

« Tu as suivi mon conseil.

— Oui. Un cadeau d'anniversaire en avance, mens-je.

— C'est ton anniversaire ?

— La semaine prochaine. Mardi, en fait. »

Il m'embrasse à nouveau. Mardi. C'est devenu notre jour. Nous n'en avons encore jamais raté un et, entre deux, nous échangeons en ligne. C'est presque aussi bien, mais pas tout à fait. Nous nous parlons de nos vies respectives. Nous décrivons les choses que nous voudrions faire à l'autre, avec l'autre. Nous nous avouons nos fantasmes les plus secrets. Mais le mardi, c'est le jour où nous nous voyons.

« J'aurais dû le savoir. Je devrais connaître le jour de ton anniversaire. »

Je souris. Comment le pourrait-il ? C'est une autre chose que je ne lui ai pas dite, que j'ai gardée pour moi, comme le vrai nom de mon mari, et le fait que j'ai un fils.

Mais je lui ai dit la vérité au sujet de Kate.

Je n'en avais pas l'intention, mais la semaine dernière il m'a avoué qu'il avait su, dès la minute où nous avions commencé à tchatter, qu'il voudrait me rencontrer. Je me suis sentie coupable.

Comment pouvais-je répondre ? J'ai accepté de te voir pour la seule raison que tu avais peut-être un lien avec ma sœur morte.

« Ce n'est pas si simple », dis-je. Je décidai d'être franche, de lui avouer la vérité. Il y avait eu assez de mensonges. « J'ai quelque chose à te dire. Ma sœur, celle dont je t'ai déjà parlé. Elle ne s'est pas tuée. Elle a été assassinée. »

Sur son visage, cette expression familière : il était choqué. Il tendit le bras pour me toucher, puis hésita. « Mais… ? »

Je lui racontai ce qui s'était passé, que le seul objet qui manquait était une boucle d'oreille. Je la lui décrivis. Une goutte dorée, avec un mini attrape-rêves orné de plumes turquoise. Je lui parlai de ma visite à Anna, de la liste de noms que j'avais trouvée dans les affaires de Kate, de la première fois où je m'étais connectée sur le site. Rencontrz.

« Et c'est pour cela que tu es venue me voir ?

— Je suis désolée. Oui. »

Il me serra fort contre lui. « Jayne, je comprends. Peut-être que je peux t'aider.

— M'aider ? Comment ?

— Il y a d'autres sites. Ta sœur est peut-être allée sur ceux-là aussi. Je pourrais essayer de la trouver. »

C'était tentant, mais cela me paraissait vain, et je n'étais pas certaine que je pourrais revivre à nouveau tout ça. Je lui dis que j'y réfléchirais.

Et maintenant, il est là, devant moi. Il s'excuse de ne pas connaître la date de mon anniversaire. « Nous ferons quelque chose de spécial », dit-il. Il prend mon appareil photo. « Tu as fait des photos ? »

Quelque chose de spécial ? Je me demande ce qu'il entend par là. Manger quelque part, aller voir un spectacle ? Cela paraît ridicule.

« Je me suis dit que le temps était venu. De voir si j'avais encore le truc.

— Alors ? »

Je hausse les épaules, bien que ce soit par pudeur. Aujourd'hui, sur le pont, j'ai retrouvé mes anciennes sensations, du temps où j'étais à Berlin, où je faisais des photos constamment. Je sens déjà que je retrouve des bribes de mon talent. C'est comme si je rentrais à la maison.

Il tient l'appareil. « Je peux ? »

Je bois une gorgée. « Si tu veux. »

Il l'allume et parcourt les photos que j'ai prises, tout en hochant la tête. « Elles sont bien.

— Je t'ai apporté certaines de mes vieilles photos. Comme tu me l'avais demandé. »

Il pose l'appareil et fait un pas vers moi.

« Tu veux les voir ? »

Il m'embrasse. « Plus tard », dit-il, puis il m'embrasse à nouveau. « Mon Dieu, comme tu m'as manqué. » Il ôte sa serviette et je détourne rapidement les yeux.

« Tu m'as manqué aussi. » Et, même s'il ne s'est passé qu'une semaine depuis la dernière fois où je me suis retrouvée dans une chambre comme celle-ci – et depuis, nous nous sommes parlé tous les jours en ligne –, je suis sincère.

Nous nous embrassons à nouveau. Je le sens durcir contre moi et je sais que, dans un moment, il sera sur moi, puis en moi, et qu'une fois de plus tout ira bien.

Après, il est debout devant la fenêtre. Un coup de vent soulève le rideau et j'aperçois la rue dehors. Nous sommes au premier étage ; je vois le ciel, des traînées de nuages, j'entends le murmure de la rue, la circulation, les voix. Il fait chaud, moite, dans la pièce.

Je laisse mon regard parcourir les courbes de son corps, son cou, son dos, ses fesses. Je remarque ses défauts, les détails que je ne vois pas dans l'objectif et que je redécouvre chaque fois que nous nous voyons. Le grain de beauté sur son cou, la marque de vaccin sur son épaule, la même que celle de Hugh, la tache de naissance rouge sur le haut de sa cuisse. Cela fait un mois maintenant, et ces détails me surprennent encore. J'attrape mon appareil photo ; il se retourne lorsque je déclenche, et quand il comprend que j'ai pris une photo apparaît sur son visage le même demi-sourire que je voyais autrefois sur celui de Marcus.

« Reviens dans le lit. Regardons ces photos. »

Nous nous allongeons, côte à côte. L'enveloppe que j'ai apportée avec moi se trouve entre nous, son contenu étalé. Mon travail, mon passé. Un tas de rectangles brillants de 15 cm par 21.

Il tient une photo de Marcus.

« Et celle-ci ? »

C'est *Marcus dans le miroir*, et je lui raconte la même histoire que celle que j'ai servie à Anna, plus ou moins. « Un ex. Elle a été prise dans la salle de bains de l'appartement où nous vivions.

— À Berlin aussi ?

— Oui. » Je lui ai parlé de l'époque où j'ai vécu là-bas. De ce à quoi je ressemblais, de ce que j'étais avant de devenir la personne que je suis aujourd'hui.

« Tu étais heureuse là-bas ? »

Je hausse les épaules.

« Par moments, oui.

— Pourquoi es-tu partie ? »

Je soupire et je me mets sur le dos. Je regarde le plafond, les volutes du stuc. Voyant que je ne réponds pas, il pose la photo et s'approche, de manière à être tout près de moi. Je sens la chaleur de son corps. Il doit deviner mon trouble.

« Quand es-tu partie ? »

La question est plus facile, et je réponds immédiatement. « Je suis allée là-bas dans le milieu des années 1990, et j'y suis restée trois ou quatre ans. »

Il rit. « Et moi, j'étais à l'école… »

Je ris aussi. « Oui. »

Il m'embrasse. Sur l'épaule. « Je suis content d'aimer les femmes plus âgées que moi. »

Et voilà à nouveau ce mot. *Aimer*. Nous ne l'avons jamais utilisé. C'est quelque chose que nous avons abordé seulement de manière indirecte. *J'aime quand tu... J'aime ta façon de...*

Nous n'avons pas encore osé le verbe, la construction directe. Nous n'avons pas encore été aussi loin que *Je t'aime*.

« Je traînais, tu vois. Les bars, les clubs. Je vivais dans un squat.

— À Berlin Est ? »

Je secoue la tête. « Kreuzberg. »

Il sourit. « Bowie... Iggy Pop.

— Oui, mais ça, c'était des années avant. Je prenais des photos. Mon activité démarrait lentement, mais les gens aimaient ce que je faisais. J'ai rencontré un gars qui avait une galerie. Le directeur de la photographie d'un magazine a entendu parler de moi, et a voulu que je fasse quelques photos pour eux. À partir de là, tout s'est emballé. Les expositions, même les shootings de mode. » Je marque une pause. J'approche, je vais bientôt y être, à cette chose que je veux lui dire, et qu'il risque de ne pas aimer. « C'était au milieu des années 1990. L'époque de l'héroïne chic. »

Il ne dit rien.

« Et ça circulait beaucoup. »

Un sursaut.

« De l'héroïne ? »

Je voudrais que mon silence soit en lui-même une réponse suffisante, mais ce n'est pas le cas. Il faut que je lui dise.

« Oui.

— *Toi*, tu as pris de l'héroïne ? »

Je le regarde. Son visage reste indéchiffrable. Est-ce si difficile à croire ? Une partie de moi a envie de se dresser, de se défendre. Il y a plein de gens qui en ont consommé, ai-je envie de répliquer. Qui en consomment encore. Pas de quoi en faire un plat.

Mais je ne dis rien de tel. Je me force à prendre une grande inspiration. Je veux répondre au lieu de réagir. « Nous le faisions tous. » Je me retourne pour lui faire face. « Au début, je n'en prenais pas. Je suis partie là-bas avec Marcus. C'était un artiste. Un peintre. Il était très bon, il avait beaucoup de talent. Il était un peu plus âgé que moi. Je l'ai rencontré quand il était encore aux Beaux-Arts, c'est lui qui m'a encouragée à me mettre à la photo. Quand il est parti s'installer à Berlin, je l'ai suivi. » Je désigne les photos qui sont posées entre nous. « Nous nous sommes acoquinés avec un groupe de gens… »

Ou plutôt, ils se sont acoquinés avec nous.

« Des mauvaises fréquentations ?

— Non. » À nouveau, ce besoin de me défendre. « Non, je ne dirais pas ça. C'étaient mes amis. Ils s'occupaient de moi. » Je pense à Frosty et aux autres. Ce n'étaient pas des junkies. Ni même des drogués, pas dans le sens où il l'entend probablement. « Ce n'étaient pas de mauvaises fréquentations. Ils étaient juste… ils étaient juste… *différents*, j'imagine. On n'était pas du tout conformes. C'est ce qui nous rapprochait. »

J'hésite. Cela arrive plus facilement que tu ne le crois, ai-je envie de dire. On commence par prendre de l'héroïne tous les week-ends, puis tous les deux jours, puis tous les jours. C'est effrayant, d'être replongée dans tout ça. Bien que tous mes souvenirs ne soient pas mauvais, ils brûlent encore. Je me sens entraînée vers le passé, je m'y enfonce. Ce n'est pas un endroit où je peux rester trop longtemps.

« La drogue n'était qu'une partie de tout ça.

— Alors, que s'est-il passé ?

— Quand je suis partie ?

— Oui. L'autre jour, tu as dit que ton mari t'avait “sauvée” ?

— C'était devenu trop compliqué. » Je fais attention. Je ne veux pas tout lui dire, pourtant je sais que je ne dois pas mentir. « Il fallait que je me sorte de là. Rapidement. » J'hésite, je trébuche sur le nom que j'ai prétendu être celui de mon mari. « Harvey était là pour moi. »

Je retourne en esprit à cette époque. Moi dans la cuisine avec Frosty. Elle est en train de me préparer un café, tout en sirotant du vin rouge qu'elle a versé dans une tasse. Je ne pense pas qu'elle ait dormi : hier, c'était la fête, elle a défilé avec des amis de Johan, fait la bringue dans des bars, puis un groupe est revenu ici. L'appartement est calme ; la plupart des gens sont repartis pour continuer la fête, ou dormir.

Marcus est en haut, en train de gratter sur une guitare que quelqu'un a laissée ici il y a des mois. « Tiens, dit Frosty en me tendant mon café. Nous n'avons pas de lait. » J'y suis habituée. Nous n'en avons jamais.

« Merci.

— Comment va Marky ?

— Bien, je crois. Mais sa famille est en train de péter les plombs.

— À nouveau ?

— Ils veulent qu'il rentre à la maison. »

Frosty simule un hoquet d'horreur. « Quoi ? Et quitter *tout* ça ? Mais pourquoi ? » Elle éclate de rire. « J'imagine qu'ils ne comprennent pas. »

Je secoue la tête. « Non, j'imagine que non.

— Tu les connais ? »

Je pose mon café.

« Non. Pas encore. Il pense que son père viendra peut-être. Il veut que nous sortions tous les trois. Il dit que nous devrions insister. Il veut leur montrer qu'il est clean. »

Frosty penche la tête. « Il l'est ?

— Oui », dis-je. Ce n'est pas tout à fait vrai. Nous avons décroché ensemble, nous avons surmonté les crises de manque. Nous avons traversé un enfer de sueurs, de vomissements, de diarrhées et de crampes d'estomac à nous faire gémir de douleur. Nous avons mal aux os, et ni l'un ni l'autre ne parvient à trouver le soulagement dans le sommeil. J'ai l'impression de brûler, de me consumer, rien n'y fait et, pendant tout ce temps, la certitude qu'un *fix* supplémentaire seulement ferait disparaître toute souffrance brille, chatoyante, devant nos yeux. Mais nous sommes tous les deux forts, nous nous aidons mutuellement lorsque la douleur menace de nous submerger, et nous sommes clean depuis quelques semaines. Maintenant, le père de Marcus est en route et Marcus m'a suppliée de le laisser se faire un dernier shoot. Finalement, j'ai accepté. Un dernier, et aucun autre. Plus jamais. Nous l'avons programmé pour aujourd'hui, un peu plus tard, ou demain matin, au moment du lever du jour. Un dernier adieu.

Mais je ne raconte pas tout ça à Frosty.

« Nous avons décroché tous les deux », dis-je. Après une pause, elle sourit. « C'est bien », dit-elle, puis elle change de sujet. Nous finissons nos boissons tout en parlant de la fête que nous prévoyons d'organiser pour le week-end. « Tu m'aideras à me préparer ? » dit-elle, et je réponds que oui, bien sûr que je l'aiderai.

« Bien », dit-elle, et là, il se passe quelque chose. Quelque chose traverse Frosty ; elle a l'air d'être totalement ailleurs. Cela ne dure que quelques instants, puis elle lève les yeux.

« Ma chérie, dit-elle. Où est Marky ? »

Je ne dis rien. Le silence règne dans la pièce, et c'est le cas depuis un bon moment. On n'entend plus la guitare.

Maintenant, je regarde la photo posée sur le lit – *Marcus dans le miroir* –, puis je regarde Lukas. Il secoue la tête. Je m'inquiète à l'idée qu'il me désapprouve, que cette conversation marque le début de la fin de notre liaison, pourtant il mérite que je sois honnête avec lui, sur ce sujet du moins. Il me prend la main. « Que s'est-il passé ensuite ? »

Je ne veux pas retourner là-bas ; je ne peux pas. Parfois je pense que ce que j'ai fait cette nuit-là a été le catalyseur de ce qui est arrivé à Kate. Si je m'étais comportée différemment, elle serait encore là. « Je me suis réveillée, d'un coup. Je suis partie. Je savais qu'il le fallait. Mais je n'avais nulle part où aller. Jusqu'au moment où Harvey est venu à mon secours.

— Tu le connaissais déjà ?

— Oui. C'était le fils du meilleur ami de mon père. Nous nous étions rencontrés alors que j'étais encore à l'école, et nous étions devenus amis. C'était à peu près la seule personne qui était restée en contact avec moi pendant que j'étais à Berlin et, quand tout s'est délité, c'est lui que j'ai appelé. Je lui ai demandé s'il accepterait de parler à mon père. De préparer le terrain, tu vois…

— Et il l'a fait ?

— Il a payé mon billet d'avion. Il m'attendait à mon arrivée à l'aéroport. Il m'a dit que je pouvais m'installer chez lui quelques jours, jusqu'à ce que j'aie mis de l'ordre dans ma vie…

— Et tu y es toujours… »

Je sens monter un accès de colère. « Oui, mais à t'entendre, on dirait un accident. Je suis là-bas parce que nous sommes tombés amoureux. »

Il hoche la tête, et je me calme. Je suis heureuse qu'il ne pose pas la question qui suit logiquement : Est-ce toujours le cas ? La réponse n'est pas facile. Alors qu'autrefois notre amour était profond et évident, aujourd'hui il est plus complexe. Nous avons partagé de bons moments, et des mauvais. Nous nous sommes disputés, je me suis fâchée, je l'ai détesté autant que je l'ai aimé. Nous sommes là l'un pour l'autre, mais cela ne va pas de soi. Les sentiments se tassent, avec les années. Ils se transforment. Je ne peux pas résumer d'un simple *Oui, je l'aime toujours*, ou *Non, je ne l'aime plus*.

« Et puis, tu m'as rencontré. »

Je retiens mon souffle. « Oui. »

La pièce est plongée dans le silence. Au loin, je perçois les sons de l'hôtel, les voix des autres clients, des portes qui claquent, des rires, et de l'extérieur nous parvient le bourdonnement constant de la circulation. Mais à l'intérieur, tout est immobile.

Je me tourne sur le côté. Je suis face à lui. « Parle-moi de ta femme. »

Il ferme les yeux, prend une grande inspiration, puis à nouveau ouvre les yeux. « Elle s'appelait Kim. C'est par le travail que nous nous sommes connus. Elle travaillait pour un client. Je l'aimais profondément.

— Combien de temps avez-vous été mariés ?

— Le diagnostic est tombé juste avant notre premier anniversaire de mariage. Ils lui ont donné entre un an et dix-huit mois. Elle est morte environ sept mois plus tard. »

Un silence. Rien à ajouter. Je lui dis que je suis désolée.

Il me regarde. « Merci. » Il tend le bras pour prendre ma main. « Elle me manque. Cela fait des années mais elle me manque. » Il sourit, puis il m'embrasse. « Elle t'aurait bien aimée. »

Je souris. Je ne sais pas quoi penser de cette remarque. Cela n'a pas de sens, nous ne nous serions jamais rencontrées. Si elle avait été encore vivante, Lukas ne serait pas ici avec moi. Je reste silencieuse assez longtemps, puis je lui demande.

« Tu as dit que tu pourrais m'aider à trouver ma sœur en ligne ?

— Bien sûr. Tu veux que je le fasse ? »

Une semaine s'est écoulée depuis son offre, mais j'y ai réfléchi. Ce sera peut-être douloureux, mais cela vaut la peine d'essayer. Et je ne serai pas seule. « Oui. Si tu penses que c'est possible. »

Il dit qu'il va voir ce qu'il peut faire. Je lui donne son nom, le nom qu'elle utilisait sur rencontrz, sa date de naissance, tout ce qui pourrait lui être utile.

Il rentre les informations dans son téléphone, puis il m'assure qu'il va s'en occuper.

« Laisse-moi faire », dit-il. La pièce est étouffante, elle semble peuplée de fantômes. Il doit le sentir aussi ; il suggère que nous sortions. « Nous pourrions manger quelque chose. Ou prendre un café. »

Nous nous habillons et nous rejoignons l'accueil, nous sortons de l'hôtel et descendons dans la gare. Le hall est bondé mais nous finissons par trouver une table dans un des cafés. Elle est située près de la baie vitrée et je me sens exposée aux yeux de tous, et pourtant, là, tout de suite, cela ne semble pas important. Les regards des gens me traversent. Je suis invisible. Lukas va chercher nos boissons.

« C'est mieux. » Il s'assoit. « Ça va ? Avec ce que je t'ai raconté sur Kim ?

— Oui, oui, bien sûr. »

Il sourit. « Je suis content que nous puissions vraiment parler, tous les deux. De sujets importants. Je n'ai jamais fait ça avant.

— Qu'est-ce que tu fais, alors ?

— Avec les gens avec qui je tchatte ? »

Je hoche la tête. Il baisse les yeux et se gratte l'épaule d'un air distrait. Il ne cesse pas de sourire. Je pense aux fantasmes que nous avons échangés.

« La même chose que ce que nous faisons ?

— Oui, mais rien n'est aussi fou que ce que je vis avec toi. » Il marque une pause. « Et toi ? »

Il sait que je n'ai jamais fait quoi que ce soit de tel. Je lui ai déjà dit.

« Mon mari et moi… commencé-je, mais ensuite ma phrase s'évapore. Cela fait longtemps que nous sommes mariés.

— Ce qui veut dire ?

— Que je l'aime, je crois. Je veux être là pour lui. Mais…

— Mais ce n'est pas toujours excitant ? »

Je ne réponds pas. Est-ce bien ce que je veux dire ?

Je regarde Lukas. C'est plus facile avec toi, me dis-je. Nous voulons faire impression, nous réservons le meilleur pour notre relation. Nous ne partageons pas le stress du quotidien, pas encore, même si nous avons partagé nos deuils respectifs. Je n'ai pas à supporter tes accès de colère et de frustration contre la famille qui a déposé plainte contre toi, à t'écouter gémir sur le fait que tu as dû écrire une lettre, une lettre d'« excuses serviles », bien que tu saches pertinemment que tu les as avertis des effets secondaires possibles de l'opération. Je n'ai pas à essayer de te soutenir, sachant que tu refuses mon soutien, qu'il n'y a rien que je puisse dire ou faire qui puisse changer quoi que ce soit.

« Pas toujours, dis-je.

— Mais tu as toujours été fidèle ? »

Je pense à Paddy, dans le pavillon. « En gros, oui. »

Il sourit. Lascivement.

« Ce n'est pas si excitant que ça, en fait.

— Raconte-moi.

— Il y a eu ce type. C'est assez récent… »

Il se penche en avant sur son siège et je prends une gorgée de café.

« C'est un ami de mon mari. » Je repense au dîner. J'ai envie d'offrir une vraie histoire à Lukas. « Il s'appelle Paddy. Cela fait un moment qu'il me drague.

— Qu'il te drague ? De quelle façon ?

— Oh, tu sais. Quand nous sommes ensemble, il rit toujours à mes plaisanteries, me complimente sur ma tenue. Ce genre de choses. » Il hoche la tête, et je me surprends à dire : « Je me demande même s'il ne serait pas capable de m'espionner.

— De t'espionner ? Comment ça ?

— Il y avait ce gars, un soir. Alors que je me préparais à me mettre au lit.

— Tu m'as raconté. »

Effectivement, me dis-je. Il avait commenté qu'il aurait bien aimé pouvoir me protéger.

« Tu penses vraiment que c'est lui ? »

Bien que je sache que Paddy n'a jamais été là, dehors, dans la rue – ce n'était très probablement personne, rien que mon imagination fertile activée par le manque de sommeil – je m'entends dire : « Oui. »

Ses yeux s'ouvrent grand. Il a l'air presque content. Je repense à ce qu'il avait dit. *Je ne laisserais jamais personne te faire du mal.*

Je me sentirais protégée. En sécurité.

Est-ce la raison pour laquelle je viens de lui affirmer que je pensais qu'il s'agissait de Paddy ? Parce que je veux retrouver cette sensation ?

« Quelqu'un a mis des cartes dans ma boîte aux lettres, aussi.

— Des cartes ? »

Je lui explique. « Ces cartes que les prostituées mettent dans les cabines téléphoniques. »

Il soutient mon regard. On dirait que ça l'excite.

« Tu crois que c'est lui ? »

Je vois Paddy, je repense à sa tentative maladroite pour m'embrasser. Il détesterait apprendre les mensonges que je suis en train de raconter sur lui. Mais il ne sera jamais au courant.

« Peut-être. Il a essayé de m'embrasser et…

— Quand ?

— Tu te souviens de la grande fête ? Quand tu étais à ton mariage ? Il a essayé de m'embrasser. Je lui ai dit que je ne coucherais jamais avec lui. Je crois que c'était sa manière de me rendre la monnaie de ma pièce.

— Tu lui as rendu son baiser ? »

Je me souviens de toutes les fois où nous avons tchatté en ligne, parlant de nos fantasmes. N'est-ce pas la même chose ?

« Non. Je ne voulais pas. Il m'a forcée.

— Salaud. Pourquoi ne m'as-tu rien dit ?

— J'avais honte…

— Honte ? Pourquoi ?

— J'aurais pu dire non.

— Tu n'as pas dit non ?

— Si, bien sûr que si. » Je baisse les yeux. « J'sais pas. Peut-être que j'aurais dû me défendre plus. »

Il prend ma main. « Dis-moi où il habite.

— Pourquoi ?

— Il ne devrait pas pouvoir s'en tirer comme ça, après ce qu'il a fait. Personne ne devrait. Je vais aller lui dire deux mots.

— Lui dire quoi ?

— Je trouverai quelque chose. »

Je pense à lui, en train de frapper à la porte de Paddy, mais tout de suite après la vision se transforme, comme un rêve qui se retourne sur lui-même et devient un monstre épouvantable. Je le vois debout à côté du corps de Kate.

« Non », dis-je. J'essaie de faire disparaître l'image, mais elle persiste.

« Tu as peur.

— Non, non. Ça va. »

Il porte ma main à ses lèvres, y dépose un baiser. « Je veux te protéger. » Il me regarde droit dans les yeux. « Je vais prendre soin de toi. Si tu as peur. »

Quelque chose dans la pièce bascule. Je repense aux choses que je lui ai dites. Les choses que j'aurais envie de faire, que je n'ai jamais faites. Les choses que je voudrais qu'on me fasse. L'air s'épaissit, chargé de désir.

« Je sais.

— Tu as eu peur ? »

Je lève les yeux vers lui. La tension entre nous augmente. La peau de sa main semble frissonner comme chargée d'énergie, sa chair fusionne avec la mienne, et je réalise que je le veux, et qu'il me veut, et qu'il veut que j'aie peur et, si c'est ce qu'il veut, alors c'est ce que je veux également.

« Oui », dis-je. Je chuchote. Il se penche encore plus vers moi. « J'ai très peur. »

Il baisse la voix, lui aussi, alors qu'il ne reste plus qu'une personne dans le café. Un voyageur solitaire, avec une valise, en train de lire.

« Cet homme, Paddy. Que penses-tu qu'il veuille te faire ? S'il pouvait ? »

Mon excitation grandit, devient vibrante. Il est en moi, c'est physique, quelque chose que je peux toucher, sentir. Quelque chose commence à s'ouvrir.

J'ouvre la bouche pour répondre, mais je n'ai pas les mots. Il n'y a que du désir. Il s'éloigne de moi, sans lâcher ma main. « Viens. »

Il me pousse dans un box des toilettes et ferme la porte à clé. Il est frénétique, il m'embrasse, me bouscule, me tient. Je m'abandonne à sa volonté, à ce qui est en train de se produire. Il m'arrache mes vêtements, nos membres se débattent, et je me rends compte, comme à distance de moi-même, que je suis en train de lui arracher les siens. Il y a une odeur de désinfectant, ou de savon, et en-dessous, celle de l'urine.

« Lukas… » dis-je, mais il me fait taire avec sa bouche, puis il me retourne, me plaque contre le mur. « Qu'est-ce que tu crois qu'il pourrait bien faire ? dit-il. Ça ? »

J'essaie de hocher la tête. Il a passé son bras autour de ma gorge ; ce n'est pas violent, il ne serre pas, mais ce n'est pas un geste doux non plus. Il baisse mon jean. Je l'aide. Je sens sa queue qui force le passage pour me pénétrer tandis qu'il écarte mes jambes avec son genou. Je me cambre pour l'accueillir. Quelque part, une décision est prise ; je le laisserai faire ce qu'il veut. Tout ce qu'il veut. Jusqu'à un certain point.

Est-ce comme ça que ça se passait pour Kate ? me dis-je. Est-ce ce que ma sœur a vécu ?

« Dis-moi, chuchote-t-il. Tu veux que je lui donne une leçon ? Parle-moi de ta peur… »

18

Je suis meurtrie, quand je me réveille. Je sens encore ses doigts sur moi, ses mains.

Pourtant, c'est une douleur qui me rend vivante. C'est quelque chose, au moins, quelque chose de mieux que cette autre douleur, celle qui me donne envie de mourir.

Je me lève pour aller aux toilettes. Devant la porte de Connor, je marque une pause et je tends l'oreille. Me parvient le bruit assourdi d'une musique, l'alarme de son radio-réveil. Je m'apprête à frapper, puis je renonce. Il est tôt. Il va bien. Nous allons tous bien.

Dans la salle de bains, je pense à Lukas. Quelque chose de spécial, a-t-il dit. Pour mon anniversaire. Je meurs d'impatience, mais il y a aussi la jouissance de l'attente, du plaisir qu'on anticipe. Je pense à lui en me regardant dans le miroir. J'examine mes bras, mes cuisses. Je me retourne, j'essaie de voir mon dos. J'y vois des marques : l'une qui a la forme d'une main, l'autre celle d'un oiseau. Elles sont rouges, elles ont l'air furieuses. La peau tout autour est de plus en plus violacée.

Je vais bientôt avoir des hématomes.

Six jours s'écoulent. Presque une semaine. Je passe du temps avec Adrienne, Hugh et moi allons au théâtre, puis c'est à nouveau mardi, et c'est le jour de mon anniversaire. Trente-sept ans. Je fais la grasse matinée et, pour une fois, je me lève la dernière. Je descends au rez-de-chaussée et ma famille est déjà en bas. Sur la table, un tas de cartes, un cadeau emballé. Ce sont les vacances scolaires ; l'atmosphère respire la tranquillité. Hugh a préparé le café et a disposé dans une assiette des croissants que je ne l'ai pas vu acheter.

« Chérie ! » Il me tend un immense bouquet de fleurs qu'il prend sur le comptoir, rouge et vert, des chrysanthèmes et des roses. Il est toujours en robe de chambre. Elle est simple, gris ardoise. « Joyeux anniversaire ! »

Je m'assois. Connor pousse une carte vers moi, je l'ouvre.

« C'est magnifique ! » Une photo de nous trois, une photo qui se trouvait sur son ordinateur et qu'il a imprimée et collée sur une carte. À l'intérieur, il a imprimé « Joyeux anniversaire, maman. » Je dépose un baiser sur ses cheveux. Ils sentent le shampoing et, l'espace d'un instant, je le revois petit garçon, et j'ai un accès de culpabilité. Je suis là, avec ma famille, mais je pense à plus tard, à ma visite à mon amant.

Je peux l'appeler ainsi, désormais. Je tourne et retourne le mot dans ma tête. Amant. Je m'adresse à Hugh.

« Tu ne vas pas être en retard à l'hôpital ? »

Il sourit – on dirait qu'il se force, comme s'il s'obligeait à ne pas penser à l'affaire qui le préoccupe en ce moment ; la famille a déclaré ne pas se satisfaire de la lettre et elle envisage une action en justice –, et Connor est clairement dans la combine. Il me tend son cadeau.

« Ouvre ça d'abord. Ensuite, on parlera. »

Je prends le paquet, il est magnifiquement emballé. « Joyeux anniversaire, ma chérie. »

J'ai pratiquement deviné ce que c'était, avant même de l'avoir ouvert.

« Mon parfum favori ! *Fracas* ! »

Ma réaction est surjouée, trop enthousiaste pour avoir l'air sincère. J'espère qu'il ne pense pas que je suis ingrate.

« J'ai remarqué que tu n'en avais plus.

— Oui, presque plus. »

C'est le parfum que Lukas déteste.

« Et je sais aussi que c'était le parfum préféré de Kate. »

Je souris. « C'est une très belle attention, chéri.

— Pourquoi tu n'en mettrais pas un peu maintenant ?

— Je ne veux pas le gaspiller.

— S'il te plaît. » Il a l'air déçu. Pendant une minute, l'inquiétude plisse son visage, puis son sourire revient. « Tu sens tellement bon quand tu le portes. » Il m'embrasse. « Porte-le aujourd'hui...

— Hugh...

— Tu l'aimes toujours, dis ?

— Oui, je l'adore. » J'ouvre la boîte, je sors la bouteille. Faire plaisir à l'un, ne pas faire plaisir à l'autre. Une toute petite goutte, me dis-je. Je pourrais la faire partir en me lavant avant d'aller voir Lukas. Une fraction de seconde, je le vois en train de retenir ma main. Je souris intérieurement en vaporisant quelques gouttes derrière chaque oreille.

« Mais ce n'est pas ton vrai cadeau.

— Ah bon ?

— Papa t'emmène quelque part ! » annonce Connor. Son visage s'éclaire, rayonnant de joie. Je vois bien qu'ils ont concocté tout cela ensemble.

« Quand ? »

Hugh prend la parole. « Aujourd'hui. J'ai pris ma journée. »

Ils me regardent tous les deux, avidement.

« Super ! » Je me concentre pour qu'on ne puisse pas lire sur mon visage la panique qui m'étreint. « À quelle heure ?

— Toute la journée, dit Connor. Et moi, je sors avec Dylan.

— Magnifique ! » À ce moment-là, je commence vraiment à m'inquiéter. J'imagine Lukas, planté là, à se demander où je suis. Il pensera que je l'ai laissé tomber. Il pensera qu'il ne m'intéresse plus et que je ne me suis même pas donné la peine de le lui dire.

Je ne suis pas comme ça, et je ne veux pas qu'il croie que je le suis.

Je réfléchis à toute vitesse. « Tu te souviens que c'est le jour où je vais chez le psy ? »

Il grimace ; il avait oublié. « Non, je ne m'en souvenais pas. » Il attend que je suggère quelque chose, mais je ne dis rien. « Je sais que ça ne se fait pas, mais pourrais-tu l'annuler ? Juste pour cette fois ? »

Je sens que je me crispe, que je glisse vers la colère.

« Je ne veux pas manquer une séance. Martin trouve que nous faisons de véritables progrès. »

Martin. Est-ce bien le nom que j'ai utilisé avant ? L'espace de quelques secondes, je n'arrive plus à me rappeler.

Il regarde Connor, puis il se tourne vers moi. Je me demande s'il cherche un soutien, ou s'il pense que nous ne devrions pas avoir cette conversation en présence de notre fils.

« Je sais... dit-il.

— Je commence enfin à me sentir mieux. Tu vois ?

— Oui. Et j'en suis vraiment heureux. Bien sûr que je le suis. Mais tu ne pourrais pas la décaler ? »

Connor pose sa cuillère et attend ma réponse.

« Pour un autre jour cette semaine ? » Non, me dis-je. Non, je ne peux pas.

« Il est assez pris... » Je réfléchis à toute vitesse. « Il me fait payer le prix total de la consultation si j'annule. »

Le menton de Hugh va se poser sur sa poitrine. Il commence à s'impatienter, je le vois bien. « Je crois que nous pouvons nous le permettre, chérie. Et de toute façon, j'ai réservé quelque chose. En cas d'annulation, il y a des frais aussi.

— Qu'est-ce que tu as réservé ?

— C'est une surprise. Un truc pour la journée. Je me disais qu'on pourrait y être pour onze heures.

— Laisse-moi réfléchir. » Je me lève. Je me sens tiraillée. Mon mari, mon amant. Je ne peux pas avoir les deux, tout comme je ne pourrais jamais à la fois boire et ne pas boire, attraper la seringue et la laisser là où elle se trouve. Je dois choisir, l'un ou l'autre.

À moins que...

Je prends mon téléphone.

« Je vais voir si je peux avancer le rendez-vous, dis-je à Hugh. Et je pourrais te retrouver vers onze heures et demie ? »

Il commence à protester, mais je le fais taire. « Je n'aime pas passer pour quelqu'un de désinvolte. Et c'est important pour moi d'y aller. » J'essaie de garder une voix neutre, raisonnable, mais je sens que je l'ai un peu élevée. Je souris. « Une demi-heure ne fera pas grande différence, si ? » Je sors de la pièce, je vais dans le couloir et je ferme la porte derrière moi. J'appuie sur le bouton Appel. Quelques instants plus tard, Lukas décroche.

« Salut, dis-je, et, sans réfléchir, j'ajoute : C'est moi, Julia Plummer.

— Julia ? » Il est troublé ; c'est la première fois que j'utilise mon vrai nom. « Jayne, dit-il doucement. C'est toi ? »

Je me mets soudain à avoir peur. Je me rends compte que Hugh n'est qu'à quelques mètres, de l'autre côté de la porte. J'essaie de garder mon calme. Avec mon pouce, je baisse le volume de mon portable jusqu'à ce que je sois certaine d'être la seule à pouvoir entendre ses réponses.

« Oui, ça va », dis-je d'une voix plate. J'attends un peu, et je reprends. « Non, non… dis-je dans un éclat de rire. Pas du tout !

— Tu ne peux pas parler.

— C'est cela. Enfin, je me demandais juste si nous pouvions nous voir une heure plus tôt aujourd'hui ? C'est mon anniversaire et mon mari m'a préparé tout un programme ! »

J'essaie d'avoir l'air enthousiaste, pour donner le change à Hugh et Connor, mais je n'y arrive pas.

Lukas croirait que je suis sincère, que je suis vraiment excitée à l'idée d'être avec mon mari plutôt qu'avec lui. Et ça, il n'en est pas question.

Il reste un moment silencieux. Je ne sais pas s'il joue le jeu ou s'il n'a pas véritablement compris ce qui se passe.

Il finit par parler. « L'endroit habituel, mais une heure plus tôt ? »

Il a une voix bizarre. Je ne sais comment l'interpréter, si c'est de la déception ou de la colère.

« Oui, si c'est possible.

— C'est parfait. » Il rit. « Pendant quelques secondes affreuses, j'ai cru que tu appelais pour annuler.

— Non, pas du tout. À tout à l'heure. »

Je raccroche et je retourne auprès de Hugh. « Voilà, c'est réglé. »

« C'était mon cadeau, dis-je. De la part de Harvey. »

Il n'aime pas. Je le vois bien.

« Est-ce qu'il t'a obligée à le mettre ?

— Pas exactement.

— Est-ce qu'il t'oblige à faire beaucoup de choses ?

— Pas comme toi… »

Il ne sourit pas. Depuis que je suis arrivée il y a quelques minutes, il ne s'est pas détendu. Quelque chose a changé.

« Ce n'est pas si terrible, si ?

— J'imagine que non. »

Je souris. J'essaie de maintenir une certaine légèreté, de faire paraître tout cela anodin. Et ça l'est, du moins en ce qui me concerne. Je l'embrasse à nouveau.

« Désolée », dis-je. J'essaie de m'extraire de ses bras, mais alors il se met à m'embrasser, à se presser contre moi. Une forme d'urgence, presque de violence. Sa main monte jusqu'à mon cou et, un instant, je me demande s'il va me serrer la gorge, mais ensuite il me prend par la nuque. Il commence à me pousser vers le lit. « S'il te plaît, pardonne-moi », dis-je. Bien qu'elle ne soit pas réelle, ma peur a quelque chose d'addictif. Il me laisse partir, non sans me bousculer un peu au passage, puis il lève la main, comme s'il allait me frapper.

« Ne me punis pas, dis-je. S'il te plaît… » Pendant quelques instants, il a l'air véritablement en rage, et je tressaille ; je recule d'un pas. Le visage de Kate apparaît devant moi, les yeux écarquillés, pleins de terreur. J'essaie de me concentrer sur ce que je sais : qu'il n'a jamais rien eu à voir avec ma sœur.

« Ne… dis-je, mais il m'interrompt.

— Pourquoi pas ? » Il se met à rire. « Donne-moi une bonne raison de ne pas le faire. Je t'ai dit de ne pas mettre ce putain de parfum », dit-il, et pendant une seconde, je suis dans la peau de ma sœur. Une terreur non feinte s'empare de moi, puis son visage se détend. Il baisse sa main, mais me tient fort.

« Tu plaisantais, dis-je.

— Tu penses ?

— Ce n'est pas le cas ? »

Il sourit, puis m'embrasse, avec force.

« Ça dépend. »

Ensuite, nous restons allongés ensemble sur le sol. Je suis encore à moitié vêtue. J'ai peur d'avoir déchiré ma chemise – j'ai entendu un bruit de tissu arraché pendant qu'il la déboutonnait avec fureur, et je me suis instantanément demandé comment j'allais expliquer la chose à Hugh – et je me suis cogné la tête sur le coin du lit.

Il se tourne vers moi. « Tu as des bleus.

— Je sais.

— C'est moi ? »

Je souris. « Oui. » Je suis presque fière.

« Tu sais que je ne te ferais jamais de mal pour de vrai, n'est-ce pas ?

— Oui, je le sais. »

Je me demande si c'est vrai. Je me demande dans quoi je suis en train de me fourrer, jusqu'à quel point je suis en train de m'enfoncer.

Pourtant, je ne peux nier que cela vient de moi autant que de lui. Tout est réciproque, le moindre fantasme que je partage avec lui est encouragé, poussé plus loin. Je ne peux pas prétendre que je n'y trouve pas de plaisir.

« Oui, j'ai confiance en toi.

— C'est bien. » Il m'embrasse, et c'est très tendre, très lent, sans la moindre trace de la frénésie précédente, et sans la moindre comparaison avec la banalité, la rationalité, la superficialité de Hugh.

« Alors, où est-ce qu'il t'emmène ?

— Qui ? » Je n'arrive pas à déterminer s'il y a là de la jalousie. « Mon mari ? Je ne sais pas.

— Qu'est-ce que tu espères ? »

Je me redresse. Je ne me sens pas à l'aise, avec cette arrivée soudaine de Hugh dans la pièce. Jusqu'à présent, j'ai réussi à gérer parce que je suis parvenue à le maintenir à l'extérieur, tout comme je l'ai fait pour Connor.

Une image de mon fils se glisse dans mon champ de vision. Il est probablement avec Dylan à l'heure qu'il est, en train de jouer sur l'ordinateur, ou au parc.

Je me demande pourquoi je suis toujours contente que Lukas ne sache pas que j'ai un fils.

« Je ne sais pas. Je suppose qu'il m'emmène déjeuner, ou au théâtre. Il y a deux ou trois ans, il m'avait acheté des billets pour l'opéra, mais à la dernière minute il n'a pas pu venir. J'y suis allée avec Adrienne.

— Qui est Adrienne ?

— Une amie. Je la connais depuis des années. Depuis que je suis arrivée à Londres, en gros.

— Et est-ce que ton mari et toi, vous allez coucher ensemble ? »

Je le regarde. « Ce n'est pas juste. »

Il sait que j'ai raison. « Tu sais, à t'entendre, on pourrait croire que tu ne t'intéresses pas vraiment à l'endroit où ton mari t'emmène ni à ce que vous allez faire. »

Je me lève et commence à rassembler mes vêtements. Ce n'est pas vrai, enfin, pas tout à fait, mais nous jouons à un jeu, et je sais ce que je suis censée dire. « Ça ne m'intéresse pas vraiment. Je préférerais passer la journée ici, avec toi.

— C'est aussi ce que je veux. »

Je prends une longue inspiration. Je repousse cet instant depuis le début, mais là il faut que je pose la question, avant de partir.

« Est-ce que tu as découvert quelque chose ? Sur Kate ? »

Il se lève et commence à s'habiller.

« Pas encore. J'y travaille. »

Vraiment ? me dis-je. Pour une raison obscure, je ne suis pas certaine de le croire.

« Je pensais à la boucle d'oreille. Celle dont tu m'as dit qu'elle avait disparu.

— Oui ?

— Es-tu sûre que la police cherche de ce côté-là ? Il me semble que ce serait une piste plus intéressante que d'aller chercher ses amis sur Internet.

— Ils disent qu'ils enquêtent, mais j'ai des doutes. »

Il m'embrasse. « Laisse-moi faire. Je suis sûr qu'on va trouver quelque chose. Il faut juste qu'on continue à fouiller.

— Merci.

— Je t'en prie. » Il m'embrasse de nouveau. « Au fait, tu n'as pas encore eu ton cadeau. »

Je souris.

« Tu l'auras plus tard. C'est une surprise. »

Je quitte un hôtel pour aller directement dans un autre. J'ai mal à la tête, et il y a une déchirure dans ma chemise qu'il me faut cacher en boutonnant ma veste. Lorsque j'arrive, j'aperçois Hugh à l'autre bout du hall. Il est assis dans un fauteuil ; en face de lui, un piano, sous un immense chandelier. Je vais rejoindre mon mari et il se lève à mon approche. Il a l'air fatigué et je me sens coupable.

« Ma chérie ! dit-il. Comment était-ce ? »

Je lui dis que ça s'est bien passé. Je vois qu'il a un sac de plage avec lui, un des miens. Ce doit être le premier qu'il ait trouvé. Nous nous asseyons et il me verse du thé.

« Tiens. » Je prends la tasse. Je regarde autour de moi : un couple âgé en train de manger des scones, deux femmes qui déjeunent et parlent tout bas, un homme avec un journal. Je me demande quel genre de personnes fréquentent cet hôtel, si c'est le genre d'endroit où Lukas pourrait un jour m'inviter.

« Ça marche bien, dit Hugh brusquement. Ta thérapie. Tu parais bien plus…

— En forme ?

— Non. Détendue ? En paix ? Tu as l'air plus sereine concernant la mort de Kate. »

Il attend, pensant que je vais ajouter quelque chose. Je ne dis rien, alors il reprend : « Tu peux me parler, tu sais.

— Je sais.

— Nous avons fait de notre mieux. Pour l'aider. Pour être présents pour elle. »

Je détourne le regard. Je veux changer de sujet. « C'est juste que… enfin… c'est compliqué.

— Tu parles de Connor ?

— Oui.

— Cela n'aurait pas été plus facile, tu sais. S'il était resté avec elle. Cela aurait été exactement pareil… ou pire. Il fallait que nous le sortions de là. Ce n'est pas un endroit pour lui. »

Je hausse les épaules. « Peut-être. Tu crois qu'il va bien ?

— Je crois, oui. Bien sûr, c'est un peu dur. L'histoire de Kate. Ça doit être très perturbant pour lui.

— J'imagine. Je vais sortir avec lui la semaine prochaine. Nous passerons la journée ensemble. Au cinéma, par exemple. Je lui parlerai. »

Il hoche la tête. Je me sens coupable. J'aurais dû avoir cette discussion avec lui il y a un moment déjà.

Nous devrions être unis lorsqu'il s'agit de Connor, comme nous l'avons toujours été dans le passé.

« Bonne idée. Il va s'en sortir, tu sais. C'est un bon garçon. Il a la tête sur les épaules.

— J'espère.

— Tu sais, je crois qu'il a une petite amie. »

Il sourit. Une jolie complicité entre un père et son fils.

« Ah oui ? » Je suis surprise, même si je ne devrais pas l'être, et je sens la brûlure de la jalousie. J'ai toujours pensé que je serais celle à qui il viendrait se confier.

« Tu n'as pas remarqué ? Il n'arrête pas de parler de cette fille – Evie. »

Je souris. Je ne sais pas pourquoi je suis si soulagée.

« Je crois que je la connais.

— Ah bon ? »

Je repense à la fête chez Carla. La fille avec qui j'ai vu Connor ; je suis certaine qu'elle s'appelait comme ça.

« Oui. Elle a l'air bien.

— Tant mieux. » Il boit un peu de thé. « Il voit beaucoup Dylan aussi. Tout le monde l'aime bien. Ça va aller pour lui. »

Il marque une pause.

« Et ce soir, nous avons la maison pour nous. Je me suis dis que nous pourrions aller dîner, puis… »

La phrase reste en suspens. Je pense aux marques sur mon dos, sur mes cuisses. Depuis une semaine, je me couche tôt, en me déshabillant dans le noir, et j'attrape ma robe de chambre dès que je me réveille. Il ne faut pas qu'il voie les hématomes.

Je ne m'engage pas. « Je me réjouis. »

Il sourit.

« Alors, qu'est-ce qu'on fait ici ? »

Il sourit de nouveau, puis pose sa tasse. Il se penche en avant, comme s'il s'apprêtait à se lever pour faire une conférence, ou une annonce. « Eh bien, j'ai pensé que nous avions besoin de nous détendre… » Il est rayonnant. Il me tend mon sac ; à l'intérieur, j'aperçois le tissu bleu foncé de mon maillot de bain, mon shampoing et mon après-shampoing.

« Il y a un spa, ici. » Il désigne une pancarte à côté du hall. « Je t'ai réservé une pédicure, et on va se faire masser tous les deux. J'avais pris les rendez-vous pour midi, mais tout va bien, ils ont décalé à cet après-midi…

— Un spa ?

— Oui. Nous pouvons y passer toute la journée. Il y des hammams et un sauna, une piscine et…

— Super », dis-je. L'angoisse commence à bouillonner dans mon ventre, une vague de panique me submerge. Mon maillot est très échancré dans le dos.

« On y va ? À moins que tu préfères que nous déjeunions ici d'abord ? »

Je secoue la tête. Je ne sais pas ce que je vais faire. « Ça va.

— C'est ta journée…

— Je sais. » J'essaie désespérément de trouver une excuse, une manière de me sortir de là. Mais il n'y en a pas ; nous sommes déjà en train de traverser le hall, pour nous diriger vers le spa. Je pense au moment où je me suis habillée, il y a une heure à peu près, dans la chambre avec Lukas. J'avais regardé par-dessus mon épaule et examiné mon reflet dans le miroir en pied. Les bleus étaient foncés et violacés, inratables.

Il est assis à côté de la piscine, là où il a dit qu'il serait. Il a commandé le même jus de fruit pour nous deux – il est vert, on dirait du bio – et il sirote le sien. Il porte son short, celui que je lui ai acheté juste avant nos dernières vacances, en Turquie. Sous la chape d'inquiétude, je me rends vaguement compte qu'il est assez beau. Il a perdu du poids.

Je m'assois à côté de lui. J'ai enroulé ma serviette autour de ma poitrine.

« Ça te dit de te baigner ? »

Je m'allonge sur le transat. « Dans un moment. » Il pose son journal.

« Viens. » Il se lève. « Il y a un jacuzzi. Moi j'y vais tout de suite. »

Il me tend la main et je n'ai pas d'autre choix que de la saisir. Je sens monter l'effroi, l'angoisse de l'inexorable. Et de la culpabilité, aussi ; il y a à peine deux heures, c'était un autre homme qui me tendait la main.

Nous allons jusqu'au jacuzzi et nous nous installons dans l'eau. Elle est chaude et claire. Hugh met le mécanisme en marche et elle commence à bouillonner. Je m'allonge, le regard posé sur les lumières qui dansent au plafond, réfléchies par l'eau bouillonnante. Les hématomes sur mon dos me font mal, comme si j'avais été marquée au fer rouge.

L'espace d'un instant, j'ai envie de tout lui avouer. Sur Lukas, sur ce que j'ai fait. Ce n'était pas ma faute, ai-je envie de dire. Kate est morte et j'ai déraillé et…

Et quoi ? Et cela ne signifie rien ? Je pensais vraiment être en train d'essayer de découvrir qui l'avait tuée, pour moi, pour son fils ? Je pensais sincèrement que je faisais ce qu'il fallait ?

J'essaie de tromper qui, dans cette histoire ?

« Hugh… dis-je, mais il me coupe.

— Il faut que je te parle. »

Je le regarde. Nous y sommes, me dis-je.

Cela me frappe en pleine figure. Connor a tout vu, dans la petite maison à la fête chez Carla. Il a fini par le dire à son père.

Ou quelqu'un m'a vue dans la rue, dans le hall de l'hôtel, en train d'embrasser un homme qui n'est pas mon mari.

« Qu'est-ce qui se passe ? »

Il tend le bras sous l'eau et attrape ma main.

« Il s'agit de ton addiction. »

Le soulagement se mêle au trouble. « Quoi ? Quelle addiction ?

— Julia, je suis inquiet. » Il paraît mal à l'aise, mais pas aussi mal à l'aise qu'il le devrait. Je me surprends à souhaiter que ce soit difficile pour lui, un sujet délicat, mais ce n'est pas le cas. Pas vraiment. Il est passé en mode professionnel.

« Hugh, tu n'as pas à t'inquiéter. Je n'ai pas bu une goutte.

— Julia, s'il te plaît, n'insulte pas mon intelligence. Tu me l'as dit. Lorsque tu es rentrée de Paris.

— Je sais, mais je lâchais la pression. Ce n'était pas un voyage facile.

— Je sais, mais je pense que tu devrais commencer à retourner à tes réunions. Cela fait quelques mois… »

Je repense aux séances à la clinique, à mon retour de Berlin : les sièges disposés en cercle, la reprise du programme aux douze étapes. Je repense aux jours et aux semaines de crampes et de nausées, à cette impression de souffrir de la pire des gueules de bois, de la pire nausée matinale, et que rien au monde ne pourra jamais me soulager. Je repense aux mois passés à supplier Hugh de m'aider, alors qu'il le faisait déjà.

« Écoute, si l'un de nous deux est expert en addictions, j'aurais cru que c'était moi. »

Il reste silencieux.

« Ma sœur est morte. Au cas où tu l'aurais oublié.

— Bien sûr que je ne l'ai pas oublié », rétorque-t-il. Cela ne se passe pas aussi bien qu'il l'aurait pensé. « Tu me demandes tout le temps comment avance l'enquête. Comment pourrais-je avoir oublié ?

— C'est petit, cette remarque, Hugh. Je m'en inquiète, c'est tout. »

Il hésite. Pourquoi ne vas-tu pas à tes réunions, toi aussi, ai-je envie de dire. Aux réunions Al-Anon. Fais donc le tri dans tes propres affaires avant de te mêler des miennes.

« Je suis désolé, finit-il par dire. C'est juste que je ne suis pas sûr que ce soit bon pour toi. J'aimerais que tu me fasses confiance pour gérer ça.

— Je te fais confiance. Et je continuerai. » J'envisage de lui dire que je ne suis pas la seule qui n'arrive pas à trouver la paix, qui ne la retrouvera pas tant que la personne qui a tué Kate n'aura pas été arrêtée. Il y a Connor aussi.

« Je m'inquiète, c'est tout.

— Je n'ai rien bu depuis ce jour-là. Pas une goutte. »

Il serre ma main. J'avais oublié qu'il la tenait.

« À la fête de Carla…

— C'était Paddy ! Il m'a apporté un verre mais je n'y ai pas touché. Et à un moment, alors qu'on discutait, il a renversé son verre sur moi. »

Je le regarde. Est-ce qu'il me croit ?

Sa voix s'adoucit. « Je ne veux pas te voir repartir là-dedans. Je ne peux pas. Je refuse que cela arrive.

— Je ne repars nulle part…

— Alors, s'il te plaît, dis-moi la vérité.

— Quoi ?

— Est-ce que tu es tombée ?

— Pardon ? Tombée où ?

— Est-ce que tu es tombée ? Est-ce que tu as bu avec Adrienne ?

— Hugh, mais de quoi…

— Ces bleus. Je les ai vus l'autre jour. Je t'ai vue quand tu essayais de les cacher aujourd'hui, aussi. Alors, que s'est-il passé ? »

Le soulagement est presque étourdissant. Il pense que son seul sujet d'inquiétude, ce sont quelques verres de trop.

« Tu étais ivre ?

— Hugh, je suis tombée. Je n'étais pas *ivre.* » J'aperçois une porte de sortie. Il a vu les hématomes, je ne peux pas nier leur existence. Mais je peux expliquer pourquoi je les cachais.

Je soupire. « J'avais bu un verre de vin. C'est tout. Je suppose qu'il ne m'en faut pas beaucoup. » J'hésite, puis j'ajoute. « J'ai glissé dans un escalator du métro.

— Tu ne me l'as pas dit. »

J'essaie de sourire. « Non. C'était affreusement embarrassant, si tu veux savoir. » Une nouvelle pause. « Demande à Adrienne, si tu ne me crois pas… »

Au moment même où je le dis, je sais que c'est une erreur. Il y a des chances pour qu'il lui pose la question. J'en fais trop, j'ajoute trop de détails.

« Je suis désolée, dis-je. Je suis gênée. J'ai fait une erreur.

— Une erreur de plus. »

La fureur explose en moi. « Oui. Une de plus. Écoute, je me sens assez mal comme ça. Je me suis excusée. Est-ce qu'on ne pourrait pas juste laisser tomber ?

— Ce n'est pas à moi qu'il faut présenter des excuses.

— À qui, alors ?

— Comme je l'ai dit, je pense que tu devrais retourner à tes réunions. »

Non, me dis-je. Non. Je refuse. Je ne suis pas prête. Je secoue la tête.

« Promets-moi qu'au moins, tu y réfléchiras. »

Non. Je ne supporte pas cette idée. Il faudrait que j'avoue tout, depuis le début. Il faudrait que j'admette que je suis revenue au point de départ.

« Je ne peux pas.

Pourquoi ?

— C'est juste que…

— Dis-moi seulement que tu vas y réfléchir ? »

Je soupire. « OK, j'y réfléchirai.

— Ou au moins, que tu en parleras à ton thérapeute ?

— D'accord… »

La colère disparaît de son visage. Il lâche ma main et me tapote la cuisse. « Chérie, je ne veux pas te voir traverser tout ça à nouveau…

— Cela n'arrivera pas. Et de toute façon, tout ça, c'était il y a longtemps. Je ne me laisserais plus prendre, aujourd'hui. Et en plus, dis-je sur un ton léger, je t'ai, toi. Pour me protéger. »

Je le regarde droit dans les yeux. Je soutiens son regard ; c'est plus facile que je n'aurais cru, mais ça ne m'empêche pas de me détester. Cela me rappelle les années que j'ai passées à convaincre les gens que je n'avais pas de problème, mais la différence c'est que, cette fois-ci, je n'en ai pas. Je fais juste semblant.

« Je sais », répond-il. Sa main est toujours posée sur ma cuisse. « Je sais. » Il reste silencieux pendant un moment et je commence à me détendre. Je me rends compte que je vais devoir faire quelque chose. La prochaine fois, je risque de ne pas avoir autant de chance, et, quoi qu'il se passe entre Lukas et moi, je ne peux pas laisser cette relation détruire ce que j'ai avec Hugh.

Je renverse la tête en arrière, je ferme les yeux. Est-ce que c'est de la naïveté de ma part de croire que je peux maintenir Lukas éloigné de ma famille ? Les secrets finissent-ils toujours par se savoir ?

Nous restons silencieux tous les deux pendant un certain temps, puis soudain, sans prévenir, Hugh lance :

« Mon Dieu, je ne t'ai pas dit, pour Paddy. »

Mes yeux s'ouvrent d'un coup. La mention de son nom est inattendue et je tressaille. J'espère que ça ne se voit pas.

« Maria m'a appelé hier. J'ai complètement oublié de te le dire. Il a été agressé. »

J'entends ma voix répondre en écho à la sienne. On dirait bien ma voix, mais c'est comme si elle venait de très très loin.

« Agressé ? »

Il fait trop chaud, tout à coup. Je transpire. L'eau est huileuse, visqueuse.

« Oui, pendant le week-end. Je crois que Maria a dit que c'était vendredi.

— Où ? Par qui ? Est-ce qu'il va bien ? »

Une pensée affreuse commence à prendre forme dans ma tête. La semaine dernière, j'ai dit à Lukas ce que Paddy avait fait. Je lui ai laissé entendre que c'était pire que ça l'était vraiment. Bien pire.

Il avait répondu qu'il voulait me protéger.

« Il a été battu, il est couvert de contusions et il a le nez cassé, mais ça va aller. Ça s'est passé tout près de là où ils habitent, apparemment. Il rentrait, tard. Il n'arrive pas à se souvenir de grand-chose… »

Je pense à Lukas. Il a dit qu'il m'offrirait mon cadeau plus tard. Était-ce cela qu'il voulait dire ?

Dans ma tête, je vois Kate. Allongée dans une flaque de son propre sang, le nez cassé, les yeux bouffis, fermés.

Je jette un coup d'œil à mon mari. Comme si je savais ce qu'il allait dire.

« Le truc bizarre, c'est qu'ils ne lui ont rien pris. »

Quelque chose en moi commence à s'effondrer. Je me sens me mettre debout, sans que je sache pour quelle raison ni où je vais. L'eau glisse sur ma peau et, l'espace d'un instant, je crois que c'est du sang. « Comme Kate, dis-je, exactement comme Kate. »

Hugh se lève aussi. « Julia ? Julia, je suis désolé. Je n'aurais pas dû te le dire. Je n'ai pas réfléchi. Julia. Assieds-toi. S'il te plaît ? »

C'est impossible, me dis-je. Ça ne peut pas être lui.

Dis-moi que tu veux que je lui donne une leçon, avait-il dit, alors que nous étions au beau milieu de nos ébats. Et je crois avoir dit oui. Avais-je dit oui ?

Mais ce n'était pas sérieux. Forcément. Il n'avait pas pris ma réponse au sérieux, quand même ? C'est juste une coïncidence, forcément. Il ne peut en être autrement, c'est obligé.

Je pense à ses mains sur moi, aux bleus, aux choses qu'il a faites. Les choses qu'il m'a dit qu'il aimerait faire.

« Je suis un idiot, dit Hugh. Julia, je suis désolé. »

Je me retourne. Je frissonne, j'ai atrocement froid, alors que je dégouline de sueur. Je m'enfuis jusqu'aux vestiaires. J'arrive tout juste à atteindre les toilettes.

19

Connor rentre à la maison le lendemain, en fin de matinée. Dylan est avec lui et tous les deux se débarrassent bruyamment de leurs affaires, sans cesser de parler. Lorsqu'ils arrivent dans la cuisine, je suis en train d'attendre que l'eau chauffe dans la bouilloire.

Mon fils. Il m'a manqué ; depuis notre retour hier soir, je n'avais qu'une envie, le voir, lui, la seule chose dans ma vie que j'ai encore une chance de ne pas rater.

« Salut maman ! » fait-il. Il paraît surpris de me trouver là et, l'espace d'un instant, je redoute qu'il me demande si ça va. Je ne sais pas trop quelle sera ma réponse. Dylan est derrière lui et, lorsque je lui adresse un sourire, il dit : « Bonjour, madame Wilding.

— On va monter », dit Connor.

Je m'efforce de sourire. « OK. Vous vous êtes bien amusés ?

— Ouais. » Je n'en saurai pas davantage.

« Vous voulez quelque chose à manger ?

— Non, merci.

— Et toi, Dylan ? »

L'autre gamin secoue la tête et marmonne une réponse. Il est encore plus maigre que dans mon souvenir.

« On a mangé tout à l'heure, dit Connor. Est-ce qu'on peut regarder un DVD ?

— Bien sûr. Dites-moi si vous avez besoin de quelque chose », dis-je, tandis qu'ils disparaissent au premier étage. Je me tourne vers la bouilloire et je prépare mon thé.

Je sais ce que je dois faire. J'ai repoussé ce moment toute la matinée. Je m'assois à la table et j'appelle Lukas.

« Bonjour, ma belle. Je pensais justement à toi. »

En temps normal, ce commentaire m'aurait procuré un plaisir immense, mais aujourd'hui je le remarque à peine. Je suis trop tendue, trop angoissée. Je n'ai plus la moindre énergie. J'ai passé toute la nuit à penser à Paddy et à lui, à ce qu'il a peut-être fait. À ce que *j'ai* peut-être fait. Je suis épuisée.

« Lukas, il faut qu'on parle. »

Je le sens changer d'humeur. Je l'imagine, allongé sur son lit, se redressant brusquement. J'essaie de visualiser la scène, mais je n'y parviens pas. Je n'ai jamais vu sa chambre à coucher, ni sa maison. Elle est jolie, m'a-t-il dit. Mitoyenne d'un côté, trois chambres. « Moderne, mais avec du caractère. » Il s'en est toujours montré fier, alors pourquoi n'y suis-je jamais allée ?

Je me demande s'il est ordonné. Un homme, qui vit seul ; est-ce qu'il fait son lit ? Connor ne le ferait pas spontanément, si je n'insistais pas.

« Que se passe-t-il ? Est-ce que tout va bien ? »

Je sens un soudain accès de fureur. J'ai envie de crier, de hurler. Non, rien ne va !

Je prends une grande inspiration et j'essaie de me calmer.

« Paddy a été agressé. »

Le simple fait d'énoncer ces mots me fait mal. Ils me rappellent trop Kate.

« Qui ?

— Paddy. » Je suis énervée, et en même temps effrayée. A-t-il oublié ? Ou cela fait-il partie d'un jeu ? « La personne dont je t'ai parlé. L'ami qui m'a embrassée. » J'hésite. Ma voix se met à trembler. « Il s'est fait tabasser.

— Mon Dieu… » Il a l'air de se sentir concerné. C'est sincère, on dirait, mais comment en être sûre ? Je ne suis sûre de rien. « Ça va, Julia ? »

Je ne veux pas lui poser la question, mais elle est pesante et m'écrase, je n'ai pas le choix. Après tout, c'est la raison pour laquelle je l'appelle.

« Est-ce que tu as quelque chose à voir avec ça ? »

S'ensuit un silence. Le fait de le dire à haute voix donne à mon doute une réalité. Le soupçon est devenu certitude.

Je l'imagine, secouant la tête, incrédule. Chaque muscle de mon corps est tendu, lorsqu'il finit par répondre.

« Moi ? Mais qu'est-ce que… ? »

Je l'interromps. Je ne le voulais pas mais c'est plus fort que moi. Je le redis, avec plus d'insistance cette fois. « Est-ce que tu as quelque chose à voir avec ça ? »

Il réagit plus rapidement, assurant promptement sa défense.

« Non, bien sûr que non. » Je n'arrive pas à décider si c'est de la colère ou juste de l'emphase que je perçois dans sa voix. « Est-ce qu'il va s'en sortir ? »

Les mots sortent en cascade, se bousculent dans ma bouche. « La coïncidence paraît incroyable, c'est tout. Je t'en parle la semaine dernière, et cette semaine…

— Écoute. Calme-toi.

— … cette semaine, ça se produit. »

J'arrête de parler. Mon corps est soudain vivant. Je sens ses mains sur moi, ma peau tressaille au souvenir de la frénésie brutale du rapport que nous avons eu dans le box des toilettes, mes poignets sont encore vaguement douloureux aux endroits où il les a serrés. Je repense à ce qu'il a dit à ce moment-là.

« Tu m'as demandé si je voulais que tu lui donnes une leçon.

— Je sais, répond-il. Et si tu te rappelles bien, tu as dit oui. »

Je me décompose. La panique et la rage me coupent presque le souffle.

« Mais je ne le disais pas sérieusement ! On faisait les idiots. C'était un jeu !

— Vraiment ? » Le ton de sa voix est devenu tranchant ; il paraît différent. Méconnaissable. « Tu sais, dit-il. Il faut que tu fasses attention aux désirs que tu formules, Julia. Très attention… »

Je suis prise de peur. De terreur. C'est réel, physique. Je suis en feu, mon téléphone est vivant, dangereux. J'ai envie de le jeter de l'autre côté de la pièce. J'aurais voulu ne jamais le rencontrer. Je ne sais pas qui il est, cet homme, cet individu que j'ai laissé entrer dans ma vie. Je veux que tout redevienne comme avant.

« Lukas ! » Ma voix est suppliante. Je crie presque, me rendant à peine compte que Connor est à l'étage. Là, tout de suite, je donnerais n'importe quoi pour être certaine que ce qui est arrivé à Paddy n'a rien à voir avec Lukas. Presque rien. « S'il te plaît... » Je m'interromps. Je perçois un bruit à l'autre bout du fil ; d'abord, je n'arrive pas à savoir ce que c'est, puis je comprends. Il rit ; presque intérieurement. Je suis submergée de lumière, d'air.

« Lukas ?

— Détends-toi. Je plaisante...

— Tu plaisantes ? Mais qu'est-ce qu'il y a de drôle ?

— Julia, il faut que tu te calmes. Réfléchis. Tu ne crois pas que tu es un peu parano, là ? Tu m'as parlé de ce type la semaine dernière seulement. Tu crois que je suis directement allé là-bas pour le tabasser ? Comment aurais-je pu faire ça ? Tu ne m'as pas dit où il habite. Tu ne m'as même pas donné son nom de famille. Bon sang, je n'ai appris *ton* vrai nom qu'hier. »

Il a raison. Ça ne peut pas être lui. Mais est-il possible que ce soit vraiment une coïncidence ?

« Je ne sais pas. Je suis désolée.

— Je suis désolé aussi. D'avoir ri. De ne pas avoir pris la chose au sérieux. »

Puis, une pause. Il a l'air contrit. « Quand est-ce arrivé ?

— Vendredi soir, je crois.

— J'étais à Cambridge, vendredi. Sorti avec un groupe de potes. » Il hésite. « Tu peux vérifier sur Facebook, si tu veux. Ade a mis des tonnes de photos. »

Mon ordinateur est posé juste devant moi. Je l'ouvre.

« Julia, tu es sûre qu'il va s'en sortir ?

— Oui. Je crois. » J'ouvre Facebook et je vais voir son journal. Vendredi soir. C'est vrai. Je vois des photos de lui.

Je me sens très mal. Coupable. Envahie d'un désir irrépressible de tout arranger. « J'ai été vraiment idiote. Je suis désolée.

— Tu n'as pas confiance en moi, c'est ça ? » Sa voix est calme. Gentille. Apaisante. La voix que je connais. Pourtant, sortie de nulle part, une vision. Lui, disant exactement la même chose, mais à Kate.

« Julia ? Tu es là ? »

Je me rends compte que je ne lui ai pas répondu.

« Oui, pardon. J'ai été prise de panique, c'est tout. » Un soulagement parcourt mes veines lorsque je réalise combien ce que je suis en train de dire est vrai. Le monde retrouve une luminosité qu'il avait perdue sans que je m'en rende compte. Je poursuis. « Je suis désolée. Tout ce jeu de rôles, je crois que je me suis inquiétée…

— Ça va aller…

— Je n'aurais jamais dû t'accuser. » Le plaisir me submerge. Le plaisir de la tension qui se relâche. « Je ne sais pas ce qui m'a pris.

— Tout va bien. Calme-toi, Julia. Tout va bien se passer. »

Vraiment ? C'est exactement ce que je veux. Je pense à tous les bons moments que nous avons partagés, à tout le soutien qu'il m'a apporté. J'ai l'intuition que si quelqu'un peut faire en sorte que tout se passe bien, c'est bien lui.

C'est sa voix. C'est l'effet qu'elle me fait. Grâce à lui, je me sens mieux, plus calme.

« Écoute, dit-il. J'ai peut-être découvert quelque chose. Sur Kate. »

Mon cœur bondit. « Quoi ? Qu'est-ce que c'est ? »

J'ai l'impression qu'il lui faut une éternité pour répondre.

« Je ne suis pas certain.

— Quoi ? Qu'est-ce que c'est ?

— Ce n'est probablement rien.

— Qu'est-ce que tu as découvert ? »

À nouveau, je l'entends hésiter. Je ne veux pas m'emballer.

« Il y a un site…

— Quel site ?

— Je ne me souviens plus, Julia. Mais j'ai trouvé quelqu'un sur ce site. Elle se sert du nom de Julia.

— Julia ?

— Oui, c'est pour ça que j'ai regardé de plus près. Il n'y a pas de photo, mais elle a vingt-huit ou vingt-neuf ans. Elle vit à Paris. Et…

— Et… ?

— Le truc, c'est qu'elle ne s'est pas connectée depuis la fin du mois dc janvier.

— Comment s'appelle le site ?

— Pourquoi ?

— Parce que je veux essayer de me connecter avec les codes qui ont fonctionné sur rencontrz. Je veux savoir si c'était elle.

— Pourquoi tu ne me laisses pas faire ? »

Parce que je veux savoir.

« S'il te plaît, Lukas. Donne-moi juste le nom de ce site. J'irai jeter un coup d'œil… »

Il laisse échapper un soupir, bien sonore. Je l'entends presque essayer de décider ce qui vaut mieux.

« Je ne suis pas sûr que ce soit une bonne idée, commence-t-il. Ça va juste te contrarier et…

— Lukas !

— Écoute-moi bien. Voilà ce qu'on devrait faire. Je vais envoyer un message à cette personne. Si elle répond, nous saurons que ce n'est pas Kate.

— Mais elle ne s'est pas connectée depuis janvier…

— OK. Bon, pourquoi tu ne me donnerais pas les codes de Kate ? Je vais les essayer à ta place. »

Nous y voici. Il faut que je décide. Maintenant. Est-ce que je lui fais confiance, ou pas ?

En même temps, est-ce que j'ai le choix ? Je lui donne le mot de passe. Jasper1234.

« C'était le nom de notre chien, quand on était petites. Promets-moi que tu vas essayer. »

Il me rappelle une heure plus tard. Pendant tout ce temps, j'ai été incapable de me poser. J'ai fait les cent pas, me suis assise devant mon ordinateur, j'ai essayé de travailler, sans succès. Lorsque mon portable sonne, je me jette dessus.

« Oui ?

— Je suis désolé.

— Tu n'as pas réussi à te connecter.

— Non…

— Elle a peut-être utilisé un autre mot de passe…

— Julia, attends. Cette femme a répondu à mon message. Je lui ai demandé une photo et elle m'en a envoyé une. Ce n'est pas Kate.

— Est-ce que je peux la voir ? C'est peut-être quelqu'un qui se fait passer pour elle…

— C'est impossible. Cette femme est noire. »

Je suis effondrée. Cela ne vaut pas la peine, cet emballement, tous ces espoirs qui renaissent, pour finalement n'aboutir qu'à une déception dévastatrice. Il n'y a rien de pire. Même le vide n'est pas aussi affreux.

« Je vais continuer à chercher. Si tu le veux. »

Je lui confirme. « Je suis juste déçue.

— Essaie de ne pas l'être. Est-ce qu'on se voit la semaine prochaine ? Mardi ? »

J'hésite. Tout est trop lumineux, trop intense. Je veux de la normalité, de la stabilité. Je repense à l'amour viscéral que je ressens pour mon fils, à quel point il m'a manqué hier soir après que j'ai appris l'agression contre Paddy. Comme la première fois, je réalise que cet amour n'est pas compatible avec ce que je suis en train de faire.

Je m'efforce de me rappeler pour quelle raison j'ai tchatté avec Lukas, au départ, pourquoi j'ai accepté de le rencontrer. Pour retrouver le meurtrier de ma sœur, pour Connor, pour la famille.

Mais cela ne m'a menée nulle part, et maintenant Connor a besoin d'autre chose de ma part. Une sortie au cinéma. Un burger. Une balade entre mère et fils. Je prends ma décision.

« Je ne peux pas. Pas mardi. Je suis prise. »

J'ai l'impression d'une tension soudain relâchée. Je suis soulagée. C'est une impression agréable. Je me suis montrée bien égoïste ; maintenant, je fais ce qu'il faut.

« Prise ?

— Oui, je suis désolée. »

Je me rends compte que je retiens ma respiration. D'un côté je souhaiterais qu'il discute, qu'il proteste, d'un autre j'espère qu'il se contentera de proposer un autre jour. Je veux m'assurer que je peux tenir une semaine sans le voir.

Un silence. Il me faut une excuse. « C'est juste que cette amie, Anna, veut que je l'aide à choisir sa robe de mariée.

— Elle ne peut pas un autre jour ?

— Non, je suis désolée…

— OK. » Je veux qu'il discute encore. Je veux qu'il essaie de me convaincre, qu'il me demande qui est plus important, lui ou Anna.

Mais il ne le fait pas. Il me dit au revoir et, quelques instants plus tard, la conversation s'achève.

20

Mardi arrive. C'est le jour de Connor, et je décide que nous ferons ce qu'il veut. Je lui dois bien ça ; il le mérite. Il paraît plus gai, il parle plus, j'ai l'impression de le retrouver.

Le week-end dernier nous sommes allés voir Paddy. Une idée de Hugh. Il n'était pas aussi amoché que je m'y attendais. Ses yeux étaient gonflés et contusionnés, il avait une grande égratignure sur la joue. Il ne savait pas combien étaient ses agresseurs, ni même s'ils étaient plusieurs. Ils ne lui ont rien volé, ils l'ont juste tabassé. Il ne m'a pas regardée une seule fois pendant tout le temps que nous avons passé avec lui.

Je me lève tôt. Je n'ai pas bien dormi : hier soir, j'ai revu la silhouette, dehors, devant ma fenêtre. Elle avait l'air plus réelle cette fois-ci, elle avait plus d'épaisseur. J'ai même cru apercevoir le bout rougeoyant d'une cigarette mais, encore une fois, j'ai détourné les yeux pour parler à Hugh, et, lorsque j'ai regardé à nouveau, elle avait disparu. Si tant est qu'elle ait jamais été là.

Je suis encore mal réveillée lorsque je descends au rez-de-chaussée. Je trouve mon portable et je constate que j'ai à nouveau raté un appel d'Adrienne. Je me sens coupable. Elle était partie en voyage ; elle veut savoir si j'ai bien reçu mon cadeau, un collier en argent devant lequel je me suis extasiée il y a quelques mois lors d'une sortie shopping avec elle. « Dis-moi juste, me demandait-elle dans son dernier message. Et voyons-nous. Je suis très occupée, comme toujours, mais impatiente de te voir ! Rappelle-moi. »

Je ne l'ai pas fait et je ne sais pas très bien pourquoi. Peut-être parce qu'elle me connaît trop bien ; elle le devinerait immédiatement, si j'essayais de lui cacher quoi que ce soit. S'ajoute à cela le mensonge à Hugh, ma chute dans l'escalator. Il faut que je mette un peu de distance entre nous. Il est plus facile de l'éviter, juste pendant quelque temps.

Connor et moi prenons le petit-déjeuner devant la télévision. Lorsque nous avons terminé, je lui demande ce qu'il a envie de faire aujourd'hui, et il répond qu'on pourrait peut-être aller au cinéma. « Bien sûr ! » dis-je. Je lui laisse le choix du film. « Ce que tu veux. » Il se décide pour le nouvel opus de *La Planète des singes*. Je suis déçue, mais je prends soin de le cacher.

Nous nous rendons à pied jusqu'au cinéma, en traversant Islington Green. Je prends conscience que cela fait longtemps que nous n'avons pas été tous les deux, juste lui et moi. Tout à coup, je suis envahie par un profond sentiment d'amour, et de culpabilité. Il m'apparaît brusquement que maintenant que ma sœur est morte, Connor est la seule personne qui soit liée à moi par le sang, la seule personne avec qui je partage de l'ADN. Je réalise que Kate était le lien, entre nous tous. Notre mère et notre père, elle, moi, et maintenant Connor. Elle était le centre.

Il faut que je dise quelque chose. C'est plus fort que moi. « Tu sais que je t'aime, dis-je. N'est-ce pas ? » Il me regarde ; son expression est insondable, comme s'il était un peu gêné. L'espace de quelques instants, j'aperçois le petit garçon vulnérable, celui qui essaie de se faire une place dans le monde des adultes, dans lequel il se trouve empêtré chaque jour un peu plus. Mais la vision disparaît et une autre émotion passe brièvement sur son visage. De la souffrance, me dis-je, immédiatement balayée par une détermination à la surmonter.

« Connor, est-ce que tout va bien ? »

Il hoche la tête, tout en levant les sourcils. C'est une mimique familière, visant à rassurer, mais elle est trop automatique pour avoir une véritable signification. « Ça va. » Nous traversons la route et, de l'autre côté, nous nous arrêtons tous les deux en même temps, comme si nous avions répété le mouvement. « Pour de vrai ? »

Je passe mon bras autour de ses épaules ; parfois, il n'aime pas quand je l'enlace de cette manière, et j'imagine que c'est le cas maintenant, au beau milieu d'Upper Street. « Parle-moi, mon chéri. » Je me souviens que cela fait longtemps que je ne l'ai pas appelé comme ça. Est-ce qu'il m'a demandé d'arrêter, ou est-ce que j'y ai renoncé progressivement ? Peut-être est-ce ce qui se passe toujours entre une mère et son fils. « S'il te plaît, n'oublie jamais ça. Je suis là pour toi. Toujours. »

En disant cela, je me sens coupable. Suis-je là pour lui ? Cela n'a pas été vraiment le cas, récemment.

« Je sais.

— Ces dernières semaines… ces derniers mois… » commencé-je, mais je ne sais pas où je vais. J'essaie de rétablir le lien entre nous, ce lien que je n'aurais jamais dû mettre en péril. « … n'ont pas été faciles. Je le sais. Pour aucun d'entre nous. » Il me regarde. Je veux qu'il me pardonne, qu'il me dise que j'étais là pour lui, qu'il va bien. « Je sais qu'ils ont été super durs pour toi aussi, Connor. Je veux que tu le saches. Je comprends. »

Il hausse les épaules, comme je m'y attendais. Il reste silencieux, mais il me regarde avec une expression reconnaissante, et quelque chose passe entre nous. Quelque chose de bien.

Dans le cinéma, Connor va aux toilettes pendant que je prends nos tickets à la machine avant de faire la queue pour acheter le pop-corn promis. Lorsqu'il revient, nous nous dirigeons vers la salle. J'aurais pensé qu'il y aurait plus de monde, mais la moitié des sièges à peine sont occupés. Les gens sont dispersés – surtout des couples – et je suggère que nous avancions jusqu'à une rangée presque vide, à mi-chemin. Connor acquiesce et nous nous installons. Le film n'a pas encore commencé, et l'espace s'emplit d'une symphonie de bouteilles qu'on ouvre, de boissons qu'on aspire bruyamment avec une paille, de paquets de chips ou de bonbons qu'on déchire. Je passe notre pop-corn à Connor. « Tu as tout ce que tu veux ? » chuchoté-je, et il hoche la tête. Il jette un coup d'œil à son portable et lève les yeux, l'air coupable. Un message de sa petite amie, j'imagine. Evie. Il parle d'elle parfois ; il a dit qu'elle n'était pas à la fête chez Carla, mais il reste évasif ; il est encore à cet âge où parler de sa petite amie avec ses parents est gênant. Sans réfléchir, pour le rassurer et lui montrer que tout va bien, je prends mon téléphone dans mon sac et je le regarde.

J'ai un message, de Lukas. Je suis soulagée ; nos dernières conversations étaient froides ; depuis notre dernière rencontre, je lui ai envoyé une grave accusation en pleine figure et lui ai dit que je ne voulais pas le voir aujourd'hui. J'ai pensé qu'il avait peut-être pris la décision de mettre fin à notre relation avant moi, et de le faire en silence. « Comment ça se passe, ce shopping ? »

Je tape ma réponse rapidement.

« Ennuyeux. Merci de t'en inquiéter… »

J'appuie sur Envoyer. J'espère en partie qu'il ne répondra pas, pourtant je garde mon téléphone dans ma main au cas où il le ferait. Quelques instants plus tard, sans grande surprise, une réponse arrive.

« J'aimerais bien être avec toi. »

Je souris intérieurement. Il n'est plus fâché contre moi, s'il l'a jamais été. C'était ridicule de ma part.

« Moi aussi. » Une fois de plus, j'appuie sur Envoyer, puis j'éteins mon portable.

Le film commence. Ce n'est pas du tout mon genre de film, mais je me répète que je suis là pour Connor et, lorsque je le regarde discrètement, je sens bien qu'il est content. J'essaie de m'apaiser. J'essaie de ne pas penser à Lukas, d'ignorer la tentation d'aller chercher mon téléphone dans mon sac pour voir s'il a répondu. Je me concentre sur le film.

Une minute plus tard environ, Connor lève et décale ses jambes. Quelqu'un se fraye un passage devant lui tout en murmurant « Pardon ». C'est étrange, me dis-je. Ce nouvel arrivant est seul, il y a plein d'autres sièges disponibles. Pourquoi choisit-il notre rangée ? Je me pousse moi aussi, et il me dit pardon également, même s'il ne quitte pas l'écran des yeux. Je suis encore plus surprise lorsqu'il s'assoit juste à côté de moi. J'envisage de lui faire remarquer qu'il y a beaucoup de places plus loin, mais je finis par me dire qu'il n'y a pas grand mal. Je me concentre à nouveau sur le film.

Quelques instants plus tard, je commence à sentir une pression contre ma jambe. J'ai des doutes au début, mais ensuite cela devient clair. Le nouvel arrivant presse sa jambe contre la mienne ; le mouvement paraît délibéré, même si je ne peux pas en être sûre. Je baisse les yeux – sa cuisse est nue ; il porte un bermuda – puis j'écarte la mienne, de quelques centimètres. C'était peut-être accidentel ; je ne veux pas en faire une histoire. Je fais semblant de m'absorber dans le film, mais alors la jambe de l'homme se rapproche pour entrer à nouveau en contact avec la mienne, plus manifestement cette fois, trop clairement pour que ce soit une coïncidence.

Je jette un coup d'œil dans sa direction. La scène sur l'écran est sombre, et je ne vois pas grand-chose. Je distingue des lunettes à monture épaisse et une casquette de base-ball, de ce modèle rigide qui est posé bien droit sur le devant de la tête. L'homme a les yeux rivés sur l'écran, il frotte le bas de son visage avec sa main droite, comme s'il était absorbé dans la contemplation des images.

Je décale de nouveau ma jambe et je prends une grande inspiration, m'apprêtant à lui dire d'arrêter ou d'aller se faire voir ; je ne sais pas ce que je vais choisir. À ce moment précis, l'étranger retire la main de son visage, et se tourne vers moi ; brusquement, la scène sur l'écran s'éclaire violemment, et la salle de cinéma se retrouve baignée de lumière. C'est alors que je constate que l'homme assis à côté de moi n'est pas un étranger. C'est Lukas. Tout sourire.

J'étouffe un hoquet de surprise et, en même temps, mon ventre se serre sous l'effet du désir. Un gouffre de terreur s'ouvre devant moi et je commence à tomber à une allure vertigineuse. Que fait-il ici, dans ce cinéma ? Qu'est-ce qui se passe, putain de merde ? Cela ne peut pas être une coïncidence ; ce serait ridicule. Mais comment est-ce possible qu'il en soit autrement ? Il ne sait pas où j'habite ; je ne lui ai jamais dit, j'en suis certaine. J'ai toujours été très prudente sur ce sujet.

Et pourtant, il est bien là. Il regarde à nouveau l'écran. Il a éloigné sa jambe, et semble maintenant éviter tout contact avec moi. Je reviens au film, puis je regarde discrètement Connor, assis de l'autre côté. Il n'a rien remarqué.

Mon cœur bat trop vite ; je ne sais pas quoi faire. Cela va trop loin, ai-je envie de dire. Tu es allé trop loin. Pourtant…

Pourtant, il colle sa cuisse à la mienne, une fois de plus, et cette fois je ne m'écarte pas. Sa peau contre la mienne est comme électrique, je sens le moindre de ses poils, la chaleur de ses muscles. Bien que mon fils ne soit qu'à quelques centimètres, j'y trouve du plaisir.

Je ferme les yeux. Mon esprit nage en pleine confusion. Il y a quelques minutes à peine, il m'a envoyé un message, me parlant du shopping que je suis censée être en train de faire. Il ne devait déjà pas être dupe, mais comment pouvait-il savoir que j'étais ici ?

Je jette de nouveau un coup d'œil à Connor. Il est concentré sur le film, sa main plonge à intervalles réguliers dans le seau de pop-corn posé sur ses genoux. Au bout d'un moment, je me tourne vers Lukas, qui paraît totalement absorbé, lui aussi. Il doit sentir mon regard. Lentement, il se tourne vers moi, de manière à me regarder droit dans les yeux, comme s'il voulait s'assurer que je l'ai bien reconnu. Je soutiens son regard et l'interroge silencieusement. Il se met à sourire. Aucune chaleur dans ce sourire, et je sens monter comme une nausée, celle de la déception. Je reviens de nouveau à l'écran puis, quelques secondes après, je me tourne vers lui. Cette fois, un clin d'œil, pas plus chaleureux, puis il repasse au film avant de se lever, quelques instants plus tard, prêt à partir. Il marmonne un « pardon » puis passe devant mon fils avec un « Hé mec… »

Puis, comme s'il n'avait jamais été là, il disparaît.

Je reste sans bouger. Mon esprit refuse de se calmer, je n'arrive pas à me concentrer sur le film. Je pense à Lukas, je ne parviens pas à comprendre ce qu'il voulait, pourquoi il a débarqué.

Ni comment il a su où je me trouvais.

Ma main va se poser sur le siège qu'il occupait, comme si je pouvais le sentir. Il est encore chaud, je n'ai donc pas imaginé la scène. Je me mets à trembler. J'ai la bouche sèche, je bois une gorgée de la bouteille d'eau que j'ai achetée en même temps que le pop-corn de Connor. J'ai la nausée. Je dois me calmer. Je prends une profonde inspiration mais l'air est lourd, épaissi par les odeurs de hot-dogs à moitié mangés et les relents de ketchup. J'ai mal au cœur. Je ferme les yeux. Je vois Lukas.

Il faut que je sorte. Il me faut de l'air.

« Viens.

— Quoi ?

— On s'en va.

— Mais maman !

— C'est nul, dis-je.

— Eh bien moi, j'aime bien. » Je réalise que nous faisons beaucoup de bruit. Quelque part derrière nous, quelqu'un manifeste sa désapprobation.

Je me lève. Il faut que je reste en mouvement. « OK, alors reste. Je reviens dans une minute. »

Je vais aux toilettes. Au moment de pousser la porte, je sens monter l'angoisse ; il est peut-être là, me dis-je, et immédiatement je revois la scène, lorsque nous avons baisé dans les toilettes à côté de son hôtel. Mais il n'est pas là. Il n'y a que des filles, de l'âge de Connor ou un peu plus âgées, en train de se remaquiller, de papoter. Untel était *trop incroyable* ; tel autre allait visiblement *le faire payer*. Je les ignore et j'entre dans un box. Je ferme la porte à clé et je sors mon téléphone portable. Rien. Juste un message de Hugh. On n'a plus de lait. Est-ce que je peux en acheter ?

Je reste là un moment, souhaitant que mon téléphone sonne, ou qu'apparaisse un message. Un smiley, un clin d'œil. Quelque chose qui me rassure, qui me confirme que Lukas cherchait juste à s'amuser un peu. Mais rien. Je ne sais pas quoi penser.

Je compose son numéro. Mon appel est directement transféré sur sa boîte vocale. J'essaie à nouveau, encore, et encore. Puis, parce qu'il n'y a rien d'autre que je puisse faire, je laisse tomber. Je range mon portable dans mon sac et je vais rejoindre mon fils.

21

Nous rentrons à la maison. Je suis sous le choc, je n'arrive pas à réfléchir. Je prie pour que Connor n'aie pas remarqué Lukas, mais sur le chemin du retour il me dit : « Tu ne l'as pas trouvé bizarre, ce type ? »

Je regarde à droite puis à gauche, prête à traverser, mais je cherche aussi Lukas. Aucune trace de lui.

« Pardon ?

— Le gars, là. Tu sais, celui qui est entré et s'est assis juste à côté de nous alors que la salle était à moitié vide ?

— Oh, celui-là ? » J'essaie de paraître naturelle, mais sans savoir du tout si j'y parviens. « Les gens sont bizarres.

— Et ensuite, il part, avant même la fin du film. Quel taré ! »

Je me demande si ça aussi, ça faisait partie du jeu. Je me demande si j'étais censée m'excuser auprès de mon fils et suivre Lukas pour qu'il me saute dans les toilettes. Je me demande si, au fond de moi, je n'aurais pas voulu que cela arrive.

Maintenant, mon esprit tourne à toute vitesse. Je ne comprends pas comment il a fait ça, et encore moins pourquoi. Chaque fois qu'une possibilité, qu'une solution se fait jour, je suis forcée de la rejeter. Si c'était une coïncidence, alors pourquoi n'a-t-il pas dit bonjour ? Si c'était un jeu, alors pourquoi n'a-t-il pas au moins souri pour me faire savoir que c'en était un ?

Je ne cesse de revenir aux mêmes pensées. Cela n'aurait pas dû pouvoir arriver. Il ne sait pas où je vis. Il croyait que je faisais du shopping avec Anna.

« Ça va, maman ? » dit Connor. Je me rends compte que je suis toujours plantée au milieu de la cuisine.

Je m'efforce de sourire. « Je crois que j'ai un début de migraine. » Une autre vague de panique me submerge. Je regarde mon fils. Il connaît ton existence, maintenant, me dis-je. Tu n'es plus en sécurité. Je commence à sentir que j'étouffe.

« Veux-tu que je t'apporte de l'eau ? » dit-il. Il va jusqu'à l'évier et prend deux verres sur l'égouttoir.

« Oui. Merci. » Je prends le verre qu'il me tend et je bois quelques gorgées ; l'eau est tiède.

« Je vais aller m'allonger un peu. »

Je monte à l'étage. Lukas ne répond toujours pas au téléphone, et je n'ai aucun message sur mon portable. J'ouvre mon ordinateur et constate qu'il est connecté. Ma fureur redouble d'intensité.

« C'était quoi, ce cirque ? » J'hésite avant d'envoyer le message. Je devrais m'éloigner. Je veux m'éloigner. Mais je ne peux pas. Il n'y a pas moyen d'en sortir. Partout où je me tourne, il est là.

Sa réponse arrive quelques instants plus tard.

« Ça t'a plu ? »

Je suffoque. Il n'a pas la moindre idée de ce que je ressens, de ce qu'il a fait.

« Comment savais-tu où j'allais ? »

Aucune réponse. Pendant un long moment, rien. Va au diable, me dis-je. Va au diable. Puis, enfin :

« Je me suis dit que ce serait une belle surprise. »

Une belle surprise ? Je pourrais en rire si tout mon corps n'était pas littéralement en train de trembler de peur.

« Comment savais-tu ?

— Il a fallu que je sois créatif.

— Ce qui veut dire ? »

La pause est encore plus longue.

« Ne panique pas. J'étais à Islington. Il y a un magasin d'antiquités où je vais de temps en temps. Je t'ai vue de l'autre côté de la rue. Je t'ai suivie. »

Des antiquités, me dis-je. Depuis quand s'intéresse-t-il aux antiquités ? Je ne sais rien de cet homme, décidément.

« Je me suis dit que ce serait amusant.

— Amusant ? Tu m'as fait peur ! »

Je relis ses messages. J'ai envie de le croire, mais je n'y arrive pas. Comme par hasard, il était dans un magasin à Islington ? Sacrée coïncidence. Et même si c'était vrai, il se serait certainement contenté de m'envoyer un message, non ?

Au lieu de cela, il m'a suivie, s'est assis à côté de moi, m'a fait un clin d'œil dans le noir. Il n'a parlé qu'à mon fils, pas à moi, et son expression n'était en rien celle de quelqu'un qui fait une belle surprise à quelqu'un d'autre. C'était l'expression de celui qui pense avoir percé un mystère.

« Fait peur ? Pourquoi ? Que croyais-tu que j'allais faire ?

— Je ne sais pas. »

Soudain, je me rends compte. Un instant de lucidité absolue, où tout ce qui était brouillé, gris, devient clair, limpide comme de l'eau glaciale. Je me suis mise à fréquenter Lukas pour le bien de mon fils, mais maintenant c'est mon fils qui est en danger. Je n'ai pas le choix. Je vais devoir mettre fin à cette histoire.

J'essaie de me concentrer sur cette pensée, mais en même temps un autre moi, plus fort, essaie de la repousser. Lukas m'envoie un nouveau message.

« Qu'est-ce que tu voulais que je fasse ?

— Quoi ?

— Au cinéma. Dis-moi. »

J'ai envie de hurler. Comment puis-je lui faire comprendre que tout cela est on ne peut plus sérieux ? Il y a des enjeux ici, des choses qui pourraient être perdues à jamais.

« Pas maintenant, Lukas. OK ? »

J'appuie sur Envoyer. Je m'allonge. Je veux qu'il comprenne ce qu'il a fait, combien il m'a fait peur. Je veux qu'il sache qu'il y a des limites à ne pas franchir.

Sa réponse arrive quelques secondes plus tard.

« Dis-moi comment tu voulais que je t'approche. Dis-moi comment tu imaginais ça, là, devant tous ces gens.

— Non.

— Qu'est-ce qui ne va pas ? »

Je ne réponds pas. Je ne peux pas échapper à cette conversation, mais je ne veux pas l'avoir sur le Net. Je ne vais pas réussir à lui faire prendre conscience de ce qu'il a fait, pas ici, pas maintenant. Je ne veux plus jamais le voir, mais je n'ai pas le choix.

« Il faut que je te voie. C'est important.

— Comme tu voudras. »

Il s'écoule un long moment, puis il envoie un autre message.

« Au fait, c'est qui, le gamin ? »

« C'est mon fils. » Il est assis en face de moi, nous déjeunons. C'est moi qui ai choisi de venir ici, même si maintenant je regrette de n'avoir pas proposé un endroit plus isolé. Il voulait que nous nous retrouvions dans un hôtel, mais je savais que ce n'était pas une bonne idée. Nous sommes dans un restaurant tout près de la Tamise. Nous sommes assis dehors, sous un parasol. Les banlieusards passent par vagues, ils se dirigent vers la gare.

Je ne lui ai même pas posé de questions concernant son enquête sur les différents profils de Kate. Je le soupçonne d'avoir laissé tomber. Je doute qu'il ait jamais vraiment cherché.

« Ton fils ? » dit-il. Pendant un moment, je pense qu'il ne me croit pas. « Tu ne m'avais pas dit.

— Non », dis-je dans un soupir. Il est temps que je sois honnête avec toi. Le moment est venu pour ça, au moins. « Je voulais le maintenir en dehors de ça. »

Et j'ai échoué. Lukas sait tout, désormais, et c'est trop. Ce qui paraissait gérable est maintenant hors de contrôle, ce qui était enfermé dans une boîte s'en est libéré.

Je regarde l'homme assis en face de moi. C'est un peu comme s'il me possédait, et il faut que je récupère ma vie.

« Comment s'appelle-t-il ? »

Je tressaille. C'est un réflexe de protection ; je suis plus en colère que je ne le croyais.

Je détourne le regard. De l'autre côté de la rue, un gars en collant se dispute avec un automobiliste qui a dû le faire tomber de vélo.

« Non. » Je reviens à lui. « Comme je l'ai dit, je veux le maintenir en dehors de ça.

— Tu n'as pas confiance en moi.

— Lukas, ce n'est pas aussi simple. Ce que nous avions, je voulais strictement le garder à l'écart de ma vraie vie. Je voulais que cela reste bien distinct. Je ne voulais pas avoir à penser à mon mari, et certainement pas à mon fils.

— Ce que nous avions. » C'est une affirmation, pas une question.

« Pardon ?

— Tu as dit « ce que nous avions ». Au passé. Ça veut dire que c'est fini, c'est ça ? »

Je ne réponds pas ; le choix de mes mots n'a pas été calculé, un lapsus. Mais c'est sorti, et maintenant il ne reste plus qu'un mot à dire. Je pourrais dire oui, puis me lever. Je pourrais m'en aller, changer de numéro de téléphone, ne plus jamais me connecter à ces sites, et tout ceci appartiendrait au passé. Une erreur, mais une erreur facile à effacer. Il n'est jamais venu chez moi, n'a jamais vu ma maison ; ni moi la sienne. Nous sommes liés, mais pas au point qu'une seule action décisive ne puisse nous séparer, proprement et pour toujours.

Mais est-ce ce que je veux ? En venant ici, je pensais que c'était le cas, mais maintenant je ne suis plus certaine. Assise là, je suis incapable de me décider. Ferait-il du mal à quelqu'un ? Il paraît si doux, si tendre. Je pense aux longues nuits solitaires passées à tchatter avec lui. Je pense à ce temps où aucun message sur mon téléphone ne pouvait être plus excitant que Hugh me prévenant qu'il allait être en retard, ou Connor me demandant la permission de ne pas rentrer tout de suite.

« Écoute. » Il bouge sur sa chaise, détend ses bras avant de les replier devant sa poitrine. Je suis à nouveau frappée par sa présence, son corps, là, devant moi. Il rayonne ; il est en trois dimensions, alors que tout le reste paraît en avoir seulement deux. « J'ai merdé. Au cinéma. Je suis désolé. J'ai vraiment cru que tu aimerais.

— Je n'ai pas aimé. » Je jette un coup d'œil par-dessus son épaule, la dispute qui opposait nos voisins commence seulement à perdre de son intensité, puis je reviens à lui.

« C'était une coïncidence, c'est tout. Je me trouvais à Islington. Je ne savais même pas que tu vivais dans ce quartier.

— Lukas…

— Tu ne me crois pas ?

— Que faisais-tu à Islington ? »

Il hésite. Une fraction de seconde seulement, mais qui suffit pour que la suite sente le mensonge. « Je te l'ai dit. J'y vais souvent, quand je suis en ville.

— Alors, pourquoi étais-tu à Londres ?

— Je viens tous les mardis, au cas où tu n'aurais pas remarqué. Généralement, c'est pour te voir. La force de l'habitude, j'imagine. » Il soupire. « Tu me manquais. Ma journée me paraissait fichue sans toi, alors je me suis dit que je viendrais en ville de toute manière.

— Et tu voudrais que je gobe ça ?

— J'étais contrarié, je crois. Je voulais te voir. C'était notre jour. Tu m'as fait faux bond.

— Alors, tu étais à Islington, un simple hasard, alors que j'emmenais mon fils au cinéma ?

— Ça existe, les coïncidences, tu sais. »

Je me surprends en train de commencer à regretter de ne pas pouvoir le croire.

« Tu penses que je te suivais ? Tu es vraiment *complètement* paranoïaque.

— Ce n'est pas très gentil, de dire ça.

— Je suis désolé. Écoute, je t'ai vue. Vraiment. En train de traverser la rue. Et je n'ai pensé qu'à toi pendant toute une semaine, alors je t'ai suivie. Peut-être était-ce une erreur ?

— C'en était une.

— Mais je suis en train de devenir fou. Tu occupes toutes mes pensées.

— Lukas…

— Dis-moi que tu as pensé à moi.

— Bien sûr que oui. Mais…

— Alors, où est le problème ?

— Je ne sais pas. Ça m'a juste… fait paniquer. C'était… risqué.

— Je croyais que tu aimais le risque ? Je croyais que tu aimais le danger ?

— Pas comme ça…

— C'est ce que tu m'as dit. »

J'élève la voix. « Pas comme ça. Pas quand Connor s'y trouve mêlé. »

Merde, me dis-je. Je lui ai donné le nom de mon fils. C'est trop tard, maintenant.

Il ne dit rien. Nous restons silencieux un moment. Nous n'avons pas commencé à manger le plat qui a été posé devant nous. Un sandwich pour lui, une salade pour moi. Je constate que nous n'avons jamais pris un repas ensemble, un vrai repas. Cela n'arrivera jamais.

« Comment savais-tu quel film nous allions voir ? Tu regardais par-dessus mon épaule quand j'ai acheté les billets ? »

Il ne répond pas.

« Je veux avoir confiance en toi, Lukas.

— Alors, fais-moi confiance. Je ne t'ai jamais menti. J'ai commis une erreur, c'est tout. Je ne te suis pas. Je n'ai pas agressé ton ami. Après tout ce que tu as souffert… »

Il paraît furieux, mais aussi profondément blessé. C'est ce qui parvient presque à me convaincre. Et pourtant, je ne suis pas encore totalement sûre. Pas complètement.

Je suis venue avec la volonté de mettre fin à notre relation, d'en sortir, mais maintenant je ne suis plus certaine d'en être capable. Pas encore.

« Je suis désolée.

— Il faut que tu me fasses confiance, Julia. »

Je baisse les yeux vers mon assiette. « J'ai du mal, et avec tout le monde, je crois. »

Il tend le bras pour prendre ma main. « Connor, dit-il, comme s'il essayait le nom pour en percevoir l'effet, le son. Pourquoi ne m'as-tu pas dit que tu avais un fils ? »

Je regarde l'alliance qu'il porte. Tu ne m'as pas dit que tu avais une femme, ai-je envie de dire. Tout cela commence à s'articuler. L'alliance, d'abord, plus le fait qu'il n'a jamais, pas une seule fois, proposé que nous allions à Cambridge, alors même que ce n'est pas très loin.

« Tu es marié, n'est-ce pas ? » Je parle doucement, calmement, comme si je ne voulais pas vraiment qu'il entende.

— Je l'étais. Tu le sais.

— Je veux dire, tu l'es toujours. Admets-le.

— Non ! » Il a l'air furieux. Scandalisé. Comment puis-je suggérer une chose pareille ?

« Je t'ai dit la vérité. Je ne mentirais jamais sur ce sujet. Jamais. »

Je vois sa colère se transformer en douleur. Elle est viscérale, caractéristique. La douleur de la perte, une douleur que je ne connais que trop bien et, pendant quelques secondes, je me sens coupable, et épouvantablement triste pour lui. Je ne peux m'en empêcher. Je regrette de ne pas lui avoir accordé ma confiance. Je regrette de ne pas lui avoir parlé de mon fils, dès le début.

« Promets-le-moi. »

Il prend ma main entre les siennes. « Je te le promets. »

Je réalise que je le crois.

« Écoute, mon fils, Connor, vient de traverser pas mal d'épreuves. Je voulais le protéger…

— Tu pensais que je lui ferais du mal ?

— Non. Ce n'est pas vraiment des gens que j'essaie de le protéger, mais de certaines situations. Il a besoin de stabilité. » Je prends une grande inspiration. « C'est compliqué. Connor est adopté. Il… sa mère était ma sœur. »

J'attends pendant qu'il intègre les informations que je viens de lui donner.

« Ta sœur qui a été tuée ?

— Oui. »

Un long moment s'écoule.

« Quand l'as-tu adopté ?

— Quand il était très petit. Ma sœur ne s'en sortait pas, alors on s'est occupés de lui.

— Il le sait ? »

J'acquiesce d'un signe de tête. Il reste un moment silencieux. « Je suis désolé. »

Il me regarde. Je n'ai rien à ajouter. Je suis épuisée, vidée. Je commence à picorer dans ma salade. Au bout d'une minute ou deux, il dit : « Alors, c'est tout ?

— Qu'est-ce qui est tout ?

— Ce choix du passé, tout à l'heure. Cette conversation. Le fait que tu ne voulais pas aller dans un hôtel. Tu veux que je te laisse tranquille. »

La réponse devrait être oui, mais j'hésite. Je ne sais pas pourquoi. Cela me manquera, de ne plus ressentir de désir ; de ne plus me sentir désirée. De ne plus pouvoir lui parler de choses que je ne peux dire à personne d'autre.

Je veux garder tout ça encore, ne serait-ce que pour quelques minutes.

« Je ne sais pas.

— Ce n'est pas grave. J'avais l'intuition que ça allait être une conversation sur le mode "je suis désolée mais..." Tu vois le style. "Je ne peux plus continuer comme ça." Ce genre de choses. »

En as-tu connu beaucoup, de ces conversations ? me dis-je fugacement. Et, si c'est le cas, est-ce arrivé récemment ? Et était-ce toi qui rompais, ou l'autre partie ?

Je détourne le regard. Je repense à tout ce qui s'est passé. Je réalise dans quelles ténèbres mon chagrin m'a emportée. Je suis devenue fragile. Paranoïaque. Je vois le danger partout. Un homme qui m'épie devant ma fenêtre, mon amant qui a agressé quelqu'un dont il ne connaît même pas le nom entier, et encore moins l'endroit où il habite. Si je ne fais pas attention, je vais rejeter tout ce qui est bien dans ma vie.

Je prends ma décision.

« Je ne veux pas que ça se termine. Mais ce que tu as fait l'autre jour… Ne refais jamais une chose pareille. OK ? Je refuse que Connor soit mêlé à ça.

— OK.

— Je suis sérieuse. Je m'en irai.

— OK. » Il est anxieux et, le constatant, je me détends. Le pouvoir a commencé à changer de camp, mais il n'y a pas que cela.

Je prends conscience que c'est cela que je voulais depuis le début. Je voulais le voir inquiet, je voulais savoir qu'il comprenait ce qui était en jeu, je voulais voir sa crainte de me perdre. Je voulais voir mes propres peurs chez lui.

Je me radoucis. « Plus de jeux. OK ? Tous ces trucs dont on a parlé… – je baisse la voix – les jeux de rôles, l'amour vache. Il faut que ça s'arrête.

— OK.

— Il est hors de question que tu débarques à l'improviste. Et je ne peux pas rentrer chez moi couverte de bleus…

— Tout ce que tu voudras, du moment que ce n'est pas fini. »

Je tends la main et prends la sienne. « Comment serait-ce possible ?

— Et qu'est-ce qui se passe maintenant ?

— Maintenant ? Je rentre chez moi.

— Est-ce que je te verrai mardi ?

— Oui. Oui, bien sûr. »

Il paraît soulagé.

« Je suis désolé. Pour les jeux, tout ça. Je ne suis pas très bon pour les trucs romantiques. » Il marque une pause. « Nous ferons quelque chose. La prochaine fois. Quelque chose de mignon. Je m'occupe de tout. »

22

Une semaine passe. Connor reprend l'école, se rapprochant d'une année de ses examens, de l'âge adulte et tout ce qui l'accompagne, du moment où il quittera la maison et s'éloignera de moi. J'ai fait nettoyer son blazer et nous sommes allés acheter des chemises et une nouvelle paire de chaussures. Il n'est pas très content de devoir y retourner, mais je sais que cette impression ne durera qu'un jour ou deux. Il va retrouver ses amis, son quotidien. Il se rappellera à quel point il aime étudier. Hugh a raison lorsqu'il dit que c'est un bon garçon.

Le jour de la rentrée, je vais à la fenêtre et le regarde descendre la rue ; il a parcouru à peine quelques mètres qu'il desserre sa cravate et, au coin, il attend quelques instants. L'un de ses amis arrive, ils échangent une tape sur l'épaule, puis partent ensemble. Il devient peu à peu un homme.

Je m'éloigne de la fenêtre. J'ai une séance demain – une femme dont j'ai photographié la famille il y a quelques semaines m'a recommandée à une amie – et une autre la semaine prochaine. La blessure dans mon âme se referme doucement, mais quelque part en moi il reste encore un vide. La mort de Kate continue à hanter tout ce que je fais. Lorsque Connor s'en ira, je ne sais pas comment je survivrai.

J'essaie de ne pas y penser. Aujourd'hui, c'est mardi. Je vois Lukas. J'ai la matinée devant moi, des heures pour me préparer. C'est comme la première fois où nous nous sommes vus, il y a des semaines, des mois de cela, alors que je pensais que ce serait une fois seulement, rien de plus qu'une possibilité de découvrir ce qui était arrivé à ma sœur.

Comme c'est différent aujourd'hui.

Pourtant, je sais que cela doit finir. Parfois je pense à ce moment où nous nous séparerons, enfin, pour toujours, et je me demande si je pourrai survivre à cet événement. Mais nous devons nous quitter ; ma relation avec Lukas n'a pas d'issue heureuse. Je suis mariée. Je suis mère. J'aime mon mari et mon fils, et je ne peux pas tout avoir.

Lorsque je sors de la maison, je vois Adrienne arriver en voiture. C'est une surprise ; cela ne lui ressemble pas du tout. Je lui fais signe et elle ouvre la portière. Son visage est grave, son expression crispée, et cela me rend aussitôt nerveuse.

« Nouvelle voiture ?

— On s'en fiche. Chérie, je peux entrer ?

— Qu'est-ce qui se passe ? Tu me fais peur.

— J'allais te poser la même question. » Elle pointe du doigt la direction d'où je viens. « On y va ? »

Je ne bouge pas.

« Adrienne ? Qu'est-ce qui se passe ?

— Tu m'ignores. Pourquoi ?

— Ma chérie, je…

— Julia. Cela fait des semaines que j'essaie de te joindre.

— Désolée. Je n'ai pas été bien. »

Un autre mensonge. Je me sens misérable.

« Est-ce qu'il se passe quelque chose ? Dee s'inquiète que tu ne la rappelles jamais non plus. Et tu n'as même pas répondu à l'invitation qu'Ali t'a envoyée pour sa fête. »

Ah bon ? Je ne m'en souviens pas. Je sens quelque chose céder, comme si, dans ma tête, une sorte de mur de défense était tombé. Mon esprit commence à lâcher prise. Oui, ai-je envie de dire. Il se passe quelque chose. J'ai envie de tout lui dire, j'ai envie que tout sorte.

Mais je sais ce qu'elle répondra.

« Se passe ? Comme quoi ? »

Elle secoue la tête. « Oh, chérie…

— Quoi ?

— Bob t'a vue. »

Je tressaille. Ce n'est pas le brouillard enveloppant de la culpabilité ni de la honte. C'est autre chose, tranchant comme une lame, un scalpel sur ma peau.

« Vu quoi ?

— Toi, avec un homme. Il a dit que vous étiez en train de déjeuner. »

Je secoue la tête.

« Au bord de la Tamise. »

Je me raidis. L'adrénaline coule à flots dans mes veines. Je ne peux pas la laisser voir ça. « La semaine dernière ? Oui, j'ai déjeuné avec un de mes amis. Pourquoi n'est-il pas venu dire bonjour ?

— Il était dans un taxi. Un de tes amis ? Il a dit qu'il ne l'avait pas reconnu. »

J'essaie de rire. « Bob ne connaît pas tous mes amis, tu sais ! »

Je vois qu'elle se radoucit. « Un ami homme. Il a dit que ça avait l'air assez intime. Qui était-ce ?

— Juste quelqu'un que je connais comme ça. J'ai pris une photo de lui et de sa femme. » Je prends un risque. « Elle était avec nous.

— Il a dit que vous étiez seuls, juste vous deux.

— Elle devait être aux toilettes. Mais, de quoi parlons-nous ? Tu penses que j'ai une liaison ? »

Elle me regarde droit dans les yeux. « C'est le cas ?

— Non ! »

Je soutiens son regard.

« Adrienne, c'est la vérité.

— J'espère. »

Je ne détourne pas les yeux. C'est la vérité, ai-je envie de dire. Je veux plaider mon innocence.

Mais est-ce parce que je veux que ce soit vrai ou parce que je veux me décrocher de l'hameçon ?

« Je suis désolée, il faut que j'y aille. J'ai une séance photo. »

Je n'ai aucun matériel avec moi, et je vois qu'elle s'en fait la remarque.

« Tout à l'heure. Il faut que j'aille faire des courses avant. »

Elle soupire. « OK. Mais appelle-moi. Nous parlerons plus longuement. »

Je lui dis que je le ferai.

« Où vas-tu ? Veux-tu que je te dépose ? »

Je lui réponds que non, ça va aller.

« Promets-moi que tu vas m'appeler », dit-elle, et elle disparaît.

Je suis dans un taxi. Je suis nerveuse, angoissée. Bob nous a vus, Lukas et moi. Cette fois, je m'en suis sortie de justesse, mais la prochaine ? La prochaine fois, cela pourrait être Adrienne, ou même Hugh.

Je le néglige depuis un moment. Je le sais. Il faut renoncer à Lukas.

Ou alors, il faut dorénavant faire beaucoup plus attention. Je ne sais pas ce qui me tente le plus.

La voiture se gare devant l'hôtel St. Pancras et j'entre dans le hall. Cela me rappelle la première fois que je suis venue ici. C'est la même sensation de danger, et d'excitation. La même impression que tout est peut-être sur le point de changer.

Je vais à la réception et je donne mon nom. La femme au comptoir hoche la tête. « Pour M. Lukas ?

— Oui, c'est cela. »

Elle sourit. « J'ai un paquet pour vous. » Elle s'accroupit et se redresse pour me tendre un objet. Il est un peu plus grand qu'une boîte à chaussures, emballé dans du papier kraft, fermé avec du scotch. Mon nom a été griffonné dessus au marqueur noir. « Et M. Lukas m'a demandé de vous donner ce message. » Elle me tend un morceau de papier. « Suis en retard. Il y a du champagne au frais derrière le bar. J'espère que tu aimeras le cadeau. »

Je la remercie. Je me demande pourquoi il nous a commandé du champagne, alors qu'il sait que je ne bois pas. Je m'apprête à m'en aller. « Oh, dis-je. Auriez-vous des ciseaux ?

— Bien sûr. » Elle m'en donne une paire. Je reste à côté du comptoir et je coupe le scotch, tout en pensant à Hugh. Je m'imagine poser un scalpel sur une peau teintée de jaune, regarder cette peau céder puis laisser échapper un flot rouge. Je rends les ciseaux à la jeune femme puis j'emporte la boîte avec moi jusqu'à un fauteuil proche. Je veux être seule lorsque j'ouvrirai mon cadeau.

Je prends une grande inspiration et je défais le papier. Une odeur me saute au visage – pas déplaisant, de l'air confiné, un léger effluve de parfum floral. À l'intérieur, du papier de soie, une enveloppe scellée. Je l'ouvre.

Une carte à l'intérieur. Simple, d'un coloris blanc cassé. Je repense aux cartes qui ont été glissées dans ma boîte aux lettres, celles dont je lui ai dit qu'elles venaient peut-être de Paddy, mais je ne vois pas de femme en petite tenue, pas de seins, pas de fille à la moue boudeuse ayant l'air à peine assez âgée pour prendre une telle pose et arborer ce genre d'expression.

Je retourne la carte. Un message.

« Un petit cadeau. À tout bientôt. Enfile ça. Lukas. »

Je range le mot. S'il a réussi à fourrer une tenue entière dans la boîte, elle ne doit pas être très couvrante. Je sors le paquet de son emballage et je déchire le papier de soie qui l'entoure.

C'est une robe. Rouge vif. Une minirobe, courte, avec des manches longues et un dos très échancré. Je visualise déjà comme elle va être moulante, collante, ne cachant rien, ne faisant qu'accentuer les courbes de mon corps. Je regarde l'étiquette, je constate qu'il a pris la bonne taille, mais ce n'est pas le genre de choses que je porterais, pas du tout, et ce doit être la raison pour laquelle il l'a choisie. En-dessous, une paire de chaussures. Noires, à talons hauts, presque dix centimètres, je dirais, beaucoup plus que ce que j'ai l'habitude de porter, avec un minuscule nœud papillon sur l'orteil. Je les sors. Elles sont magnifiques ; elles ont l'air très chères.

Au fond du paquet se trouve encore un objet. Une boîte à bijoux matelassée en cuir rouge. Je l'ouvre, le cœur battant, excitée comme une enfant. À l'intérieur, une paire de boucles d'oreilles. Des pendants dorés en forme de trèfles à quatre feuilles et, contrairement aux chaussures, elles ont l'air bon marché.

Je réagis instinctivement. Mon cœur s'emballe, je referme la boîte avec un claquement sec. Elles sont pareilles à celles que portait Kate. C'est une coïncidence, me dis-je. Forcément. Il a oublié. Comme lorsque Hugh a mentionné sans réfléchir que Paddy avait été agressé, mais que rien ne lui avait été volé. Je suis hypersensible. Il faut que je me reprenne.

Je trouve les toilettes. Je suis nerveuse, désorientée. Quelque chose cloche. C'est la robe, les chaussures. Les boucles d'oreilles. Elles sont belles, mais ce n'est pas le genre de cadeau que l'on achète à une personne à qui l'on tient. C'est un costume, un déguisement. Cette fois, il dit explicitement ce qui jusqu'ici était implicite : tout cela n'est pas réel, c'est un fantasme. Je dois devenir une autre. Je dois enlever mon alliance, bien qu'il sache que je suis mariée. Je dois prétendre être quelqu'un que je ne suis pas. C'est un jeu, une mascarade. Exactement ce que je lui ai dit ne pas vouloir.

Alors, pourquoi suis-je en train de me changer ? Pourquoi suis-je en train d'enfiler cette robe ? Je ne sais pas ; c'est comme s'il n'y avait pas d'autre choix. Ce qui se passe va de soi, je suis mue par une force trop puissante pour que je puisse y résister.

Je m'enfonce dans l'impénétrable, l'inconnu. Je suis légère, aimantée vers les ténèbres.

Je choisis le box le plus éloigné de la porte et je ferme le verrou. Je retire les vêtements que je porte, puis je tends la robe devant moi. Elle se déplie, un rideau tout rouge, et je l'enfile par la tête avant de remonter la fermeture Éclair en me contorsionnant. Je pose les chaussures par terre et je les enfile. Cette hauteur m'entraîne dans un autre lieu, un espace où je suis forte. J'enlève mes boucles d'oreilles et les remplace par celles qu'il m'a données. La transformation est totale. Je suis une autre. Julia n'est plus là.

Je sors du box et je m'avance vers le miroir. Ma perspective est différente ; tout est différent. Je ne sais plus qui je suis, et j'en suis heureuse.

Je souris à mon reflet et une étrangère me rend mon sourire.

Elle est belle, et affiche une totale assurance. Elle ressemble un peu à Kate, en un peu plus mince, un peu plus âgée. La porte des toilettes se referme derrière moi avec un soupir.

Une fois au bar, je commence à me détendre. Mon cœur ralentit jusqu'à retrouver son rythme normal, ma respiration devient plus profonde. Avant que je puisse l'arrêter, le serveur me remplit une coupe du champagne que Lukas a laissé, mais je demande aussi de l'eau. Je regarde autour de moi. Il n'y a pas grand monde, juste quelques personnes dispersées dans la salle. Je pose mon verre. Je veux avoir l'air à l'aise lorsque Lukas arrivera. Posée. Comme dans un décor qui a été fabriqué, créé. Un décor qui est une fiction.

Je bois l'eau lentement, mais Lukas n'est toujours pas arrivé lorsque je finis le premier verre. Je m'en verse un autre tandis que je jette à nouveau un œil sur l'écran de mon portable pour voir l'heure. Il est très en retard, maintenant, et je ne vois aucun message. Je sirote mon eau et j'arrange ma robe. Je me demande ce qui le retient. Je regrette de n'avoir pas gardé mes vêtements.

Quelques instants plus tard, je réalise qu'il y a quelqu'un derrière moi, accoudé au bar. Je ne le vois pas mais je sais que c'est un homme – je sens une présence solide, il occupe l'espace avec une sorte de confiance arrogante. Lukas, me dis-je. Je m'apprête à sourire en me retournant, mais je suis déçue. Ce n'est pas lui. Cet homme est plus imposant que Lukas ; il porte un costume gris, il tient un verre de bière. Il est seul, ou il semble l'être. Il se tourne et me sourit. Son attitude est parfaitement lisible, dénuée de subtilité, et je n'y suis pas habituée. Cependant, c'est flatteur. Il est jeune, bel homme, il porte la barbe, il a une mâchoire forte et un nez qui a visiblement été cassé. Je lui rends son sourire, parce qu'il serait grossier de ne pas le faire, puis je regarde ailleurs.

Il doit prendre mon sourire pour une invitation. Il modifie sa position pour être face à moi. « Comment allez-vous ?

— Bien. » Je pense à Lukas, je résiste à la tentation de lui dire que j'attends quelqu'un. « Merci. »

Son visage devient avenant. Il sourit, et dit : « Vous permettez ? » Il désigne le siège vide entre nous mais, avant que j'aie le temps de lui dire que je le garde pour quelqu'un, il est déjà en train de s'installer. Cela m'agace, mais seulement un peu.

« Je m'appelle David. » Il me serre la main. Ses paumes ont une rugosité que sa tenue ne laissait pas prévoir. Je vois ses yeux parcourir mon corps, de mon cou à mes bras, jusqu'à mon annulaire sans alliance. Ce n'est que lorsqu'ils viennent se poser de nouveau sur mon visage que je remarque qu'il n'a pas lâché ma main.

Je m'impatiente. C'est la main de Lukas que je veux tenir. Sa chair à lui, pas celle de cet homme.

Mais il n'est pas là, et je suis contrariée, même si je ne veux pas l'admettre.

« Je m'appelle Jayne, dis-je.

— Vous êtes seule ? »

Une brise caresse ma nuque. Je pense d'abord à Hugh, puis à Lukas.

« Pour le moment.

— Eh bien, je suis très heureux de faire votre connaissance, Jayne », dit-il. Il soutient mon regard. Il me pénètre des yeux. C'est une avance, une proposition. Je n'ai aucune illusion, je sais que c'est dû aux vêtements que je porte. Je n'aurais peut-être pas remarqué ce genre de manège il y a quelques mois ; c'est Lukas qui m'y a rendue sensible.

Mais je ne ressens pas le même frisson que lors de ma rencontre avec Lukas – le frisson d'être désirée, mais aussi de ressentir du désir. Cette fois, c'est un peu inconfortable. À nouveau, j'envisage de lui dire que j'attends quelqu'un, ou que je suis mariée, mais pour une raison inconnue je m'abstiens. Cela reviendrait à me cacher derrière un homme. *Tu ne peux pas m'avoir, parce que je suis promise à un autre.* Cela ferait de moi quelqu'un de faible. Il bouge un peu sur son tabouret de manière à ce que son genou droit soit assez proche pour effleurer ma jambe gauche et je ressens une excitation soudaine, si intense que j'en suis choquée.

« De même », dis-je. Il me demande si j'ai une chambre à l'hôtel, si je suis là pour affaires. Je réponds que non. Je ne veux pas lui mentir.

« Et vous ? demandé-je.

— Oh, je suis dans la finance. C'est tout à fait ennuyeux.

— Vous êtes en voyage ?

— Oui. Je vis à Washington DC.

— Vraiment ? » dis-je.

Il hoche la tête. « Qu'est-ce que vous buvez ?

— J'ai déjà un verre », dis-je. Son visage simule la déception. Je souris, puis je jette un œil à l'heure, sur l'écran de mon portable. Lukas est en retard et n'a pas envoyé d'autre message.

« Alors je vais prendre la même chose que vous. »

Le liquide pétillant coule dans le verre. Nous trinquons, mais je ne bois pas. Je me rends compte, confusément, de la manière dont cette scène va être interprétée lorsque Lukas va arriver, ce qui ne saurait tarder. J'en suis contente. Je préfère cette situation plutôt qu'il me trouve seule, désespérée, en train de l'attendre.

Mais en même temps, je me demande s'il va être facile de me débarrasser de ce gars, David.

« Alors, dit-il. Parlez-moi de vous. D'où venez-vous ?

— Moi ? De nulle part en particulier. » Il paraît troublé, et je souris. Je ne lui dirai pas la vérité, mais je ne veux pas non plus inventer quoi que ce soit. « J'ai beaucoup déménagé quand j'étais jeune.

— Vous avez des frères et sœurs ?

— Non. » Je ne veux pas de Kate dans cette salle. « Il n'y avait que moi. »

Je lève la tête, mon regard croise le sien. Ses yeux sont écarquillés ; l'expression de sincérité affichée sur son visage est tellement parfaite qu'elle ne peut être que feinte. Je constate que nous sommes assis très près l'un de l'autre. Sa main est posée sur sa cuisse, son genou est toujours collé au mien. C'est intensément sexuel. La pièce semble sur le point de basculer, en équilibre instable. Quelque chose ne va pas du tout.

« Excusez-moi. Je vais aller me laver les mains. »

Je me lève. Je vacille. Comme si j'avais vraiment bu, alors que, chaque fois, je me suis contentée de porter le verre à mes lèvres avant de le reposer. Dans les toilettes, je me regarde dans le miroir, essayant de retrouver la confiance que j'ai ressentie plus tôt, mais je n'y parviens pas. Julia est de retour ; elle porte juste les vêtements de quelqu'un d'autre.

Je sors mon téléphone, compose le numéro de Lukas ; pas de réponse, je lui laisse un message. Je me passe de l'eau sur le visage, je prends quelques grandes inspirations, et je rassemble mes esprits.

Lorsque je retourne au bar, David est toujours perché sur son tabouret, accoudé au comptoir. Il me regarde approcher. Il sourit. Ses jambes sont écartées – pour caler ses appuis, je suppose, bien que je me demande aussi s'il n'est pas en train de s'offrir d'une manière primitive, animale. Je prends ma place.

Il sourit, baisse la voix, se penche en avant. L'espace d'un instant je crois qu'il va m'embrasser, mais il dit : « On pourrait monter ça à l'étage. Dans un endroit plus intime ? »

Je ne peux pas m'en empêcher. Un frisson d'excitation. Je me rends compte que j'aime l'idée que Lukas soit contrarié parce que je désire quelqu'un d'autre. Mais il ne sait rien, et je suis aussi envahie par une peur panique. Je ne suis pas venue pour cela. Ce n'est pas censé se passer ainsi. Cet homme a l'air fort. Ce n'est pas un homme que je pourrais repousser, même si j'y étais obligée. En plus, nous sommes en public et je ne veux pas provoquer une scène. Je joue la montre.

« Ici ? dis-je. À l'hôtel ? » Il hoche la tête. Je m'oblige à me concentrer. « Je suis désolée, mais... »

Je hausse les épaules, l'air navrée, mais il ne cesse de sourire. Je pense aux filles à l'école, et au nom que les garçons leur donnaient quand elles n'allaient pas aussi loin que ce qu'elles avaient promis sans réfléchir. « Allumeuses », disaient-ils.

Il ne semble pas saisir le message. Il pose sa main sur mon genou, la remonte de quelques centimètres, vers ma cuisse. Il se penche en avant. Je sens son parfum, poivre et bois, une odeur de cuir, comme celle des vieux livres. Il commence à caresser l'intérieur de mon poignet. Je sais qu'il va essayer de m'embrasser, qu'ensuite il fermera les yeux et ouvrira la bouche un tout petit peu, et s'attendra à ce que je fasse de même.

Je tousse et je regarde en direction du bar. Il touche mon bras. Une autre décharge d'électricité statique.

Il chuchote. « Je sais ce que tu es », dit-il, comme s'il lisait dans mes pensées ; il sourit en découvrant ses dents, on dirait qu'il grogne. Il continue à caresser ma peau.

Je regarde ses lèvres, sa peau sombre, l'ombre de sa barbe de la veille qui ne le quitte probablement jamais. « Quoi… ? » dis-je, tandis que la panique commence à m'envahir.

« Embrasse-moi. »

Je me mets à secouer la tête. J'essaie de sourire, d'avoir l'air assurée, mais je n'y parviens pas, j'ai perdu toute confiance en moi. Je n'arrive pas à croire ce qui est en train de se passer. Sans réfléchir, je prends le verre de champagne.

Laisse passer la vague, laisse passer, laisse passer.

« Je… commencé-je, mais il m'interrompt à nouveau.

— Embrasse-moi. »

Je détourne la tête et retire mon poignet d'un coup sec. Je commence à parler, à protester. Nous sommes en public, ai-je envie de dire. Laissez-moi tranquille ; mais mes mots se bousculent et restent au fond de ma gorge. Sa bouche se trouve à quelques centimètres de la mienne ; je sens une odeur d'alcool, mêlée à quelque chose de rance. De l'ail, peut-être. Où est Lukas ? me dis-je. J'ai besoin de lui. Je le veux.

Je jette un nouveau coup d'œil derrière moi. Il y a encore moins de monde ; les quelques clients encore présents sont absorbés dans leur conversation. Personne n'a remarqué ce qui est en train de se passer, ou ils ont choisi de l'ignorer.

« Combien ? » dit-il. Je laisse échapper un hoquet, une sorte de râle horrifié, mais il se contente de hausser les épaules. Il semble que la réponse à sa question le préoccupe aussi peu que mes protestations.

« Combien ? répète-t-il. C'est tout ce que je demande. Ton prix. »

Mon prix ? Tout à coup, je comprends. Cet homme pense que je vais me vendre, qu'il suffit que nous négociions le prix.

« Vous vous trompez. » Ma voix tremble maintenant. Épaissie non pas par l'alcool, mais par la terreur.

« Ah bon ? » Il fait glisser sa main plus haut sur ma cuisse ; son pouce, ses doigts se faufilent sous ma robe. De loin, comme si j'étais en altitude, je me demande pourquoi je ne me suis pas assise ailleurs. J'imagine que tout le monde dans la salle nous observe ; tout le monde comprend ce qu'il est en train de faire, et constate que je ne l'arrête pas. Je jette un coup d'œil vers la table la plus proche ; le couple assis là a interrompu sa conversation pour boire quelques gorgées. L'homme derrière eux parle dans son portable. Personne ne nous a remarqués. Personne ne nous regarde.

« Arrêtez, dis-je dans un sifflement.

— J'arrêterai. Si tu m'embrasses. Si tu promets de monter et de me laisser te sauter. » Il passe sa langue sur ses lèvres, comme s'il avait faim. Le geste est délibéré, le message est clair ; s'il s'était agi de Lukas, j'aurais été flattée, excitée, mais de sa part cela ressemble plus à une menace. « Je sais que c'est ce que tu veux. Petite salope… »

Je me replie sur moi-même. Je sens monter l'urgence, la fureur. Lukas est censé être là, pas cet homme. J'ai l'impression d'être en équilibre, dans un état de parfaite sérénité condamné à ne pas durer et, pendant un long moment, je ne sais pas ce que je vais faire, de quel côté je vais tomber.

Je rassemble mes forces. « Écoutez. » J'ai élevé la voix, légèrement. Je veux attirer l'attention, sans pour autant provoquer de réactions autour de nous. Je parle d'un ton ferme qui, je l'espère, exprimera une assurance que je ne ressens pas. « Je vais vous le demander poliment, une fois pour toutes. Enlevez vos mains immédiatement, ou je vous pète le bras. »

Au moment où je le dis, je ne sais pas comment il va réagir. Il sera peut-être vexé, mais il comprendra certainement le message, non ? J'imagine qu'il partira en marmonnant quelque chose dans sa barbe, mais cela ne fera pas de différence. Je me lèverai et quitterai le bar la tête haute, sans un regard derrière moi.

Mais il ne bouge pas. Il reste parfaitement immobile, puis brusquement, il m'attrape par le poignet. Je me tends, j'essaie de me libérer, mais il me tient fermement. Il serre fort, et me tord le bras en même temps. « Tu veux rentrer à la maison ? C'est ça ? Auprès de ton petit pédé de mari ? Qui ne t'a pas touchée depuis des semaines ? C'est ça que tu veux, Julia ? »

Je me fige. Je sais que je devrais pousser un cri, mais je ne dis rien. Je ne peux pas. Je suis paralysée. Il a utilisé mon vrai nom.

« Qu'est-ce que… dis-je, mais il m'interrompt.

— Comment s'appelle-t-il déjà, ton mari ? *Hugh* ? »

La peur déferle sur moi. Je n'ai pas dit que j'étais mariée, encore moins ai-je cité le nom de mon mari. Comment le connaît-il ? Ce n'est pas possible. La pièce commence à tournoyer ; l'espace d'un instant, j'ai l'impression que je vais m'écrouler. C'est alors que j'entends une voix. « Est-ce que tout va bien ? » Je me retourne, et c'est lui. Lukas. Le soulagement m'envahit comme si une vanne avait été ouverte. Les bruits du bar reviennent en vrac, telles des cellules sanguines se précipitant pour refermer une plaie. Je suis en sécurité.

L'autre homme, David, me lâche. Il lève les mains, les paumes tournées vers le haut dans un geste de soumission qui ne m'est pas destiné, qui s'adresse à Lukas. Il a l'air de lui demander de ne pas lui en vouloir, de s'excuser d'avoir touché à sa propriété, et cela me met en rage. Quoi ? semble-t-il dire. Je m'amusais juste un peu. Aucun mal à ça. Au même instant, Lukas fait un pas en avant et s'interpose entre David et moi. Je vois son large dos, ses cheveux, bouclés et mal peignés. Je comprends enfin ; la vague d'excitation et de peur que je ressens est si vertigineuse que j'ai l'impression que je vais suffoquer, devant tout le monde. Je l'ai bien cherché. *Un étranger*, avais-je dit au cours de l'une de nos conversations. *Dans un bar. Pas du genre à accepter le moindre refus.*

Il a monté toute l'histoire. Après tout ce que je lui avais dit, il a monté toute cette histoire.

Nous allons dans sa chambre. La porte claque derrière moi. Je suis vaguement consciente que c'est moi qu'il l'ai claquée. Lukas se tourne pour me faire face. J'ai l'impression confuse que je ne devrais pas me sentir en sécurité avec lui, mais pourtant c'est étrangement le cas, et je me rends compte que je connais cette sensation. C'est exactement la même que j'avais avec l'héroïne ; comment une chose qui me procure de si bonnes sensations peut-elle me faire du mal ?

« Mais qu'est-ce que tu fous ? Qu'est-ce que…

— Ne sois pas… commence-t-il, mais je lui coupe la parole.

— Où étais-tu passé ? Qu'est-ce que…

— J'étais en retard… et je l'interromps de nouveau, furieuse.

— En retard ! Comme si le fait que tu ne sois pas arrivé à l'heure était le plus grave, dans cette histoire.

Qui était ce type ? Et comment se fait-il que tu connaisses le nom de mon mari ?

— Quoi ?

— Ce gars-là, il l'a appelé Hugh. Je ne t'ai jamais dit que mon mari s'appelait Hugh. Je l'ai toujours appelé Harvey…

— C'est vrai, et pourquoi tu as fait ça, d'ailleurs ?

— J'ai tous les droits de le faire. Mais ce n'est pas le propos ! Comment…

— Détends-toi. Tu t'es trompée. Une fois. Tu l'as appelé Hugh. Il y a des semaines. Tu étais contrariée, j'imagine. Tu l'as appelé Hugh et je m'en suis souvenu. »

J'essaie de réfléchir, de me rappeler, mais c'est impossible. Je ne demande qu'à le croire, en fait. Il le faut. Ne pas le croire sur ce point reviendrait à dire que je ne peux pas le croire sur d'autres choses non plus. Et alors, tout s'écroulerait d'un coup.

« Julia… » Il fait un autre pas en avant.

« Ne t'approche pas de moi ! » À ma grande surprise, il reste là où il est. Au bout d'un moment, il se tourne, ouvre le minibar.

« Encore du champagne ? »

Je ricane, ironique.

« Je ne bois pas.

— Pas avec moi. Mais tu es prête à le faire avec un étranger. » Je suis furieuse. « C'est toi qui as commandé cette bouteille !

— Et tu l'as bue. »

Je détourne le regard. Je ne vais pas me donner la peine de discuter, c'est inutile. J'ai été idiote. Je ne le connais pas du tout. J'ai repoussé tous les avertissements, ignoré ce qui se passait à chaque étape. Il a enregistré mes désirs les plus intimes, des choses que je n'aurais jamais dû partager avec qui que ce soit, et les a retournés contre moi.

Il ouvre une mignonette – de la vodka, je crois – et verse le contenu dans un verre. « Tu m'as dit que ton fantasme – ou tout au moins l'un d'entre eux – était d'être secourue.

— Tu crois que c'est ce que je voulais ?

— Tu n'y as pas pris de plaisir ?

— Alors c'est toi qui lui as dit, à cet homme, d'être agressif ? De… de me laisser croire… de se comporter comme ça ? Tu lui as répété tout ce que je t'ai dit ?

— Pas tout. Juste ce qu'il fallait. J'ai gardé des choses pour moi.

— J'ai dit plus de jeux, Lukas ! Plus de jeux. Tu te souviens ? »

Je m'assois dans le fauteuil. Il est sur le lit. Je remarque qu'il se trouve entre la porte et moi ; une erreur de base, dirait Hugh, bien que je ne l'imagine pas se retrouver dans une telle situation. Ses patients ne sont pas du genre agressif. Je me lève à nouveau.

« Je me suis dit que ce serait amusant. » Il soupire, passe sa main dans ses cheveux. « Écoute, tu m'as raconté. Ton fantasme. Être en danger. Être secourue. C'est bien ce que tu as dit ?

— J'ai dit beaucoup de choses. Cela ne signifie pas pour autant que je veux qu'elles se réalisent. Pas vraiment. C'est pour cela qu'on les appelle des *fantasmes*, Lukas. »

Je suis assaillie par la peur. Je me souviens d'autres choses que je lui ai dites concernant mes fantasmes. Le fait d'être prise de force, pas totalement contre mon gré, mais presque. Le fait d'être attachée à un lit, avec des menottes, une corde. Est-ce qu'il prévoit de mettre tout cela en scène aussi ?

J'essaie de faire marche arrière. « La moitié des choses que j'ai racontées, c'était juste pour te faire plaisir.

— Vraiment ? Comme la manière dont Paddy t'a agressée ? »

Il a un sourire méprisant. On dirait qu'il se fiche totalement de moi. Je ne suis rien pour lui.

« Pauvre Paddy. Accusé de toutes ces choses qu'il n'a pas faites. Et voilà où ça l'a mené. »

J'ai un mouvement de recul. Chaque parcelle de mon être veut repousser l'évidence exprimée dans ses propos. « *C'était* toi !

— C'était ce que tu voulais…

— C'était *toi* ! » Mon cœur se met à battre très fort. Je me tends, comme si je m'apprêtais à fuir. « C'était toi, depuis le début !

— Et la mystérieuse silhouette dehors, devant ta fenêtre…

— Quoi ?

— C'est ce que tu veux, non ? Avoir peur ? »

J'essaie de comprendre. La première fois que j'ai cru voir quelqu'un en train de m'observer, c'était avant ma rencontre avec Lukas. Mais l'autre soir ? Cela paraissait plus réel, à ce moment-là. Est-il possible que ce soit lui ?

Non. Non, il ne sait pas où j'habite. Il se sert de ma paranoïa contre moi.

« Tu es fou. »

Ses yeux sont braqués sur moi et je soutiens son regard. Quelque chose bascule en moi, un levier qu'on actionne. Je me vois à travers lui, réfléchie dans ses yeux. Je vois les vêtements que je porte, les chaussures, même mon odeur. Je me rends compte, comme si c'était pour la première fois, de l'endroit où je me trouve, des profondeurs que j'ai atteintes.

Je me suis déjà retrouvée là avant. Asservie par quelque chose qui me détruit. Incapable d'y échapper. Je pense à Marcus, et à Frosty.

Je me force à le dire.

« Je m'en vais. C'est terminé. »

La pièce est immobile. Les mots se sont enfuis. Je ne peux plus retourner en arrière, même si je le voulais. Il ferme les yeux, puis les ouvre à nouveau. Son visage se fend d'un grand sourire. Il ne me croit pas.

« Non, tu ne pars pas. » Sa voix est basse, et lourde ; on dirait celle de quelqu'un d'autre. Tous les faux-semblants ont disparu, il ne reste que la malveillance à l'état pur.

Mon regard se dirige furtivement vers la porte. S'il veut m'arrêter, il n'y a aucun moyen pour que je puisse l'en empêcher.

Je prends une grande respiration, je rassemble autant de force que possible.

« Laisse-moi passer.

— Je pensais qu'on s'amusait bien ?

— C'était le cas. Mais là, non. Ce n'est plus le cas. »

Sa bouche pend à demi ouverte. Puis il parle.

« Mais je t'aime. »

C'est la dernière chose que j'attendais de sa part. Je me fige. Je suis désarmée, complètement sous le choc. Ma bouche s'ouvre, mais je n'ai pas de mots.

« Je t'aime », dit-il à nouveau. Je veux qu'il arrête et, en même temps, je ne veux pas. Je veux le croire, mais je ne pense pas en être capable.

« Quoi ?

— Tu m'as attendu ? Je croyais que je te rendais heureuse. Tout ça – il balaie la pièce d'un grand geste –, c'était pour toi. Je pensais que c'était ce que tu voulais. »

Je secoue la tête. Un autre jeu. Je sais que c'est encore un jeu. « Non, dis-je. Lukas, non.

— Dis-moi que tu m'aimes aussi. »

Je le regarde. Ses yeux sont grands ouverts, implorants. Je veux le croire. Je veux savoir qu'il me dit la vérité, au moins cette fois.

« Lukas… »

Il tend les bras vers moi. « Julia, dis-le-moi, s'il te plaît.

— OK. Oui. Oui. »

Je me fige. Ses mains sont retombées. Il sourit, puis se met à rire.

« C'est encore un autre de tes fantasmes, n'est-ce pas ? Que je t'aime ? »

Soudain, je me sens anéantie. Défaite. C'est comme si je m'étais vidée de toute ma substance et, à ce moment précis, je le déteste.

« Je t'emmerde.

— Oh, Julia, allez. Pourquoi faire toute une histoire ? À cause d'aujourd'hui ? De David ? Tu veux être secourue, et moi je veux venir à ton secours. Je voulais que tu croies que tu étais vraiment en danger. » Il me regarde. Il essaie de voir si je me radoucis, si la colère s'atténue. Ce n'est pas le cas. Pas vraiment. « Écoute, reprend-il. Tout ce que j'ai dit, c'est qu'il devait essayer de te draguer. Que tu étais susceptible de marcher, ou pas. Dans un cas comme dans l'autre, il devait apparaître comme quelqu'un à qui on ne refuse rien. Comme tu voulais. »

Je fais un pas en arrière. « Tu es fou. » Je chuchote. Pour moi-même autant que pour lui, mais il m'ignore.

« Tu veux que je te dise ce que je pense ? Je pense que tu es en train de te dégonfler juste au moment où ça commence à devenir intéressant. » Il fait semblant de réfléchir. « Ou peut-être est-ce le contraire. Peut-être que tu t'amuses un peu trop. » Je veux prendre la parole, mais il continue. « Et tu crois ne pas y avoir droit. » Il finit son verre, s'en sert un autre. « Écoute, c'est un jeu. Tu le sais. Et pourtant, tu n'arrives pas vraiment à le considérer comme tel. Tu envisages toujours les jeux comme des trucs réservés aux enfants. Quelque chose qui n'est plus de ton âge.

— Non », dis-je. Ma voix paraît faiblarde. Je respire, et je le redis. « Non, tu as tort. Ce n'est pas un jeu. »

Il rit. « Qu'est-ce que c'est alors ? » Je veux m'en aller. Je n'ai qu'une idée : m'enfuir. « Ton problème, dit-il, c'est que tu es encore trop attachée à ton ancien toi. Tu arrives à t'oublier dans des hôtels, tu arrives à mettre toute la panoplie, mais au fond tu es toujours la petite femme d'intérieur mariée à Hugh. Tu es toujours celle qui fait ses courses, prépare ses repas et rit à ses plaisanteries, bien que tu les aies entendues des millions de fois. À une époque, tu méprisais les gens dont la seule ambition dans la vie était d'avoir un gentil petit mari riche, un fils aimant et une maison à Islington avec patio et jardin. Pourtant, c'est exactement ce que tu es devenue. Tu fais partie de ces gens qui pensent qu'il n'y a qu'une manière d'être mariée, qu'une manière d'avoir une liaison. »

Je suis en rage, maintenant. Éviscérée, mise à nue. J'ai envie de lui crier au visage. Je veux lui faire mal. C'est comme s'il avait lu en moi, m'avait vidée sur la table.

« Quel effet ça fait, de se détester ?

— Laisse-moi passer ! »

Il bouge. Il se déplace un peu, mais il est toujours entre la porte et moi.

« Tu sais, je vous ai regardés pendant tout ce temps, dit-il. Tout à l'heure. Au bar. » Il hésite, puis baisse la voix. « Et tu as adoré. C'est pas vrai ? Être le sujet de toute cette attention. »

Il a raison. Je le sais, au fond de moi. Il a raison et j'ai honte. Je le méprise.

« S'il te plaît, laisse-moi partir.

— Ou alors… ?

— Lukas… » dis-je. J'essaie de le contourner, mais il me bloque le passage.

Je recule d'un pas. Je le regarde, ce presque-étranger. Il baisse encore la voix. Il est menaçant, maintenant ; il a le pouvoir, et il veut que je le sache.

« Ça t'a plu, n'est-ce pas ? Tu as aimé voir qu'il te voulait. Un étranger. » Il fait un pas de plus ; cette fois, je ne bouge pas. « Aucun lien entre vous… pas de raison de s'inquiéter… »

J'essaie une stratégie différente.

« Et si j'avais décidé que oui ? Que je l'aimais bien ? Que j'allais me le taper, ce David ? Qu'est-ce qui se serait passé ?

— Les choses auraient pu prendre une autre tournure, dit-il. Tu en as eu envie ? »

Je réponds du tac au tac. Je veux qu'il ait mal. Plus que tout, je veux le voir ressentir un peu de la souffrance qu'il me fait subir.

« Peut-être. »

Il ne bouge pas. Je ne sais pas ce qu'il va faire.

« Avant qu'il commence à te menacer ? Ou après ?

— Difficile à dire. » Je ne bouge pas.

« La peur a apporté quelque chose en plus. Admets-le. C'est ça qui t'a excitée. » Il chuchote maintenant, il murmure. Quand il constate que je suis silencieuse, il s'avance vers moi. Sa bouche est à quelques centimètres de mon oreille. Sa main vient se poser sur ma taille, je la sens sur moi. Je me dégage, mais il est fort. Sa chair touche la mienne. « Est-ce que tu serais montée avec lui ? » Il m'attire contre lui, je sens la chaleur de son corps, ses mains sur moi, cherchant ma peau, se déplaçant avec assurance pour attraper, pétrir. Cela déclenche quelque chose, un souvenir musculaire et, sans que je le veuille, mon corps commence à réagir. « Seule ? Ou avec moi ? »

Je ne réponds pas. Quelque part, tout au fond de moi, je sais que je devrais me mettre à hurler. Je devrais me battre, avec les mains, les pieds. Je devrais crier à l'aide.

Mais je ne le fais pas. Je ne fais rien de tout cela. C'est comme si mon corps s'était mutiné. Il refuse de réagir à quoi que ce soit d'autre que son contact.

« S'il te plaît, dis-je. Lukas... »

Il essaie de m'embrasser. Je commence à me laisser faire, ce sera l'ultime trahison de mon corps. Je rassemble toute mon énergie, et je me force à parler.

« Arrête, Lukas. Il faut que tu arrêtes. »

Il n'en fait rien. Il continue de se coller à moi. Plus fort. « Arrête-moi, si tu veux. Si tu le veux vraiment. »

Je sens ses mains. Elles sont partout. Sur ma nuque, dans mes cheveux, sur mon entrejambe. Il presse, il saisit, avec de plus en plus de frénésie. Il essaie de me pousser en arrière, de me retourner. Dans un flash, je revois la fois où nous avons baisé dans le box des toilettes, ses mains autour de mon cou ; c'était un jeu alors, mais ce n'est plus le cas. Il faut que je me libère de son étreinte.

Je me jette sur lui, cherchant à atteindre son visage, ses yeux. Le coup dévie, mais mes ongles font jaillir du sang en le frôlant. Il passe sa main sur son visage, les yeux écarquillés, furieux. On dirait qu'il est sur le point de me frapper, et j'essaie d'esquiver.

Nous nous mesurons du regard. J'ouvre la bouche pour parler mais, à ce moment-là, j'entends le verrou tourner. Le soulagement m'inonde. C'est peut-être un garçon d'étage, quelqu'un qui fait les chambres. Il comprendra ce qui est en train de se passer, et Lukas sera obligé d'arrêter. Je pourrai rectifier ma mise, trouver une excuse, et partir. Il ne me suivra pas. Je ne lui en laisserai pas l'occasion.

Nous regardons tous deux en direction de la porte. Je m'aperçois, trop tard, que Lukas sourit. « Ah, dit-il, j'ai cru que tu t'étais perdu. »

La peur me saisit aux tripes. C'est David.

J'attrape mon sac. Je cours. Je passe en trombe devant David et débouche dans le couloir. Les larmes montent. Je ferme les yeux, je me cogne dans les murs en dégringolant les escaliers, mais je continue à courir. Je me vois comme de très haut. On dirait moi, mais ce n'est pas moi. Elle ne porte pas les vêtements que je porte. Elle ne fait pas les choses que je fais.

Je cours, je cours, je cours et, tout à coup, je suis de retour à Berlin. Je frissonne, je suis dans un aéroport, je ne sais pas comment je vais rentrer chez moi. J'appelle Hugh depuis une cabine téléphonique dans le hall des départs, puis j'attends. J'attends d'être secourue par l'homme que je vais bientôt épouser, pendant que celui que je pensais être toute ma vie est étendu, mort, dans un squat à l'autre bout de la ville.

QUATRIÈME PARTIE

23

Je parvins à sortir de l'hôtel. Mes jambes tremblaient, je transpirais, mon cœur battait si fort que je crus que ma poitrine allait éclater, mais je réussis néanmoins à simuler le plus grand calme en traversant le hall, jusqu'à la rue. Une fois à l'extérieur, je marchai, marchai, et ce n'est qu'une fois certaine d'être loin de l'hôtel que je m'arrêtai pour repérer la direction que j'avais prise. Je hélai un taxi, montai dedans. « Vous allez où ? » demanda le chauffeur, et je répondis « N'importe où », puis « La Tamise », puis « South Bank ». Il démarra et me demanda si j'allais bien. « Oui », répondis-je, même si ce n'était pas le cas, et, lorsque nous atteignîmes South Bank, je trouvai un banc au bord de l'eau. Je ne savais pas qui appeler ; qui restait-il, maintenant que j'avais repoussé tout le monde ? Je composai le numéro d'Anna.

« Comment ça va ? »

Je lui racontai tout, dans une explosion complètement incohérente de bribes de phrases, qui devait être totalement incompréhensible. Elle me laissa finir, avant de me rasséréner. Puis elle me demanda de recommencer. Une fois que j'eus terminé, elle dit : « Tu dois aller à la police. »

Elle avait l'air ferme, déterminée. Absolument sûre d'elle.

« La police ? » Comme si c'était la première fois que je l'envisageais.

« Oui ! Tu as été agressée, Julia. »

Dans un éclair, je vis ses mains sur moi, partout sur moi, attrapant ma chair, m'arrachant mes vêtements.

« Mais…

— Julia, il le *faut*.

— Non. Non, ils ne m'ont pas… il ne m'a pas… et Hugh… »

Je m'imaginai le dire à Hugh, passer l'appel à la police. Qu'est-ce que je leur raconterais ?

Je savais comment cela se passait. Même si j'avais été violée, ils ne me prendraient très probablement pas au sérieux et, s'ils m'écoutaient, ce serait moi qui serais jugée, pas David, pas Lukas. « Et vous êtes allée là-bas pour le sexe ? » diraient-ils, et il faudrait que je réponde oui. « Vous portiez les vêtements qu'il vous avait envoyés ? » Oui. « Après lui avoir plus ou moins dit que le viol était un de vos fantasmes ? »

Oui.

Et que dirais-je pour ma défense ? *Mais je ne voulais pas que ça arrive. Pas comme ça !*

Je me sentis m'écrouler. Je me remis à pleurer en imaginant ce qui aurait pu arriver, ce que Lukas aurait pu faire en toute impunité.

Je pensai à Hugh et à Connor. Je les imaginai découvrant où je m'étais rendue, où j'avais atterri. Il faudrait que je le leur dise, impossible de trouver la force de mentir ; j'avais déjà été assez loin dans ce domaine.

« Je ne sais même pas où il habite. »

Elle marqua une pause. « Y a-t-il quelque chose que je puisse faire pour t'aider ? »

Personne ne peut faire quoi que ce soit, me dis-je. Il faut juste que je le quitte, que je m'en aille, que la rupture que je redoutais il y a encore quelques heures soit enfin consommée.

« Non. »

Je rentrai à la maison. Je savais ce que je devais faire. Laisser Lukas se dissoudre dans le passé, faire de mon mieux pour l'oublier. Ne pas me connecter. Ne pas aller voir mes messages. Ne pas espérer qu'il y aurait des fleurs, des excuses, des explications. Passer à autre chose.

Dans l'ensemble, j'ai réussi. J'ai recommencé à travailler. J'ai dit à Hugh que j'avais décidé d'arrêter d'aller chez le psy mais de retourner à mes réunions. Je l'ai fait, et je me suis occupée de différentes autres manières. J'ai rappelé Ali et Dee et mes autres amies, j'ai communiqué avec Anna tous les jours. J'ai passé plus de temps avec Connor, j'ai même essayé d'abor der le sujet Evie, pour le rassurer, lui faire comprendre qu'il pouvait me parler de sa petite amie, s'il voulait. « J'aimerais bien la rencontrer un jour », lui ai-je dit. Son haussement d'épaules était prévisible mais, au moins, j'ai fait cet effort.

J'ai passé du temps avec Adrienne, aussi. Enfin. Elle m'a invitée à un concert et ensuite nous sommes allées dîner. Nous avons bavardé ; la dispute que nous avions eue devant la maison paraissait totalement oubliée. Avant que nous nous séparions, elle s'est tournée vers moi.

« Julia, a-t-elle dit. Tu sais que je t'aime. Inconditionnellement. » J'ai hoché la tête, et j'ai attendu. « Alors je ne vais pas te demander ce qui se passe. Mais il faut que je sache. Est-ce que tu vas bien ? Ai-je des raisons de m'inquiéter ? »

J'ai secoué la tête. « Non. Il n'y en a plus. »

Elle a souri. Je n'irais pas plus loin dans l'aveu, et elle savait que je lui dirais tout, un jour.

Je n'ai été faible qu'une fois, un dimanche après-midi il y a quelques semaines. Je m'étais disputée avec Hugh, Connor était impossible. Je n'ai pas pu m'en empêcher. Je me suis connectée sur rencontrz, j'ai ignoré les nouveaux messages qui s'étaient accumulés, puis j'ai cherché son nom d'utilisateur.

Rien. Nom d'utilisateur inconnu. Il avait disparu.

Je n'ai pu m'en empêcher. Je l'ai appelé.

Son numéro était indisponible. Je n'ai même pas été mise en relation avec sa messagerie. J'ai essayé à nouveau – au cas où il y aurait eu un problème, il était peut-être à l'étranger, ou la connexion n'était pas bonne –, j'ai essayé encore et encore. Rien.

Puis j'ai compris où j'allais, ce que j'étais en train de faire. Je me suis dit que j'étais ridicule. Je m'étais promis de couper complètement ; je m'étais dit que ce serait plus facile, que ce serait la meilleure manière de faire.

Et elle était là. La rupture que je voulais tant. J'aurais dû être reconnaissante.

Je rentre tard. J'ai passé du temps dehors à prendre des photos, d'abord des portraits d'une famille qui m'a contactée via mon site Web, puis, sur le trajet du retour, je me suis arrêtée pour réaliser quelques clichés de gens qui se trouvaient devant les bars sur les trottoirs de Soho – essayant de retourner aux sujets qui m'intéressent vraiment, j'imagine. Hugh est déjà à la maison. Il me demande de venir, il a quelque chose à me dire.

À sa voix, je devine une mauvaise nouvelle. Je repense à la fois où je suis rentrée de la galerie, la police dans la cuisine, la nouvelle de la mort de Kate. Je sais que Connor va bien, sa chambre est éclairée à l'étage, c'est toujours la première chose que je me demande en arrivant à la maison et je l'ai déjà fait ce soir mais, malgré tout, je suis tendue. Parle, ai-je envie de dire, quelle que soit la nouvelle. Mais je me retiens. Je le suis dans la cuisine. Je pose mon sac par terre, mon appareil sur la table.

« Qu'est-ce qu'il y a ? » Il a l'air sérieux. « Qu'est-ce qu'il y a ? Qu'est-ce qui ne va pas ? »

Il prend une grande inspiration. « Roger a appelé. Des Affaires étrangères. Ils pensent savoir ce qui est arrivé à Kate. »

Je me sens m'écrouler. Les questions jaillissent en désordre. Quoi ? Qui ? Il explique. « Un homme, un type qu'ils ont arrêté pour une raison qui n'a absolument rien à voir. Roger n'a pas le droit de nous dire laquelle exactement, mais il a laissé entendre que c'était lié à la drogue. Un dealer, j'imagine. Bref, apparemment il est connu dans le quartier ; ils l'avaient même interrogé à propos de Kate mais il avait prétendu qu'il n'avait rien vu. » Il prend une grande inspiration. « Lorsqu'ils ont fouillé son logement, ils ont trouvé la boucle d'oreille de Kate. »

Je ferme les yeux. Je le vois en train de la lui arracher, ou de la forcer à la lui donner, et je l'imagine elle, s'exécutant dans l'espoir que coopérer va lui sauver la vie. En vain.

Un dealer. C'était une histoire de drogue, finalement ? Pas de sexe ?

Soudain, je suis à nouveau là-bas. Marcus et moi. Nous y allions ensemble, mais je l'attendais. Au bout de la rue, au coin, devant la gare. Il rencontrait notre dealer, tendait l'argent. Il revenait avec ce que nous voulions tous les deux. Souriant.

Mais Kate ne savait rien de tout cela. Je m'en assurais, même l'unique fois où elle était venue nous voir, pendant les vacances scolaires. Elle ne voulait pas rentrer et se retrouver seule avec papa, elle m'avait suppliée de lui permettre de nous rendre visite. « Juste quelques jours », avait-elle dit, et j'avais cédé. J'avais raclé les fonds de tiroir pour lui payer son billet, et notre père avait complété. Elle était venue pour un long week-end ; elle avait dormi dans le lit et nous, nous occupions le canapé, mais je suis certaine qu'elle n'avait rien vu. C'était quelques semaines avant la mort de Marcus, et nous ne nous piquions plus. Je l'avais emmenée dans les galeries, nous avions parcouru Unter den Linden d'un bout à l'autre, bu du chocolat chaud en haut de la Fernsehturm. Je l'avais photographiée sur les rues de Mitte – des clichés perdus aujourd'hui – et nous nous étions promenées dans le Tiergarten. Je l'avais laissée avec Marcus une seule fois, lorsque j'étais partie faire des courses, mais il savait à quel point je voulais la tenir à l'écart de la drogue, et j'avais une totale confiance en lui. Lorsque j'étais rentrée, je les avais trouvés en train de jouer aux cartes avec la télé allumée dans le fond, des dessins animés. Elle n'avait rien vu.

Malgré tout, n'aurais-je pas dû donner un meilleur exemple ?

Je commence à sangloter, mes pleurs se transforment en gémissements de douleur. Hugh tient mes mains dans les siennes. J'avais pensé que cela m'aurait fait du bien. De savoir qui avait tué ma sœur. De savoir qu'il avait été arrêté, qu'il allait être puni. Cela devrait mettre un point final à toute l'affaire, offrir la possibilité d'un avenir, me permettre de passer à autre chose.

Mais ce n'est pas le cas. C'est tellement dénué de sens. Tellement banal. En fait, c'est pire.

« Julia. Julia. Tout va bien. »

Je le regarde.

« Je ne peux pas le supporter.

— Je sais.

— Ils sont sûrs que c'est le coupable ?

— Ils le pensent. » Je me mets à pleurer pour de bon, les larmes coulent sans répit. Ma sœur morte, son fils effondré, tout ça à cause de la drogue ?

« Pourquoi ? » dis-je, encore et encore. Hugh me tient jusqu'à ce que je me calme.

Je veux mon fils.

« Tu l'as dit à Connor ? »

Il secoue la tête.

« Il faut qu'on lui dise. »

Il acquiesce, puis se lève. Il monte l'escalier et je vais dans la cuisine. J'attrape un rouleau d'essuie-tout et je sèche mes pleurs, avant de me servir un verre d'eau. Lorsque je retourne dans le salon, je trouve

Connor assis en face de son père. Il lève les yeux. « Maman ? »

Je m'assois sur le canapé et je prends sa main.

« Chéri… » Je ne sais pas trop comment lui dire. Je regarde Hugh, puis notre fils. Je vais chercher au plus profond de moi les dernières réserves de force qui me restent. « Chéri, ils ont attrapé l'homme qui a tué Tatie Kate. »

Il reste un long moment sans bouger. La pièce est parfaitement immobile.

« Chéri ?

— C'est qui ? »

Que répondre ? Nous ne sommes pas dans un film, avec une intrigue et un dénouement satisfaisant servi avec un joli nœud, à la fin. Rien qu'une vie gaspillée, sans le moindre sens.

« C'est juste un type, dis-je.

— Qui ? »

Je regarde à nouveau Hugh. Il ouvre la bouche, prêt à parler. Ne le dis pas, pensé-je. Ne lui dis pas que c'était quelqu'un qui vendait de la drogue. Ne lui mets pas cette idée dans la tête.

« Tatie Kate était au mauvais endroit au mauvais moment, dit-il. C'est tout. Elle est tombée sur un type méchant. Nous ne savons pas pourquoi ni ce qui est arrivé. Mais il a été arrêté, il ira en prison et il paiera pour ce qu'il a fait. »

Connor hoche la tête. Il essaie de comprendre, de s'accommoder de l'absence d'explication.

Au bout d'un moment, il lâche ma main. « Est-ce que je peux remonter dans ma chambre, maintenant ? »

Je dis oui. J'ai très envie de le suivre, mais je sais que je ne dois pas le faire. Je lui laisse dix, quinze minutes.

J'appelle Adrienne, puis Anna. Elle est choquée. « De la drogue ? fait-elle.

— Oui. Est-ce qu'elle… ?

— Non ! Non. Enfin, elle faisait la fête, tu vois ? Nous le faisions tous. Mais rien de hard. »

Pour autant que tu saches, me dis-je. Je ne suis que trop consciente de la facilité avec laquelle on peut cacher ce genre de choses. « Peut-être que tu ne le savais pas ?

— Je ne crois pas. Sincèrement, ça m'étonnerait beaucoup. »

Nous parlons encore un peu, mais j'ai envie de rejoindre mon fils. Je dis à Anna que je suis impatiente de la voir dans quelques semaines, et elle me répond qu'elle est, elle aussi, contente. Nous nous disons au revoir, et j'informe Hugh que je monte voir Connor.

Je frappe à sa porte, il me dit d'entrer. Il a mis de la musique, il est allongé sur son lit, et contemple le plafond. Il a les yeux rouges.

Je ne dis rien. J'entre. Je le serre dans mes bras et, ensemble, nous pleurons.

[illegible] pas [illegible] Elle est [illegible] ? De [illegible]

— [illegible]

— Non [illegible] le faisons [illegible] rien de plus [illegible]

[illegible] que [illegible] je ne suis [illegible] de la facilité avec laquelle [illegible]

[illegible] Seulement [illegible]

Elle [illegible] un peu [illegible]

l'heure [illegible] impatiente

[illegible] Comme [illegible] de ne [illegible] tourner [illegible] sur son lit et contemple le la fille [illegible] aussi [illegible]

— Si [illegible]

je n[illegible]

s'ils [illegible]

frisson [illegible]

fais [illegible]

person[illegible]

arrivé [illegible]

[illegible]

en [illegible]

bout [illegible]

Je me [illegible]

femme [illegible]

dans [illegible]

24

Elle arrive aujourd'hui. Je la retrouverai tout à l'heure, nous irons prendre un café, mais pour l'instant je suis seule. J'ai le journal étalé devant moi. J'ouvre le magazine qui l'accompagne, je survole un article sur une designer de mode, ce qu'elle regrette de ne pas avoir su quand elle était plus jeune, puis je tourne la page. Un récit-témoignage, quelqu'un dont la fille est devenue héroïnomane ; je tourne cette page aussi. Je pense à ce à quoi j'ai échappé de justesse – si c'est bien le cas, si je peux vraiment dire que je m'en suis tirée – et je me demande un instant s'ils publieraient une histoire sur Lukas et moi. Je frissonne à cette idée, mais mon histoire n'est pas si rare. Je me suis liée à un homme qui n'était pas la personne que je croyais, et c'est allé trop loin. Cela arrive souvent.

Je referme le magazine et je vide le lave-vaisselle, en pilotage automatique. Je ramasse le torchon, la bouteille d'eau de Javel, je nettoie les plans de travail. Je me demande si c'est la manière dont vivaient les femmes de la génération de ma mère ; du Valium dans l'armoire à pharmacie, une bouteille de gin sous l'évier. Une liaison avec le livreur de lait, pour le frisson de l'aventure. Il est beau, le progrès. J'ai honte.

Lorsque j'en ai fini avec les tâches ménagères, je monte voir Hugh. Il est dans son bureau, malgré la grippe qu'il combat depuis presque une semaine. Il travaille sur son communiqué ; le dossier contre lui a avancé, le patient a fait une rechute et les avocats ont été informés. Les services juridiques de l'hôpital veulent éviter que l'affaire aille au tribunal. « Ils disent que je suis foutu si ça va jusque-là, m'a-t-il dit. Comme je n'ai pas écrit ce que je leur ai dit, c'est comme si je n'avais rien dit du tout.

— Et ça ne change rien pour toi, qu'ils refusent la négociation ?

— Non, ils veulent juste du fric. »

Désormais, c'est Maria qui gère la famille. D'après Hugh, s'ils avaient été si contrariés, ils seraient allés chercher un second avis dans un autre hôpital.

Je lui ai demandé s'il allait perdre son emploi. Il m'a répondu que non, personne n'est mort, il ne peut être accusé de négligence criminelle, mais je vois bien le stress que cette affaire lui cause. Je frappe à la porte et j'entre. Il est assis à son bureau. La fenêtre est ouverte, malgré les courants d'air et la fraîcheur de ce début d'octobre. Il est pâle.

« Comment te sens-tu ?

— Bien. » La sueur perle sur son front.

— Tu es sûr ? » dis-je. C'est bon de m'occuper de lui ; cela fait longtemps que je n'ai pas senti qu'il avait besoin de moi. « Tu as besoin de quelque chose ? »

Il secoue la tête. « Non, merci. Et toi ? Qu'est-ce que tu fais aujourd'hui ? »

Je lui rappelle la visite d'Anna. « Je vais la chercher à la gare.

— Mais elle ne couche pas ici, c'est ça ?

— Non, elle a une chambre réservée dans un hôtel. Elle vient dîner lundi soir.

— Où est Connor ?

— Sorti. Avec Dylan, je crois.

— Pas avec sa petite amie ?

— Je ne sais pas. » À nouveau, ce sentiment de perte. Je me tourne vers les étagères de Hugh et je commence à remettre les objets en place. L'inquiétude m'envahit peu à peu. Connor est encore contrarié après notre discussion de l'autre soir, mais il refuse de me parler. Comment pourrais-je le protéger, le conseiller au moment où il fait ses premiers pas d'adulte dans le monde s'il refuse de me laisser entrer ?

Et c'est mon boulot, n'est-ce pas ? Ces dernières semaines, le besoin de le protéger, de le garder en sécurité n'a fait que s'amplifier. Pourtant, je sais que je dois faire confiance à mon fils. Pour ne pas s'attirer d'ennuis – ou tout au moins, pas trop, et rien de très grave. Je ne suis pas en mesure d'exiger de lui qu'il ait une vie immaculée, irréprochable, après ce que j'ai fait. Il faut qu'il commette ses propres erreurs, tout comme j'ai commis les miennes.

Et il les fera ; j'espère juste qu'elles ne seront pas aussi catastrophiques. Fumer dans une ruelle, d'accord. Une bouteille de vodka ou de cidre bon marché, achetée au magasin de spiritueux par celui de ses amis dont le système pileux est le plus développé. De l'herbe, même ; cela arrivera, tôt ou tard, que cela me plaise ou non. Mais rien de plus sérieux. Pas d'accidents, pas de grossesses. Pas de fugues. Pas d'embrouilles avec des gens dont on aurait dû se méfier.

« Est-ce qu'il la voit toujours ? demandé-je.

— Je ne suis pas sûr. » Je suis momentanément soulagée. Je suis consciente de la contradiction ; je veux que Connor soit proche de Hugh mais je n'aime pas l'idée qu'il lui confie des choses qu'il ne me dirait pas à moi. « Qu'est-ce que tu penses de tout ça ?

— Quoi ? » Je me retourne vers Hugh. « Sa petite amie ? »

Il hoche la tête. « Ils se sont rencontrés sur Internet, tu savais ? »

Je tressaille. Je me retourne vers les étagères. « Sur Facebook ?

— Je crois, oui. C'est une amie ?

— Je ne sais pas. J'imagine que oui.

— Mais est-ce qu'il la voit toujours ?

— Hugh, pourquoi tu ne lui demandes pas ? Il te parle de ces choses-là plus qu'à moi. »

Il me montre son écran. « Parce que j'ai assez de soucis comme ça. »

J'arrive à St. Pancras, je commande une eau minérale au bar à champagne, et je m'assois. De mon fauteuil, je vois la statue au bout du quai, là où j'ai retrouvé Lukas, il y a des semaines.

Les souvenirs reviennent ; je ressens une souffrance, mais elle est émoussée, supportable. J'y pense comme à une épreuve. Il a suffisamment gagné comme ça. Il faut juste que je me remette, une fois pour toutes et complètement, et c'est ici que je peux commencer. Je sirote mon eau, tandis que le train entre en gare.

J'aperçois Anna à travers la cloison de verre qui sépare les quais de l'endroit où je me trouve. Elle remonte le quai, son téléphone collé contre l'oreille, portant une valise étonnamment grande pour la semaine qu'elle m'a dit devoir passer à Londres. Je la regarde mettre fin à sa conversation puis disparaître dans les escalators. Elle a l'air sérieuse, comme si quelque chose n'allait pas, mais quelques minutes plus tard à peine elle se trouve devant moi, affichant instantanément un immense sourire. Elle paraît réjouie, soulagée. Je me lève, et elle me prend dans ses bras.

« Julia ! Je suis tellement contente de te voir !

— Moi aussi. » Mes mots se perdent dans les plis de l'écharpe en soie qu'elle porte autour du cou. Elle me serre, puis me lâche. « Est-ce que tout va bien ? »

Elle a l'air surprise par ma question. Je désigne d'un mouvement de tête le quai d'où elle vient. « Lorsque tu es descendue du train, tu avais l'air soucieuse. »

Elle rit. « Oh, non, tout va bien. C'est juste le bureau. Un malentendu. Rien d'important. » Elle me regarde. « Tu as l'air en forme. En fait, tu es magnifique ! »

Je la remercie. « Toi aussi.

— Eh bien… » répond-elle, et, dans sa manière de sourire, quelque chose me laisse penser que son plaisir n'est pas dû uniquement au fait de me revoir. Elle a quelque chose à me dire, quelque chose qu'elle a gardé secret mais qu'elle ne peut pas contenir plus longtemps.

« Qu'y a-t-il ? » Je suis excitée, moi aussi, et intriguée, bien que je me demande déjà si j'ai bien deviné. Je crois reconnaître cette expression ; je l'ai moi-même déjà arborée.

Elle rit.

« Dis-moi ! »

Elle sourit et lève la main gauche. Quelques instants plus tard, je la vois : la bague sur son doigt, qui attrape la lumière qui descend des fenêtres au-dessus.

« Il m'a demandé… »

Je souris mais, l'espace d'un court instant, tout ce que je ressens, c'est de la jalousie. J'imagine sa vie faite d'excitation, d'aventures et de passion.

Je la serre de nouveau dans mes bras. « C'est merveilleux ! Vraiment merveilleux ! » Je suis sincère – ma réaction initiale n'était pas gentille, mais elle a été de très courte durée – et je regarde la bague. Un unique diamant, rond, dans une monture en or ; elle paraît très chère. Elle se met à parler. Il a fait sa demande la semaine dernière. « Il avait la bague, il n'a pas tout à fait mis un genou à terre mais… » Elle hésite, absorbée dans ses souvenirs. « Je voulais que tu sois la première à savoir… »

Je me force à sourire. Je suis jalouse pour Kate. Comme si sa mort avait, d'une certaine façon, donné à Anna sa liberté. Elle ne semble pas le remarquer, cependant. Elle me serre le bras. « Je me sens tellement proche de toi, Julia. À cause de Kate, je suppose. À cause de ce qui s'est passé. »

Je prends sa main. « Oui. Oui, je suis d'accord. Je crois que parfois, la force du lien dépend moins du temps qu'on a partagé que des épreuves qu'on a traversées. » Elle paraît sincèrement soulagée ; nous sommes vraiment amies. Je lâche sa main et je prends son sac, avant de passer mon bras dans le sien. « Alors, dis-je pendant que nous commençons à avancer vers la voiture. Raconte-moi comment ça s'est passé ! Comment a-t-il fait sa demande ? »

Elle semble revenir à elle dans un sursaut, elle avait la tête ailleurs, dans ses souvenirs, j'imagine. « Nous sommes allés au Sacré-Cœur, dit-elle. Je croyais que nous allions juste nous promener, admirer la vue, tu vois, ou peut-être déjeuner. » Les mots se bousculent, tout en exclamations et phrases inachevées. Je suis emportée par son enthousiasme et je me sens coupable de ma première réaction. Je me demande si, plutôt que de la jalousie, ce n'était pas tout simplement de la tristesse. De la tristesse que cette joie lui soit échue à elle, et pas à Kate.

Pendant qu'elle parle, je repense à la demande de Hugh ; nous étions dans un restaurant – notre préféré, à Piccadilly – et il l'avait faite entre le plat principal et le dessert. « Julia », avait-il dit, et je me rappelle avoir pensé qu'il avait l'air bien sérieux, bien nerveux, tout à coup. Nous y voilà, m'étais-je dit, en un quart de seconde. Il m'a amenée ici pour mettre fin à notre relation, pour me dire qu'il a rencontré quelqu'un ou que, maintenant que je vais mieux, que je suis guérie, il est temps pour moi de passer à autre chose. Mais en même temps, je me disais que cela ne pouvait être vrai ; nous avions été si heureux, les mois précédents, si amoureux.

« Quoi ? dis-je. Qu'y a-t-il ?

— Tu sais que je t'aime. N'est-ce pas ?

— Et moi je t'aime aussi… » Il sourit, mais ne sembla pas particulièrement soulagé. Je crois que c'est là que je compris ce qu'il allait dire.

« Ma chérie », commença-t-il. Il prit ma main sur la table. « Julia, je…

— Qu'est-ce qui se passe, Hugh ? Qu'y a-t-il ?

— Veux-tu m'épouser ? »

Le bonheur fut instantané, irrésistible. Il n'y eut pas de geste romantique, pas de genou à terre ni d'annonce à tous les autres convives, mais cela me convint parfaitement ; ce n'était pas son genre, et ce n'était pas le mien non plus. C'était un homme bien, je l'aimais, pourquoi aurais-je dit non ? En plus, il me connaissait, il m'avait vu dans le pire moment de ma vie, il savait tout de moi.

Enfin, presque tout. Et ce qu'il ne savait pas, personne ne le saurait jamais.

« Bien sûr ! » dis-je à ce moment-là, pourtant une partie de moi hésitait, la partie qui sentait que je ne méritais pas ce que Hugh m'offrait, ce qu'il m'avait déjà donné – cette seconde vie. Mais le soulagement qui se peignit sur son visage me prouva que je prenais la bonne décision, la seule possible.

Je me rends compte qu'Anna a cessé de parler. Je m'efforce de revenir au présent.

« Il a l'air parfait !

— Oui, tu sais. Je crois qu'il l'est !

— Il est parisien ?

— Non, il vit là-bas. Sa famille vient de quelque part dans le Devon. » Elle sourit. « Mon emploi du temps est un peu trop chargé, cette fois-ci. Je les rencontre dans quelques semaines. »

Nous arrivons à la voiture et je range son sac dans le coffre. Une fois que nous avons mis nos ceintures et que j'ai démarré, elle me raconte à nouveau la manière dont ils se sont connus. « Je t'ai parlé du dîner ? » dit-elle. Elle soupire, comme si leur rencontre avait été inévitable, deux destins faits pour se croiser.

Je dis oui, bien que je ne sois pas certaine qu'elle l'ait fait. Elle continue à me raconter quand même, me disant qu'ils avaient immédiatement accroché, que c'était instantanément parfait.

« Tu sais, quand quelque chose ne paraît pas raisonnable, mais simplement évident ?

— Oui, dis-je en tournant le volant. Oui, je vois bien. » Elle pense que je parle de Hugh, mais ce n'est pas le cas. Je pense à Lukas. J'essaie de faire comme s'il ne me manquait pas, mais il me manque. Ou plus exactement, me manque ce que j'avais imaginé que nous pourrions avoir.

Je croyais qu'il me connaissait ; j'avais l'impression qu'il avait lu en moi et vu qui j'étais vraiment. Je m'étais convaincue qu'il était la seule personne qui pouvait le faire.

« … alors, on se dit qu'on va rester vivre à Paris encore un peu, dit Anna, et ensuite, peut-être, revenir ici.

— Bonne idée. Rappelle-moi, quand vous êtes-vous rencontrés ?

— Quand ? Oh, c'était juste après Noël. C'était quelques semaines avant que Kate… » Elle trébuche, se reprend, mais trop tard « … juste avant que je te rencontre. » Je souris, mais elle voit bien que je suis contrariée. Je peux parler de Kate, aujourd'hui. Je peux penser à elle. Mais une référence aussi explicite à sa mort, quand je ne m'y attends pas, me déstabilise encore. « Je suis désolée… moi et ma grande gueule…

— Ce n'est pas grave. » Je ne veux pas m'attarder là-dessus, et je ne veux pas qu'elle s'en veuille. Anna est la dernière personne dont je m'attends à ce qu'elle évite le sujet de ma sœur. Malgré tout, je reviens à la conversation initiale. « Mais tout semble s'être passé tellement vite », dis-je. Je pense de nouveau à Lukas, à la vitesse à laquelle je suis tombée amoureuse. « J'espère que ça ne t'ennuie pas que je dise ça ? Je veux dire, tu es sûre de toi ?

— Oh oui, tu as raison ! Mais non, je suis absolument sûre ! Nous le sommes tous les deux, ajoute-t-elle. Il pense la même chose. On s'est dit qu'il n'y avait aucune raison de traîner, puisqu'on est sûrs tous les deux. »

Elle reste silencieuse un moment. Je sens son regard posé sur moi tandis que je conduis, sans doute en train de réfléchir à ce qu'elle va dire, se demandant quelle dose de bonheur je peux supporter. « Tu sais, je pense que c'est lié à Kate, d'une étrange façon. Lié à ce qui s'est passé. Ça m'a juste rappelé qu'on n'a qu'une vie. Que celle-ci n'est pas le brouillon de la suivante.

— Non », dis-je. C'est un cliché, mais c'est tellement vrai. « Non, tu as raison.

— Je crois que c'est cela que la mort de Kate m'a appris.

— Vraiment ? Moi j'ai l'impression qu'elle ne m'a rien appris. »

La phrase surgit de nulle part. Je voudrais pouvoir la retirer, mais c'est impossible.

« Ne dis pas ça.

— C'est vrai. Tout ce que j'ai fait, c'est essayer d'y échapper. »

Et il n'y a qu'à voir où ça m'a menée. J'ai passé l'été obsédée par Lukas, un homme de dix ans plus jeune que moi, empêtrée dans un amour dont j'ai été assez idiote pour croire qu'il était peut-être réciproque.

Cette histoire m'a permis de fuir une souffrance dont ma sœur méritait que je la vive, et je ne pourrai plus jamais rattraper ça. Cela ressemble à une ultime trahison.

« Je suis juste en train de m'apitoyer sur mon sort. Ryan a l'air extraordinaire. Je suis impatiente de le rencontrer.

— Ça va arriver ! Il va peut-être venir cette semaine. Il ne sait pas encore. Tu le verras peut-être même lundi.

— J'ignorais qu'il était là. Il faut qu'il vienne dîner.

— Oh non, il n'est pas encore là. Il devait rester à Paris pour finir un truc. Je ne sais pas quand il va arriver et… je lui en parlerai, si tu es sûre que ça ne t'ennuie pas qu'il vienne ? »

Je secoue la tête. « Bien sûr que non.

— Comment ça se passe entre Connor et toi, maintenant ?

— Beaucoup mieux. » Elle hoche la tête. « Apparemment, il s'est trouvé une petite amie.

— Une petite amie ? »

Je sens un élan de fierté. « Hmmm. » Je m'arrête à un feu. Dans le rétroviseur, je vois un cycliste se faufiler entre les voitures et s'approcher très près. « Même s'il refuse de m'en parler, bien sûr, dis-je. Devant moi, il admet tout juste son existence, mais on dirait qu'il en parle à Hugh.

— C'est un comportement habituel chez lui ? » Elle paraît sincèrement intéressée. « De sa part, je veux dire ? »

Je pense à ce qu'Adrienne m'a raconté. « C'est probablement le cas chez tous les adolescents », lui dis-je en soupirant. Le feu passe au vert et nous démarrons.

Nous sommes presque à Great Portland Street. Presque arrivées. Je suis heureuse que Connor grandisse, mais triste que cela signifie aussi, inévitablement, le voir s'éloigner. Je me rappelle en avoir parlé à Adrienne, il y a quelques semaines. « C'est quelque chose qu'ils traversent, avait-elle dit, avant d'hésiter, puis de se reprendre. Enfin, « traverser » n'est pas vraiment le mot. Ils n'en sortent jamais vraiment. C'est la première étape du processus par lequel il se détache de toi, j'en ai peur… »

Je jette un coup d'œil à Anna. « Il ne veut plus sortir avec nous. Il reste juste dans sa chambre… »

Elle sourit. « Et vous êtes sûrs que c'est une petite amie ?

— Oh oui. Je le crois, même s'il me dit de m'occuper de mes affaires, bien sûr. » Je ne lui dis pas que j'ai insisté pour qu'il me montre une photo, ce matin, après une longue discussion avec Hugh. Elle paraît un peu plus âgée que lui. Je suis toujours convaincue que c'est la fille de la fête de Carla, bien qu'il soit certain qu'elle n'y était pas. « C'est une amie d'un ami à lui. Ils se sont rencontrés sur Facebook. » Elle me regarde avec un sourire entendu. « Hugh lui a parlé d'elle. Ils tchattent sur Internet, apparemment, même si elle ne vit pas très loin. »

Il y a une longue pause, puis elle dit : « Est-ce que tu as eu des nouvelles de ce gars ? Lukas ?

— Non, pas du tout. Pas la moindre. »

Je suis contente d'être au volant ; je peux prendre mon temps pour répondre, décider de ce que je vais dire. Je peux prétendre que mes silences sont dus à un besoin accru de concentration, plutôt qu'au fait que je trouve la conversation difficile. Je peux fixer mon regard sur la route, déguiser l'expression de mon visage. Je peux contourner la vérité en lui parlant d'autre chose. Bien que j'aie le sentiment de pouvoir me confier à Anna, j'éprouve aussi de la honte.

« Et Hugh ?

— Il ne sait rien du tout », dis-je rapidement. Je lui lance un coup d'œil. Elle me regarde, le visage impassible. J'essaie de prendre un ton léger, de la rassurer, je sais que j'ai été idiote, mais c'est fini maintenant. « Il ne… il ne comprendrait jamais.

— Oh mon Dieu, je ne dirai rien à Hugh ! Ne t'inquiète pas… je ne ferais jamais ça.

— Je me suis juste amusée un peu. Tu vois ? Une petite distraction. Agréable le temps que ça a duré.

— Oh oui. Complètement. Bien sûr… »

Jusqu'à ce que ce ne soit plus amusant, me dis-je.

« Il a disparu, de toute façon.

— Tu sembles déçue.

— Pas du tout. »

La pause est plus longue. Je suis tendue, embarrassée, parce que nous savons toutes les deux comment s'est terminée ma liaison avec Lukas. Le silence se prolonge ; chacune de nous attend que l'autre le brise. Finalement, elle s'en charge. Elle me demande ce que je prévois de faire cette semaine, et je lui raconte. Un peu de travail, peut-être une sortie cinéma. Nous arrivons enfin à son hôtel.

« Ah, nous y sommes. »

Nous nous garons. L'endroit est étonnamment joli, bien qu'il n'ait rien de comparable avec ceux où m'emmenait Lukas. « Tu veux que je t'accompagne ? »

Elle secoue la tête. « Ça va aller. Tu dois probablement rentrer. »

C'est une excuse, et je souris. J'aimerais que nous bavardions encore, mais elle a l'air fatiguée ; j'ai oublié qu'elle était ici pour le travail, et qu'elle veut probablement se reposer un peu avant de se préparer pour sa conférence de demain matin. Nous aurons plein de temps pour nous parler lorsqu'elle viendra dîner.

Nous sortons de la voiture et je prends sa valise dans le coffre. « À lundi, donc. »

Elle me demande à quelle heure nous l'attendons. « Et qu'est-ce que j'apporte ?

— Rien, rien du tout. Toi. Je ferais mieux de te donner les indications », dis-je. Elle sort son téléphone de son sac.

« Oh, je vais me servir de ça. » Elle fait défiler d'autres écrans. « C'est tellement plus facile. Voilà. Je t'ai ajoutée. »

Je ne comprends pas ce qu'elle dit. « Je ne… » dis-je, mais elle m'interrompt.

« « Localiser mes amis ». C'est une appli qui te montre où se trouvent les amis avec lesquels tu es en lien. Sur une carte. Rien de très sorcier. Va voir tes mails. »

J'y vais. J'y trouve un nouveau message. « Accepte l'invitation, dit-elle, et comme ça nos profils seront liés. Je vois où tu es sur la carte et tu peux me voir. Je m'en sers tout le temps à Paris. Après la mort de Kate, c'était assez rassurant de savoir où étaient mes amis. »

Elle prend mon téléphone et elle me montre. Une carte s'ouvre, où est signalé l'endroit où nous nous trouvons. Deux points clignotent l'un sur l'autre. « Un pour toi, un pour moi », dit-elle.

Je regarde l'écran. Sous la carte, il y a la liste des gens qui me suivent. J'y vois le nom d'Anna, mais en-dessous, il y en a un autre. Lukas.

C'est comme si je recevais une gifle.

« Merde. »

Anna me regarde, inquiète. « Qu'est-ce qu'il y a ?

— Lui. Lukas. » J'essaie de contrôler les tremblements dans ma voix. Je ne veux pas qu'elle perçoive la peur. « Il me suit avec ça…

— Quoi ? »

Je lui tends mon portable. « Regarde. Comment… », mais elle m'interrompt avec l'explication.

« Il a dû lier vos profils. Tu ne le savais pas ? »

Je secoue la tête. Je n'arrive pas à croire ce que je vois.

« Il a dû trouver un moyen de t'envoyer une demande, puis de l'accepter à ta place. Facile, si tu l'as laissé seul avec ton portable. »

Toutes ces fois où j'étais dans la salle de bains, mon portable était dans mon sac, ou sur la table de nuit. Elle a raison. C'était on ne peut plus simple.

« Est-ce qu'on peut l'empêcher de me suivre ?

— Facile. » Elle balaie l'écran du bout de son doigt, puis me tend le portable. « Voilà, dit-elle d'une voix ferme. Effacé. »

Je regarde. Il n'y a plus que son nom désormais. « Il ne voit plus où je me trouve, maintenant ?

— Non. » Elle pose la main sur mon bras. « Ça va ? »

Je hoche la tête et je réalise que oui, oui, ça va. Je suis étrangement soulagée. Alors, voilà comment il savait où je me trouvais. Tout ce temps. Au moins, maintenant, je sais. Au moins, maintenant, je suis définitivement débarrassée de lui.

« Tu es sûre ?

— C'est un drôle de choc, mais ça va. Je t'assure.

— On se voit lundi, alors ? » J'acquiesce d'un mouvement de tête. « Je te dirai ce que fait Ryan dès qu'il le saura lui-même.

— Génial. Il est le bienvenu. Je suis impatiente de le rencontrer. »

Elle m'embrasse puis se retourne, prête à s'en aller.

« Lui aussi, il est impatient de te voir. »

Une fois arrivée à la maison, je file droit à mon ordinateur. Le fait de voir son nom a réveillé quelque chose. Une dernière fois, me dis-je. J'ouvre rencontrz, je cherche son nom et, à nouveau, je reçois le même message, aussi saisissant et clair que ma déception.

Nom d'utilisateur inconnu.

C'est comme s'il n'avait jamais existé. Il a disparu aussi complètement que les bleus qu'il m'a faits.

Je rentre son nom dans Google. Il n'y a rien. Aucune mention de lui, ni de quiconque qui pourrait être lui. J'essaie Facebook et je découvre que son profil n'existe nulle part, puis j'appelle son numéro, bien que je sache exactement sur quelle tonalité je vais tomber. Généralement, à partir de là, je refais la boucle au complet, encore et encore. Mais cette fois, c'est différent. Cette fois, je sais qu'il faut que ça s'arrête. Je me connecte à mon profil, celui que j'ai sur rencontrz, celui que j'ai créé cet après-midi-là, dans le jardin. Je parcours les menus jusqu'à ce que je trouve. Supprimer profil.

J'hésite, je respire profondément, une fois, deux fois, puis je clique.

Êtes-vous sûr ?

Je choisis oui.

L'écran change : *Profil supprimé.*

Jayne n'existe plus.

Je me laisse tomber contre le dossier de mon fauteuil. Voilà, me dis-je. Voilà, enfin, c'est terminé.

25

Je suis dans le salon lorsqu'Anna arrive. Elle est seule. Ryan avait quelque chose de prévu, a-t-elle dit, mais il viendra la chercher tout à l'heure. J'appelle Hugh qui se trouve au premier et je vais ouvrir. Notre invitée est debout sur le seuil, une bouteille de vin et un bouquet de fleurs à la main. « Je suis en avance ! » dit-elle tandis que je la fais entrer. « Désolée ! » Je la rassure, c'est parfait, et je prends son manteau, un imperméable rouge qui est légèrement humide.

« Il pleut ?

— Un peu. De la bruine. Quelle jolie maison ! »

Nous allons au salon. Son séminaire se passe bien, dit-elle, même s'il y a beaucoup de sujets de réflexion, et oui, sa chambre d'hôtel est confortable. Tout en parlant, elle s'approche de la photo de Kate qui se trouve sur le manteau de la cheminée et la prend, la regarde un long moment avant de la remettre à sa place. Elle paraît sur le point de dire quelque chose – nous avons parlé du fait que l'homme qui l'a assassinée a été retrouvé, et peut-être veut-elle ajouter quelque chose –, mais c'est alors que Hugh descend pour dire bonjour. Ils s'enlacent chaleureusement, comme s'ils se connaissaient depuis des années.

« Oh, je t'ai apporté ça ! » dit-elle en lui tendant un sac. Hugh l'ouvre ; une boîte de macarons, délicatement emballés. « Super ! » fait-il, puis ils s'assoient tous les deux. Je les prie de m'excuser pour aller surveiller la cuisson du repas, heureuse de les voir bavarder. Pendant un moment, il me semble que je fais passer à Anna une audition pour recruter ma meilleure amie, et je me sens d'abord angoissée concernant Adrienne, puis coupable. Notre amitié a traversé une période de turbulences, et nous sommes seulement en train de retrouver nos marques.

Mais en même temps, rien de plus naturel qu'Anna et moi soyons amies aussi. Nous avons toutes les deux perdu Kate ; le lien est récent mais extrêmement fort.

« Où est Connor ? demande-t-elle lorsque je reviens. Je suis impatiente de le revoir !

— Il est sorti avec des amis. » Je m'assois sur le canapé en face de Hugh, à côté d'Anna. « Son copain Dylan, je crois. Il ne va pas tarder… »

Je lui ai demandé de ne pas traîner. Peut-être Hugh a-t-il raison. Il faut que je sois plus ferme.

Je hausse les épaules. Tu sais comment ils sont, dis-je, et elle sourit, même si je suppose qu'elle n'en a aucune idée.

« Tu veux des enfants ? demande Hugh, et elle rit.

— Non ! Enfin, pas tout de suite, en tout cas. Je viens juste de me fiancer !

— Tu as des frères ? Des sœurs ?

— Juste un demi-frère, dit-elle. Seth. Il vit à Leeds. Il fait quelque chose en rapport avec les ordinateurs. Je ne sais pas trop.

— C'est là que vivent tes parents ? »

Elle soupire. « Non, mes parents sont décédés. » Je me souviens du moment où Anna m'a parlé de ses parents, à Paris ; nous étions installées sur son canapé, en train de boire un verre. Sa mère souffrait de dépression. Elle avait fait une tentative de suicide. Elle avait survécu, mais avait eu besoin de soins constants jusqu'à la fin de sa vie. L'alcoolisme de son père avait empiré et, moins de dix ans plus tard, ils étaient décédés tous les deux, à six mois d'intervalle ; son frère et elle s'étaient retrouvés seuls.

Hugh toussote. « Je suis navré de l'apprendre. Mais tu t'entends bien avec ton demi-frère, n'est-ce pas ?

— Tout à fait. Cela a toujours été le cas. Il est tout pour moi. Je ne sais pas ce que je ferais s'il lui arrivait quelque chose. »

J'essaie de ne pas me trahir, mais elle doit voir mon visage se décomposer.

« Oh, mon dieu, Julia… Je ne… Je n'ai pas fait exprès… je suis désolée…

— Ce n'est pas grave », dis-je. C'est la seconde fois en quelques jours à peine qu'elle fait une référence maladroite, même indirecte, à la mort de Kate. Je me demande si elle s'en est déjà remise, si elle l'a presque oubliée. Je ne pense pas une seconde que ce soit délibéré.

« Et si nous nous mettions à table ? »

C'est un bon repas. J'ai fait de la tourte au poulet et elle est réussie. Connor arrive peu de temps après que j'ai servi la soupe et il s'assoit avec nous. Il a l'air de vraiment bien s'entendre avec Anna. Elle lui pose des questions sur l'école, sur le foot ; elle sort même son portable, à un moment, et il l'aide à résoudre un problème qu'elle n'arrivait pas à élucider. Lorsque nous avons terminé le plat principal, elle m'aide à porter les assiettes dans la cuisine, et une fois que nous sommes hors de portée des hommes, elle dit : « Il est tellement adorable !

— Ah bon ?

— Oh oui ! » Elle pose les assiettes. « Vous devez être très fiers. Tous les deux ! »

Je souris. « Merci. » Son approbation me paraît importante, d'une certaine manière. Significative. Elle dit qu'elle va monter pour aller aux toilettes. Je lui explique où elles se trouvent, puis je demande à Hugh de me donner un coup de main pour préparer le café.

Il vient me rejoindre. « Comment ça va ?

— Bien. » J'ai fait un dessert, un sabayon au citron, mais maintenant je me demande si je devrais aussi sortir les macarons. Je demande son avis à Hugh.

« Servons les deux. Est-ce qu'Anna rentre en voiture ? »

Je sais qu'il envisage de sortir le vin moelleux qu'il a dans le frigo. Il est mal à l'aise dès qu'il est question d'alcool depuis mon mensonge forcé sur le verre que je suis censée avoir bu en compagnie d'Adrienne ; du coup, il n'en parle pas, même s'il sait bien que rien ne sert d'essayer de contrôler mon comportement en prétendant que les boissons alcoolisées n'existent pas.

« Non. Son petit ami vient la chercher. » Je sens me chatouiller un frisson de jalousie. Hugh s'apprête à ouvrir une nouvelle bouteille de vin, mais je ne peux pas en boire. Je reconnais la sensation de frustration, puis je la laisse filer. Il sort le paquet de grains de café du placard et s'en sert quelques cuillerées. « Comment m'as-tu dit que Kate et elle se sont rencontrées ? »

Je lui dis. « Elles étaient amies à l'école. Elles se sont perdues de vue pendant un moment, puis elles se sont retrouvées. »

Je me rends vaguement compte que je suis en train de penser à Kate, de parler de Kate, et que ce n'est pas douloureux. C'est parce qu'Anna est là, je pense. Cela devient plus facile, tant que c'est à la vie de Kate que je pense, et non à sa mort.

Je sors le sabayon du réfrigérateur. Hugh finit de préparer le café et j'appelle Connor pour lui demander de venir prendre les assiettes à dessert. Il arrive presque immédiatement et nous emportons tous les trois ce qu'il faut dans la salle à manger, nous disposons tout sur la table. L'unité dont notre famille fait preuve me fait plaisir ; je suis quelque peu déçue qu'Anna ne soit pas là pour la voir. J'appelle du bas de l'escalier et lui demande si tout va bien. Elle crie, tout va bien, elle n'en a que pour une minute, et lorsqu'elle réapparaît elle pose son téléphone sur la table avec un sourire contrit.

« Désolée. Ryan a appelé. » Elle a soudain l'air de rayonner de bonheur. « Il est en route.

— Il devrait venir dîner un soir, dit Hugh. Combien de temps reste-t-il ?

— Je ne sais pas très bien. Jusqu'à la semaine prochaine, je crois.

— Et quand est-ce que tu repars ? demande Hugh.

— Samedi. » Elle se tourne vers moi. « Au fait, que dirais-tu si nous déjeunions ensemble samedi, avant que je monte dans le train ? »

Je lui dis que ce serait parfait.

« OK, tu es sûre ? »

Je lui confirme. « Et tu dois aussi inviter Ryan à entrer prendre un verre avec nous, dis-je.

— Oh non, je n'y pense même…

— Taratata ! dit Hugh. Bien sûr, qu'il va nous rejoindre ! » Il se tourne vers moi et j'ajoute : « Bien entendu. »

Anna paraît soulagée. Je lui verse son café. Connor demande si nous voulons bien l'excuser, et il remonte dans sa chambre. Nous parlons encore, sirotons nos cafés mais la soirée perd de son entrain. Au bout d'un quart d'heure, nous entendons une voiture se garer devant la maison. Une portière claque, on entend le bip-bip de l'alarme et, quelques instants plus tard, des pas remontent l'allée et la sonnette retentit. Je regarde en direction d'Anna, qui dit : « Il est en avance ! » Elle a l'air galvanisée, comme une petite fille attendant le facteur qui doit lui apporter ses cartes d'anniversaire, et je ressens une excitation mêlée de curiosité, moi aussi ; je suis impatiente de rencontrer cette personne, cet homme qui donne à Anna un bonheur si transparent, si limpide. Qui l'a aidée à surmonter le décès de Kate et à passer à autre chose.

Je me lève. « Je vais aller ouvrir. » Je traverse le hall d'entrée. J'arrange mes cheveux, je lisse le devant de mon chemisier, et j'ouvre la porte.

C'est Lukas.

Je fais un pas en arrière. C'est comme si j'avais reçu un coup de poing ; la sensation est physique et intense, ma peau brûle sous l'effet d'une décharge d'adrénaline aussi brutale qu'une aiguille plantée subitement dans mon corps. Je n'arrive pas à détacher mes yeux de lui. Mon corps réagit, mes muscles se tendent, prêts à combattre ou à fuir. C'est le souvenir de son agression, restée gravée dans mon corps. Tandis que je le regarde, il penche la tête, juste un peu, et sourit.

« Vous devez être Julia. » Il parle clairement, le son de sa voix est assez fort pour être entendu depuis la pièce voisine.

Mon esprit s'affole. Toute la panique, toute la douleur reviennent, vague après vague. Laisse passer, me dis-je. Laisse passer. Mais je n'y parviens pas. L'espace d'un instant, je pense que c'est un jeu, un autre jeu infect. Comme s'il savait que je venais de supprimer mon compte, de décider de ne jamais le rappeler. Comme s'il m'expliquait que ce n'est pas à moi de déterminer le moment où je le laisse partir.

J'ai l'impression que je vais tomber, la pièce derrière moi penche, tournoie.

« Qu'est-ce que tu fiches ici ? » dis-je, dans un souffle, mais il ne répond pas. Je remarque que je suis cramponnée au chambranle de la porte. Je tremble comme une feuille.

Le sourire reste gravé sur son visage. « Vous ne me faites pas entrer ? »

Je détourne le regard, je baisse la tête. Et Hugh, me dis-je, dans la pièce voisine. Et Anna, qui attend Ryan.

Et Connor, à l'étage.

Je relève les yeux, et nous nous regardons fixement. « Mais qu'est-ce que tu *fous* ici ? » sifflé-je.

Il ne répond pas, il reste planté là, à sourire. J'ouvre la bouche à nouveau, prête à parler, à lui poser la question pour la troisième fois, mais il jette un coup d'œil derrière moi et tout change. Comme si on avait appuyé sur un bouton : son visage s'éclaire, il s'anime d'un large sourire, commence à jacasser. Il prend ma main entre les siennes, la serre, comme s'il me voyait pour la première fois.

« Qu'est-ce... » commencé-je, mais je m'aperçois alors qu'Anna est juste derrière moi. « Chéri ! » s'écrie-t-elle ; je crois que c'est à moi qu'elle parle, mais elle avance jusqu'au pas de la porte et va rejoindre Lukas. Il se tourne vers elle, il l'enlace et ils s'embrassent. Cela ne dure qu'un instant qui semble durer une éternité et, lorsqu'ils ont terminé, elle se tourne vers moi.

« Julia, dit-elle, le visage rayonnant. Je te présente Ryan. »

Une nouvelle vague me submerge. Le rouge me monte aux joues ; j'ai beaucoup trop chaud. Le hall bascule au loin ; les échos de la musique que Connor écoute en haut paraissent assourdis et assourdissants en même temps, comme si je l'entendais à plein volume, mais à travers du coton. J'ai l'impression que je vais perdre connaissance. Je tends le bras, je cherche à attraper la poignée de la porte, quelque chose, mais je n'y parviens pas.

« Ma chérie ? fait Anna. Tu vas bien ? »

J'essaie de retrouver mes esprits. « Oui, c'est juste que... je ne sais pas. Un petit malaise, sans doute...

— Vous êtes un peu rouge... dit Lukas, mais je l'interromps.

— Ça va. Je vous assure. » Quelques instants plus tard, la dynamique de la scène change à nouveau. Hugh est apparu, et je le regarde s'avancer, dire bonjour. Il sourit, serre la main de Lukas et dit : « Ryan, c'est bien cela ? » Il a l'air ravi de le rencontrer, de l'accueillir dans notre maison. « Heureux de faire votre connaissance, dit-il. Comment allez-vous ? » On dirait deux potes, deux vieux amis. Mon estomac se serre. Mon mari et mon amant. Ensemble.

« Bien, dit Lukas. Très bien. Je suis un peu inquiet pour Julia, par contre. »

Hugh se tourne vers moi. « Ça va, ma chérie ?

— Oui. » Bien que cela ne soit pas vrai. La pièce a cessé de tournoyer mais je tremble encore d'une angoisse tellement intense que je ne suis pas sûre de pouvoir la contrôler.

« Je ne sais pas ce qui m'est arrivé.

— Eh bien, entrez, Ryan, dit Hugh. Entrez donc. »

Lukas le remercie. Nous traversons la salle à manger, un drôle d'équipage. Hugh invite Lukas à s'installer sur le canapé, Anna s'assoit à côté de lui, lui prend la main. Hugh lui propose de boire quelque chose mais il secoue la tête, dit qu'il conduit. Je regarde tout cela à travers un écran trouble, celui de l'angoisse, comme si cela se déroulait ailleurs, avec d'autres gens, cette scène si ordinaire et polie qui n'a plus rien à voir avec moi. Sans un mot, j'accepte le verre que Hugh me tend : un verre d'eau.

« Bois ça. Tu te sentiras mieux.

— Tu es sûre que ça va ? » demande Anna.

Je bois, je hoche la tête et je dis oui, puis Lukas se tourne vers moi.

« Je suis si content de vous rencontrer. J'ai tellement entendu parler de vous. »

J'esquisse un sourire. « Et moi, de vous. » Je le regarde me remercier, puis prendre la main d'Anna et la serrer. « Anna vous a appris la grande nouvelle ? » Il lui caresse la main, plongeant ses yeux dans les siens avec une expression que je reconnais, c'est de l'amour, de l'adoration pure.

« Oui. Oui, c'est formidable !

— Tout à fait ! » confirme Hugh. Il s'est mis en mode charme, et se surpasse pour impressionner notre hôte. « Vous êtes certain de ne pas vouloir un verre ? Juste un ? »

Lukas ne dit rien pendant un moment, puis il hoche la tête. « Bon, OK. Pourquoi pas ? Un verre ne me fera pas dépasser la limite autorisée. Un tout petit. Vous êtes sûrs que ça ne vous ennuie pas que je débarque chez vous, comme ça ?

— Pas du tout », dit Hugh. Il va jusqu'au placard à alcools et sort les bouteilles de whisky, vodka et gin. « Qu'est-ce qui vous ferait plaisir ? » Lukas choisit un single malt, quelque chose que je ne l'ai jamais vu boire.

Hugh prépare le verre. Lukas se tourne vers moi. « Anna m'a dit que vous étiez photographe ? » Son visage est avenant, sa tête légèrement penchée, comme s'il était sincèrement intéressé. Mon regard passe de lui à Anna, puis revient sur lui. Je n'arrive pas à comprendre ce qu'il est en train de faire, et je me demande si je devrais dire quelque chose, informer Anna tout de suite. Je suis sous le choc, j'imagine, bien que je ressente un étrange détachement. Il faut que j'y voie plus clair. Tout ce temps, pendant que je croyais avoir une liaison, il était déjà en train de fréquenter la meilleure amie de ma sœur. J'ai été totalement trahie. La maîtresse, c'était moi.

Mais ils se sont rencontrés avant que Kate ne soit tuée, je crois, alors pourquoi m'a-t-il choisie ? Cela ne peut être une coïncidence. Si c'était le cas, cela se serait vu lorsque j'ai ouvert la porte, ce soir. « Julia ! se serait-il exclamé. Mais que fais-tu là ?

Où est Anna ? » Et ensuite, j'imagine que je lui aurais dit que je connaissais sa fiancée et nous nous serions mis d'accord pour ne pas en parler, pour ne rien dire. Il aurait tout fait pour s'en aller aussi vite que possible, sans accepter le verre proposé par Hugh, sans s'installer pour une longue conversation, sans poser des questions dont il connaît déjà les réponses.

Je me rends compte que tout le monde est en train de me regarder, dans l'expectative. La pièce est plongée dans le silence, l'air est lourd et trop chaud. On m'a posé une question et il faut que je réponde. « Oui. Oui. C'est exact. »

Mon regard passe de lui à Hugh. Un mot, cela suffirait. Est-ce ce qu'il veut ? Briser notre couple, à Hugh et moi, faire exploser la bombe que j'ai placée sous les fauteuils des membres de ma famille ?

« C'est très intéressant. » Il se penche en avant. Il a vraiment l'air fasciné. Concentré. Il me demande quel genre de photos je prends et, bien que la souffrance et l'angoisse soient presque physiques, bien qu'il ait déjà vu mes photos, bien que nous ayons passé du temps, nus, allongés sur un lit, à regarder mes clichés, je lui raconte.

Il hoche la tête puis, après quelques instants, il se remet à parler. « Au fait, j'ai été tellement désolé d'apprendre la nouvelle pour votre sœur. »

Salaud, me dis-je. *En plus, tu t'amuses, espèce de salaud.*

Je hoche la tête. Je souris, mais je plisse les yeux. « Merci », dis-je. Il faut que je me force à me rappeler qu'il n'a pas tué Kate, bien qu'à cet instant précis je pourrais difficilement le haïr davantage s'il l'avait fait.

Il me regarde droit dans les yeux. « Je ne l'ai jamais rencontrée. Je suis tellement désolé qu'elle… soit partie. »

La fureur me prend alors. Je ne peux me contenir, bien que la dernière chose que je veuille, c'est qu'il voie à quel point il me déstabilise. « Elle n'est pas *partie*. Elle a été assassinée. » Et tu le sais, me dis-je. Je cherche sur son visage une expression qui trahisse le remords, la tristesse, la méchanceté même, mais il n'y a rien. Je me dis même que je serais prête à le voir éclater de rire – alors, je pourrais le haïr, tout simplement sans avoir peur de lui –, mais il ne fait rien. Rien du tout. Même ses yeux ne livrent pas le moindre signe que nous nous connaissons ; il ressemble à son frère jumeau.

Dans la pièce l'immobilité est totale. Je me rends compte que j'ai élevé la voix. J'ai un air de défi. Je le défie de dire quelque chose. Hugh promène son regard de moi à lui, de lui à moi. Le moment s'éternise ; le seul bruit provient de la chambre de Connor, à l'étage.

La tension augmente, puis se relâche. Lukas secoue la tête. « Mon Dieu, je vous ai offensée. Je suis tellement désolé. Je ne sais jamais quoi dire dans ce genre de situation… »

Je l'ignore. Je vois bien que Hugh s'agite, qu'il aimerait que je dise quelque chose, mais je m'abstiens. Je soutiens le regard de Lukas. Anna le regarde, puis se tourne vers moi. Elle attend une réaction de ma part et, au bout d'un moment, je cède. « Ce n'est pas grave. Personne ne sait jamais quoi dire. En fait, il n'y a rien à dire. »

Il hausse les épaules. Il me regarde fixement. Hugh et Anna sont là, à nous observer. Ils doivent bien le voir, me dis-je. C'est sûr. Est-ce qu'il est fou ? Est-ce qu'il *veut* qu'ils voient ce qui se passe ?

Ou peut-être qu'il s'en fiche. Nous sommes engagés dans un combat sans merci, le pouvoir fuse d'un camp à l'autre. Nous sommes tous deux aveugles à nos conjoints, ils sont insignifiants, relégués au rang de spectateurs. Nous sommes du potassium dans l'eau, de l'acide sur la peau. Nous pourrions nous brûler l'un l'autre, tout détruire en le remarquant à peine, sans nous en soucier.

J'ouvre la bouche, prête à dire quelque chose – je ne sais pas encore quoi –, mais Hugh prend la parole. « Rappelez-moi ce que vous faites dans la vie, Ryan ? » Une tentative pour détendre l'atmosphère, mais Lukas met du temps à répondre. « Ryan travaille dans les arts, dit Anna, avant qu'il se tourne vers elle pour lui prendre la main.

— J'ai ma propre entreprise. Dans la production numérique. »

Ce n'est pas ce qu'il m'a dit.

Hugh hoche la tête. « Basée à Paris ?

— Oui. J'y suis depuis presque cinq ans maintenant. Mais je voyage pas mal aussi. »

Je contemple mes mains, posées sur mes genoux. À chacune de ses réponses, le constat me frappe à nouveau : c'était à moi qu'il mentait depuis le début, pas à Anna. Pas à sa fiancée, la femme qu'il voit plusieurs fois par semaine. Je lève la tête. Je ne peux m'empêcher de repenser à cette dernière fois, dans la chambre d'hôtel, lorsque David est arrivé. Je sens encore ses mains sur moi.

Et maintenant, il revient à la charge. Je ne peux le supporter. Avant même de m'en rendre compte, je suis debout. Mais que puis-je faire ? Anna est sur le point d'épouser cet homme et, clairement, elle ne sait rien de ce qui s'est passé. J'ouvre la bouche, je la referme. Ma tête chancèle.

Et soudain, je m'effondre intérieurement. Comme si j'étais en train de disparaître, de m'anéantir. « Julia ! dit Hugh. Ça va ?

— Oui. Je vous prie de m'excuser », parviens-je à articuler, et je monte l'escalier, jusqu'à la salle de bains.

Lorsque je redescends, Anna me demande comment je me sens. « Tout va bien. » Lukas termine son verre et le pose sur la table basse.

« Nous devrions y aller ! » dit-il. Il se tourne vers moi. « Nous nous disions que nous irions bien à Soho. Peut-être dans un bar à jazz. Chez Ronnie Scott. Vous connaissez ? » Ils se tournent tous les deux vers moi. « Vous devriez venir. »

Je dis non. Je suis tout engourdie. Je veux juste que tout cela s'arrête.

« Vas-y si tu veux, dit Hugh. Je suis beaucoup trop fatigué… »

Je sens une vague de culpabilité me submerger en les imaginant tous les deux là-bas. Qu'ai-je fait à mon amie ? Que pourrait-il encore lui arriver ?

« Non, il est tard. Je devrais rester au calme, moi aussi…

— Oh, allez, dit Anna. On va bien s'amuser !

— Ça ne m'ennuie pas, chérie, dit Hugh.

— Non ! » J'ai répondu d'une façon un peu trop brusque ; je me tourne vers Anna, et je me radoucis. « Vraiment. Allez-y, vous deux. »

Ils se lèvent et nous nous dirigeons tous vers le hall. Anna se tourne vers moi et sourit. « Eh bien… » dit-elle. Elle me tend les bras, j'avance, elle me serre, pendant que Hugh et Lukas échangent une poignée de main. « C'était beaucoup trop court », dit Anna. Elle voit bien que quelque chose cloche. « Promets-moi que tu viendras me voir bientôt. Amène Connor ! Promets-le moi. Et il faudra que je te dise, pour le mariage, dès que nous commencerons à préparer. Tu viendras, n'est-ce pas ? »

Je me tourne vers Lukas, qui sourit, attendant ma réponse.

« Bien sûr que je viendrai. Je te vois samedi, de toute façon. Mais on s'appelle avant. Bientôt. Plus tard. OK ? » Elle me lâche. J'ai envie de me cramponner à elle, lui dire de faire attention, l'avertir, mais je ne veux pas lui faire peur. Mais Lukas s'avance.

« Eh bien, j'ai été très heureux de vous rencontrer. Je suis désolé pour tout à l'heure. Je n'avais pas l'intention de vous contrarier. » L'espace d'un instant, je crois qu'il parle de l'agression, mais je réalise ensuite qu'il parle de Kate.

« Je ne suis pas contrariée. » Je tends la main. La dernière chose que je veux, c'est qu'il me touche, mais ça n'aurait pas l'air correct de ma part si je l'évitais de manière aussi manifeste. « J'étais ravie, moi aussi. » Il prend ma main et m'attire vers lui ; je me rends compte qu'il a l'intention de m'enlacer, comme si nous avions créé un lien, comme si nous étions les meilleurs amis du monde. Je ne veux pas sentir son corps contre moi, et je résiste. Mais il a de la force. Il me serre fort, puis m'embrasse. Une joue, puis l'autre. Je sens les muscles de sa poitrine ; malgré tout, je n'arrive pas à réprimer une brève palpitation de désir. Il me tient dans ses bras quelques instants, et je suis comme paralysée. Vide, dépouillée. Je suis consciente qu'Anna et Hugh échangent des adieux de leur côté, riant de quelque chose, sans se rendre compte de ce qui se passe.

Il chuchote dans mon oreille. « Si tu lui dis, je te tue. » J'ai froid, je suis pétrifiée, mais l'instant d'après, il me laisse partir. Il me sourit une fois de plus, puis il prend la main d'Anna, et me presse le bras.

« J'ai été tellement heureux de faire votre connaissance ! » dit-il, puis ils s'en vont tous les deux et, après une dernière volée de sourires et de signes de la main, Hugh et moi nous retrouvons seuls.

26

Je referme la porte. J'entends le bruit des pas de Lukas et Anna qui descendent l'allée jusqu'à la rue, et ensuite je les entends rire. Ils ont l'air tellement radieux, tellement sereins dans ce qu'ils vivent ensemble. J'arrive presque à croire que Ryan est vraiment celui qu'il prétend être, que la dernière demi-heure écoulée n'est que le fruit de mon imagination. Je parviens presque à me convaincre que ma liaison avec Lukas appartient au passé, que les fiançailles d'Anna datent d'hier et que ces deux choses-là n'ont aucun lien.

Mais c'est faux. Ses derniers mots résonnent encore à mon oreille.

Je me tourne vers Hugh. Il est debout derrière moi, là où il a salué nos invités. Il n'a pas bougé. « Mais qu'est-ce qui t'a pris ? » Il ne parle pas fort, juste assez pour que je puisse entendre, mais j'identifie la fureur dans son ton.

Je ne peux pas lui dire la vérité, ni le laisser avoir le moindre soupçon. « Je ne comprends pas ce que tu veux dire. » Je vais dans le salon.

Il m'emboîte le pas. « Mais qu'est-ce qui s'est passé ? »

Je prends une assiette, un verre.

« Quoi ?

— Je sais que c'est contrariant, quand les gens disent « partir » au lieu de « mourir », mais ces euphémismes sont assez courants, tu sais. Je les entends tout le temps. Ce n'était pas mal intentionné. »

Je ne peux pas lui dire ne serait-ce qu'une parcelle de la vérité.

« C'est juste que… c'est juste que j'en ai marre, tu sais. Elle n'est pas *partie*, elle n'est pas *dans un endroit meilleur*. Elle a été assassinée. Ce type l'a frappée à la tête avec je ne sais pas quoi, jusqu'à ce que son crâne soit enfoncé et qu'elle se vide de son sang sur le pavé d'une ruelle à… dans cette putain de ville de Paris. »

Il avance vers moi. Je vois qu'il essaie de se calmer, de prendre une voix apaisante. « Chérie, je sais que tu as du chagrin, mais ce n'était pas une raison pour passer ta colère sur notre invité. Et pense à Connor…

— Hugh. Je t'en prie ! »

Je tremble. Il voit bien à quel point je suis contrariée ; je ne veux pas qu'il puisse même en soupçonner la raison. Il n'est pas question qu'il puisse faire le lien avec mon comportement dans le hall lorsque Lukas est arrivé.

Je prends une grande inspiration, je ferme les yeux. J'essaie de me soustraire à ma colère.

« Écoute, je suis désolée. »

Il sourit, mais c'est un sourire triste.

« Tu ne vas pas bien, Julia. » Je sais quelle direction il est en train de prendre.

« Ne commence pas, Hugh ! » Je me tourne pour lui faire face, tremblant de rage, mon cœur battant si fort qu'on dirait qu'il va exploser.

« C'est juste que… » Je n'en écoute pas davantage, je sors comme une furie du salon et je monte les escaliers quatre à quatre. Je sais que Connor risque d'entendre, mais à cet instant, je m'en fiche ; je ne suis plus en capacité de tenir compte de mon fils.

Je vais dans notre chambre et je ferme la porte. Je reste immobile, paralysée. Je ne sais pas quoi faire. Je l'entends monter à ma suite, s'arrêter sur le palier.

Il faut que j'avertisse Anna. Même si cela doit détruire notre amitié. Je n'ai pas le choix.

« Julia ?

— Je vais bien ! m'écrié-je. Donne-moi une minute, s'il te plaît. »

Je repense à ce qu'il a dit. *Je te tue*. Je sens les hématomes sur mon dos, mes bras, mes cuisses ; la sensation cuisante se réveille, comme s'ils étaient encore frais. Je me rappelle ce qu'il m'a fait dans cette chambre d'hôtel, comment je me suis sentie. Je me suis sentie utilisée ; utilisée, salie, puis jetée.

Mais me *tuer* ? Il n'a pas pu le dire sérieusement.

J'entends Hugh battre en retraite. J'essaie de retrouver mon calme. Je me dis que l'assassin de Kate est en garde à vue mais, sans arrêt, la même pensée revient. C'est lui qui l'a fait. Ils ont commis une erreur. Ils se sont trompés de coupable.

Mon esprit refuse de se poser, de rester rationnel. Voilà ce qu'il m'a fait. Voilà à quoi il m'a réduite. Je rejette tout bon sens.

Mon cœur bat la chamade. Je me rappelle m'être connectée sur Facebook, être allée voir son journal.

J'étais remontée aux photos de lui en Australie, à Sydney, devant Uluru. Les dates correspondaient. J'avais cliqué sur ses amis, ceux avec qui il était, et j'avais vu qu'ils avaient posté d'autres photos de ces mêmes vacances. Sur l'une d'elles il était sur la plage, sur une autre il surfait, une troisième le montrait en train de sauter d'un bateau avec masque et tuba. Les preuves étaient là.

S'il avait quelque chose à voir avec la mort de Kate, alors la moitié de ses amis devaient y être mêlés.

Je sens ma respiration revenir à la normale. Ce n'est pas un assassin, seulement un sale type. Qui a joué à me faire peur, sachant que ma sœur avait été tuée. Peut-être est-ce sa vengeance pour me punir d'avoir mis fin à notre liaison, de m'être enfuie. Comme il doit me haïr.

Il doit y avoir un moyen d'avertir mon amie. Je sors mon téléphone du tiroir de la table de nuit et je fais défiler les contacts jusqu'à Anna. Sans hésiter, j'appuie sur appeler ; je ne réfléchis pas quand il se met à sonner, mais je suis transférée sur la boîte vocale. Comme si elle avait coupé la communication, et je me demande ce qu'ils sont en train de faire. Peut-être ont-ils renoncé à aller chez Ronnie Scott, ou dans quelque autre endroit, et sont-ils sur le chemin du retour vers l'hôtel.

Je les imagine. Elle allongée sous lui, en train de l'embrasser, de faire courir ses doigts sur les muscles de son dos, tandis qu'il entre en elle.

Ou peut-être est-elle recroquevillée dans un coin, terrorisée, un hématome déjà bleu sur sa peau.

Une vague de nausée me frappe de plein fouet et je déglutis avec peine. Il faut que je croie qu'il l'aime.

Il le faut. Leur relation est sincère ; c'est juste un homme qui a vu une photo de moi – peut-être celle qu'Anna a prise lorsque j'étais à Paris – et qui a décidé qu'il me voulait.

J'imagine la conversation. Anna lui racontant qu'elle m'a rencontrée, et lui montrant le cliché. « Elle est vraiment sympa », dit-elle, et il acquiesce. Et ensuite, il vient me chercher et je n'étais que trop disposée à le laisser me conquérir.

Ça doit être ça. Il ne va pas l'agresser.

Mais alors, mon propre souvenir revient au galop. La moquette sur laquelle je suis allongée dans la chambre d'hôtel, les brûlures sur mes poignets. Je sais de quoi il est capable. Il faut que je l'avertisse. Il faut qu'elle sache, avant qu'ils soient mariés, qu'il a un penchant pour ce genre de pratiques.

Je prends mon téléphone une fois de plus. Cette fois, je laisse un message. « Appelle-moi. » J'essaie de contrôler l'émotion dans ma voix, de ne pas paraître nerveuse, effrayée. « C'est urgent, dis-je. Il y a quelque chose dont il faut que je parle avec toi. » Je baisse d'un ton, même si Hugh est encore en bas et qu'il ne peut absolument pas m'entendre. « Ça concerne ce gars que je voyais, Lukas. » Je frémis lorsque j'énonce son nom. « S'il te plaît, rappelle-moi. »

Je range mon portable. Je sors mon ordinateur de mon sac et, d'une main tremblante, je vais ouvrir la corbeille. Le fichier que j'ai effacé l'autre jour y est encore, les messages que j'avais sauvegardés. J'en ouvre quelques-uns, comme pour vérifier que j'ai raison. Il a dit qu'il habitait à Cambridge. Pas un mot sur une petite amie, encore moins sur une fiancée.

Je décide que je devrais en imprimer un, juste au cas où il faudrait que je persuade Anna, mais l'imprimante est en haut, dans le bureau de Hugh. Je prends ma machine et je monte, allumant la lumière tout en marchant, remarquant à peine les piles de documents qui ont commencé à envahir le plancher depuis que Hugh est au courant de la plainte qui le menace. Je choisis un message et je l'imprime. Sur le papier, c'est du solide. Irréfutable. « Je ne veux personne d'autre que toi. Nous sommes faits l'un pour l'autre. »

Mais finalement, tout ce que cela prouve, c'est que j'ai échangé des messages avec quelqu'un qui s'appelle Lukas, et elle est déjà au courant de cela. Je regrette de ne pas avoir une photo, une photo de nous deux. J'ai supprimé toutes celles que j'ai pu prendre, redoutant trop que Hugh ne tombe dessus.

Je plie malgré tout la feuille de papier et la range dans mon sac, puis je jette un coup d'œil à mon téléphone. Elle n'a pas rappelé. Je sais ce que je dois faire. Je descends au rez-de-chaussée. Hugh est dans la cuisine, en train de remplir le lave-vaisselle.

« Je sors.

— Mais où vas-tu, à cette heure ? »

J'essaie de paraître calme, enjouée, bien que je me sente dans des dispositions totalement opposées. « Je me suis dit que j'allais retrouver Anna et Ryan, après tout. Au bar à jazz.

— Tu es sûre ?

— Oui. Je me sens mal, d'avoir réagi si violemment. Je veux leur présenter mes excuses. Et puis, ce sera peut-être amusant. Et Anna a raison, je ne la vois pas souvent. »

Il a l'air perplexe, dérouté. L'espace de quelques terribles instants, je crains qu'il ne propose de m'accompagner, mais ensuite je me rappelle Connor. « Je ne m'absenterai pas longtemps. Tu veux bien t'assurer que Connor aille se coucher dans les temps ?

— Bien sûr. » Il ramasse encore une assiette.

« Il a école demain.

— Je sais. Vas-y. Amuse-toi bien. Tu prends la voiture ? »

Je sais pourquoi il pose la question. Il veut s'assurer que je ne fasse pas de faux pas, que je ne boive pas. Il n'a pas besoin de s'en faire ; je n'irai pas chez Ronnie Scott. Je ne peux pas prendre le risque d'une confrontation dans un pub plein de bruit et d'étrangers. Je vais attendre devant l'hôtel d'Anna.

« Oui, dis-je. Et laisse tout ça. Je rangerai ce qui reste du dîner demain matin. »

Il hoche la tête. « OK. »

Je vais droit à l'hôtel. Lorsque j'arrive, je gare la voiture et j'appelle de nouveau Anna : toujours pas de réponse. Une fois de plus, la communication bascule directement sur la boîte vocale. Je tape un grand coup sur le volant. Je vais devoir entrer.

Le hall est immense, impressionnant, mais j'y prête à peine attention. Je vais au bar et je trouve un confortable canapé en cuir, à côté de la porte. À travers la cloison en verre, je vois l'entrée principale. Je ne peux pas les rater.

Un serveur approche et me demande si je veux boire quelque chose. « Une eau minérale », dis-je, et il hoche la tête, comme si c'était ce à quoi il s'attendait depuis le début. Il retourne au bar et prépare ma commande en chuchotant, tout en jetant un coup d'œil par-dessus son épaule vers l'endroit où je suis assise.

Il m'apporte mon eau, et un petit bol de bretzels. Il hésite un instant, m'empêchant de voir l'entrée, puis il se penche vers moi. « Vous attendez quelqu'un ? » demande-t-il tout en essuyant la table avant de poser mon verre et de disposer les bretzels et les serviettes en papier. Il essaie de garder un ton léger, mais sa question a une tonalité désapprobatrice. « Oui », dis-je. Ma voix crépite de nervosité. « Oui, j'attends quelqu'un », dis-je avec plus de fermeté.

« Très bien. » Je pense qu'il ne me croit pas. « Un client de l'hôtel ?

— Oui. Elle a une chambre ici. » Il ne s'en va toujours pas. « Elle vient de se fiancer. Au fait, pourrais-je commander une bouteille de champagne ? Une surprise, pour le moment où elle arrivera ? Avec deux verres ? »

Il hoche la tête, puis se relève. « Très bien. » Il se tourne, prêt à partir. Lorsque je jette un coup d'œil vers le hall, j'aperçois Anna. Elle a dû arriver pendant que je parlais au serveur. Elle a l'air différente, plus triste, plus sérieuse que lorsqu'elle est partie de chez moi il y a une heure environ, et il me faut un moment pour la reconnaître. Je me lève, mais déjà elle se dirige vers l'ascenseur. Je pourrais l'appeler, mais la porte entre nous est fermée et elle ne pourrait pas m'entendre. Malgré tout, mon cœur bondit – pendant quelques instants, j'ai de la chance : elle est seule –, mais ensuite tout s'écroule. Je repère Lukas, quelques pas derrière elle. Je me fige, puis je le regarde laisser un couple passer devant lui. Le temps de réagir, je me rends compte que je vais les rater.

« Merde. » Les portes de l'ascenseur sont sur le point de se fermer, mais c'est alors qu'Anna m'aperçoit, par-dessus l'épaule de son fiancé. Elle me regarde fixement, elle paraît abasourdie ; avant que je puisse esquisser un sourire, les portes de l'ascenseur se sont fermées et elle a disparu.

Je sors du bar et je fonce dans le hall de l'hôtel. Je cours vers l'ascenseur, mais il est déjà en train de monter. Je le regarde, le maudissant en silence, s'arrêter au troisième, au cinquième et au sixième ; je n'ai aucun moyen de savoir à quel étage se situe leur chambre, et encore moins laquelle c'est. Lorsqu'il se met à redescendre, je me tourne et me dirige vers mon canapé, cherchant mon téléphone dans mon sac, tout en imaginant leur conversation à ce moment.

« Je suis certaine d'avoir vu Julia dans le hall, aura-t-elle dit. Je me demande ce qu'elle faisait là.

— Non, dira-t-il. Ce n'était pas elle. »

Ils iront dans leur chambre. « Viens… » dira-t-il, et il l'embrassera, la déshabillera, comme il le faisait avec moi. Elle se sentira lui céder. Leurs mains, leurs bouches se trouveront. Sa queue sera déjà raide lorsqu'elle commencera à défaire son pantalon.

Je repousse ces pensées. Il faut que je reste concentrée. Mon téléphone est déjà en train de vibrer lorsque je le trouve, et je décroche rapidement. C'est Anna.

« C'est toi ? Tu es en bas ? »

Elle a l'air heureuse, détendue, bien que surprise. J'entends Lukas derrière elle. On dirait qu'il est en train de remplir des verres.

« Oui.

— Je t'ai vue lorsque je suis rentrée. Est-ce que tout va bien ?

— Oui. » Je réalise que ce n'est pas la peine de faire semblant. « En fait, non. Écoute, il faut que je te voie. J'essaie de t'appeler depuis tout à l'heure. J'ai laissé un message. Je vais t'expliquer. Est-ce que tu peux descendre ? »

Elle a l'air hésitante. Intriguée.

« Pourquoi ne montes-tu pas ?

— Non, non. Descends, toi. S'il te plaît ? »

Je pense au document imprimé que j'ai apporté avec moi. Je ne veux pas le lui montrer, mais il se peut que j'y sois obligée. Me croira-t-elle ? Il le faudra bien, mais je n'aimerais quand même pas devoir le sortir.

« Est-ce que Hugh est avec toi ? demande-t-elle.

— Il est à la maison. S'il te plaît, descends. Laisse-moi t'expliquer. »

Je l'entends plaquer sa main sur le combiné du téléphone, discuter avec Lukas. Je sais parfaitement ce qu'il est en train de lui dire. « Anna ! dis-je. Anna… »

Au bout de quelques instants, elle reprend. « Nous serons là dans quelques minutes.

— Non ! » J'essaie de contrôler ma voix, mais je dois malgré tout paraître frénétique, paniquée. « Non… Ce serait mieux… est-ce que tu pourrais descendre seule ? S'il te plaît ? »

Elle hésite. « Donne-moi cinq minutes. »

Bien qu'il soit tard, elle s'est changée, a enfilé un pantalon, un pull, des baskets. Le bar est moins animé ; les quelques clients qui restent sont en train de finir leur dernier verre avant de monter. La bouteille de champagne posée sur la table devant moi paraît totalement incongrue. « Julia ! s'écrie-t-elle après que nous nous sommes embrassées. Est-ce que tout va bien ? Tu as l'air si inquiète ! » Elle baisse la voix. « Est-ce que tout va bien avec Hugh ?

— Oui. » Je jette un coup d'œil derrière elle ; il n'y a personne, personne d'autre que le serveur, qui ramasse des verres et détaille la dernière arrivée. Nous nous asseyons.

« Tant mieux. J'avais peur qu'il soit arrivé quelque chose. Ou que Hugh ait découvert toute l'histoire avec *l'autre mec.* »

Elle articule les deux derniers mots sans les prononcer, comme si elle pensait qu'il y a des espions partout, prêts à aller tout rapporter. « Non, ce n'est pas ça. Rien à voir.

— Tant mieux ! » Elle lève son verre. Je hoche la tête. Le mien est toujours vide.

« Qu'est-ce qui se passe ?

— Est-ce que tu as écouté le message que je t'ai laissé sur ton téléphone ? » Elle secoue la tête.

Je n'arrive pas à parler. Je ne veux pas lui dire. Je ne veux pas détruire son bonheur, même s'il est fondé sur des mensonges. Mais là, je pense à toutes les choses que Lukas m'a fait subir, celles que j'ai bien cherchées, et celles que je n'ai pas demandées. Je ne peux pas faillir comme, au fond de moi, je sais que j'ai failli avec ma sœur. Je ne peux pas la laisser tomber, juste pour m'épargner une conversation difficile.

« Il s'agit de Ryan.

— Ryan ?

— Écoute. » Je prends sa main entre les miennes. Je me dis que c'est ce que Kate aurait fait. « Je ne veux pas que tu penses que je suis… tu vois le genre… jalouse…

— Jalouse ? Mais je ne comprends rien à ce que tu dis !

— De Ryan et toi.

— Pourquoi serais-tu jalouse ? Julia, qu'est-ce qu'il y a ? »

J'hésite. Je cherche les mots les plus appropriés, mais ils paraissent hors de ma portée.

« C'est juste que…

— Quoi ?

— Est-ce que tu es sûre de pouvoir lui faire confiance ?

— Bien sûr ! Pourquoi ?

— C'est juste que ça ne fait pas très longtemps que tu le connais, et… »

Mon argument paraît mesquin, foireux, et je me rends compte immédiatement que je n'ai pas dit ce qu'il fallait. Je vois l'expression sur le visage d'Anna se transformer en colère.

« Je le connais depuis suffisamment longtemps, dit-elle. Mais qu'est-ce que c'est que cette histoire, Julia ? Je n'aurais jamais cru ça de personne, encore moins de toi ! »

Je prends une grande inspiration. Je me mets à parler. « Je ne pense pas qu'il soit la personne qu'il prétend être », dis-je. Je ferme les yeux. « Désolée…

— Quoi ? » Elle semble choquée. « Mais qu'est-ce que tu me dis là ? Qu'est-ce que ça signifie ? »

J'avance avec précaution. Il faut qu'elle comprenne seule. Il faut qu'elle réalise que l'homme qu'elle appelle Ryan lui ment sur l'endroit où il se rend toutes les semaines.

« Qu'est-ce qu'il fait ? Le mardi ?

— Il va travailler…

— À Paris ?

— Ça dépend. Il voyage beaucoup.

— À Londres ?

— Parfois… Mais quel est le problème, Julia ?

— Le truc, c'est… » dis-je, mais je m'interromps. L'atmosphère dans la pièce a changé, la porte du bar a été ouverte et laisse entrer un courant d'air froid. Derrière Anna, je vois Lukas, en train de fouiller la pièce du regard, à notre recherche. Il a l'air parfaitement calme.

« Merde !

— Quoi ? » Elle se retourne. « Oh, tiens ! » Elle l'appelle, seules quelques tables les séparent, et lorsqu'il la voit il se dirige vers nous.

J'attrape sa main. « Écoute. » Je parle vite, il faut que je lui dise avant qu'il n'arrive ici. « Tu ne peux pas avoir confiance en lui, il n'est pas celui qu'il prétend être. Il voit quelqu'un d'autre. Il faut que tu me croies…

— Julia ! » Elle secoue la tête. Je sens monter un sentiment d'urgence ; d'un instant à l'autre, il risque de se transformer en panique.

« *Quitte-le !* » J'ai parlé trop fort. Le serveur a entendu, et sans aucun doute, Lukas, aussi.

Elle retire sa main et se lève. Elle me regarde avec incrédulité. Incrédulité et colère.

« Je suis désolée… » dis-je, mais, à cet instant, Lukas arrive.

« Ça va ? » Le visage d'Anna se détend. Elle se tourne pour l'embrasser, puis me regarde.

« Julia s'apprêtait à partir. » Elle sourit. « N'est-ce pas ?

— Non. Écoute-moi… »

Lukas fait un pas en avant, se place entre Anna et moi. Comme si c'était moi qui étais dangereuse. Il a l'air furieux, protecteur envers sa future épouse.

« Qu'est-ce qui se passe ici ? »

Anna se tourne pour me faire face. « Je sais ce qui se passe. » Elle a l'air contrariée mais déterminée. « Tu es jalouse. Juste parce que ton couple est en train de se casser la figure, et que le nôtre vient à peine de naître. Ou est-ce à cause de l'argent ?

— De l'argent ? » Je n'ai pas la moindre idée de ce dont elle parle.

« Tu sais que nous allons faire entériner nos testaments vendredi…

— Quoi ? » Mon cerveau tourne à plein régime. Je ne sais rien de tout ça. Je fouille le passé, j'essaie de me rappeler notre dernière conversation.

« Anna, non. Non, ce n'est pas ça du tout. Cet argent t'appartient. Kate te l'a laissé. Je *veux* que tu l'aies. »

Je repense à la conversation que nous avions eue à Paris, il y a des mois. Je lui avais dit la même chose, alors.

« Écoutez », dit Lukas. Il pose sa main sur mon bras et je tressaille. « Je ne sais pas ce qui se passe ici, mais il faut que vous vous calmiez, toutes les deux. »

Anna est en colère. Le personnel du bar a remarqué ; un homme s'approche de nous. « Mademoiselle, me dit-il, avant de poursuivre : Est-ce que tout va bien ?

— Parfaitement bien, dit Lukas. Rien que nous ne puissions gérer. » Il commence à emmener Anna vers la porte. Elle me regarde avec une expression incrédule, secouant la tête comme si elle ne parvenait pas à croire que j'étais devenue la personne qu'elle avait sous les yeux. Je me demande ce qu'elle se dit d'autre, peut-être que Kate avait toujours eu raison, que je suis une salope jalouse qui l'a trahie, lui a volé son enfant et a refusé de le lui rendre. « Je crois que vous feriez mieux de partir », dit Lukas avec fermeté en se tournant vers moi, et, au même moment, je sens une main se poser sur mon bras. C'est le barman, qui me fait pivoter et m'escorte dans la direction opposée.

« C'est Lukas ! » crié-je au moment où ils approchent de la porte, mais elle regarde ailleurs et ma voix est engloutie dans les profondeurs désertes du bar. Les autres clients me regardent – ils pensent que je suis ivre, que je suis une fauteuse de trouble, une ex jalouse – mais je ne suis pas certaine qu'Anna m'ait entendue. C'est seulement une fois que j'ai réussi à me dégager de la poigne du serveur et que je me retourne pour répéter mon avertissement que je constate qu'il est trop tard.

Elle est partie.

Je paie et je m'en vais. Il n'y a rien d'autre à faire et je ne peux pas rester, vu l'agitation que j'ai causée. Lorsque j'arrive à la voiture, j'ouvre la fenêtre et j'allume une cigarette que je prends dans le paquet que j'ai commencé à cacher dans la boîte à gants. Je pense à Hugh – il n'aime pas qu'on fume dans la voiture – : j'aimerais tant être auprès de lui, tout de suite.

J'ai tout foiré. Je ne sais pas ce que j'aurais pu faire différemment, mais j'ai foiré.

Je souffle la fumée, m'adosse dans le fauteuil en cuir. Je me suis garée dans une rue adjacente juste à côté de Portland Place et je vois l'entrée de l'hôtel dans mon rétroviseur extérieur. Bien qu'il soit minuit passé, il y a encore des gens qui entrent et sortent.

Je me demande si Anna a raison. Peut-être s'agit-il vraiment de l'argent de ma sœur, mais pas dans le sens qu'elle croit. J'imagine Lukas, entendant parler de la mort de Kate, m'approchant, avant de finalement découvrir que ma sœur a laissé tout son argent à sa meilleure amie.

Mais non, c'est insensé ; il fréquentait Anna avant le décès de Kate. Me voici revenue au point de départ.

À nouveau, la même pensée apparaît, celle qui me hante depuis longtemps. Elle grandit, je n'arrive pas à la repousser, ni à la faire taire. C'est parce quc je sais qu'il vit à Paris, maintenant. Elle remonte à la surface, inexorablement, irrésistiblement.

C'était lui.

Mais c'est impossible. Il y a la boucle d'oreille de Kate ; ils ont arrêté quelqu'un. En plus, nous savons que la police a tout vérifié, enquêté sur tous les contacts de Kate sur Internet. C'est impossible qu'il soit le coupable.

Mais alors, pourquoi avoir jeté son dévolu sur moi ? Ou ne suis-je absolument pas une cible repérée à l'avance – était-ce un pur hasard ?

Je finis ma cigarette avant de la jeter sur le trottoir par-dessus la vitre à moitié baissée. Immédiatement, j'éprouve le besoin d'en allumer une autre ; je résiste, mais cela paraît inutile, futile. Il faut que je retrouve mes esprits. Il faut que je mette de l'ordre dans mes pensées. Je prends mon sac sur le siège passager et je commence à fouiller à l'intérieur.

Tout arrive très vite. Je ne le vois pas sortir de l'hôtel, je ne l'entends pas approcher, je me rends à peine compte qu'il ouvre la portière. Je lève les yeux et il est là, sur le siège à côté de moi ; je suis passée de seule à plus-seule en une fraction de seconde. Mon cœur bondit sous l'effet d'une terreur immédiate.

« Mais qu'est-ce que… ai-je à peine le temps de dire.

— Surprise ! » Son exclamation ne comporte aucune chaleur, aucun humour. Son visage est à quelques centimètres du mien ; il sent l'après-rasage, celui dont j'ai l'habitude. Un parfum boisé – du bois de santal, dirais-je – mêlé à autre chose, quelque chose de médicinal. Il me semble plus pâle que dans mon souvenir, les traits plus tirés. J'essaie de me dire que si je le rencontrais aujourd'hui, je ne le remarquerais même pas, mais c'est faux.

« Lukas », dis-je dans un hoquet. Ma mémoire musculaire se manifeste à nouveau ; instinctivement, je me rétracte autant que possible sur mon siège, je m'éloigne de lui autant qu'il m'est possible, sauf à ouvrir la portière et à m'enfuir en courant. Je me demande si ce n'est pas ce que je devrais faire, m'enfuir en courant.

« Qu'est-ce que tu veux ?

— Oh, ma chérie. Ne sois pas comme ça… » Sa voix est épaisse, pas du tout celle que je lui connais.

« Où est Anna ? » Des visions fusent dans ma tête, elle est à l'étage, elle fait les cent pas. Je me demande si elle sait qu'il est avec moi ; il est possible qu'il lui ait dit qu'il sortait juste prendre l'air, marcher un peu.

Il sourit. Un sourire sans joie, plein de ressentiment. « Détends-toi. Je ne sais pas ce que tu crois comprendre, mais laisse-moi te dire une chose, tu as tout faux sur toute la ligne. » Il marque une pause.

« Anna est en haut, je l'ai laissée sous la douche. » Il sourit de nouveau, mais d'une autre manière. Je me demande si je suis censée trouver ce commentaire suggestif, érotique. Émoustillant. Est-ce le jeu qu'il a décidé de jouer ? Nous trois, là-haut, nus ?

« Elle sait que je suis là. C'est elle qui m'envoie. Elle est désolée d'avoir perdu son sang-froid. Elle veut que tu montes boire un verre avec nous. Pour que nous parlions de tout ça. » Il hausse les épaules. « Alors, qu'en dis-tu ? »

Je voudrais le croire mais je refuse. Comment le pourrais-je ? Anna pense que je l'ai rencontré pour la première fois ce soir.

« Qui es-tu ? Dis-moi ce que tu veux. » Il m'ignore.

« Non ? Je me disais aussi… » Il se tourne. « Écoute. Anna est une grande fille. Elle sait ce qu'elle fait. Je ne sais pas pourquoi tu veux t'interposer.

— M'interposer ?

— L'avertir. Lui dire que je ne suis pas celui qu'elle croit. Peut-être que je suis exactement celui qu'elle croit. Et que c'est toi qui te trompes. » Il semble réfléchir. « Peut-être est-ce toi qui ne sais rien de moi. Pas elle. » Il se penche vers moi. « Anna a confiance en moi, tu vois ? Elle me dit tout… »

Je pense au message imprimé que j'ai dans mon sac. J'aurais dû le lui donner quand j'en avais la possibilité.

« Peut-être, pour l'instant… » dis-je, mais brusquement il attrape mon bras, et le tord. C'est soudain, et brutal. Un cri m'échappe, de surprise et de douleur, puis il me fait taire.

« Tu sais, dit-il entre ses dents, en serrant toujours mon bras, en y enfonçant ses doigts, je n'aime pas les petites pétasses dans ton genre qui viennent me gâcher mon plaisir. Alors, voici ce qui va se passer… » Il me tord le bras encore plus fort. Je me débats, mais il me tient. Une main lui suffit, cela paraît très facile. J'ai le sentiment qu'il pourrait me briser le bras d'un coup, sans effort ou presque, comme si c'était exactement ce qu'il s'apprêtait à faire. Je laisse échapper un râle ; à nouveau, je me rappelle ses mains sur moi, comment elles caressaient la peau qui aujourd'hui brûle de douleur. « Putain, tu vas sortir de ma vie, dit-il. Tu vas laisser Anna tranquille, et tu ne vas pas te mêler de ça. Compris ? »

Je rassemble toutes mes forces. Je me tourne vers lui ; je finis par réussir à dégager mon bras. « Ou alors ? Je t'ai vu, tu sais. Tout à l'heure. Monter dans l'ascenseur. Tu n'avais pas l'air si amoureux que ça. Je ne sais pas ce que tu fabriques, mais elle ne le mérite pas. Elle ne t'a rien fait. Elle pense vraiment que tu l'aimes. »

Je sens sa résolution vaciller, très légèrement. J'ai touché juste. Mais il répond alors : « Je me fiche pas mal de ce que tu penses avoir vu. » Son sourire est à peine esquissé, dédaigneux. « Et tu vas nous laisser tranquilles. »

Il paraît si sûr de lui. La terreur s'empare de moi.

« Ou bien ?

— Ou bien je pourrais rendre mes petites archives privées un peu moins privées… »

Je ne comprends pas ce qu'il est en train de dire, mais je sens la tension monter. Comme si mon corps avait déjà deviné alors que ma tête est en retard de quelques secondes.

« Tes quoi ?

— Oui, dit-il. J'ai quelques photos très intéressantes dans ma collection. Des vidéos, aussi. Tu veux voir ? »

Je me sens m'écrouler. Il paraît si totalement sûr de lui. Je ne suis personne, je ne suis rien. Il pourrait me détruire, sans même avoir à essayer.

Je secoue la tête. Il sort son téléphone de sa poche, et fait défiler les menus. « Ah, celle-là, elle est bien. »

Il choisit une photo, laisse la lumière de l'écran éclairer brièvement l'intérieur de la voiture, puis il incline le téléphone de manière à ce que je puisse la voir. C'est une femme, cadrée au niveau de la taille. Elle est nue.

Il me faut un moment pour réaliser qu'il s'agit de moi.

J'ai le souffle coupé. « C'est… » Mais les mots restent coincés dans ma gorge et je n'arrive pas à les faire sortir.

« C'est la première fois… La première fois que tu as utilisé ta webcam. Tu te souviens ? »

Oui. J'étais dans mon studio, la porte fermée à clé. J'avais incliné la webcam, puis je m'étais levée. Je m'étais sentie idiote, au début, mais ensuite je m'étais laissée aller jusqu'à ce qu'il n'y ait plus que moi, et lui, et le reste du monde avait totalement disparu.

La trahison paraît si absolue. Je n'arrive plus à regarder la preuve, mais je ne veux pas non plus le regarder, lui.

« Tu l'as prise… tu l'as *gardée* ?

— J'aime bien conserver des traces. » Il hausse les épaules, comme si ce n'était rien. « Pour quand je m'ennuie, tu vois ?

— Comment oses-tu ! » La fureur envahit ma poitrine, mais il y a autre chose aussi. Une nouvelle frayeur, froide, dure, perçante. S'il a ça, me dis-je, il doit en avoir d'autres.

Il commence à faire défiler le contenu de son portable. « J'en ai plein d'autres, dit-il. Celle-ci, par exemple ? Ou celle-ci ? »

Il me montre une photo après l'autre. Une rediffusion des quelques mois passés, un florilège des meilleurs moments. Presque tous les jours, je m'étais déshabillée pour lui, parce qu'il s'ennuyait, ou parce qu'il était excité, et qu'il me manquait, et que j'avais envie de lui faire plaisir. Avec chaque photo, je m'enfonce un peu plus profondément, jusqu'à avoir l'impression de me noyer. L'eau se referme sur moi, s'infiltre partout, et je n'arrive plus à respirer.

« Oh, et il y a ça. » Celle-ci est différente, prise à l'hôtel, alors qu'on vient juste de coucher ensemble. Je suis debout, je souris à l'objectif ; il m'a surprise alors que je me rhabillais. Je me souviens du jour où il l'a prise. J'en avais été flattée à l'époque ; il voulait un souvenir, pour ne pas oublier cette journée.

Cela m'avait fait plaisir, mais je me rappelle lui avoir demandé de la supprimer. « Je ne me sens pas à l'aise », avais-je dit. Il m'avait répondu que j'étais belle. Qu'il voulait une photo. « S'il te plaît, Lukas, efface-la. »

Visiblement, il ne l'avait pas fait. Maintenant, quand je la regarde, je suis horrifiée. C'est comme une version de moi contemplant une autre version. Julia, qui regarde Jayne. J'avais pensé pouvoir les maintenir séparées, dans des boîtes, enfermées, mais j'avais tort. Les choses ont cette manie de s'échapper.

Une autre vague de désespoir me balaie. Rien de tout cela n'était réel. Depuis le début, tout était basé sur un mensonge, une illusion d'amour.

« Enfin, tu vois l'idée.

— Espèce de salaud… » dis-je dans un souffle. Même ce mot semble totalement inadéquat, après tout ce qu'il m'a pris.

« Oh, allez. Elles sont super, ces photos ! Tu es bien placée pour le savoir. Ce serait très égoïste de ma part de ne pas les partager… » Sa main s'enfonce à nouveau dans sa poche. Lorsqu'il la ressort, il tient une carte mémoire. Il me la tend. « Voilà tes copies, si tu veux y jeter un œil. » Je regarde fixement l'objet, mais je refuse de le prendre. « Non ? Tu peux la prendre, tu sais. Il y en a plein d'autres… » Il sourit. Puis il la pose entre nous sur le tableau de bord.

« Mais tu apparais dans la moitié de ces photos. Pourquoi voudrais-tu les diffuser ?

— Je suis sur quelques-unes, en effet. Mais pas toutes. Et de toute manière, je n'ai pas d'enfant. Je ne suis pas marié à un chirurgien. Je pense que ça n'aurait pas grand impact. » Il sourit. « Imagine… » Il secoue la tête, avec un claquement de langue désapprobateur. « Imagine ce que la presse dirait. Le *Mail* ? *L'ÉPOUSE D'UN GRAND CHIRURGIEN AU CŒUR D'UN SCANDALE SEXUEL* ? Cela pourrait se propager comme un virus. Tu ne crois pas ? »

Je ne réponds pas. Il a raison. L'avenir s'écroule, au ralenti. En plus de la plainte contre Hugh, cela nous briserait. Je vois déjà le scandale, nos amis qui se détournent de nous. Maria, Carla, tous ses collègues. Je m'imagine en train de marcher dans la rue, sentant les gens me fusiller du regard, ne sachant pas ce qu'ils ont vu, quelle rumeur ils ont entendue.

Il a gagné, me dis-je, et il n'y a rien que je puisse faire. Il a Anna, il mettra la main sur l'argent de ma sœur, et ensuite il maltraitera et malmènera Anna comme il l'a fait avec moi.

Mais il n'a pas terminé. « Il y a le patron de Hugh à l'hôpital, aussi. Tous ses collègues. Ça ne peut pas être bon pour les affaires. Pour sa réputation. Il y a l'école de Connor, les parents. J'imagine qu'il ne serait pas trop difficile de mettre la main sur leurs adresses mail. Oh !... dit-il comme si quelque chose venait de lui revenir. Je viens de me rappeler. Il y a tous ces sites pornos sur lesquels je peux les télécharger. Hot amateur ». Il me regarde, guettant ma réaction. « Femme mûre sautant un jeune étalon ».

Cela arrive brusquement, sans que j'aie rien calculé. Je le gifle, aussi fort que j'en suis capable. C'est comme si toute l'énergie que je contenais jaillissait dans une grande éruption unique. Je veux cogner, hurler, me battre.

Cependant, sa seule réaction est un rire silencieux, presque étouffé, et je me rends compte qu'il est content.

Il me regarde. Ses yeux sont dénués de toute expression. Je me demande s'il est capable d'éprouver de la douleur.

« Alors, comme je disais, tu vas nous laisser tranquilles, Anna et moi. »

Je sens que je vais me mettre à pleurer. Je ne laisserai pas les larmes monter, je ne lui donnerai pas cette satisfaction, mais elles me brûlent les paupières.

En même temps, je suis presque soulagée. Lorsque tout est fini, il n'y a plus de souffrance, plus rien à perdre.

Les laisser tranquilles, Anna et lui – ce sera peut-être difficile, mais c'est faisable.

« Et puis, je te propose de réfléchir un peu à la valeur que ces photos ont à tes yeux. Je sais que ta sœur a laissé un peu d'argent à Anna, mais j'ai cru comprendre qu'il y en avait beaucoup plus pour ton fils…

— Espèce de salaud », dis-je à nouveau.

Il se tourne pour ouvrir la portière. La température dans la voiture semble descendre de plusieurs degrés lorsqu'il s'éloigne de moi, et le reste du monde s'engouffre à l'intérieur. « Il faut que j'y aille, dit-il. Anna va se demander où nous sommes. En plus, j'imagine que tu dois avoir beaucoup de choses à penser. Je lui dirai que tu étais encore contrariée, que tu devais rentrer voir Connor. J'inventerai quelque chose. »

J'ai envie de renoncer, de le laisser partir, mais je repense à Kate et je sais ce que je dois faire. Je suis assez forte ; si cette année m'a appris une chose, c'est bien que je suis plus forte que je ne le crois.

« Attends. »

Il tire la poignée, mais il ne sort pas. Il se tourne vers moi. « Quoi ?

— Anna a confiance en moi. » Maintenant que j'ai pris ma décision, ma voix est ferme, pleine de défi. « Elle ne te croira pas. Pas si je lui dis ce que tu fais. »

Il referme la portière.

« Dis-lui ce que tu veux. La vérité, c'est qu'Anna commence à croire que tu es un peu folle. Malade. Elle pense que la mort de ta sœur t'a peut-être fait perdre les pédales. Cette vie parfaite qui était la tienne… et maintenant… » Il plonge sa main dans sa poche. « Elle pense que tu es un peu imprévisible. Un tout petit peu jalouse, peut-être. Ce qui est vrai, bien entendu, mais elle ne sait pas pourquoi. »

Je repense au temps que j'ai passé avec Anna à Paris, à toutes les conversations que nous avons eues ces derniers mois. Il a tort.

« Tu mens. Qu'est-ce… ?

— Qu'est-ce qui lui fera croire ça ? Et j'imagine que ça, ça ne va pas aider… » Il tend la main entre nous. Il tient quelque chose ; il devait l'avoir caché dans sa poche. Il me faut quelques instants pour comprendre que c'est un couteau.

Je suis prise de panique. J'essaie de m'écarter, mais la voiture est exiguë et je ne peux aller nulle part. Cela arrive en un instant. Il attrape ma main entre les deux siennes, et me sert fort. Le couteau est pointé vers moi, maintenu dans sa main même s'il donne l'impression d'être dans la mienne. Je lutte pour me libérer, pensant qu'il tente de me poignarder, et il commence à balancer ma main, à gauche, à droite, à gauche à nouveau. C'est comme si nous étions en train de nous battre, comme s'il essayait de m'arracher le couteau, alors que c'est lui qui le tient. J'entends une voix crier, et je crois d'abord qu'elle vient de l'extérieur de la voiture, mais ensuite je me rends compte que c'est moi, et je vois tout. C'est comme si je regardais du dehors, penchée pour voir ce qui se passe dans le véhicule. On dirait que j'essaie de le poignarder et qu'il tente de me repousser à deux mains. Il se relâche un instant et, au moment où je pense qu'il va laisser tomber le couteau, il agit.

Avec une férocité brutale, il tire ses deux mains vers son visage et le couteau qu'il tient érafle la peau de sa joue. « Merde ! » dit-il. Un instant plus tard, le sang jaillit.

« Espèce de conne. » Il sourit. Il écarte mes mains comme si je le repoussais et laisse tomber le couteau. Il atterrit sur mes genoux et je constate qu'il ne s'agit que d'un couteau de cuisine, comme ceux que j'utilise pour préparer les légumes, et qu'il n'aurait jamais causé beaucoup de dégâts. Pourtant, il est pointu, il l'a coupé, et le sang commence à couler sur sa joue.

« Tu as essayé de me poignarder ! » Il tâtonne, comme s'il essayait de s'écarter de moi, puis il trébuche en sortant de la voiture. Je suis muette de surprise. Il y a un couple à côté de la voiture, un homme et une femme. Ils observent la scène, essayant de comprendre ce qui se passe. Ma bouche s'ouvre et se referme, pathétique. Je vois que la blessure sur sa joue n'est guère plus qu'une égratignure, mais le sang coule malgré tout. Il en a sur la bouche, sur le menton, jusque sur sa chemise blanche.

Je pense à la réaction d'Anna lorsqu'il montera la rejoindre. Il aura du sang partout, comme s'il venait d'être sauvagement agressé. Cela donnera l'impression qu'il s'en est sorti de justesse, et elle croira tout ce qu'il lui dira. Que je suis jalouse, folle. Que j'essaie de les séparer par méchanceté, parce que je n'ai personne.

« Tu penses toujours qu'elle va te faire confiance ? » dit-il, avant de disparaître ; je suis seule – même s'il y a des gens et des voitures – et tout ce que j'entends, c'est le battement de mon cœur et un chien, loin, loin, qui hurle dans les ténèbres.

27

Je n'ai pas le choix. Je rentre chez moi.

Il est tard ; la maison est silencieuse, plongée dans le noir. Je devrais m'y sentir en sécurité, elle devrait être un refuge, mais ce n'est pas le cas. Hugh et Connor sont à l'étage, endormis. Ils n'ont pas la moindre idée de ce qui se passe, de l'endroit où j'étais. Je suis séparée de ma famille. Séparée et seule.

Je vais dans le salon et j'allume une lampe, puis je m'assois dans son halo chaleureux. Je fais tourner la carte mémoire entre mes doigts. Elle est si petite, si fragile. Je pourrais la détruire aisément, l'écraser sous mon pied, la faire fondre à la flamme de mon briquet. Pendant quelques minutes, je me dis que je vais le faire, mais je sais que c'est inutile. Je la pose sur la table, je la reprends.

Je vais chercher mon ordinateur, je l'allume, j'insère la carte dans la fente prévue à cet effet. Je sais que je ne devrais pas regarder, mais je ne peux pas m'en empêcher. Il y a peut-être quelques semaines, j'aurais encore pu espérer que ce soit une plaisanterie, que je n'y trouverais qu'une de ces cartes électroniques de mauvais goût que j'exécrais autrefois, mais que j'envoie maintenant régulièrement lorsque j'ai oublié l'anniversaire de quelqu'un. J'aurais presque pu m'attendre à ce que le fichier soit un film d'animation. Des singes en train de danser, avec mon visage en surimpression en train de chanter une chanson. *Je t'ai eue !*

Mais ce n'est plus le cas. Je ne peux même plus me mentir à moi-même.

La carte contient environ douze fichiers, des images, des vidéos. Je m'assure que mon ordinateur a le son coupé lorsque je clique sur l'un d'entre eux.

C'est une vidéo. De nous deux. Sur le lit, nus. Je suis couchée sous lui, mais mon visage est dans le cadre. Je suis reconnaissable. J'ai les yeux fermés, la bouche ouverte. J'ai l'air un peu ridicule. Je ne supporte qu'une seconde ou deux. Je ressens une sorte d'effroi mêlé de détachement ; détachement, parce que je pourrais facilement croire que la femme sur l'écran n'a rien à voir avec moi, effroi parce que cet acte de totale intimité est là, enregistré sans que je l'aie su, gravé pour toujours.

Un découragement profond m'accable. Comment a-t-il filmé ça ? Est-ce qu'il avait installé son ordinateur, et tourné la caméra intégrée vers le lit ? J'aurais remarqué, non ?

Peut-être était-ce quelque chose de plus sophistiqué, à ce moment-là. Une caméra cachée déguisée en canette ou dissimulée dans le capuchon d'un stylo-bille. Je sais que cela existe, j'en ai même vu dans les grands magasins – John Lewis, Selfridges – quand je regardais les appareils photos. À l'époque, je m'étais demandé pourquoi des gens achèteraient un objet pareil. Ils étaient destinés à des professionnels, certainement, à des détectives privés. Ils appartenaient au monde de James Bond. Mais maintenant, je sais.

Je frissonne. Ces vidéos et ces photos me renvoient au tout début de notre liaison ; il devait avoir tout prévu, depuis le premier jour. Une envie de vomir me prend à la gorge. Je respire aussi profondément que je le peux, de longues, lentes respirations qui ne m'apportent aucun soulagement, puis je ferme ma machine d'un claquement sec avant d'arracher la carte mémoire de son encoche pour la jeter à travers la pièce. Elle rebondit sur le mur et tombe sur le plancher, à mes pieds.

Je me lève. Je ne peux pas la laisser ici. J'imagine Connor en train de la ramasser, d'y jeter un œil. Que dirait-il ? Que penserait-il ? Je la prends et je monte. Je la mets dans mon tiroir. Demain, je viendrai la chercher et je la jetterai dans le canal ou sous les roues d'un bus. Je veux un verre, mais je suis consciente que c'est la dernière chose à faire. Une fois que j'aurai commencé, je risque d'être incapable de m'arrêter. Je prends une douche, aussi chaude que possible. Mais jamais ma peau n'a été moins vivante. C'est seulement lorsque l'eau est presque brûlante que je commence à sentir quelque chose.

Pendant les deux jours suivants, je ne dors pas. J'appelle Anna, sans arrêt, mais elle ne répond pas. Je suis à cran. Je sursaute au moindre bruit, craignant qu'il ne révèle la présence de Lukas. Je redoute tous les appels, tous les messages, tous les paquets qui arrivent par la poste. Je ne sais pas quoi faire. J'appelle Adrienne, mais je ne peux pas lui dire ce qui ne va pas. Je prétends que je ne suis pas bien, que j'ai un virus, et je lui promets de la rappeler la semaine prochaine. Elle va être absente pendant quelques jours, dit-elle. Bob l'emmène à Florence.

Je décide que je vais me pointer pour déjeuner avec Anna, à son hôtel, comme nous l'avons prévu. Il sera peut-être là, bien sûr, ou elle pourra refuser de me parler, mais je n'ai pas d'autre choix. En tout cas, je décide que couper définitivement les ponts est ce qu'il y a de mieux à faire ; je pourrais alors retrouver ma propre vie, me concentrer sur Connor et Hugh.

Je n'arrive pas à me poser. Je veux sortir de la maison mais je ne sais pas du tout où aller. Je veux couper mon portable, mais je n'ose pas, je risquerais de manquer un appel d'Anna. Arrive le jeudi, et Hugh a remarqué mon malaise ; il me dit qu'il faut que je sorte, que je fasse quelque chose pour me sortir Kate de la tête. « Tu as juste fait un pas en arrière », dit-il. Il pense que le chagrin est revenu et, d'une certaine façon, il a raison. C'est le chagrin dont il connaît l'existence, et aussi celui qu'il ignore.

Je sors avec Connor pour le dîner. Je choisis un burger sans pain et une salade, mais lorsque je vois le menu de Connor, avec son fromage fondu et ses frites plongées dans deux bains différents, je me demande pourquoi je me prive. Ma vie est en train de se déliter, ma liaison est sur le point d'être déballée de la plus affreuse des manières. Pourquoi me préoccuper de mon apparence, de ce que je mange ?

Peut-être Kate avait-elle raison. Mange, bois, baise avec qui tu veux en te fichant des conséquences.

Et puis, mourir.

Je tends la main et j'attrape quelques frites dans l'assiette de Connor. Il lève les yeux de l'écran de son téléphone, le front plissé, son visage feignant l'indignation. « Maman ! » dit-il. Mais il rit. C'est un minuscule instant de plaisir, de le voir heureux. Je me demande si c'est la première fois depuis que nous lui avons dit que le coupable de la mort de Kate avait été arrêté.

Je désigne son portable d'un mouvement de tête. « Qu'est-ce que tu fais ? » dis-je.

Il le repose sur la table. À portée de main, retourné. Il vibre presque aussitôt.

« C'est juste Facebook. Et j'ai une partie d'échecs en cours.

— Avec papa ?

— Non. Hugh n'aime que jouer en vrai.

— Hugh ? » Je suis choquée, l'espace de quelques instants.

« Il a dit que je pouvais l'appeler comme ça, si je voulais. Il a dit que ça ne l'ennuyait pas. »

Moi, ça m'ennuie. Il grandit mais il s'éloigne de nous, aussi. Le premier phénomène est inévitable mais, comme tous les parents, j'aurais espéré éviter le second, au moins pendant quelque temps. D'une certaine manière, c'est bien d'être contrariée par ça.

Après les horreurs des derniers jours, l'inquiétude à propos d'Anna et des photos que Lukas a sur son ordinateur, je suis face à un problème banal et facile à gérer. Qui paraît normal. Des trucs de famille.

« Ne me demande pas si tu peux m'appeler Julia. » Moi, c'est maman, ai-je envie d'ajouter.

« OK. »

Je souris. Je veux qu'il sache que je comprends, que je me souviens avoir été une adolescente ; cet appétit irrésistible pour l'âge adulte et la responsabilité. Je veux qu'il sache que je fais partie de son monde, que je l'aime. Il prend une grosse bouchée de son burger ; le jus dégouline sur son menton. Il s'essuie avec le dos de sa main et je lui tends une serviette. Je ne peux pas me retenir. Il la prend mais ne l'utilise pas. Je chipote dans ma salade, cherchant un sujet de discussion.

« Comment ça va, au foot ?

— J'ai été repris dans l'équipe. Je joue samedi prochain. »

Il marque une pause, avant d'ajouter : « Oh, est-ce que je t'ai dit ? »

Je pose ma fourchette. Le bruit dans le restaurant paraît soudain augmenter. Il me regarde, les yeux pleins d'espoir, les sourcils levés, et je secoue la tête.

Il mord de nouveau dans son burger et attrape quelques frites.

« Eh bien… » commence-t-il. Je suis prête à lui demander de vider sa bouche avant de parler, mais quelque chose, une espèce de prémonition, m'arrête. « Tu te rappelles quand on est allés voir *La Planète des singes* ? »

Je me sens me crisper. « Hmm ? »

Il tend la main vers la mayonnaise. « Eh bien, tu te rappelles du gars bizarre ? Celui qui est entré, qui s'est assis juste à côté de nous et qui est parti, comme ça ? »

J'essaie de donner l'impression d'avoir du mal à me souvenir. « Oh, oui », m'entends-je dire. Je ne reconnais pas ma propre voix ; on dirait qu'elle est filtrée, déformée, comme si elle venait de loin. « Je l'avais complètement oublié », ajouté-je. Ma voix est éraillée, elle paraît fausse, même à moi. Pourtant, il ne paraît pas le remarquer. Je le regarde en silence pendant que la bile monte dans ma gorge, attendant qu'il continue alors qu'il fait gicler la mayonnaise sur son assiette, puis se sert du ketchup. Tout en parlant, il mélange les deux sauces pour en faire une bouillie rose marbrée. Je veux qu'il se dépêche de me dire ce qu'il a à me dire.

« Hier soir, je l'ai revu, dit-il. Tu te souviens, je suis allé jouer au bowling ? Avec Dylan et Molly et les autres ? Bref, il était là. Sur la piste voisine. » Il prend une pleine poignée de frites, les trempe dans la sauce rose. « Je l'ai remarqué d'abord parce qu'on aurait dit qu'il était tout seul. Tu vois, pas de jeunes ni rien. On s'est dit qu'il devait attendre quelqu'un, mais personne ne s'est pointé. Il est juste resté là, à jouer tout seul. Ensuite il est parti. Bizarre, hein ? Personne fait ce genre de trucs. Molly trouvait qu'il faisait un peu pédophile. »

Je commence à avoir la tête qui tourne. Le rouge me monte aux joues, j'ai l'impression que tout le sang de mon corps afflue dans ma tête et mon cou, puis, quelques instants plus tard, tout – y compris Connor, le restaurant – se met à reculer, comme si tout allait disparaître dans un tunnel.

« Maman ? fait Connor. Ça va ? »

Je tends la main vers le verre d'eau qui est posé devant moi. Il est frais au toucher ; je le porte à ma bouche. Le mouvement est mécanique, je le fais sans réfléchir. Je bois une gorgée, et quelques gouttes passent par-dessus le bord du verre trop plein. Je le remarque à peine ; c'est comme si je m'observais de l'autre bout de la pièce.

« Maman ? » dit Connor, plus pressant. Il a l'air inquiet, mais je ne peux rien faire pour soulager ses peurs.

Des images de Lukas tournoient dans ma tête. J'aurais dû m'en douter. J'aurais dû protéger mon fils. Je l'ai laissé tomber, tout comme Kate et Anna. Je me force à revenir dans le présent.

« Oui ? » Je réalise que l'eau coule sur mon menton. Je l'essuie. « Ça va. Pardon… Continue.

— Ben, voilà, c'est tout. Il est venu, il a joué au bowling, et… »

Un autre accès de panique s'empare de moi. « Comment as-tu su que c'était lui ?

— Oh, comme ça. » Il prend deux ou trois autres frites. J'attrape sa main.

« Connor, comment as-tu su… comment en es-tu sûr ? »

Il regarde ma main sur son bras, puis mon visage. « Je l'ai reconnu parce qu'il portait la même casquette. Tu te rappelles ? La casquette Van's ? Avec l'écusson de la marque… »

Je ne sais pas de quoi il parle. Je dois avoir l'air ébahie ; il semble prêt à me la décrire, mais il change d'avis. « Bref, il avait la même casquette sur la tête.

— Tu es sûr ?

— Oui !

— Est-ce qu'il t'a dit quelque chose ?

— Pas vraiment… »

La colère commence à supplanter la panique. De la colère contre moi-même, contre Lukas, contre Connor.

« Pas vraiment ? Est-ce pas vraiment oui, ou pas vraiment non ? C'est lequel, Connor ? »

Je parle fort et ma voix est montée d'un ton. Je lutte pour la contrôler.

« Il a juste dit pardon. » Déjà il a l'air boudeur, plein de ressentiment. Il me regarde comme si j'avais perdu la tête. Je vois qu'il regrette d'en avoir parlé. « Il m'a renversé de la bière dessus. C'est tout. C'était un accident. Bref… »

Il est évident qu'il veut changer de sujet, mais je l'ignore. « Alors, qu'est-ce qu'il a dit ? »

Il soupire. « Il a dit : "Hé mec, désolé."» C'est tout. C'est comme ça, entre autres, que j'ai su que c'était le même type, parce qu'il m'avait dit pareil au cinéma. "Mec". Plus personne dit ça. » Il boit un peu de milk-shake. « Tu veux bien me lâcher le bras ? »

Je n'avais pas réalisé que je le serrais encore.

Je le lâche et je recule. Je trépigne de colère, de rage. Mais ma fureur n'a pas d'endroit où aller, rien à brûler, alors elle reste là, bien ancrée, venimeuse. J'essaie de faire en sorte que rien ne transparaisse sur mon visage, que mes traits restent sereins. Je n'y arrive pas. Je me raidis, je me mordille la lèvre inférieure.

Une question me vient à l'esprit, dans un sursaut affreux, nauséeux : je sais maintenant que Lukas me suivait grâce à l'appli sur son iPhone, mais comment pouvait-il savoir où irait mon fils ? Comment est-il arrivé jusqu'à Connor ?

Je me penche vers lui. « Qui savait que tu allais faire un bowling ? dis-je en essayant de ne pas laisser la panique transparaître dans ma voix. À qui en as-tu parlé ?

— Personne. Pourquoi ? Maman… ?

— Ne sois pas ridicule ! » Je crie presque. « Tu l'as forcément dit à quelqu'un !

— Maman… !

— Molly, et Dylan ? Eux, déjà, ils savaient ! Qui d'autre était avec vous trois ? »

Il me regarde. Son visage a une expression bizarre ; presque effrayée. « Le père de Dylan nous a emmenés.

— Quand ? » Les questions sortent en rafale, se bousculent. « Quand avez-vous décidé de ça ? À qui en as-tu parlé, Connor ? Qui savait que vous y alliez ?

— M'enfin, maman ! Des potes, quoi. Nous avons invité Sahil et Rory, mais ils ne pouvaient pas venir. Et j'imagine que Molly a peut-être invité quelques personnes. Et le père de Dylan en a peut-être parlé à la mère de Dylan. Peut-être… »

Dans sa voix, j'entends, pour la première fois, une tonalité nouvelle. Celle du sarcasme.

« Pas besoin de prendre ce ton-là… »

Il m'ignore.

« … et j'en ai probablement parlé à Evie, et je suppose que j'ai dû le poster sur Facebook, alors il y a tous les gens qui me suivent sur Facebook, et… »

Je l'interromps. « Qui te suit sur Facebook ?

— Je sais pas. Des amis. Des amis de mes amis. Des gens comme ça. »

Certaines pièces du puzzle commencent à s'assembler dans ma tête. Depuis le début, Lukas en a toujours su plus long que ce que je croyais lui avoir dit. Je sais maintenant qu'il suivait mes faits et gestes, minute après minute, mais je n'avais jamais compris comment il connaissait les autres détails. Le fait que nous avions prévu d'aller au cinéma, le film que nous allions voir. Le nom de Hugh, alors que je ne l'avais jamais appelé que Harvey.

Et maintenant, je crois comprendre. S'il suivait Connor sur Facebook et que Connor postait tout…

Une pensée affreuse naît dans mon esprit. Est-ce ainsi qu'il a découvert le nom de famille de Paddy, aussi ? Et l'endroit où il habite ? Je vois bien comment cela aurait pu se passer. Connor a pu mentionner nos invités, et de là, une recherche rapide – Maria, Hugh, chirurgien – l'aura conduit jusqu'à un nom de famille. Il pouvait ensuite très vite aller voir la page Facebook de Paddy, ou sa page LinkedIn, ou tout autre réseau social.

« Donne-moi ton téléphone.

— Maman ! se défend-il, mais je le fais taire.

— Donne-moi ton portable, Connor. Tout de suite. »

Il finit par me le remettre et je lui demande de déverrouiller l'écran, d'ouvrir sa page Facebook. Je vois bien qu'il a envie de refuser, de protester, mais il sait qu'il n'est pas assez grand pour s'opposer à moi, pas encore. Je tends la main pour qu'il me rende le téléphone, mais il le jette sur la table.

Je le prends. Je passe en revue ses posts. La plupart du temps, il en envoie plusieurs par jour ; il y en a trop pour que je les vérifie tous, et il y en a beaucoup que je ne comprends pas. Des messages à ses amis, des plaisanteries entre eux, des potins, des discussions sur le foot ou sur des émissions qu'il a vues à la télévision. Je remonte dans son journal, jusqu'à l'été, et je trouve ce que je cherche. « Partis pour Islington Vue », dit l'un. « Avec ma MÈRE. » Je remonte encore, jusqu'à des posts plus anciens, m'apercevant à quel point je suis habituée à lire les choses dans l'ordre chronologique inverse. Quelques pages plus loin, je vois « Sortie en famille au cinéma demain. *La Planète des singes* ! »

« Avec qui es-tu ami ? » Je lui rends son téléphone. « Montre-moi. »

Il se met à protester, mais je le coupe. « Connor ! Tu me montres, tout de suite ! » Il me tend le téléphone. Il y a des centaines de personnes qui suivent ses posts, certains dont le nom m'est familier, mais beaucoup me sont inconnus. Je les passe rapidement en revue et, au bout d'un moment, je le vois. David Largos. En un éclair, je suis ramenée à ma première conversation avec Lukas, à l'époque où la situation paraissait simple, gérable. Le nom de famille est le même que le nom d'utilisateur qu'il utilisait à l'époque. L'espoir, même ténu, que j'entretenais encore – l'espoir de me tromper, de n'avoir rien compris – part en fumée.

Je lui rends son téléphone. « Qui est-ce ? » Je crie. « Qui est David Largos ?

— Je ne sais pas, maman. » Il élève la voix. « Juste quelqu'un. OK ? C'est comme ça que ça marche. Je ne connais pas *tous* les gens qui me suivent. D'accord ? »

Je sélectionne le nom et une photo apparaît. C'est un chien qui porte une casquette de base-ball avec la marque « Van's » brodée dessus. Il n'y a pas d'autre information, mais c'est lui.

Nous y voilà, me dis-je. Voilà comment il savait. Voilà comment il savait tout.

D'abord Anna, puis moi. Et maintenant, je suis au courant. Connor est impliqué aussi.

« Détruis-le. » Je lui rends son téléphone. « Détruis ton profil. » Je tremble, mais il ne bouge pas.

« Non ! » Il a l'air horrifié, on dirait que je lui demande quelque chose de complètement dingue. J'aimerais bien lui expliquer pourquoi c'est si important, mais je ne peux pas. J'aimerais lui dire combien j'enrage qu'il ait cette impression ridicule et quasi permanente que je le brime, mais je m'abstiens.

« Je ne plaisante pas, Connor. Tu dois supprimer ton profil. » Il commence à discuter, à ériger un barrage de « mais », de « ne pas », de « jamais ».

Je l'ignore. « Connor ! » J'ai crié fort. Tout à coup, le silence se fait – une immobilité – dans le restaurant et je sais que si je regarde autour de moi, je verrai une multitude d'yeux fixés sur nous. Il y a un jeune couple assis à la table voisine de la nôtre, il porte un pantalon de survêtement et un sweat-shirt à capuche, elle est en minirobe et, de l'autre côté, une femme en compagnie de sa fille, j'imagine, un landau placé entre elles. Je ne veux pas être leur divertissement de la soirée, mais je ne veux pas non plus qu'ils sachent que je suis gênée. Je baisse la voix mais je ne quitte pas mon fils des yeux.

« Ce n'est pas un jeu. Je t'assure. Détruis ton profil. Maintenant. Ou alors, je te prends ton téléphone et tu devras te contenter de ton ancien portable…

— Tu ferais pas ça !

— Tu vas voir. »

Il reste bouche bée. Il est incrédule, quel scandale, il n'y croit pas, comment pourrais-je ne serait-ce qu'envisager une chose pareille. Il me regarde fixement, et je soutiens son regard.

Je tends la main.

« Ton téléphone, Connor. Donne-le-moi. Maintenant. »

Il attrape son portable et se lève. D'emblée, je me dis qu'il va s'excuser, ou tenter de m'amadouer, mais il a l'air furieux et, pour le coup, il ne fait rien de tout cela. Il me lance, entre ses dents : « Je t'emmerde. » Quelques instants plus tard, il a tourné les talons et se dirige vers la sortie, me laissant muette de stupeur, hébétée.

Je me lève moi aussi ; ma serviette glisse à terre. « Connor ! » dis-je avec toute la fermeté dont je suis capable, mais il m'ignore. « Reviens ici tout de suite ! » Les gens me regardent, tout le monde se tait. Je perds le contrôle, tout s'efface autour de moi. Comme si je fonçais dans un tunnel, essayant de retrouver une réalité qui est en train de m'échapper, et qui redouble de vitesse chaque fois que je m'approche d'elle. J'essaie de suivre Connor qui se fraye un passage entre les gens massés à la porte et sort. Il faut que je le rattrape ; je m'efforce de reprendre contact avec la réalité.

« Je reviens », dis-je au serveur, qui a l'air d'avoir déjà assisté à ce genre de scène. Je me faufile entre les tables, les gens poussent leur chaise pour me faire de la place, tout en détournant soigneusement le regard comme s'il valait mieux m'éviter mais, le temps que j'arrive à l'extérieur, Connor a disparu. Je l'aperçois au loin, en train de remonter Upper Street dans la direction opposée à la maison, et, sans réfléchir davantage, je m'élance à sa poursuite.

J'arrive à la maison, je trouve Hugh qui m'attend. Il vient à la porte au moment où je l'ouvre. Je suis confuse, je n'arrive pas à tourner la clé dans la serrure.

Je laisse tomber le trousseau en entrant. Il se baisse pour le ramasser et me le donne.

« Qu'est-ce qui se passe ? » J'enlève mon manteau. « Il est rentré ?

— Oui. »

Il a dû faire demi-tour, ou bien il est passé par derrière.

« Où est-il ?

— En haut. Qu'est-ce qui se passe, Julia ? » Il a élevé la voix mais il n'a pas l'air tellement troublé.

Je passe à côté de lui. Je suis furieuse. Il a fallu que je retourne au restaurant ; tout le monde me regardait quand j'ai demandé l'addition et que je l'ai payée. Une femme a penché la tête, un demi-sourire aux lèvres, d'une manière qui signifiait, sans doute, qu'elle me comprenait et avait de l'empathie pour moi, mais qui m'a plutôt donné envie de la gifler. Ensuite je suis partie comme une furie, oubliant mon sac que j'avais placé sous ma chaise. J'ai été obligée de retourner le chercher.

« Il m'a fait passer pour la dernière des idiotes devant tout le monde. »

Il essaie de m'interrompre, mais je ne lui en laisse pas le temps. Je monte à l'étage, vers la chambre de Connor. Ce que je ne peux pas laisser voir, c'est qu'en plus d'être en colère, j'ai peur. Lukas est parvenu jusqu'à mon fils, jusqu'à moi, jusqu'à mon amie. Il le suit désormais, et je ne sais pas pourquoi. Je peux seulement espérer qu'il cherche ainsi à m'intimider, moi, à me faire savoir qu'il a le pouvoir de le faire. Je peux seulement espérer qu'il a atteint son but et que c'est terminé.

Mais peut-être aime-t-il ce genre de choses. Me faire peur, me prouver à quel point il s'est infiltré dans ma vie. Je réalise qu'il va falloir le voir à nouveau, que je vais devoir l'affronter. Je ne peux pas le laisser agir impunément.

Je suis sur le palier du premier lorsque Hugh me rappelle. « Julia ! Est-ce que tu peux me dire ce qui est en train de se passer ? »

Je me tourne pour lui faire face. « Qu'est-ce qu'il t'a raconté ?

— Une dispute au sujet de son téléphone. D'Internet ? Il a dit que tu étais devenue complètement dingue. »

Je pourrais tout raconter à Hugh, me dis-je. Je pourrais tout lui raconter. Lukas n'aurait plus de pouvoir sur moi.

Mais ce serait la fin de notre mariage. Et Connor ne pourrait pas gérer une chose pareille, en plus de la mort de sa mère. Je pourrais le perdre aussi, si tout était dévoilé au grand jour.

Il faut que je le protège. J'ai promis à Kate qu'il serait toujours ma priorité. Je lui ai dit qu'il était tout pour moi, lorsque nous l'avons pris, la première fois. Et je lui ai redit à chaque fois, quand elle essayait de le récupérer. L'abandonner maintenant serait l'ultime trahison, l'échec suprême.

« Il est privé de sortie. » C'est avant tout une punition – pour m'avoir laissée dans le restaurant, pour avoir dévoilé certains détails de ma vie au monde entier sur Facebook –, mais ensuite je réalise que ce sera aussi un moyen de le mettre à l'abri. S'il ne peut pas sortir, Lukas ne peut pas l'atteindre.

« Je suis sérieuse. »

Hugh ne bronche pas. Il hausse les épaules, comme pour signifier que c'est moi qui décide, mais ensuite il dit : « C'est si grave que ça ? » Ce qui ne fait que décupler ma colère. Il pense qu'il protège Connor, mais il ne sait rien. Je tourne pour me diriger vers la chambre de Connor ; à ce stade, ma fureur est attisée, elle crépite. Comme dans un brouillard, je me rends compte que c'est une colère qui devrait être dirigée contre Lukas, mais ce n'est pas possible, et il faut qu'elle sorte. Et elle jaillit. « Et je lui prends son téléphone, dis-je. C'est non-négociable », sans lui laisser le temps d'envisager de contester ma décision.

Connor a fermé sa porte, bien entendu. Je frappe, mais c'est par habitude : j'ouvre la porte avant même d'avoir fini de lui dire que j'entre. Je ne sais pas ce que je m'attends à trouver – lui, allongé sur le ventre sur son lit pas fait, peut-être, un casque sur les oreilles, ou sur le dos, le regard rivé sur le plafond, le visage grave –, mais ce que je vois me surprend. La pièce est encore plus en désordre que d'habitude, et il est debout à côté de son lit, en train de vider frénétiquement le contenu des tiroirs de sa commode dans le sac de sport qu'il tient ouvert devant lui.

« Connor ! » Il lève les yeux, le visage sérieux, mais ne dit rien. Je lui demande ce qu'il est en train de faire.

« Et ça ressemble à quoi, putain, d'après toi ?

— Je t'interdis d'employer ce langage avec moi ! » Je sens Hugh arriver à côté de moi, un peu en retrait ; c'est ma dispute, et il ne prendra pas parti tant qu'il n'aura pas décidé de quel côté il faut qu'il se place. Le silence retombe dans la pièce pendant quelques instants, épaissi par l'animosité, le poison.

Connor marmonne quelque chose. À nouveau, on dirait « Je t'emmerde », mais c'est peut-être mon imagination qui finalement refuse de lui accorder le bénéfice du doute.

« Qu'est-ce que tu viens de dire ? » Je crie, maintenant. Je sens mon cœur battre dans ma poitrine. Trop fort. Il se prépare pour le combat.

« Julia… » commence Hugh, depuis le seuil. Mais je le fais taire.

« Connor Wilding ! Arrête ça tout de suite ! »

Il m'ignore. J'avance, j'arrache le sac du lit et je le jette par terre derrière moi. Il lève la main, comme s'il était sur le point de me frapper, je le regarde dans les yeux et je vois qu'il aimerait bien. Je l'attrape par le poignet. L'espace d'un instant, je pense à Lukas tenant le mien, et j'aimerais tordre celui de mon fils de la même manière, lui faire aussi mal. Immédiatement, j'ai honte. Vaguement, j'ai l'impression que je ne penserais jamais une chose pareille avec un fils que j'aurais eu, auquel j'aurais donné naissance ; l'idée de lui faire mal ne me traverserait pas l'esprit, pas même une fraction de seconde. De toute manière, je ne le saurai jamais. Il dégage son bras ; je suis surprise de sa force.

« Espèce de petit crétin ! » Je ne peux pas m'en empêcher. Dans mon dos, je sens Hugh s'irriter ; il fait un pas en avant, prêt à parler. Je lui passe devant. « Où crois-tu pouvoir aller ? T'enfuir ? À ton âge ? Ne sois pas ridicule. »

Il a l'air blessé.

« Tu crois que tu tiendrais plus de cinq minutes ?

— Je vais voir Evie ! » crie-t-il, son visage à quelques centimètres du mien. Des postillons atterrissent sur mes lèvres.

« Evie ? » J'éclate de rire. Je le regrette aussitôt, mais c'est plus fort que moi, je n'arrive pas à me taire. « Ta *petite amie* ?

— Oui.

— Ta petite amie à qui tu ne parles qu'en ligne ? »

Son visage se décompose. Je constate que j'ai vu juste.

Le ton descend d'un cran. « Et alors ? » Je savoure un instant de triomphe avant de me sentir terriblement malheureuse.

« Es-tu certain qu'elle est bien celle qu'elle prétend être ? »

Ce qui était initialement une véritable question a pris une tonalité accusatrice et méprisante.

« Julia... » Hugh a fait un pas de plus en avant, il est à côté de moi. Je sens sa chaleur, l'odeur légère qu'exhale son corps après une journée de travail. « Ça suffit », dit-il. Il pose une main sur mon bras et je me dégage.

Un long silence. Connor me regarde avec une expression de haine absolue dans les yeux, avant de dire : « Putain de merde, évidemment qu'elle est bien celle qu'elle prétend être !

— Ça suffit, ce langage », dit Hugh. Il a choisi son camp. « Tous les deux, il va falloir vous calmer... »

Je l'ignore. « Tu lui as parlé ? Vraiment ? Ou vous êtes seulement des *amis Facebook* ? »

Mon ton est extraordinairement condescendant, comme si je le trouvais pathétique. Mais ce n'est pas vrai. En réalité, c'est à moi que je m'adresse. C'est exactement ce que j'ai fait, tomber amoureuse de quelqu'un sur Internet. C'est contre moi que je suis furieuse, pas contre lui.

J'essaie de me calmer, mais je n'y arrive pas. Ma colère est irrépressible.

« Bien sûr que je lui ai parlé. C'est ma petite amie. » Il me regarde droit dans les yeux. « Que ça te plaise ou non, maman. » Il marque une pause, et je sais ce qu'il va dire. « Elle m'aime.

— T'aimer ? » J'ai envie d'éclater de rire, mais je réussis à me contenir. « Comme si tu…

— Julia ! » s'interpose Hugh. D'une voix forte. C'est une tentative de me faire taire en me brutalisant, mais je ne me tairai pas.

« … comme si tu avais la moindre idée de ce qu'est l'amour. Tu as quatorze ans, Connor. *Quatorze*. Quel âge a-t-elle ? »

Il ne répond pas.

« Quel âge ?

— Quelle importance ? »

Hugh intervient à nouveau. « Connor ! Ta mère t'a posé une question. »

Il se tourne vers son père. Allez, vas-y, me dis-je. Je te mets au défi de lui dire « Je t'emmerde », à lui.

Il ne le fera pas, bien entendu. « Dix-huit ans », dit-il. Il ment, je le sais. Je laisse échapper un grognement de mépris. Ce sont mes nerfs, c'est la peur, c'est incontrôlable.

« Dix-huit ans ? dis-je. Non, Connor. Pas question d'aller la voir. Pas question…

— Tu ne peux pas m'en empêcher. »

Il a raison. S'il était assez déterminé, je ne pourrais strictement rien y faire.

« Où habite-t-elle ? »

Il ne répond pas.

« Connor, où habite-t-elle ? »

Il reste silencieux. Je vois bien qu'il ne veut pas me le dire. « J'imagine, vu le sac, que ce n'est pas au coin de la rue. Alors, comment vas-tu y aller ? Hein ? »

Connor sait qu'il a perdu. Il ne peut pas survivre sans moi. Pas encore.

« Je veux aller la voir ! » Il crie plus fort, sa voix prend une tonalité suppliante, et je suis ramenée au temps où il était un enfant, où il voulait une glace ou un autre paquet de bonbons, où il refusait d'aller se coucher pour pouvoir regarder une émission à la télévision. « Tout le reste, cette année, a été de la merde ! dit-il. Sauf elle ! Et tu sais pourquoi, maman ! » C'est une accusation, qu'il me jette à la figure ; elle fait mal parce qu'elle est justifiée, et il le sait. Il me vient à l'esprit qu'après tout, il a vu le baiser que Paddy et moi avons échangé ; il a gardé ça pour lui, et le moment de le dire à son père est arrivé. Je secoue la tête. Je veux qu'il pleure, qu'il redevienne l'enfant que je sais consoler, mais il reste ferme et résolu. Il est déterminé.

« Je te déteste. Tu n'aurais jamais dû me prendre. J'aurais préféré que tu me laisses avec ma vraie mère ! »

Ça éclate. Ce que j'arrivais à contrôler jusque-là finit par éclater. Je le gifle, fort, en plein visage.

« Espèce de petit merdeux ingrat. » À peine ai-je prononcé ces mots que je me mets à me détester, mais c'est trop tard. Ses yeux se remplissent de larmes, mais il sourit. Il sait qu'il a gagné. J'ai perdu mon sang-froid. Il est devenu l'adulte et l'enfant, c'est moi.

Je tends la main. « Donne-moi ton téléphone.

— Non.

— Connor. » Il ne bouge pas. « Ton téléphone.

— Non ! »

Je me tourne vers Hugh. Je penche la tête, implorante. Je déteste avoir à lui demander d'intervenir, mais c'est une bataille que je ne peux pas me permettre de perdre. Il hésite ; il se passe un long moment pendant lequel je ne sais pas trop ce qu'il va dire ni faire, puis il prend la parole.

« Donne ton portable à ta mère, Connor. Tu es privé de sortie pendant une semaine. »

Hugh et moi sommes assis sur le canapé. Ensemble, mais séparés. Nous ne nous touchons pas. Connor est en haut. Il boude. Il a donné son portable, sorti d'un de ses tiroirs son ancien téléphone, que nous lui avons donné l'autorisation de garder. Il n'a pas de connexion Internet ; il peut passer des appels, recevoir des SMS, prendre des photos. Mais c'est tout. Pas de Facebook. Pas de Twitter. Nous lui avons laissé son ordinateur dans sa chambre, mais je lui ai dit qu'il devait supprimer tous les amis qu'il ne connaissait pas dans la vraie vie. Il a protesté, mais j'ai ajouté que c'était ainsi, ou je lui prenais son ordinateur. Il se comporte comme si nous l'avions amputé d'un membre.

« Alors… » commencé-je. Hugh me regarde avec une espèce de pitié. La pièce est calme, malgré la musique que Connor persiste à écouter à un volume très élevé, à l'étage. D'une manière étrange, je trouve rafraîchissant que Hugh et moi soyons unis sur un point.

« Ça passera. Je te le promets. »

Dois-je lui dire ? Je le pourrais, bien que cela signifierait la fin de tout. Mon mariage, cette vie que j'ai construite, ma relation avec Connor. Tout disparaîtrait.

Néanmoins, je l'imagine. Je lui prendrais la main, je le regarderais dans les yeux. « Hugh, dirais-je. Il y a quelque chose qu'il faut que tu saches. » Il saurait, bien entendu, que quelque chose ne va pas, que c'est une mauvaise nouvelle. Je me demande ce qu'il penserait ; que je suis malade, que je le quitte, que je veux quitter Londres ? Je me demande quelles sont ses peurs les plus intimes, où son esprit se précipiterait en premier. « Chérie, dirait-il, qu'y a-t-il ? » Ensuite, je suppose que je dirais que je l'aime, que je l'ai toujours aimé et que ça n'a pas changé. Il hocherait la tête, attendant le coup, puis, finalement, une fois que j'aurais préparé le terrain, je lui dirais. « J'ai rencontré quelqu'un. J'ai rencontré quelqu'un et nous avons couché ensemble, mais c'est fini. Et il s'avère qu'il était déjà fiancé, et que sa fiancée se trouve être Anna, et il a des photos, et maintenant il essaie de me faire chanter. »

Que ferait-il ? Nous aurions une terrible dispute. Évidemment. On se jetterait peut-être des objets à la figure. Il déciderait que tout est à mettre sur le compte d'un verre que j'aurais bu. Et mon devoir serait de le laisser exploser, de le laisser se mettre en colère et m'accuser de tout ce qu'il veut, de rester silencieuse pendant qu'il exprime toute sa rage, et Connor entendrait tout.

Ensuite, si j'ai de la chance, on pourrait peut-être arriver à trouver une façon de rester ensemble. Ou – et c'est tout aussi probable, si ce n'est même attendu – ce serait la fin. Je l'ai trahi. Je sais ce qu'il dirait. Il me dirait que j'aurais pu accepter son aide pour gérer la mort de Kate, mais qu'au lieu de cela j'avais fui. D'abord à Paris, où j'étais allée trouver refuge dans la bouteille, puis, de retour ici, sur Internet, et enfin au lit avec un étranger. Je suis certaine qu'il m'apporterait son aide pour me sortir du pétrin dans lequel je me suis fourrée, qu'il l'offrirait aussi à Anna, mais cela s'arrêterait là. Notre relation serait terminée.

Et il voudrait prendre Connor, et Connor voudrait partir avec lui, et je ne pourrais pas les arrêter. Ma vie serait terminée. Tout serait détruit. Penser à tout cela est insupportable.

« Cette Evie, dis-je.

— La petite amie ?

— Tu sais qu'il ne l'a jamais rencontrée ? Hugh ? Ça ne te dérange pas ?

— C'est comme ça qu'ils font. Non ?

— Est-ce qu'on sait si elle est ce qu'elle prétend être ?

— Quoi ?

— On entend tellement d'histoires, de nos jours. » J'avance à pas prudents. Je fais partie d'une de ces histoires, et il ne faut pas qu'il le sache. « Toutes sortes de choses, des histoires d'horreur. Adrienne m'a raconté. Des gamins dressés pour être des esclaves sexuels…

— Adrienne sombre parfois un peu dans le mélo. C'est un garçon qui a les pieds sur terre.

— Mais ça arrive. »

Je vois Lukas, assis à son ordinateur, en train de parler à mon fils.

« Nous ne savons même pas si c'est une fille.

— Tu es la dernière personne dont j'aurais cru qu'elle serait dérangée par ça ! »

Je réalise ce qu'il entend par là. « Non, je ne parle pas du fait qu'il pourrait être gay. » Je pourrais gérer ça, je crois. Ce serait facile, au moins, comparé à ce qui se passe vraiment. « Je veux dire, savons-nous seulement si cette Evie est bien la personne que Connor croit connaître ? Elle pourrait être plus âgée, un gars, n'importe quoi. »

Je me rends compte que je suis plus près de l'aveu que je ne le pensais. Ce serait facile, maintenant. Je pourrais le dire. Je pense que je sais qui c'est. Je pense que c'est ce gars. Je suis désolée, Hugh, mais…

« Eh bien… » Il prend une grande inspiration. « Je lui ai parlé… »

Je suis assaillie par un mélange d'émotions diverses. Du soulagement, d'abord, de savoir Connor en sécurité, mais aussi de la contrariété. Hugh a eu accès à une partie de la vie de notre fils à laquelle je n'ai pas eu droit d'être initiée.

« Quoi ? Quand ?

— Je n'arrive pas à me souvenir. Elle a appelé. Le soir où tu es sortie avec Adrienne, je crois. Elle voulait parler à Connor.

— Et… ?

— Et tu demandes si c'est une fille ? Oui. C'est une fille.

— Quel âge ?

— Je ne sais pas ! Je n'ai pas demandé. Elle devait avoir, je ne sais pas, dix-sept ans ?

— Qu'est-ce qu'elle a dit ? »

Il rit. Il essaie de paraître léger. Il essaie de me rassurer. « Elle a dit qu'elle avait essayé de le joindre sur son portable, que ça sonnait dans le vide, qu'il avait dû le mettre sur silencieux ou un truc du genre. Elle a demandé s'il était là. J'ai dit oui, que nous étions au milieu d'une partie d'échecs…

— Je parie que ça a dû lui plaire…

— Qu'est-ce que tu veux dire ? »

Je hausse les épaules. Je ne tiens pas à ce que Hugh apprenne que Connor cache à tous ses amis qu'il joue aux échecs avec son père. « Continue. Que s'est-il passé ensuite ?

— Rien. Je lui ai passé le téléphone. Il l'a emporté dans sa chambre. »

Je suis en colère, mais soulagée.

« Tu aurais dû m'en parler.

— Tu as été très distraite, ces derniers temps, répond-il. Ça n'a jamais l'air d'être le bon moment pour te parler. Bref, il grandit. C'est très important qu'on lui laisse son intimité. Il est passé par une période difficile. Nous devrions être fiers de lui, et nous devrions le lui dire. »

Je n'ajoute rien. Un silence plane entre nous, collant, visqueux, et pourtant familier, pas vraiment inconfortable.

« Julia, qu'est-ce qui ne va pas ? »

Si seulement je pouvais tout dire. La vie est devenue un véritable tourbillon. Je vois le danger partout, je suis paranoïaque, hystérique.

Je ne parle pas. Une larme unique se forme au coin de mon œil.

« Julia ?

— Rien, dis-je. Ce n'est rien… Je… »

Je laisse la phrase mourir. À nouveau, j'aimerais tant lui dire, mais comment faire ? Tout ceci est arrivé parce que j'ai essayé d'avoir plus que ce qui m'était dû. Plus que ce que je méritais. J'avais ma seconde chance, ma seconde vie, et ce n'était pas assez. Je voulais plus.

Et maintenant, si j'avoue tout à mon mari, je perds mon fils.

Je monte à l'étage. Un message sur mon téléphone, un message auquel je m'attendais, je suppose.

Il vient de Lukas. Mon cœur bondit, même si désormais ma réaction est pavlovienne, dénuée de sens, et qu'elle se transforme presque aussitôt en terreur.

Tu as gagné, me dis-je. OK, tu as gagné.

Je veux le supprimer sans le lire, mais je ne peux pas. Je suis contrainte, téléguidée. Je m'émerveille du sens du timing de Lukas, on dirait presque qu'il sait exactement à quel moment je suis le plus vulnérable. Je me demande si Connor a trouvé le moyen de retourner sur Facebook, s'il s'adresse de nouveau au monde entier.

Je clique sur le message.

Un plan détaillé. « Retrouve-moi là. » C'est exactement comme autrefois, sauf que cette fois, le message continue.

« Midi. Demain. »

Je le déteste, mais je regarde quand même le plan. C'est Vauxhall, un quartier que je ne connais pas bien.

Je tape rapidement. « Non. Pas là. Pas question. » J'attends. Un autre message apparaît.

« Si. »

Je ressens de la haine. Rien d'autre que de la haine. C'est la première fois que mes sentiments pour lui sont totalement, absolument négatifs. Loin de me donner de la force, l'espace d'un instant cela me rend triste.

Quelques secondes plus tard apparaît une image. Moi, à quatre pattes, devant lui.

Salaud, me dis-je. Je l'efface.

« Qu'est-ce que tu veux de moi ?
— Retrouve-moi demain. Et tu le sauras. » Une pause, puis :
« Oh, et je n'ai pas besoin de te préciser de venir seule, n'est-ce-pas ? »

28

Je ne dors pas de la nuit. Le jour se lève, ma famille prend son petit-déjeuner. J'avance un mal de tête et je laisse plus ou moins Hugh s'assurer que Connor se prépare pour aller à l'école. Je ne ressens rien. La peur me paralyse. Je suis incapable de penser à autre chose qu'à ce qui m'attend aujourd'hui.

Je prends le métro. Je réfléchis au dernier message de Lukas. Qui aurais-je bien pu amener, de toute manière ? Pense-t-il que je connaisse quelqu'un en qui j'aurais assez confiance pour lui raconter toute cette histoire ? Anna ne répond toujours pas quand je l'appelle, et Adrienne, à qui je peux me confier, est absente jusqu'à la semaine prochaine. Je constate à nouveau à quel point le chagrin m'a écrasée, pillée, et à sa place il ne reste que le vide. Et me voici donc, face à Lukas, seule.

Je sors de la bouche de métro et j'émerge dans la lumière crue de ce jour ensoleillé. Des gens partout, qui vont déjeuner, qui poussent des landaus, qui fument sur le perron de leur bureau, et devant la station. Devant moi, des immeubles d'habitation, argentés et luisants après la bruine, et, derrière eux, la Tamise. Je suis le plan affiché sur mon portable, je traverse un tunnel éclairé au néon accompagnée par le bruit des trains qui passent au-dessus de ma tête, et je débouche finalement au milieu de la circulation, noyée dans un vacarme encore plus assourdissant. Il y a des ruelles, des graffiti, des bennes à ordures partout, mais le quartier a une beauté étrange. Il est rude, plein d'arêtes saillantes. Il est réel. Dans d'autres circonstances, j'aurais regretté de ne pas avoir mon appareil photo avec moi ; dans le cas présent, c'est le cadet de mes soucis.

Je jette un coup d'œil à mon portable. Je suis presque arrivée, au coin de Kennington Lane et Goding Street. Le Royal Vauxhall Tavern est une construction isolée ; derrière, c'est un parc. Je me demande si c'est l'endroit où Lukas veut m'emmener. Je refuserai, si c'est ce qu'il propose. C'est trop dangereux.

J'allume une cigarette, la troisième de la journée. Cela signifie sans doute que je me suis remise à fumer. J'aspire. Je bloque. Je souffle. Ces rythmes me calment, même dans ces circonstances désespérées ; je n'arrive pas à croire que j'ai pu m'en passer. Je regarde ma montre.

Je suis en retard. Et je suis en train de me dire qu'il l'est encore plus que moi quand je sens son regard me transpercer, et je sais. Il est là, caché, en train de m'observer.

Soudain, je le vois approcher. Il est devant moi ; il porte une parka bleue. Il marche lentement, la tête haute. Je me rends compte que mes mains tremblent. Instinctivement, je fourre ma main dans ma poche et je tâte mon téléphone, tout comme je m'y suis entraînée. Lorsqu'il arrive à ma hauteur, je suis prête, calme. Pendant un long moment, nous nous regardons fixement, puis il parle.

« Bonjour, Julia. » Il jette un coup d'œil à ma tenue : un jean, un pull, des Converse aux pieds. Je m'intime l'ordre de ne pas réagir. Je dois éviter qu'il me mette en colère. Je suis là pour découvrir exactement ce qu'il veut, pour faire en sorte que tout cela s'arrête. Je remarque la trace rouge sur sa joue. J'ouvre la bouche pour parler lorsqu'il se jette sur moi. Il m'attrape le bras, je laisse échapper un cri.

« Mais qu'est-ce… ? » mais il me coupe. Il me serre fort, et ensuite il m'embrasse sur la joue. C'est brutal, déplaisant, mais bref. Et pourtant, cela n'empêche pas chaque partie de mon corps de réagir fortement, comme par réflexe. Je m'écarte.

« En souvenir du bon vieux temps. Viens. »

Il essaie de m'entraîner vers Goding Street, vers le tunnel qui passe sous le train. Une rue de magasins de motos et de hangars, les volets tirés sur les portes de service des bars et des clubs du Albert Embankment. Je résiste. « Qu'est-ce qu'il y a là, en bas ? » dis-je d'une voix aiguë et anxieuse. « Où m'emmènes-tu ?

Dans un endroit calme », dit-il.

Je visualise la découverte de mon corps, la nuque brisée, saignée à blanc, éviscérée comme une patiente de Hugh. Il faut que je garde à l'esprit qu'il n'a pas tué Kate, et que je ne dois pas laisser voir ma peur. Quoi qu'il ait fait, ce n'est pas ça. Je me le répète comme un mantra.

Je dégage mon bras. Je pourrais m'enfuir en courant, me dis-je. Entrer dans le pub, même si les volets clos laissent penser qu'il est probablement fermé.

« Détends-toi, je ne vais pas te faire de mal.

— Ne t'approche pas de moi. » Je tremble de peur, ma voix manque de fermeté. « Nous pouvons parler ici…

— Tu ne veux pas que *je* m'approche de *toi* ? » Il a l'air incrédule. « Je ne veux pas que *tu* t'approches de *moi* ni d'Anna. » Je commence à protester, mais il continue. « C'est toi qui m'envoies des messages sans arrêt, qui m'appelles nuit et jour, putain, sans arrêt. J'ai dû changer de putain de numéro juste pour me débarrasser de toi. »

Je le regarde. Nous sommes tous les deux parfaitement immobiles, comme si nous étions coincés dans une impasse. Je réplique. « Non, dis-je. Non.

— C'est toi qui refuses de me laisser tranquille. » Il désigne sa joue. « Regarde ça. Tu es folle, complètement folle. »

La blessure a guéri, plus ou moins. Elle est superficielle. Bientôt, elle ne se verra plus du tout.

« C'est toi qui as fait ça. »

Il éclate de rire. « Tu es cinglée ou quoi ? J'ai apporté le couteau avec moi pour me protéger, pas pour me poignarder moi-même ! Je ne savais pas que tu allais perdre la boule et essayer de me le prendre…

— Non. Non, non… » Je fais un pas en arrière. Je me souviens de la raison pour laquelle je suis là. Pour protéger Connor. « Tu suis mon fils !

— Quoi ?

— Le bowling. Il m'a raconté. »

Il rit. « Tu es encore plus cinglée que je ne le pensais ! Ne t'approche plus de moi, OK ? Ou alors…

— Ou alors, quoi ?

— Tu n'as pas encore compris ? Je peux faire tout ce que je veux. Absolument tout… Hugh ? Anna ? Je peux les détruire tous les deux. À moins qu'il y ait un moyen pour que tu fasses en sorte que cela ne vaille plus la peine…

— Tu te trompes. » J'essaie de mettre la plus grande fermeté dans ma voix. Je veux qu'elle exprime une force que je ne ressens pas. Je veux qu'il pense que je dis la vérité. « Tu crois que cela m'importe, mais ce n'est pas le cas. Hugh et moi sommes ensemble à cause de Connor. Je lui ai déjà tout raconté sur toi. Il comprend. Alors… – je hausse les épaules – ce que tu essaies de faire ne marchera pas. Montre ces photos à qui tu veux…

— À n'importe qui ? »

Je hoche la tête.

« Vraiment ?

— Oui.

— Même Connor ? »

J'essaie de ne pas tressaillir, mais je ne peux pas m'en empêcher. Il le remarque.

« Connor est puni, privé de sortie. Tu ne l'approcheras plus jamais. De quelque manière que ce soit.

— Oh, ne t'inquiète pas. Connor et moi, nous avons un passé commun, maintenant. Nous sommes des amis virtuels. »

Je frémis. Que veut-il dire ? Y a-t-il encore quelque chose que je ne sache pas ? À nouveau la peur monte, celle qu'il ait quelque relation avec Evie. Je me rappelle que Hugh lui a parlé, en vrai. Il a entendu sa voix. Cela ne peut pas être Lukas. Il faut que je m'en souvienne.

« Tu ne peux pas me faire peur.

— Tu n'as donc pas compris ? Toi et moi ? C'était amusant le temps que ça a duré. Mais désormais, je veux juste récupérer mon dû. Tu dois te retirer de la partie. Je m'amuse avec quelqu'un d'autre, maintenant. Il faut que tu te fourres ça dans ta petite tête d'idiote : c'est terminé. »

Je suis choquée. « Anna ? Anna ? Tu parles d'elle comme si c'était un objet, mais tu lui as demandé de t'épouser !

— Il y a des tas de jeux différents, tu sais... »

Il est à un peu plus de deux mètres de moi. Cela risque de ne pas être assez près. J'avance d'un pas. Je parle plus fort.

« Qu'est-ce que tu fabriques avec Anna ? Pour de vrai ? Je sais que tu te sers d'elle. Tu ne l'aimes pas, tout comme tu ne m'aimais pas. »

Il sourit. C'est une réponse en soi, mais je veux l'entendre le dire.

« Qu'est-ce que tu fais avec elle ? Je sais que c'est pour l'argent, l'argent de ma sœur, mais pourquoi la mêler à ça ? »

Il se penche vers moi. « Comment allais-je me rapprocher de toi, sinon ? »

Je me souviens de la raison pour laquelle je suis venue ici.

« Tu ne l'aimes pas ? Tu ne l'as jamais aimée ? »

Je prends soin de donner à mes phrases un ton interrogatif.

« Moi ? Aimer *Anna* ? Écoute, nous avons un joli petit arrangement, mais je ne *l'aime* pas. Le sexe est super, c'est tout. Et tu sais quoi ? J'aime bien penser à toi quand on le fait. »

Je prends une grande inspiration. Voilà, me dis-je. Je l'ai. Je souris presque. C'est à mon tour de me sentir contente de moi.

« Oh, au fait, n'envisage même pas de recontacter Anna », ajoute-t-il.

Je ne peux me retenir de répondre : « Tu ne peux pas m'en empêcher.

— Comment ça ? » Il hésite, il s'amuse bien. « Oh, dit-il. Tu penses que tu vas déjeuner avec elle demain ? » Son sourire est glaçant. « Apparemment, elle ne t'a pas dit ? Elle a changé son billet. Une urgence familiale, je crois. Ou un truc au boulot. Je n'arrive pas bien à me souvenir. Peut-être est-ce juste qu'elle pense que tu es totalement cinglée et qu'elle veut s'éloigner aussi vite que possible. En tout cas, tu ne la verras pas demain. En fait, je crois bien qu'elle quitte l'hôtel – il jette un coup d'œil à sa montre – à peu près… *maintenant.* »

Je plisse les yeux. Il faut que je le laisse croire qu'il m'a eue.

« Quoi ?

— Tu m'as bien entendu. Anna pense que tu es folle. Elle rentre à la maison, et je la rejoindrai d'ici quelques jours. Alors, pourquoi ne rentres-tu pas gentiment chez toi ? Auprès de ton petit mari pour être sa petite femme parfaite ? Hein ? »

Je ne réagis pas. Je ne peux pas. Je ne veux pas lui montrer à quel point je suis effrayée. Je n'ai pas gagné, pas encore. Pas tant que je n'ai pas parlé à Anna. Il faut que je lui laisse croire que je vais faire exactement ce qu'il dit. Rentrer à la maison.

Je secoue la tête. « Je t'emmerde », dis-je, et je lui tourne le dos.

Son regard me brûle tandis que je retourne vers la station. Je ne cours pas, je dois avoir l'air détachée. Je n'ose pas me retourner, je ne veux pas qu'il sache que j'espère de tout mon cœur qu'il ne me suit pas. Il faut qu'il me laisse tranquille juste quelques heures. Il faut que j'arrive à rejoindre Anna avant qu'elle monte dans le train. Je tourne au coin de la rue, et je suis hors de sa vue. Et là, je me mets à courir.

Je traverse la station des bus pour rejoindre la route principale. Je me retourne, je ne le vois pas. Pourquoi s'attarderait-il ? Il a gagné. Un taxi approche, au feu. Il est libre et je le hèle. « St. Pancras », dis-je, et je monte.

« OK, ma p'tite dame », dit la conductrice. Elle doit sentir que je suis pressée. « La circulation est mauvaise aujourd'hui. À quelle heure est votre train ? »

Je lui dis que je l'ignore, que je vais retrouver quelqu'un. « S'il vous plaît, dépêchez-vous », dis-je à nouveau. Le feu passe au vert et elle démarre. Elle m'assure qu'elle fera de son mieux. Je sors mon portable de ma poche, où il était caché pendant tout ce temps, l'enregistreur en marche, et j'appuie sur Stop. Je l'ai enclenché dès le début de notre rencontre. Avec un peu de chance, j'ai la totalité de notre conversation.

Je regarde derrière nous. Lukas n'est nulle part.

Nous avons de la chance. Notre itinéraire par Lambeth est assez dégagé, les feux sont en notre faveur. Je réécoute ce que j'ai réussi à enregistrer. C'est étouffé, capté du fond de la poche de ma veste, alors que nous étions en mouvement. Une partie est tout juste correcte – à certains moments, ma voix est forte, mais c'est la réponse de Lukas dont j'ai besoin, et elle est à peine audible –, mais la grande majorité est utilisable. Je l'entends dire « En souvenir du bon vieux temps » après m'avoir embrassée, et il a aussi élevé la voix pour dire « Tu es plus cinglée que je ne le croyais. » Mais cela ne suffit pas. Ce n'est pas ce que je recherche. J'appuie sur Avance rapide, impatiente de trouver un passage constituant une preuve irréfutable de ce que j'ai besoin de faire savoir à Anna ; qu'il n'est pas la personne qu'il prétend être, qu'elle est en danger, et que nous devons nous entraider.

Le voilà. Le passage que j'espérais avoir. Par chance, je m'étais approchée de lui, il était près ; en plus, mon plan consistant à parler plus fort en espérant que cela l'encourage à faire de même a fonctionné.

Je retourne en arrière. Je le repasse. Au début, c'est entrecoupé : « … l'utiliser… l'aimer… » Mais ensuite, il y a un blanc, et la phrase d'après est clairement audible. « Je sais que c'est pour l'argent, l'argent de ma sœur, mais pourquoi la mêler à ça ? »

La réponse de Lukas est très distincte aussi.

« Comment allais-je me rapprocher de toi, sinon ? »

Ensuite, c'est moi. J'ai dû bouger en parlant ; la première partie de la phrase est perdue, quelque chose frotte contre le micro de l'enregistreur de mon téléphone. Je reconnais ma propre voix, mais ce que je dis est incompréhensible. On ne distingue qu'un seul mot : « elle ».

Cela ne devrait pas être important. Je sais que c'est sa prochaine réaction dont j'ai besoin ; je me souviens de ce qu'il a dit, mais tout cet enregistrement n'a d'intérêt que s'il est audible.

Heureusement, sa réponse l'est parfaitement. Je la passe deux fois, juste pour être sûre.

« Moi ? dit-il. …Écoute, nous avons un joli petit arrangement mais je ne *l'aime* pas. »

Je ferme les yeux, comme si j'avais gagné, puis je fais marche arrière et je réécoute une troisième fois. Cela devrait suffire à convaincre mon amie, me dis-je. Il faut juste que j'arrive là-bas à temps.

Je me fige. Il me vient à l'esprit, comme si c'était la première fois, que je ne suis pas obligée de faire ça. Je pourrais laisser tomber, m'en aller, rentrer à la maison. Lukas a exigé que je les laisse tranquilles, alors pourquoi ne pas obéir ?

Je pense à ses mains sur moi. Je pense aux endroits où il m'a emmenée. Puis-je abandonner la meilleure amie de ma sœur dans une telle situation ? Quel genre de personne cela ferait-il de moi ?

Tout à coup, je repense à la lecture d'Anna, à l'enterrement. « Pour les courroucés, j'ai été abusé, mais pour les heureux je suis en paix. »

Elle pense qu'elle est heureuse, mais cela ne durera pas. Si je l'abandonne maintenant, je ne pourrai plus jamais me regarder en face. Je dois le faire.

Je jette un coup d'œil à l'heure et je m'agite sur mon siège. Il est 13 h 00 passées. La circulation est mauvaise, mais nous avançons ; nous avons déjà traversé la Tamise, nous contournons la ville. Si seulement je connaissais l'horaire de départ du train, me dis-je, je pourrais savoir si j'ai le temps, ou si je n'ai pas la moindre chance.

Je prends mon téléphone, je vais sur le site d'Eurostar et je télécharge les horaires. L'opération est terriblement lente – j'ai besoin de rafraîchir la page deux fois, trois fois – mais cela me donne, au moins, l'impression de faire quelque chose. Enfin, la page apparaît. Il y a un train à un peu plus de 14 h 00, et elle passera par l'enregistrement au moins une demi-heure avant.

Je lève les yeux. Nous sommes arrivées à Lambeth North. Nous sommes à environ vingt minutes de la gare, à mon avis, et ensuite il faudra réussir à approcher. Il faudra que je paie la course, puis que je trouve mon amie. Je suis prête à tout, mais complètement impuissante. Je concentre toute ma volonté pour faire bouger les voitures, pour faire changer les feux. Je jure lorsque nous restons coincées derrière un cycliste, lorsqu'un piéton s'engage sur le passage clouté et que nous devons freiner.

Je ne suis pas certaine que nous allons y arriver, d'autant que Lukas va peut-être l'appeler et lui dire que je suis en route. C'est fichu.

Il est presque une heure et demie lorsque nous nous garons devant le terminal ; je suis engourdie, certaine que je l'ai manquée. Je tends le prix de la course à la conductrice – beaucoup trop d'argent, mais je lui dis de garder la monnaie –, puis je me mets à courir. Elle crie « Bonne chance, mon chou ! » mais je ne réponds pas, je ne me retourne même pas. Je suis déjà en train de chercher Anna frénétiquement. Je m'engouffre dans la gare, vers les grilles du terminal, je passe devant les cafés, les guichets, me rappelant au passage les fois où j'ai retrouvé Lukas à ces endroits. Les images m'assaillent, en Technicolor. Je pense à la seconde fois où nous nous sommes rencontrés, quand il m'a révélé que, en fait, il vivait à côté de Londres.

C'était du temps où je ne ressentais presque rien pour lui, du moins comparé à ce qui est venu après. En ce temps-là, il m'aurait été facile, relativement facile, de me détacher. En ce temps-là, je m'inquiétais qu'il ait une femme, alors qu'en fait il était sur le point de demander la main d'une autre.

Pas de n'importe quelle *autre*, me dis-je. D'Anna. Et maintenant je me rends compte, avec une panique grandissante, que je suis là pour essayer de la sauver.

La gare est bondée ; je ne la vois pas. Je cesse de courir. Je crois que l'application s'appelait « Localiser mes amis ». Nous avions lié nos profils. Je fouille dans mon sac pour trouver mon téléphone, je le fais tomber, je le ramasse. J'ouvre le plan, mais il n'y a qu'un point. Moi.

Elle a déconnecté son profil du mien. Elle me déteste. Je suis au désespoir. Elle va rentrer chez elle ; tout est perdu. Je pourrais essayer de l'appeler, oui, mais elle ne décrochera probablement pas et, même si elle répond, comment obtiendrai-je qu'elle me croie ? Il faut que je sois là, devant elle. Il faut que j'arrive à lui faire comprendre.

Je vois passer un éclair rouge dans la cohue et, confusément, je sais que c'est son manteau. Lorsque la foule s'écarte, je constate que j'ai raison. Elle est prête à embarquer, elle traîne sa valise derrière elle d'une main, de l'autre elle est déjà en train de passer son billet sur le scanner automatique. « Anna ! » m'écrié-je, mais elle ne m'entend pas, ne réagit pas. Je me remets à courir. Mes mots se perdent dans l'air étouffant, dans le chaos bruyant de la gare qui monte et résonne en échos contre la voûte du plafond. Je crie à nouveau, plus fort : « Anna ! Attends ! » mais quand elle finit par lever les yeux et m'apercevoir, il est déjà trop tard. Les portes automatiques ont enregistré son billet, elles se sont ouvertes et elle a traversé.

« Julia ! » dit-elle en se retournant vers moi. « Mais qu'est-ce que tu… ? »

Je cesse de courir. Nous sommes chacune d'un côté du portail, à quelques mètres l'une de l'autre. Juste derrière elle, un guichet de la sécurité, et après, les salles d'attente et les restaurants du terminal international. « J'ai vu Lukas. » En voyant son air dubitatif, je me souviens. « Ryan, je veux dire. J'ai vu Ryan. »

Elle me regarde, la tête un peu penchée, la bouche inclinée vers le bas. C'est de la pitié. Elle est triste pour moi. À nouveau, je me rappelle que Lukas a gagné.

« Je sais. Il m'a appelée.

— Ils sont une seule et même personne, Anna. Je te le jure. Ryan *est* Lukas. Il te ment depuis le début. »

Elle semble prête à fondre en larmes. Quelque chose qu'elle gardait jusqu'alors enfermé en elle éclate à la surface.

« Je croyais que tu étais mon amie.

— Je le suis. » Mais alors me revient la marque sur la joue de Lukas, qui commence juste à cicatriser. Je ne peux que trop bien imaginer ce qu'il a raconté à Anna.

« Je ne sais pas ce qu'il t'a dit, mais il ment. » Je la regarde droit dans les yeux. « Crois-moi… »

Elle secoue la tête. « Au revoir, Julia. » Elle se tourne, prête à partir.

Je m'accroche au portail. L'espace d'une seconde, j'envisage de sauter par-dessus, ou de forcer le passage, mais nous avons attiré l'attention sur nous.

Un membre du personnel nous observe et il fait un pas en avant, comme s'il s'attendait à ce que la situation dégénère.

Je m'écrie : « Anna ! Reviens, juste une minute. Laisse-moi t'expliquer ! »

Elle regarde par-dessus son épaule. « Au revoir, Julia. » Elle repart.

« Non ! dis-je. Attends ! »

Le gars en uniforme est maintenant juste à côté de nous, son regard va de l'une à l'autre. Anna ne se retourne pas.

Dans ma tête, je cherche frénétiquement une façon de la convaincre. Je suis désespérée. Il me faut trouver quelque chose qui lui prouvera que je le connais sous le nom de Lukas, que j'ai couché avec lui. Ça y est, je sais.

« Il a une tache de naissance. Sur la jambe. La cuisse. En haut. »

Au début, je pense qu'elle ne m'a pas entendue, mais elle s'arrête. Elle se retourne, puis revient lentement vers le portail qui nous sépare.

« Une tache de naissance. » Je désigne l'endroit sur mon propre corps. « Juste là. »

Au début, elle ne dit rien. Elle secoue la tête. Elle a l'air dévastée. « Espèce de… *salope*. »

Ce dernier mot est lâché dans un souffle. Bien sûr qu'elle me déteste, et je me déteste d'avoir à lui faire ça.

« Anna !… Je suis désolée… »

Elle est juste de l'autre côté de la barrière, maintenant. Si l'une de nous tendait le bras, elle pourrait toucher l'autre, mais elle est hors de ma portée, comme si la barrière était infranchissable.

Nous restons parfaitement immobiles, à nous regarder fixement. Quelques instants plus tard, une voix fait brutalement irruption entre nous.

« Il y a un problème ? »

Je regarde. C'est le gardien. Il se trouve juste derrière Anna. Nous secouons la tête toutes les deux. « Non, tout va bien. »

Vaguement, je réalise que je bloque la circulation, une queue est en train de se former derrière moi.

« Pourriez-vous dégager le passage, s'il vous plaît ? » Il a l'air tellement calme ; sa politesse est décalée par rapport à ce qui est en train de se passer.

Je tends la main, la paume vers le ciel, comme si j'offrais quelque chose. « Anna, s'il te plaît. » Elle la regarde comme si c'était un objet inconnu, dangereux, étranger. « Anna ?

— Pourquoi fais-tu ça ? » Elle pleure maintenant, les larmes coulent sur ses joues. « Je croyais que nous étions amies…

— C'était le cas. » Je suis désespérée. J'insiste. « C'est toujours le cas. » J'aimerais tant pouvoir lui faire comprendre, lui dire que je fais ça justement parce que je l'aime, et non le contraire. Je sors mon portable. « Il n'est pas la personne que tu penses. Ryan, je veux dire. Crois-moi.

— Tu as tout. Depuis l'instant où je t'ai dit que j'étais fiancée, tu es incapable de même *faire semblant* d'être heureuse pour moi. Je suis triste pour toi. Tu le sais, ça ?

— Non… mais elle m'interrompt.

— J'en ai assez entendu. » Elle se tourne, et j'essaie de l'attraper par le bras. Le gars qui nous observe s'avance ; à nouveau, il nous demande de dégager le passage.

« Donne-moi une seconde, rien qu'une. S'il te plaît… »

Il faut que j'arrive à lui faire comprendre, avant qu'elle monte dans le train et s'en aille à Paris ; sinon, tout sera perdu. Autrement, elle épousera cet homme et sa vie sera détruite. Il m'apparaît brusquement que, même si je réussis, Lukas mettra sa menace à exécution et enverra les photos à Hugh. Quoi qu'il arrive, je risque de tout perdre.

Je me sens m'enfoncer dans les ténèbres, mais je sais que je ne dois pas me laisser aller. C'est ma dernière chance de faire ce qu'il faut.

« Attends une seconde, il faut que tu entendes ça. » Le reste de la gare disparaît ; je ne peux penser à rien d'autre. Il n'y a qu'elle et moi. Mes mots sortent en cascade. « Il est… Je le connais sous le nom de Lukas… C'est le gars que j'ai rencontré sur le site dont tu m'as parlé… Il… il a approché Connor. Il le suit… il me suit, aussi… Il est cinglé, je te le jure…

— Menteuse. » Elle répète, encore et encore : « Menteuse. Tu n'es qu'une menteuse.

— J'ai des preuves. » Je brandis mon portable. « Écoute ça. S'il te plaît, et après…

— Mademoiselle, je vais devoir vous demander de dégager le passage. Maintenant. »

Il se glisse entre nous. Mon désespoir se transforme en colère ; le monde revient s'imposer avec violence. La gare paraît bruyante et je ne sais pas si Anna pourra entendre mon enregistrement. Un petit attroupement s'est formé, des deux côtés de la barrière, et nous fixe. Un homme a sorti son téléphone et il prend des photos.

« S'il te plaît, c'est important. » Je tripote mon portable, déverrouille l'écran et ouvre le fichier. « S'il te plaît, Anna… Pour Kate… »

Elle me regarde fixement. Tout est calme, soudain, et le garde me demande à nouveau de m'écarter. C'est ma dernière chance.

« Donnez-lui ça. S'il vous plaît ?

— Mademoiselle… » commence-t-il, mais Anna l'interrompt. Elle tend la main.

« Je vais écouter. Je ne sais pas ce que tu veux, mais je vais écouter. »

Je tends le téléphone à l'homme qui se tient entre nous, et il le passe à Anna.

« Appuie sur Play. S'il te plaît. » Elle hésite, puis obtempère. Elle ne bouge plus, la tête penchée en avant. Le passage que j'ai sélectionné est déjà prêt. Ma voix. Sa voix. Exactement comme dans le taxi. Elle est trop loin et je n'entends pas, mais je connais l'extrait par cœur : « … un joli petit arrangement… je ne *l'aime* pas. » Elle en écoute assez, juste quelques secondes, puis arrête l'enregistrement. Elle s'écroule. Comme si toute la tension des dernières minutes l'avait brisée en deux.

Elle me regarde. Elle est effondrée. Elle semble toute petite, vidée de toute émotion. Je voudrais tendre la main, pouvoir la réconforter. Je ne peux pas supporter l'idée de lui faire ça, et ensuite de la laisser partir. Rentrer chez elle. Seule.

Puis elle se met à parler.

« Je ne te crois pas. Ce n'est même pas sa voix. Ryan a raison. »

Je vois le doute se peindre sur son visage. Elle n'est pas sûre.

« Écoute à nouveau. Écoute…

— Ce n'est pas lui. » Sa voix tremble, se brise. « Ce n'est pas possible. »

Mais sa main libre se remet à tripoter mon téléphone. Elle appuie sur Play, essaie d'augmenter le volume.

« Aimer Anna ?… Je ne *l'aime* pas.

— Anna, s'il te plaît… » Une main se pose sur mon bras, quelqu'un tire sur la manche de ma veste, essaie de m'éloigner.

« Anna ? »

C'est alors qu'elle me regarde. L'expression sur son visage est effrayante, ses yeux sont grands ouverts, incrédules, horrifiés. J'ai l'impression de voir tous ses projets partir en fumée, s'envoler comme des oiseaux affolés, sans rien laisser derrière eux.

« Je suis désolée.

— Il faut qu'on parle. » Sa voix est si faible que je l'entends à peine. La foule qui nous entoure sent la tension qui diminue et se remet en mouvement, chacun prêt à retourner à ses occupations. La bulle du drame qui s'était formée sous leurs yeux a éclaté. Anna se tourne vers le préposé qui se tient toujours entre nous et lui dit : « Pouvez-vous me laisser passer dans l'autre sens ? S'il vous plaît ? Il faut que je parle à mon amie… »

Le temps semble s'accélérer. Le monde s'était mis en pause, figé dans l'étau de sa fureur et de mon désespoir. Mais maintenant, tout se relâche ; tout nous assaille. Le bruit de la gare, l'agitation et les voix, le vieux piano installé dans le hall sur lequel quelqu'un joue, mal, la même mélodie répétée à l'infini. Je la prends par le bras et elle ne résiste pas ; ensemble nous prenons l'escalator, nous soutenant mutuellement. Nous restons silencieuses. Je suggère un café, mais elle secoue la tête, dit qu'elle a besoin d'un verre. J'ai besoin d'un verre moi aussi, je pourrais, juste cette fois, mais je m'efforce de repousser cette envie. Anna pleure, sa voix se brise quand elle essaie de parler. Elle fouille dans son sac à la recherche d'un mouchoir en papier ; nous montons au bar. Je me sens misérable, ma culpabilité est presque insupportable. Une seule pensée m'obsède, *C'est moi qui ai fait ça. Tout cela est de ma faute.*

Nous nous asseyons sous les parasols. Derrière moi, la porte conduit à l'hôtel, à la chambre dans laquelle Lukas et moi avons couché ensemble pour la première fois. Les souvenirs de notre liaison sont partout et je détourne le regard, essayant de les ignorer. Anna murmure quelque chose sur son train. « Je vais le rater, dit-elle, énonçant une évidence. Je veux rentrer chez moi. »

Je lui tends un mouchoir. « Ne t'inquiète pas, je vais t'aider. Tu peux rester chez moi ou…

— Non. Pourquoi ferais-je une chose pareille ? »

Elle a l'air fâchée. Comme si tout en elle était en train de fusionner, et que la douleur, en se concentrant, devenait plus facile à saisir. Je veux faire quelque chose, un petit geste, si insignifiant soit-il.

« Alors, je te paierai le billet pour que tu prennes le train suivant. Mais Anna, il faut que tu me laisses t'expliquer. Je ne voulais pas que tout ça arrive…

— Je peux payer mon billet moi-même. » Elle a un air de défi, mais ensuite elle baisse les yeux. J'imagine qu'elle se demande comment elle a pu se fourrer dans une situation pareille, comment elle a pu s'abandonner à faire ainsi confiance à Ryan. Et aussi comment elle a pu me faire confiance, à moi. Le serveur approche, je commande de l'eau et un verre de vin blanc. Il demande quel vin nous voulons, si nous souhaitons voir la carte. « N'importe. Le blanc de la maison, c'est bien… »

Anna lève les yeux dès qu'il est parti. « Pourquoi ?

— Je ne sais pas. Crois-moi. Je n'ai jamais su… Je ne savais pas que cet homme, Lukas, te fréquentait. Si je l'avais su, je n'aurais jamais envisagé…

— Tu veux dire qu'il ne te l'a pas dit ? Il ne t'a pas dit qu'il était fiancé ? Qu'il allait m'épouser, moi ?

— Non ! » Je mets de l'emphase dans ma voix. « Bien sûr que non. » Je veux qu'elle comprenne ; dans l'immédiat, c'est tout ce qui importe.

« Et tu n'as pas pensé à demander ?

— Anna, non, je n'y ai pas pensé. Il portait une alliance… »

Elle m'interrompt, choquée.

« Une alliance ?

— Oui. Il m'a dit qu'il avait été marié, autrefois, mais que sa femme était décédée. C'est tout. Je croyais qu'il était célibataire. Je ne… Je ne l'aurais pas fréquenté si j'avais su qu'il avait une relation avec quelqu'un d'autre. Encore moins avec toi… »

Même en le disant, je me demande si c'est vrai. Est-ce que je suis en train de me raconter des histoires ? Ma relation avec Lukas s'est développée pas à pas, a commencé avec ma quête de la vérité, s'est transformée en conversations en ligne et, de là, est devenue ce que l'on sait. Même s'il avait été marié, ou fiancé, à quel moment aurais-je tout arrêté, dit « Non, ça suffit, pas plus loin » ? À quel moment aurais-je *dû* le faire ?

Il peut arriver qu'un flirt en ligne devienne dangereux, mais comment sait-on quand c'est le cas ?

« Je te le jure.

— Et je suis censée croire ça ? »

Je vois passer une vague de colère, un sursaut de fierté blessée, mais son visage reste impassible.

« Il m'a poursuivie, Anna. Tu n'as peut-être pas envie de l'entendre, mais il faut que tu le saches. Il est venu me chercher. »

Elle cligne des yeux. « Tu mens. Il n'aurait jamais fait ça. » Ses mots sont aussi violents qu'une gifle. Ils me brûlent.

Pourquoi pas ? ai-je envie de répondre. Pourquoi ne ferait-il pas une chose pareille ? Je suis à nouveau consciente de ce que je ressentais, grâce à lui. Je me sentais jeune, désirable. Vivante.

« À cause de mon âge ? »

Elle soupire. « Pardon, dit-elle, ce n'est pas ce que je voulais dire. Je voulais dire que… » La phrase reste en suspens, son menton tombe sur sa poitrine. Elle a l'air épuisée. « Je ne sais pas quoi penser.

— Anna… »

Elle lève la tête. Elle paraît vaincue, elle cherche de l'aide, quelqu'un vers qui se tourner. « Dis-moi ce qui s'est passé. Je veux tout savoir. »

Et je lui dis tout. Dans les moindres détails. Elle reste silencieuse pendant tout le temps où je parle. Cinq minutes. Dix. Le serveur vient nous apporter le vin et l'eau, mais je repousse mon verre, et continue à parler. Ce sont, pour certaines, des choses que je lui ai déjà dites, mais c'est la première fois qu'elle entend cette histoire en sachant que celui dont il est question n'est pas un étranger, mais son fiancé. Je trouve que c'est dur ; pour elle, la souffrance doit être insoutenable. Chaque fois que je lui demande si elle souhaite que je m'interrompe, elle secoue la tête. Il faut qu'elle entende tout. Je lui parle de la première approche de Lukas. Je lui dis que nous avons commencé à nous envoyer des messages régulièrement, que je pensais qu'il vivait à l'étranger, à Milan, qu'il me disait qu'il voyageait beaucoup. Je lui explique qu'il a voulu que l'on se rencontre pour de vrai et que, parce que j'étais certaine que cela n'arriverait qu'une seule fois et que cela m'aiderait à découvrir la vérité sur ma sœur, j'y étais allée.

« Et vous avez couché ensemble ? » Ses lèvres dessinent une ligne sévère. J'hésite. Elle sait que c'est le cas.

Je hoche la tête.

« C'était comment ?

— Anna. S'il te plaît… Je ne pense pas que ce soit une bonne idée…

— Non. Dis-moi »

Je sais qu'elle veut entendre que c'était décevant. Que nous n'avons pas accroché, qu'il était clair que son cœur n'y était pas. Elle désire être rassurée, être autorisée à penser que ce qu'ils partagent est très spécial, que ce qui s'est passé entre lui et moi n'était qu'une incartade, rien de plus.

Je ne peux pas mentir, mais je ne veux pas non plus qu'elle se sente encore plus mal que maintenant.

Je détourne les yeux. Sans que je le fasse exprès, mon regard est attiré vers la statue de l'autre côté des quais. « C'était… ça allait.

— Ça allait. Alors, tu ne l'as jamais revu après cette première fois, c'est bien ça ? »

Son ironie est caustique. Elle sait que non.

« Je n'ai jamais voulu que ça devienne une liaison. Je n'ai jamais cherché à ce que ça arrive.

— Et pourtant, c'est arrivé.

— Oui. C'est arrivé ; mais il faut que tu comprennes, Anna, que je ne savais pas qu'il te connaissait. Je te le promets. Sur quoi puis-je le jurer ? » Je chuchote. « La vie de Connor ? Crois-moi, si c'est ce qu'il te faut, je n'hésiterai pas. »

Elle regarde le verre de vin posé devant elle, puis lève les yeux vers moi. Elle semble prendre une décision. « Pourquoi ? Pourquoi fait-il cela ?

— Je ne sais pas. L'argent ?

— Que veux-tu dire ?

— Il sait que Kate vous a laissé de l'argent, à toi et à Connor. Peut-être qu'il espérait mettre la main sur la part de Connor autant que sur la tienne…

— Pas question qu'il *mette la main* sur la mienne ! » Elle paraît choquée, offensée. « Nous allons nous marier !

— Je suis désolée. Tu vois ce que je veux dire.

— Et comment pourrait-il mettre la main sur ta part, de toute façon ? »

Une fois de plus, je détourne les yeux. « Il a des photos. Des photos de nous. De moi…

— En train de baiser ? » Sa voix n'est plus qu'un filet, les mots sont à peine perceptibles.

Je hoche la tête. Je chuchote. « Il m'a menacée de les montrer à des gens. À Hugh. »

Je vois le visage de Hugh, assis à la table de la salle à manger, en train de regarder les photos. Il a l'air troublé, puis choqué, puis furieux. « Comment as-tu pu faire une chose pareille ? dit-il. Comment as-tu pu ? »

« Il t'a demandé l'argent de Connor ? » dit Anna. Il envisage peut-être de me faire chanter. Si je le laisse commencer, ça ne s'arrêtera jamais. Il exigera davantage, et encore davantage.

« Pas encore. Mais ça peut arriver. »

Elle baisse à nouveau les yeux. Son regard semble se perdre. Elle secoue lentement la tête. Elle se souvient, et assemble les pièces du puzzle.

« Cet enregistrement, dit-elle enfin. Il dit qu'il ne m'aime pas. »

Je tends la main et je prends la sienne.

« Rien de tout cela n'est de ta faute. Rappelle-toi. Il pourrait être n'importe qui. Il ne s'appelle probablement ni Ryan ni Lukas. Nous ne savons pas qui il est. Ni l'une ni l'autre... » Je prends une grande inspiration, je souffre. J'essaie de la soutenir alors que je n'ai plus de force moi-même.

Mais il faut que je le fasse.

« Anna », dis-je. Je me déteste, mais il faut que je lui pose la question. « T'a-t-il déjà fait du mal ?

— Du mal ? Non. Pourquoi ?

— Pendant l'acte, je veux dire ?

— Non ! » Elle répond un peu trop précipitamment, et je me demande si elle me dit toute la vérité.

« Je veux juste m'en assurer... »

Elle a l'air horrifiée. « Oh mon dieu, tu penses toujours qu'il a tué Kate ?

— Non, dis-je. Je suis certaine qu'il ne l'a pas fait. C'est impossible…

— Tu es folle », dit-elle, mais, en même temps, je vois l'horreur traverser son regard. Comme si je voyais se désintégrer les dernières bribes de sa confiance en son fiancé.

« Il a tué Kate, dit-elle.

— Non, c'est impossible… »

Elle m'interrompt.

« Non ! Tu ne comprends pas », dit-elle. Elle parle vite, entraînée par les rouages de son imagination qui tournent à pleine vitesse. J'ai fait la même chose, il n'y a pas si longtemps. Essayé de faire coïncider son comportement avec un schéma que je pouvais identifier. « Il l'a peut-être rencontrée en ligne, puis il a découvert l'existence de l'argent. Il m'a peut-être approchée juste pour l'atteindre elle, puis il l'a tuée, et …

— Non, non, c'est une coïncidence. Lukas était en Australie, lorsque Kate est morte. Et de toute manière…

— Mais nous ne le savons pas ! Il nous a peut-être menti à toutes les deux…

— Ils ont attrapé l'homme qui l'a tuée. Tu te souviens ? »

Elle paraît toujours aussi sceptique. Je poursuis.

« De toute manière. Il y a des photos. Où il apparaît, en Australie. Elles remontent à la période où Kate a été tuée…

— C'est sûr ? On ne peut pas maquiller ce genre de choses ? »

Je ne réponds pas. « L'argument décisif, c'est que la police a arrêté le coupable, Anna. Ils ont attrapé l'homme qui l'a tuée. »

Je finis par réussir à la convaincre. « Je n'arrive pas à y croire », dit-elle. Un gémissement sourd monte de sa gorge ; je me dis qu'elle va se mettre à hurler. « Comment a-t-il pu me faire une chose pareille ? Comment a-t-il pu ?

— Ça va aller, je te le promets.

— Il faut que je coupe les ponts, n'est-ce pas ? » Je hoche la tête. Elle attrape son sac à main. « Je vais le faire tout de suite.

— Non, non, pas tout de suite. Il ne faut pas qu'il sache que je t'ai tout raconté. Il a dit que si je t'en parlais, il montrerait les photos à Hugh. Anna, il faut qu'on soit malignes sur ce coup-là…

— Comment ça ? »

Je reste silencieuse. Je sais ce que je veux qu'elle fasse. Attendre un moment, continuer à faire semblant d'être toujours amoureuse de l'homme qu'elle appelle Ryan. Et ensuite, mettre fin à la relation, d'une manière qui apparemment n'a rien à voir avec moi.

Mais comment puis-je lui demander de faire ça ? Je ne peux pas. L'idée est monstrueuse. Il faut qu'elle y vienne par elle-même.

« Je ne sais pas. Mais si tu romps maintenant, il saura que je suis impliquée dans ta décision. »

Elle me regarde, incrédule. « Tu veux que je continue à le voir ?

— Pas exactement…

— Si, c'est ce que tu veux !

— Non, Anna. Non… je ne sais pas… »

Son visage se décompose. Toute sa bravoure s'envole, balayée par l'amertume et le regret.

« Que vais-je faire ? » Elle écarquille les yeux. « Dis-moi ! Qu'est-ce que je vais devenir ? »

Je tends la main pour la toucher. Elle ne me repousse pas et j'en suis soulagée. Son visage se voile de tristesse. Elle paraît bien plus âgée, plus proche de moi que de Kate.

« C'est toi qui vois.

— Il faut que je réfléchisse. Donne-moi quelques jours. »

Je vais devoir vivre avec cette incertitude. Mais à côté de ce qu'elle doit endurer, ce n'est rien.

« Si seulement tout cela n'était jamais arrivé. Si seulement tout était différent.

— Je sais », dit-elle.

Nous restons ainsi un moment. Je suis vidée, éreintée, et, lorsque je la regarde, je constate qu'il en est de même pour elle. La gare paraît moins peuplée, bien que cela puisse être un effet de mon imagination ; l'agitation de midi ne change pas grand-chose dans un lieu aussi constamment fréquenté. Malgré tout, une quiétude s'installe. Anna finit son verre, puis annonce qu'il faut qu'elle parte. « Il va bientôt y avoir un autre train. Il faut que j'aille chercher un billet… »

Nous nous levons. Nous prenons appui sur nos chaises, comme si la planète s'était inclinée sur un nouvel axe. « Tu veux que je t'aide ? Cela ne m'ennuie pas du tout de payer…

— Non, ça va. Ça va aller. Tu n'es pas obligée. »

Elle sourit. Elle sait que je me sens coupable, que cette façon de lui proposer de l'argent est une tentative pour alléger cette culpabilité.

« Je suis tellement désolée », dis-je à nouveau. J'ai désespérément besoin de savoir que j'ai toujours son amitié mais, pendant un long moment, elle ne bouge pas. Puis elle s'écroule dans mes bras. Nous nous serrons fort. J'ai l'impression qu'elle va se remettre à pleurer, mais elle se retient.

« Je t'appellerai, dans un jour ou deux ? »

Je hoche la tête. « Ça va aller ? » Je me rends compte de la trivialité de ma question, de son insignifiance, mais je suis épuisée. Je veux juste qu'elle sache qu'elle est importante pour moi.

Elle hoche la tête. « Oui. » Elle me lâche. « Et toi ?

— Oui. » Je suis loin d'être certaine que ce soit bien la vérité. Elle ramasse sa valise. « Vas-y. Je vais m'en sortir. Bonne chance. »

Elle m'embrasse à nouveau. Sans un mot, elle tourne les talons et s'en va. Je la regarde traverser le hall, se diriger vers l'escalier qui mène aux guichets. Elle tourne au coin et disparaît. Je me sens soudain terriblement seule.

CINQUIÈME PARTIE

29

Elle m'appelle le lundi. Hugh doit avoir une réunion concernant son affaire aujourd'hui ; il saura si son compte rendu des faits a donné satisfaction au directeur général, au chirurgien en chef, au comité de gouvernance de la clinique. Si c'est le cas, ils refuseront de prendre la plainte ; sinon, ils admettront qu'il a commis une erreur. « Et à partir de là, ils vont se serrer les coudes, dit-il. La seule priorité sera de préserver la réputation de l'hôpital. Je vais probablement être sanctionné.

— Mais tu ne perdras pas ton boulot ?

— Il y a peu de chances. Mais d'après eux, c'est possible. »

Je ne peux pas imaginer une chose pareille. Son boulot, c'est toute sa vie. S'il devait le perdre, les répercussions seraient catastrophiques, et je ne suis pas certaine d'être assez forte pour gérer l'impact d'un événement pareil sur notre famille. Pas en plus de tout ce qui se passe.

Pourtant, il le faudrait bien, je n'aurais pas le choix. Je m'accroche à l'expression « peu de chances ».

Il faut que je sois forte.

« Tu tiens le coup ? » dis-je.

Il prend une grande inspiration, se remplit les poumons, et penche la tête en arrière. « Oui. Il le faut. Il faut que j'aille au bloc ce matin. Je dois opérer une femme qui mourra probablement dans les semaines qui viennent si on ne fait rien. Et il faut qu'au bloc j'aie l'esprit clair, peu importe ce qui se passe par ailleurs. » Il secoue la tête. Il a l'air en colère. « Voilà ce qui me met vraiment en rogne. Je n'ai rien fait de mal. J'ai oublié de leur dire que, pendant quelque temps, leur père risquait d'oublier où il avait rangé la télécommande. Non… » Il se reprend. « Ce n'est même pas le cas. J'ai juste oublié *d'écrire* que je les avais prévenus. En fait, voilà de quoi il s'agit. J'étais trop préoccupé par l'organisation de l'opération pour noter les détails d'une conversation triviale. »

Je souris tristement. « Je suis sûre que tout va bien se passer. Tu m'appelleras ? »

Il dit qu'il le fera.

Le téléphone sonne, mais ce n'est pas lui.

« Anna ? »

Elle est hésitante. Lorsqu'elle parle enfin, elle a l'air distante, contrariée.

« Comment ça va ?

— Ça va. » J'ai envie qu'elle me dise ce qu'elle a décidé. Depuis deux jours, je me répète qu'elle a dû changer d'avis, qu'elle ne m'a pas crue du tout. Je l'ai imaginée en train de parler à Lukas, de lui raconter que je l'avais rattrapée à la gare, de lui répéter ce que j'avais dit.

Je n'ose envisager ce qu'il ferait alors.

« Comment te sens-tu ? »

Un silence. « Je réfléchis. Ryan est absent encore une semaine. Il reste à Londres. J'ai besoin d'une semaine supplémentaire, après son retour. »

Je ne suis pas certaine de comprendre ce qu'elle dit. « Une semaine ?

— Il faut que j'en finisse avec lui. Mais je dois lui laisser croire que ça n'a rien à voir avec toi. Je lui ai déjà dit que je ne t'avais pas revue depuis l'autre soir à l'hôtel, que nous n'avions pas été en contact. Qu'à mon avis, tu étais folle à lier, et que je ne voulais plus rien avoir à faire avec toi. Lorsqu'il reviendra, il faudra juste que je sois occupée, je ferai semblant d'avoir beaucoup de boulot, par exemple. Je devrais y arriver pendant une semaine, je crois.

— Et après ?

— Après, je romprai. »

J'entends du défi dans sa voix. Une certitude aussi. « Je récupérerai les photos – celles qu'il a de toi – et je les effacerai de son ordinateur. Je trouverai un moyen, j'ai une clé de son appartement, ça ne devrait pas être trop difficile. Ensuite, même s'il a des soupçons, il sera trop tard pour faire quoi que ce soit. »

Je ferme les yeux. Je suis si reconnaissante, si soulagée. Cela marchera peut-être. Il faut que ça marche. « Ça va aller ? »

Elle soupire. « Pas vraiment. Mais je crois que, d'une certaine façon, je savais. Il y avait toujours ce truc, je n'arrivais pas à mettre le doigt dessus. Il était tout le temps en déplacement, et me prévenait toujours au dernier moment. J'aurais dû m'en douter. »

Je ne suis pas certaine de la croire. On dirait une justification a posteriori.

Elle continue. « Lorsque tout ça sera fini, on pourra peut-être se retrouver et aller prendre un verre. Ne pas perdre notre amitié à cause de ça.

— Je le voudrais bien, moi aussi, dis-je. Est-ce que l'on reste en contact ? Dans les prochaines semaines, je veux dire ?

— Ce serait catastrophique si Ryan découvrait que nous continuons à communiquer.

— Oui.

— J'essaierai de te joindre, quand je pourrai.

— OK.

— Il va falloir que tu aies confiance en moi », dit-elle.

Nous parlons encore une bonne minute, puis elle me dit au revoir. Avant de mettre fin à la conversation, nous décidons de nous reconnecter sur « Localiser mes amis ». Ensuite, je reste là un moment ; le soulagement m'envahit, le soulagement et la peur. Puis j'appelle Hugh. Je ne sais pas trop pourquoi. Je veux entendre sa voix. Je veux lui montrer que je le soutiens, que je n'ai pas oublié ce qu'il est en train de traverser. Sa secrétaire décroche ; il est encore en réunion.

« Vous voulez bien lui dire de m'appeler lorsqu'il en sortira ? »

Elle promet de le faire. Presque sur un coup de tête, je demande si je peux parler à Maria. Je veux m'assurer que Paddy va bien, qu'il est guéri.

Je pense aux douze étapes. J'ai fait mon inventaire moral ; et sans même en être consciente, je travaille à me faire pardonner.

« Elle n'est pas là aujourd'hui », dit-elle. Je demande si elle est en vacances. « Non, un problème à la maison. » Elle baisse la voix. « Elle avait l'air très contrariée. »

Je raccroche le téléphone. Je me sens mal à l'aise. Hugh dit toujours que Maria est on ne peut plus fiable ; qu'elle n'est jamais malade, jamais en retard. Je n'arrive pas imaginer ce qui peut se passer. Une maladie ? Paddy ? Ses parents à elle, peut-être ? Ils ne sont pas âgés, mais cela n'exclut rien, je suis mieux placée que personne pour le savoir.

J'hésite à l'appeler chez elle, mais je finis par renoncer. Il se passe déjà pas mal de choses ; et que pourrais-je lui dire ? Nous ne sommes pas amies, pas vraiment. Je ne l'ai pas vue depuis que nous sommes passés voir Paddy, il y a quelques semaines. Hugh ne les a pas réinvités, ou peut-être l'a-t-il fait et ne sont-ils pas venus. Je me demande si Paddy aurait pu refuser, et, si c'était le cas, quelles excuses il aurait données à sa femme.

Je passe l'après-midi à travailler. Connor arrive à la maison et monte dans sa chambre. Faire ses devoirs, dit-il, même si je ne le crois pas vraiment. Je le soupçonne de passer des heures sur Internet avec ses amis Dylan, sa petite amie. Chaque fois que je monte, pour voir s'il veut boire quelque chose ou pour essayer de le persuader de descendre dîner, histoire de recréer du lien entre nous, il semble mettre un point d'honneur à rester froid avec moi. Il est toujours fâché d'avoir été privé de sortie, j'imagine ; même si ce n'est que pour une semaine, il lui faut apparemment du temps pour l'encaisser.

Ou peut-être est-ce autre chose ? Il est contrarié que l'arrestation du meurtrier de Kate ne lui ait pas apporté le soulagement qu'il avait espéré, et il cherche ailleurs, maintenant. « Est-ce que tu sais qui est mon vrai père ? » m'a-t-il demandé l'autre jour et, lorsque j'ai répondu non, il a dit : « Tu me le dirais, si tu le savais ? » Bien sûr que tu ne le ferais pas, semblait-il sous-entendre, mais j'ai essayé de garder mon calme. « Oui, lui ai-je assuré. Oui, bien sûr que je te le dirais. Mais je n'en sais rien. »

J'ai envie de lui dire que ça ne changerait rien. J'ai envie de lui dire : Ton père – peu importe qui il est, qui il était – était probablement très jeune. Il a abandonné ta mère, ou, plus vraisemblablement, il n'a même pas su qu'elle était enceinte. « Ta famille, c'est nous », ai-je dit. Il s'est contenté de me regarder, me signifiant que ce n'était plus assez.

C'est vexant, mais je me convaincs que c'est normal, c'est un adolescent. Il grandit, c'est tout, il coupe le cordon. Avant que j'aie eu le temps de m'en rendre compte, il aura passé ses examens et quitté la maison. Il n'y aura plus que son père et moi, et qui sait s'il reviendra nous voir ? Tous les enfants traversent une phase pendant laquelle ils détestent leurs parents, mais on dit que pour les enfants adoptés cela peut être encore plus facile de rompre les liens et de partir. Parfois, la rupture est définitive.

Je ne suis pas certaine que je pourrais supporter une chose pareille. Je ne suis pas sûre que je n'en mourrais pas.

Je suis dans la cuisine lorsque Hugh rentre. Il m'embrasse, puis va droit au réfrigérateur et se sert un verre. Il a l'air furieux. Je lui demande comment ça s'est passé.

« Ils font une proposition. D'accord juridique sur un montant d'indemnisation.

— Ils pensent que la famille va accepter ? »

J'attends pendant qu'il finit son verre, avant de s'en servir un second. « J'espère. Si ça va jusqu'au tribunal, je l'ai dans l'os.

— Comment ça ?

— Je suis dans mon tort. Pour eux, c'est sans équivoque. J'ai fait une erreur. Si nous allons au procès, nous perdrons, et ils devront faire de moi un soi-disant exemple.

— Oh, mon chéri…

— La semaine prochaine, il faut que j'aille suivre une formation. » Il a un sourire amer.

« Comment on tient un dossier. Il faut que j'annule une opération pour aller apprendre comment on écrit des putains de notes. »

Je m'assois face à lui. Je vois à quel point il est blessé. Cela paraît si injuste ; après tout, personne n'est mort. Ce n'est pas une faute commise au cours d'une intervention.

J'essaie de lui redonner espoir. « Je suis certaine que tout va bien se passer. »

Il soupire. « D'une manière ou d'une autre. Et cette satanée Maria qui n'est pas venue aujourd'hui.

— Je sais.

— Tu sais ?

— J'ai appelé. On m'a dit qu'elle n'était pas là. Qu'est-ce qui se passe ? »

Il sort son portable et compose son numéro. « Aucune idée. Mais j'espère qu'elle a l'intention de venir demain. » Il colle le téléphone à son oreille. Au bout de quelques sonneries, on décroche, un bonjour d'une voix faible. Celle de Maria. « Maria ? Écoute… » Il lance un coup d'œil vers moi, puis se lève. « Comment ça va ? »

Je n'entends pas sa réponse. Il s'est détourné et il sort de la pièce, tout à son échange avec sa collègue. Je reprends la préparation du dîner. Hugh, Connor, Anna. J'espère que tout va bien se passer.

Deux jours plus tard, Paddy appelle. C'est la première fois que j'entends sa voix depuis des semaines, et il a l'air différent. Je me demande s'il est arrivé quelque chose à Maria, mais il me dit que non, non, elle va bien. « Que dirais-tu qu'on se voie ? Pour déjeuner, ou autre chose ? »

C'est donc de cela qu'il s'agit ? A-t-il l'intention de faire une autre tentative de séduction ?

« Je préférerais… »

Il m'interrompt. « S'il te plaît. Juste un café. Je veux seulement te parler. »

Le ton de sa voix ne me laisse rien augurer de bon ; en tout cas, je n'y perçois aucune légèreté. Comment puis-je dire non ?

« D'accord. »

Ce soir-là, j'en parle à Hugh. « Paddy ? » fait-il. Je hoche la tête. « Mais pour quelle raison veut-il te voir ? »

Je lui dis que je ne sais pas. Pourquoi veut-il savoir ; nous sommes amis, après tout, cela ne devrait pas être si choquant.

Il hausse les épaules, mais il a l'air inquiet. « Je me demandais, juste. »

Il me vient à l'esprit que Connor a sûrement vu quelque chose, ce jour-là. Peut-être qu'il en a parlé à son père, mais que Hugh a préféré ne rien dire, tant qu'il n'y avait pas de suites.

Ou peut-être a-t-il peur que, si nous allons dans un bar, je sois amenée à boire de l'alcool.

« Il ne se passe rien entre Paddy Renouf et moi, dis-je. Nous allons juste prendre un café. Et ce sera un café, je te le promets.

— OK », répond-il. Mais il n'a pas l'air convaincu pour autant.

Nous convenons de nous retrouver dans un Starbucks en ville. Il fait froid, il pleut, et il est en retard. Je suis assise avec une boisson, quand il finit par arriver. La dernière fois que je l'ai vu, il était contusionné, avait le visage gonflé, mais c'était il y a des semaines et, aujourd'hui, il a retrouvé son aspect normal.

Nous échangeons une bise maladroite avant de nous asseoir. Une bise amicale, un bécot sur chaque joue. Je pense à la fois où nous nous sommes embrassés dans le pavillon chez Carla. Comme c'était différent alors. Il aurait mieux valu que je couche avec lui plutôt qu'avec Lukas. Mais ensuite, cela aurait pu tourner plus mal encore. Je ne le saurai jamais.

« Comment vas-tu ? »

Je bois une gorgée. « Ça va. » L'atmosphère est lourde, pesante. Je ne savais pas trop à quoi m'attendre, mais ce n'était pas ça. Il est évident qu'il est là pour une bonne raison. Il a quelque chose à me dire.

« Est-ce que ça va ?

— Je voulais juste te dire que j'étais désolé. » C'est une surprise, de l'entendre s'excuser.

Je plonge les yeux dans ma tasse. Un chocolat chaud, avec un dôme de crème fouettée dessus.

« Pour quoi ?

— Ce qui s'est passé, l'été dernier. Tu sais. Chez Carla. Et ensuite… »

Je l'interromps. « On oublie. » Mais il poursuit.

« …et ensuite, pour ne pas t'avoir appelée. Tout l'été, j'ai eu envie de t'en parler. J'avais trop bu, mais ce n'était pas une raison. Je crois que j'étais très gêné. »

Je le regarde. Je vois ce que lui coûte son honnêteté, mais je ne peux pas lui rendre la pareille. L'espace d'un instant, je le voudrais. J'ai envie de tout lui raconter, de lui dire qu'il n'a pas à me présenter d'excuses parce que, à côté des miennes, ses transgressions sont insignifiantes.

Mais je n'en fais rien. Je ne peux m'y résoudre. Ce sont des choses que je n'arriverai jamais à dire à personne.

« Vraiment. Je t'assure…

— Je n'ai pas été un vrai ami. »

C'était une période bizarre, ai-je envie de dire. Je n'ai pas été une vraie amie, moi non plus.

Mais je m'abstiens.

Il me regarde. « Et maintenant, comment vas-tu ?

— Pas mal. » Je me rends compte que c'est presque vrai ; mon chagrin n'a pas disparu mais, malgré cela, je commence à entrevoir une manière de vivre. « Tu sais qu'ils ont attrapé le type qui a tué ma sœur. »

Il secoue la tête. Hugh n'a pas dû le dire à Maria, ou alors Maria ne l'a pas dit à son mari. Je lui raconte l'histoire et, ce faisant, je m'aperçois que le brouillard qui entoure la mort de Kate se dissipe.

La douleur est encore là, mais pour la première fois depuis février, elle n'est plus le prisme à travers lequel tout se réfracte. Je ne suis pas coincée, en train de patauger dans une vie alourdie par le chagrin et la colère, s'échappant en ricochets incontrôlables, et je ne suis plus en colère – contre elle pour s'être fait tuer, contre moi-même pour n'avoir pas été capable de la protéger.

« J'ai toujours mal, mais ça va mieux.

— Bien. » Il marque une pause. Nous nous acheminons vers quelque chose. « Tu as des amis autour de toi ? »

En ai-je ? Adrienne, oui, nous nous sommes parlé ces derniers jours, mais il nous faudra encore du temps pour recoller parfaitement les morceaux. « J'ai des amis, oui. Pourquoi ? » Il a l'air étonnamment soulagé, et je me rends compte qu'en fait la raison pour laquelle il est là me concerne.

« Qu'est-ce qui se passe, Paddy ? »

Son visage reste sans expression pendant quelques instants, puis il semble prendre une décision définitive.

« J'ai quelque chose à te dire. »

J'essaie de me concentrer, de m'inscrire pleinement dans le présent. « Qu'y a-t-il ? »

Je ne respire pas. L'air entre nous est aussi dense que de l'huile.

« Maria m'a dit qu'elle avait couché avec quelqu'un. »

Je hoche la tête lentement, puis je devine ce qui va suivre. Une partie de moi – une partie enfouie, une partie reptilienne – sait exactement ce qu'il va dire après.

Il ouvre la bouche pour parler. Il lui faut une éternité. Je le dis à sa place.

« Hugh. »

Son visage se détend, sous l'effet du soulagement. Quelque part, j'espère encore qu'il va me contredire, mais il ne dit rien. Je me demande quand il l'a appris.

« Oui. Elle m'a dit qu'elle avait couché avec Hugh. »

Je n'arrive pas à savoir ce que je ressens. Je ne suis pas choquée ; j'ai l'impression de l'avoir toujours su. On dirait de l'engourdissement, une absence de sensation. L'air remplit mes poumons. Je me dilate, je me demande si je pourrais continuer à respirer jusqu'à devenir plus grande que la douleur.

« Quand ? » Ma voix rebondit en échos sur les murs.

« À Genève. Elle dit que ce n'est arrivé qu'une fois. Apparemment, cela ne s'est pas reproduit depuis. » Il cesse de parler. Je me demande s'il attend que je réagisse. Je n'ai rien à dire. Juste une fois ? Je me demande s'il croit sa femme. Je me demande si je la crois.

« Hugh ne t'a pas dit ?

— Non. » Voilà donc la raison pour laquelle Hugh ne les a pas invités depuis des mois. Rien à voir avec ce que Connor a peut-être vu dans le pavillon.

J'ai froid, comme si j'étais assise en plein courant d'air. Hugh et moi, nous nous sommes toujours dit la vérité. Pourquoi ne m'en a-t-il pas parlé ?

Mais bon, quand je pense à tout ce que je ne lui ai pas dit.

« Je suis désolé. »

Je le regarde. Il souffre plus que moi. Il a l'air vide, défait. Je vois bien qu'il a perdu le sommeil.

Et là, je comprends. Voilà pourquoi il m'a embrassée. Il savait, ou, tout au moins, il avait des soupçons. J'étais sa vengeance.

Je ne le lui reproche pas. Je devrais tendre la main, serrer la sienne, lui dire que tout va bien se passer, comme je dis à Connor que tout va s'arranger. Parce que je le dois. Parce que c'est mon boulot, que je le croie ou non.

Mais je ne fais rien. Je laisse mes mains sur la table.

« Merci de me l'avoir dit.

— J'ai pensé que je le devais. Je suis désolé. »

Nous restons là quelques instants. L'espace entre nous semble s'agrandir. Nous devrions pouvoir nous aider mutuellement, mais nous n'y arrivons pas.

« Non, tu as fait ce qu'il fallait. » Je marque une pause. Vraiment ? Ce n'est pas aussi certain ; parfois, il y a des choses qu'il vaut mieux ne pas savoir. « Qu'est-ce que tu vas faire ?

— Je ne sais pas. Je n'ai pas décidé. Maria et moi avons des choses à nous dire, mais je le sais. Je suppose que nous commettons tous des erreurs. » Il se parle à lui-même, pas à moi. « Tu ne crois pas ? »

Je hoche la tête. « Si. »

Sur le chemin du retour, j'appelle Hugh. Je me sens différente, d'une manière que je n'arrive pas bien à définir. Il me semble que quelque chose a bougé au fond de moi, il y a eu, dans la violence, une réorganisation des choses et la situation n'est pas encore complètement stabilisée. Je suis furieuse, oui, mais c'est plus que cela. Ma fureur est mêlée à autre chose, quelque chose que je n'arrive pas bien à identifier. De la jalousie, parce que la liaison de Hugh a été courte et simple ? Du soulagement, parce que mon mari a un secret à lui, qui est presque comparable au mien, et que désormais je n'ai plus besoin de me sentir aussi mal ?

Ça sonne. Je ne suis toujours pas certaine de ce que je vais lui dire lorsque nous parlerons et je suis soulagée lorsque la communication est transférée sur sa boîte vocale.

Je m'entends parler. « Je voulais juste m'assurer que tout allait bien. » Je me rappelle que c'est la raison pour laquelle j'ai déjà appelé. Pour entendre sa voix. Pour m'assurer qu'il existe toujours, et qu'il n'a pas été emporté par le tsunami qui a menacé de balayer tout le reste. « Rappelle-moi, quand tu auras une minute. »

Je raccroche. Je me demande comment je me sentirais s'il ne rappelait pas, s'il devait ne jamais me rappeler. J'imagine une voiture en train de le pulvériser, un attentat, ou quelque chose d'aussi banal qu'un arrêt cardiaque, une attaque. Je m'imagine tentant de vivre avec moi-même, sachant que, pendant les derniers mois de sa vie, je lui en ai voulu, je l'ai suspecté, et que je suis allée voir ailleurs pour éviter de me confronter à moi-même. J'essaie, mais je me rends compte que je n'y arrive pas. Il est toujours là. Il a toujours été là. Je me souviens du moment où je suis descendue de cet avion – celui dont il avait payé le billet, celui qui m'avait ramenée à la maison. Il m'attendait, non pas avec des fleurs, pas même avec de l'amour, mais avec quelque chose de beaucoup plus simple et de beaucoup plus important, à l'époque. La générosité. Ce soir-là, il m'avait ramenée chez lui, pas dans son lit, mais dans la chambre d'amis. Il m'avait laissée pleurer, puis dormir, et il était resté avec moi quand j'en avais besoin, et m'avait laissée seule lorsque je préférais. Le matin suivant, il avait entrepris de me trouver de l'aide. Il ne demandait rien, pas même des réponses à ses questions. Il avait promis de ne dire à personne que j'étais là, jusqu'à ce que je me sente forte, jusqu'à ce que je me sente prête.

Il a été là pour moi de la manière la plus réelle, la plus honnête qui soit. Et, encore aujourd'hui, c'est vers lui que je me tourne, il reste la personne en qui j'ai confiance. La personne à qui je ne souhaite que le meilleur, et pour qui je souhaite être la meilleure personne, comme il l'est pour moi.

Je l'aime ; découvrir qu'il a couché avec quelqu'un d'autre – même l'ennuyeuse Maria – m'a fait ressentir tout cela avec plus d'acuité encore. Cela m'a rappelé qu'il était désirable, capable de passion.

Je ferme les yeux. Je me demande s'ils ont vraiment couché ensemble une fois seulement. Quoi qu'il en soit, cette liaison vient, d'une certaine manière, contrebalancer un peu la mienne. Un des moyens par lesquels Lukas croyait me tenir sous son emprise a disparu, c'est aussi simple que cela. Anna va effacer les photos et le faire sortir de sa vie, et de la mienne. Pour la première fois depuis des mois, j'imagine émerger dans un avenir sans Lukas : propre, pure et libre.

Hugh rentre à la maison. Il est en retard ; un patient a pris beaucoup plus de temps que prévu. « Désolé, chérie, dit-il en entrant dans la cuisine. Journée de cauchemar. Et Maria m'a encore laissé tomber à la dernière minute. » Il m'embrasse. À nouveau, je suis soulagée. « Une crise à la maison. »

Elle n'a donc pas dit à Hugh que Paddy était au courant. Je me demande pourquoi elle en a parlé à son mari, ce qui a pu déclencher ses aveux. La culpabilité, j'imagine. Finalement, voilà à quoi cela aboutit toujours.

« Comment c'était, ton café avec Paddy ? »

Il me vient à l'idée que si je dois en parler à Hugh, c'est le moment parfait. Je sais, pour toi et Maria, pourrais-je dire. Paddy m'a raconté. Et j'ai quelque chose à t'avouer.

« Hugh ? » Il me regarde.

« Mmm… ? »

Je marque une pause. Je suis en train de servir le dîner. Je me demande ce qui se passerait, si je poursuivais. Si je lui parlais de Lukas. Je me demande s'il comprendrait, s'il a déjà deviné. Je me demande s'il me pardonnerait ; je viens de réaliser que je lui ai déjà pardonné.

Je change d'avis. Le secret que je connais désormais affaiblit l'emprise que Lukas a sur moi. J'aime Hugh et je ne veux pas renoncer à cet amour. Deux erreurs ne s'annulent pas, mais peut-être rendent-elles la situation plus équilibrée.

« Tu veux bien dire à Connor que c'est prêt ? »

Il s'exécute et, quelques minutes plus tard, notre fils descend. Nous mangeons ensemble, assis autour de la table. Je contemple ma famille. J'ai été idiote, complètement idiote. J'ai failli tout perdre. Mais j'ai compris la leçon – quel besoin d'avouer maintenant ?

Ce soir-là nous nous couchons tôt. Je lui dis que je l'aime, et il me dit qu'il m'aime aussi, et nous sommes sincères. Il ne s'agit pas d'un échange automatique. Cela vient d'un endroit de vérité, profond et insondable.

Il m'embrasse, je lui rends son baiser. Nous sommes véritablement ensemble, enfin.

30

C'est le jour où Lukas est censé rentrer à Paris, retrouver Anna. Au moment où Hugh appelle, je travaille, je suis en train de photographier une famille qui m'a contactée via la page Facebook que j'ai créée. Deux femmes avec leurs deux petits garçons.

Tout se passe bien, cela me distrait. Nous sommes presque à la fin de la séance ; si cela n'avait pas été le cas, j'aurais laissé ma messagerie prendre l'appel. « Je peux ? » fais-je, et la plus grande des deux femmes dit : « Bien sûr. Je crois que Bertie a envie d'aller aux toilettes, de toute façon. »

Je leur indique la salle de bains en bas, au fond, puis je décroche. « Hugh ?

— T'es occupée ? »

Je sors dans l'air froid de l'automne, et je ferme la porte de l'atelier derrière moi. Je suis agitée aujourd'hui, à cran.

« Je finis une séance. Tout va bien ?

— Oui, ça va. » Il a l'air gai. La peur qui avait commencé à me prendre à la gorge desserre un peu son étreinte. « Je voulais juste que tu saches.

— Oui ?

— Ils ont accepté l'accord proposé. Ils retirent leur plainte. »

Mes épaules se relâchent sous l'effet du soulagement. Je n'avais pas réalisé toute la tension que je retenais dans mon corps. « C'est magnifique, Hugh. C'est super.

— Je me suis dit qu'on devrait fêter ça. On sort dîner, ce soir ? Tous les trois ? Tu n'es pas prise ? »

Je lui dis que non. La sortie m'aidera à me changer les idées, me dis-je. J'oublierai un peu ce qui est en train de se passer à Paris. Depuis une semaine, je me demande ce que pense Anna, j'essaie de résister à la tentation de l'appeler, inquiète à l'idée qu'elle change d'avis et décide de rester avec lui. Que se passerait-il alors ? J'imagine que je recevrais une demande d'argent. Je n'ai jamais cru que ce qu'il voulait vraiment, c'était que je laisse Anna en paix. Et même si c'était le cas, je ne pourrais pas. Je ne pourrais pas la laisser aux mains d'un homme prêt à mentir comme Lukas le fait. Elle est mon amie. La meilleure amie de ma sœur. Je lui dois bien ça.

Mais tout cela, c'est pour plus tard, me dis-je. Encore une semaine, et tout sera terminé.

« Cela me ferait très plaisir, réponds-je à Hugh.

— Je vais réserver quelque part. Tu en parles à Connor ? »

Il est presque l'heure du déjeuner lorsque je termine la séance. Je dis au couple que je leur enverrai un mail quand les photos seront prêtes, et qu'elles pourront choisir celles qu'elles préfèrent. Elles me remercient, me disent au revoir ; je range mon matériel, je descends les spots. Je pense à ce qu'Anna va devoir faire. Je l'imagine en pleine conversation. *Ce n'est pas toi, c'est moi. Je ne suis pas sûre d'avoir envie de me marier tout de suite.*

Est-ce que cela marcherait ? Est-ce que Lukas croira que cela n'a rien à voir avec moi, que je suis restée à distance ?

Elle devrait le faire dans un bar, me dis-je. Un lieu neutre, où il pourra se mettre en colère, mais pas devenir violent. J'aurais dû lui conseiller de changer d'abord les serrures.

Je me demande si je devrais aller là-bas, pour être avec elle. Mais cela pourrait rendre la situation plus difficile encore. Pour le moment, elle est seule.

Je finis de ranger et je rentre à la maison. J'ouvre le réfrigérateur ; il y a de la salade pour déjeuner et du maquereau fumé. Je sors tout et je regarde l'heure ; Connor doit être en pleine pause de midi. Je prends mon portable et je l'appelle. Je lui annonce qu'on sort ce soir. Il se plaint : « Mais normalement, je passe la soirée avec Dylan ! » Sa voix est implorante, il voudrait tant que je lui dise que ce n'est pas important, qu'il n'a qu'à passer la soirée avec son ami, mais je ne le fais pas.

« C'est important, Connor. Pour ton père.

— Mais… »

Je change le portable d'oreille, et je sors une assiette du placard.

« Je ne discute pas, Connor. Après l'école, tu rentres directement à la maison. »

Il soupire, mais répond qu'il le fera.

Je finis de préparer mon déjeuner et je mange dans la cuisine, puis je retourne dans mon atelier. Je regarde les photos que j'ai prises et je commence à réfléchir à la façon dont je vais les retravailler, en prenant des notes sur celles qui rendent le mieux. À environ 14 h 00, le téléphone sonne.

Je sursaute. C'est Anna, me dis-je, mais lorsque je décroche je ne reconnais pas la voix.

« Madame Wilding ?

— Oui ?

— Ah. » La femme à l'autre bout du fil paraît soulagée. Elle se présente : Mme Flynn, de l'école de Connor. « Je vous appelle de Saint James. C'est à propos de Connor. »

Je frissonne. Une prémonition. « Connor ? Qu'est-ce qui se passe ?

— Je me demandais juste s'il était rentré à la maison ? »

Le monde s'arrête de tourner ; il penche, et commence à basculer. La pièce est soudain glaciale.

« Non, il n'est pas là. Il est à l'école. » Je le dis d'un ton ferme, avec autorité. Comme si, par le simple fait de le dire, je rendais l'affirmation vraie.

« Je l'ai appelé au moment du déjeuner. » Je regarde ma montre. « Il est revenu, n'est-ce pas ?

— Eh bien, il était absent pour l'appel de cet après-midi. » Elle paraît détachée, ce qui contraste radicalement avec la panique qui est en train de s'emparer de moi, mais cette impassibilité a l'air forcée. Elle essaie juste de me rassurer. « Cela ne lui ressemble pas, alors nous voulions juste nous assurer qu'il était bien rentré à la maison. »

Je me mets à trembler. Dans beaucoup de situations, ses comportements ne lui ressemblaient pas, ces derniers temps. « Non, non, il n'est pas là. » Je ne sais pas si je suis censée présenter des excuses ou pas.

Je suis à la fois en colère et sur la défensive, et, à l'intérieur, une terreur foudroyante est sur le point de me terrasser. « Je vais l'appeler. Je vais le chercher. Il était là ce matin ?

— Oh, oui, comme d'habitude. Tout paraissait bien aller, d'après ce qu'on m'a dit.

— OK. » Je m'ordonne de rester calme. Je me dis qu'il n'y a pas de raison de se faire du souci ; il boude, je l'ai obligé à renoncer à ses amis pour passer la soirée avec nous, il me le fait payer.

« C'est juste qu'il n'est pas revenu après le déjeuner.

— OK », dis-je à nouveau. Je ferme les yeux et une autre vague de panique vient s'écraser sur la grève. Est-ce que je me suis tellement préoccupée de ce qui se passait à Paris que j'ai négligé ce qui se passait sous mon nez ?

« Madame Wilding ?

— Merci de m'avoir tenue informée », dis-je.

Elle paraît soulagée que je sois encore au bout du fil.

« Oh, ce n'est rien. Je suis certaine qu'il n'y a pas à s'inquiéter. Je lui en toucherai un mot lundi, et ce serait une bonne chose que vous en parliez entre vous ce week-end.

— Oui.

— Vous me préviendrez lorsque vous l'aurez retrouvé ?

— Bien sûr.

— C'est juste la procédure. Quand un élève disparaît de l'enceinte de l'établissement.

— Bien sûr, dis-je de nouveau. Je vous appellerai. »

Nous terminons la conversation. Sans réfléchir, j'appelle Connor. J'entends sonner, puis je suis transférée sur sa boîte vocale, alors j'essaie de joindre Hugh. Il répond immédiatement.

« Julia ? » J'entends une discussion derrière ; il n'est pas seul dans son bureau. Je me demande vaguement s'il est avec Maria, mais je m'en fiche pas mal.

Mes mots se déversent par saccades, ma voix se brise. « Connor a disparu.

— Quoi ? » Je répète.

« Qu'est-ce que tu veux dire, *disparu* ?

— La secrétaire de l'école a appelé. Mme Flynn. Il était en cours ce matin, mais il n'y est pas retourné cet après-midi. »

Tout en parlant, je vois une image. Lukas, en train de le charger à l'arrière d'une voiture, et de l'emmener avec lui. Je n'arrive pas à me débarrasser de l'impression qu'il est en train de se passer quelque chose de terrible et que Lukas est derrière tout ça, d'une manière ou d'une autre. Je pensais lui avoir échappé, mais il est toujours là, une puissance malveillante, une sirène qui m'attire dans un cauchemar.

Je me dis que je suis ridicule, même si je n'en crois pas un mot.

« L'as-tu appelé ?

— Oui, bien sûr. Il n'a pas répondu. Et toi, il t'a appelé ?

— Non. » Je l'imagine en train de secouer la tête.

« Quand lui as-tu parlé pour la dernière fois ?

— Calme-toi », dit-il. Je n'avais pas réalisé à quel point la panique s'entendait dans ma voix. Il tousse, puis baisse la voix. « Tout va bien se passer. Calme-toi.

— Il est parti.

— Non, il sèche les cours, voilà tout. Est-ce que tu as essayé de joindre ses amis ?

— Non, pas encore…

— Dylan ? Il passe pas mal de temps avec lui, en ce moment. »

Je les imagine tous les deux dans le parc, en train de boire au goulot du cidre bon marché, puis je vois mon fils percuté par une voiture tandis qu'il traverse la rue. Ou peut-être font-ils les idiots sur un pont ferroviaire, se mettant au défi de sauter et d'éviter un train lancé à pleine vitesse.

« Ou Evie. Est-ce que tu ne peux pas appeler sa mère ? »

Bien sûr que je ne peux pas appeler sa mère, ai-je envie de dire. Je ne sais pas qui est sa mère.

À nouveau, je vois Lukas, cette fois penché sur Connor. Je chasse l'image en clignant des yeux.

« Je n'ai pas son numéro. Tu crois qu'il est avec elle ?

— Je ne sais pas. »

Je repense à l'autre jour, après la scène dans le restaurant. Quand il faisait son sac. *Je vais voir Evie !*

« Il est avec elle. » Je commence à monter l'escalier, vers sa chambre. « Il faut qu'on la trouve.

— Nous n'en sommes pas sûrs… » dit Hugh, mais je grimpe les marches quatre à quatre, et je mets fin à la communication. J'hésite sur le pas de la porte, cherchant désespérément un indice. Son lit est défait, les vêtements s'entassent en désordre sur son bureau et sur sa chaise, un verre vide est posé à côté du lit, une assiette pleine de miettes. Il est devenu plus secret ces dernières semaines ; on dirait qu'il a peur que je découvre un tas de magazines ou un T-shirt taché de sperme sous son lit, sans se rendre compte que plus il devient secret, plus je trouve difficile de me retenir de fouiller.

Je fais un pas dans la chambre puis je m'arrête. Je l'appelle à nouveau, mais son portable est éteint. J'essaie une troisième fois, et une quatrième, et pour finir je laisse un message : « Chéri, appelle-moi. S'il te plaît. » J'essaie de ne pas exprimer autre chose que mon inquiétude. Je ne veux pas qu'il entende quoi que ce soit qu'il puisse prendre pour de la colère, ne serait-ce qu'un instant. « Dis-moi juste si tu vas bien. »

J'avance dans sa chambre. Je sais pourquoi il fait ça. Je ne lui avais pas permis de courir retrouver Evie ce jour-là ; maintenant, il me montre que s'il veut faire quelque chose, il le fait. Que je ne peux pas l'en empêcher.

Je regarde d'abord dans sa penderie, puis sous son lit. Des tas de vêtements, des vieilles baskets, des CD et des jeux vidéos, mais le sac n'est pas là. Il a dû l'emporter à l'école, déjà prêt. « *Merde !* » me dis-je. Je reste plantée au milieu de la chambre dans la lumière mourante de l'après-midi. Je sombre, impuissante.

J'ouvre son ordinateur et je vais d'abord voir ses mails. Il y en a des centaines, de Molly, de Dylan, de Sahil et de beaucoup d'autres, mais aucun de sa petite amie. Puis j'essaie Skype, et enfin Facebook. Il a réouvert son compte, bien sûr. Dans la fenêtre de recherche en haut de l'écran, je tape « Evie ».

Son nom apparaît, à côté de sa photo. Ce n'est pas la même que celle qu'il m'a montrée : elle a l'air un peu plus âgée et affiche un grand sourire. Ce n'est pas la fille de la fête chez Carla, me dis-je, bien qu'elles se ressemblent un peu.

Mais derrière, il y a le Sacré-Cœur.

Je sens une autre force puissante qui me tire vers le fond, une nouvelle spirale nauséeuse.

Ce n'est rien, rien du tout. Je me surprends à parler toute seule. Beaucoup de gamins sont allés à Paris. Le Sacré-Cœur est un lieu à visiter, une étape touristique incontournable, un monument devant lequel on veut se faire photographier. C'est juste une coïncidence qu'il s'agisse aussi du lieu où Lukas a fait sa demande à Anna. Forcément.

Quelques instants plus tard, l'ordinateur émet un ping et une fenêtre s'ouvre en bas de l'écran. C'est un nouveau message. D'Evie.

« Tu es connecté ! » Immédiatement, je me retrouve plongée dans ma liaison avec Lukas. Tant de conversations qui ont commencé par ces mots, ou des équivalents. Tant de fois où je me suis laissé attirer.

Pourtant, je le voulais, à l'époque. N'est-ce pas ? Je voulais tout.

Je repousse ces pensées. Il faut que je me concentre. Il faut que je réponde au message d'Evie.

Bon, elle pense parler à mon fils. Je pourrais la détromper, ou alors essayer de découvrir ce qui se passe.

« Oui ! réponds-je.

— Sur ton portable ? »

Pendant quelques instants, je ne comprends pas sa question, puis je réalise. Elle croit qu'il n'est pas devant son ordinateur, pas à la maison.

« Oui.

— Je t'aime. »

Je ne sais pas quoi dire. À nouveau, je suis catapultée en arrière, dans le passé, avec une férocité qui me coupe le souffle.

« Dis-moi que tu m'aimes, toi aussi. »

Il faut que je me concentre sur Connor. Cette fille pense qu'elle l'aime, ou, tout au moins, c'est ce qu'elle lui dit.

« Je t'aime, dis-je.

— Tu as réussi à sortir de l'école ? Tu es en route ? »

C'est donc vrai. Il sèche, il est parti retrouver cette fille. Je suis sur le point de répondre quand mon téléphone sonne. Il sonne beaucoup trop fort, et je sursaute avant de décrocher. « Connor ? » dis-je, mais ce n'est pas lui. C'est Anna.

« Julia », dit-elle. Elle paraît bouleversée, asphyxiée par l'angoisse, mais je ne peux pas m'occuper d'elle maintenant. À côté de Connor, elle paraît ne pas avoir la moindre importance.

« Je ne peux pas te parler maintenant. Je suis désolée.

— Mais…

— Connor a disparu. C'est compliqué. Je te rappelle. Je te le promets. Désolée. »

Je mets fin à la conversation avant qu'elle puisse répondre, puis je me remets à taper.

« Oui. Je suis en route.

— Je n'arrive pas à le croire. Je vais enfin te voir ! Je n'arrive pas à croire qu'on l'ait enfin retrouvé ! »

Je me sens me contracter. Retrouvé qui ?

« Imagine, après tout ce temps ! Ton père ! »

La trappe s'ouvre. Je plonge.

Alors, c'est à ça qu'il se consacrait ces derniers temps ? À essayer de retrouver son père ?

Et il a réussi.

Mais comment ?

Je m'efforce de rester dans le présent. Il le faut. Je m'oblige à imaginer ce que mon fils pourrait bien écrire.

« Je sais ! Ça va être génial ! Où est-ce que je te retrouve, déjà ? » J'appuie sur Envoyer. Au bout de quelques secondes, elle répond.

« À la gare, comme convenu ! À tout à l'heure ! »

Je me penche en avant pour taper mais, quelques instants plus tard, son dernier message arrive. Trois baisers. Et elle disparaît.

Merde, me dis-je. Merde. Peut-être aurais-je dû lui dire qui je suis, que je suis furieuse, qu'elle ferait bien de me dire tout de suite où elle a prévu de retrouver mon fils.

Mais maintenant, il est trop tard. Le point vert à côté de son nom a disparu. Elle n'est plus connectée, et il n'y a aucun moyen de la contacter. Je suis coincée, sans aucune idée de l'endroit où mon fil est allé. *La gare*. Elle pourrait être n'importe où.

Les rouages de mon cerveau se mettent en marche, le moteur tousse. Je ne peux pas me permettre de sombrer dans le désespoir. Il faut que je reste concentrée. Il faut que je le trouve. Quelle gare, où ? Il y a forcément un indice. Je vois une pile de papiers et de magazines sur le bureau et je fouille, puis j'ouvre le tiroir. Rien. Juste des stylos et des crayons, un exemplaire du *Guide du voyageur galactique* que Hugh lui a offert pour son anniversaire, il y a quelques années, une perforatrice et une agrafeuse, une paire de ciseaux, des Post-it, des brouillons de travaux scolaires.

Je me lève, je me retourne. J'observe le poster de foot accroché au-dessus de son lit, l'écharpe pendue derrière sa porte. Pas le moindre indice, pas d'endroit susceptible d'en fournir.

Tout à coup, j'ai une idée. Je retourne à son ordinateur et, quelques instants plus tard, j'ai fait apparaître son historique de navigation. La première chose que je vois, c'est un nouveau compte Twitter qu'il a dû créer. @trouvermonpère. Mais avant que j'aie eu le temps d'intégrer ce que cela signifie, je vois, en haut, le dernier site Web qu'il a consulté. Ce matin, avant de partir à l'école. Eurostar.com.

Lorsque je clique sur le lien, il m'ouvre un plan de la gare du Nord.

Il s'en va à Paris.

31

J'essaie de me convaincre que c'est une coïncidence, que cela n'a rien à voir avec Lukas.

Mais je ne peux pas y croire. En particulier aujourd'hui. Le jour où il est censé rentrer à Paris ; cela ne peut être une coïncidence que mon fils aille là-bas, lui aussi.

Même si Hugh a parlé à Evie, même s'il est certain qu'Evie est une fille.

Anna répond à la seconde sonnerie. « Dieu merci », dit-elle.

J'ai la bouche sèche, mais je ne peux pas la laisser parler.

« Anna, écoute…

— Dieu merci », dit-elle à nouveau. Je perçois un soulagement dans sa voix, mais pas seulement : on dirait que quelque chose de terrible s'est passé. Elle n'a plus de souffle, comme si elle avait la gorge nouée par la peur. « Je suis désolée, désolée. » Elle parle tellement bas que je comprends à peine ce qu'elle dit ; comme si elle ne voulait pas qu'on puisse surprendre notre conversation. « J'ai essayé de lui dire. J'ai essayé. Je suis désolée. Je suis désolée. »

Elle a l'air morte de peur, et sa terreur me contamine. « Anna, qu'est-ce qu'il y a ? Où est Lukas ? Il est là ? »

On dirait qu'elle ne m'a pas entendue. « Je ne pouvais pas attendre. J'ai essayé de lui dire. Aujourd'hui. J'ai essayé de lui dire que c'était fini, qu'il fallait qu'il s'en aille…

— Où est-il ? Anna !

— Il est parti en trombe. Mais il va revenir d'une seconde à l'autre. Je suis allée voir dans son ordinateur, Julia, comme on l'avait décidé. Pour récupérer les fichiers. J'ai découvert autre chose. »

Sa voix tremble. Je ne l'ai jamais sentie aussi confuse.

« Quoi ? Qu'est-ce que tu as trouvé ?

— Il y avait bien un dossier intitulé « Julia », mais il y en avait un autre. »

Je sais ce qu'elle va dire.

« Intitulé "Connor"… »

Mon monde se recroqueville, réduit à néant.

« Il y avait toutes ces photos. »

Je suis pétrifiée sur place, contractée en une minuscule entité. J'ai l'impression de ne pas avoir respiré depuis des jours. Je me force à parler. Ma voix n'est plus qu'un souffle.

« Quel genre de photos ?

— Juste… tu vois, des photos de lui…

— Quel genre ?

— Des photos ordinaires. Il sourit à l'objectif.

— Mon Dieu…

— Tu penses qu'il se servait de moi, juste pour atteindre Connor…

— Non… non, non. »

Je me demande si ma certitude est uniquement fondée sur le fait que je ne peux pas supporter cette idée.

« Connor s'est enfui.

— Enfui ?

— Il est parti rejoindre Evie. Sa petite amie. Mais c'est à Paris. Ils vont rencontrer le père de Connor.

— Son père, mais comment… ?

— Je ne sais pas. Sur Internet, je crois.

— Attends. Comment as-tu dit qu'elle s'appelait, sa petite amie ? »

Je ferme les yeux. La peur se propage, contamine la moindre de mes cellules. Ma peau est à vif. Je m'oblige à répondre.

« Evie. Pourquoi ? »

Elle soupire. « Julia, j'ai découvert une liste. Sur l'ordinateur de Ryan. Des noms d'utilisateurs et des mots de passe. » Elle parle avec hésitation, comme si elle n'était pas sûre, ou qu'elle essayait de comprendre au fur et à mesure. « Du moins, c'est ce que je crois. » Il y a un long silence. « L'un d'eux est Lukas, mais il y en a des tonnes d'autres. Argo quelque chose, Crab, Baskerville, Jip. Et plein de noms, je ne sais pas combien. Dieu sait ce qu'il trafique. »

Je sais ce qu'elle va dire, avant même qu'elle le fasse.

« L'un d'eux est Evie. »

Quelque chose cède à l'intérieur de moi. Je suis certaine, désormais. « Mon Dieu », dis-je. J'ai eu des semaines pour comprendre. Des mois. Je n'ai pas voulu voir la vérité en face.

« À ton avis, comment connaît-il la petite amie de Connor ?

— Anna. Il ne la connaît pas. Je pense qu'il *est* Evie.

— Mais…

— Est-ce que son ordinateur est là ?

— Oui…

— Connecte-toi. Va voir sur Facebook. »

Je l'écoute se rendre dans la pièce voisine. Elle prend la machine, qui émet une petite musique en quittant le mode veille. Quelques instants plus tard, elle dit : « J'y suis. Il a laissé sa session ouverte. Qu'est-ce… ? »

Elle s'interrompt.

« Qu'est-ce qu'il y a, Anna ? Dis-moi !

— Tu as raison. La photo dont il se sert est celle d'une jeune femme. Et le nom… ce n'est pas Ryan. Tu as raison, Julia. C'est Evie. »

D'un coup, je reçois tout en pleine figure. Toutes les choses que j'ai ignorées, que je n'ai pas voulu voir. Toutes les choses que je n'ai pas pris le temps d'examiner de plus près. Je m'approche de Connor. Je m'assois ; le matelas se creuse, la couette a son odeur. L'odeur de mon fils. Mon fils, que j'ai mis en danger.

« Anna, dis-je. Il faut que tu m'aides. Va à la gare. Gare du Nord. Trouve mon fils. »

Je descends, j'appelle d'abord un taxi, puis Hugh. Je n'ai pas le temps de passer à son bureau pour lui expliquer de vive voix. Il faut que je prenne le prochain train pour la France.

Il décroche à la troisième sonnerie. « Julia, des nouvelles ? »

Je ne sais toujours pas ce que je vais lui dire.

« Il va à Paris.

— Paris ? »

Il est abasourdi. Je veux lui dire. Il faut que je lui dise.

Pourtant, en même temps, je ne sais pas comment.

« Je vais t'expliquer…

— Pourquoi Paris ?

— Il… il pense qu'il va y retrouver Evie.

— Comment le sais-tu ?

— C'est elle qui m'en a parlé.

— Eh bien, j'espère que tu lui as dit à quel point c'était ridicule. Il a quatorze ans, bon Dieu. Il ne devrait pas sécher les cours pour aller à Paris. » Il prend une inspiration. « Qu'est-ce qu'elle a dit ? »

J'essaie d'expliquer. « Ce n'est pas si simple. Nous avons tchatté sur Internet. Je me suis connectée sur l'ordinateur de Connor. Elle pensait que j'étais lui. C'est comme ça j'ai appris qu'il était en route pour Paris. »

J'arrête de parler. Mon taxi est là, je l'entends tourner au ralenti dans la rue, devant la maison.

« Il faut que j'y aille. » Je n'ai pas eu le temps de préparer un sac, mais j'ai mon passeport, et les quarante euros que j'ai rapportés la dernière fois – et que j'avais cachés dans un pot sur une étagère dans la cuisine – sont dans mon sac.

« Que tu ailles où ?

— À Paris. Je vais là-bas. Je vais le chercher.

— Julia…

— Il le faut, Hugh. »

Un silence, pendant lequel il décide de ce qu'il va faire.

« Je viens aussi. Je prendrai le train dès que possible. Je te retrouve là-bas. »

Je suis assise dans le train. Je me sens engourdie, je n'arrive pas à me concentrer. Je ne peux ni lire ni manger. Je suis en train de me mettre en danger, et je ne sais pas ce qui m'attend.

Je me concentre pour rester aussi immobile que possible. Je regarde les gens qui m'entourent. Un couple d'Américains assis de l'autre côté de la travée discutent de la réunion à laquelle ils viennent visiblement d'assister ; ils ont l'air professionnels, bien soignés, je décide qu'ils ne sont pas amants, seulement collègues. Un autre couple muet, assis en face. Elle a des écouteurs dans les oreilles et elle hoche la tête au rythme de la musique, lui est plongé dans un guide de Paris. Je prends conscience, avec une soudaine clairvoyance, que nous portons des masques, tous, tout le temps. Nous présentons un visage, une version de nous-mêmes, au monde, aux autres. Nous affichons un visage différent en fonction de ceux que l'on côtoie et de ce que l'on attend de nous. Même lorsque nous sommes seuls, nous portons un autre masque encore, la version de nous-mêmes que nous préférons.

Je me détourne et je regarde par la fenêtre tandis que nous traversons à toute allure la ville, la campagne. Comme si nous prenions de plus en plus de vitesse ; nous atteignons le tunnel à plein régime. Le bruit du train est un bourdonnement sourd, et, pendant quelques instants, tout devient noir. Je ferme les yeux, et je vois Frosty, qui vient de poser son verre – du vin rouge, et comme d'habitude elle le sirote à la paille. Elle est parfaitement maquillée, bien qu'on soit au beau milieu de la journée, mais elle n'a pas encore mis sa perruque.

« Ma chérie, dit-elle. Où est Marky ? »

Je lève les yeux. Elle a l'air terrifiée, et je ne sais pas pourquoi. « En haut, pourquoi ?

— Viens », dit-elle. Elle quitte la cuisine précipitamment, et, bien que je la suive aussi vite que possible, nous avançons au ralenti, et nous montons l'escalier, l'escalier sombre aux marches nues. Lorsque nous essayons d'accéder à la chambre que je partage avec Marcus, la porte refuse de s'ouvrir. Il a calé une chaise sous la poignée, et Frosty doit la défoncer d'un coup d'épaule.

Je chasse cette vision. Je regarde à nouveau l'écran de mon portable. Normalement dans le tunnel il y a du réseau, mais je n'en ai pas. Je me penche vers le couple d'Américains et je leur demande s'ils captent quelque chose. « Pas moi », répond la femme en secouant la tête, et son collègue me dit qu'il a déjà demandé au contrôleur et que personne n'a de réseau. « Un problème de câble, apparemment. » Je me force à sourire et les remercie, avant de me tourner de l'autre côté. Il va falloir que j'attende.

Mon esprit retourne à ce qu'Anna m'a dit. Les noms d'utilisateur de Lukas. Argo quelque chose, je connais. Crab, Baskerville, Jip. Ils ont un lien, j'en suis sûre, mais je n'arrive pas à deviner lequel.

Baskerville, c'est facile, me dis-je. On pense à la police de caractère, bien sûr, mais l'autre référence qui me vient en tête, c'est Sherlock Holmes, *Le Chien des Baskerville*. Lentement, tout s'éclaire : il y a un Jip dans *David Copperfield*, mais aussi dans la série de romans pour enfants *Dr Doolittle*, Crab vient d'une pièce de Shakespeare, mais je ne me souviens pas laquelle. Argos, c'est dans l'*Odyssée*.

Tous des noms de chiens.

Je les vois tous. Je comprends, dans un éclair de lucidité. Il y a quelques années, Connor avait neuf ou dix ans, nous sommes tous les trois allés en vacances en Crète. Nous étions en pension dans un hôtel, près de la plage. Un soir, nous étions à table et nous parlions de nos noms, de leur origine, de leur signification. Ensuite, Hugh avait fait des recherches sur Internet, et au petit-déjeuner il nous avait rapporté ce qu'il avait trouvé. Mon nom signifie « juvénile », le sien, « esprit » ou « âme ».

« Et le mien ? avait demandé Connor.

— Le tien est irlandais, avait dit son père. Apparemment, il veut dire "qui aime les chiens". »

Je ne peux plus refuser cette vérité que je me suis évertuée à contourner. Depuis le début, depuis le tout premier message que Lukas m'a envoyé sous le nom de Largos86, tout cela, c'était pour Connor.

Depuis le début.

32

Nous sortons du tunnel à la nuit tombante. J'attrape mon portable mais il n'y a toujours pas de réseau et, en attendant, je regarde par la fenêtre.

Le paysage français paraît irréel, baigné dans un fin brouillard. Je vois les hypermarchés déserts, leurs immenses parkings qui ne portent aucune trace des clients garés là quelques heures auparavant. Le train semble avoir pris un autre rythme, comme si le simple fait de se trouver dans un autre pays avait quelque peu modifié le monde. J'avance ma montre d'une heure ; mon portable s'est mis à l'heure automatiquement. Une minute plus tard trois bâtons apparaissent sur l'écran et, la seconde qui suit, mon portable émet un bip. Un message vocal. D'Anna.

Je l'écoute. « Julia ! » commence-t-elle. Déjà je cherche les indices ; à l'arrière-plan, j'entends un bruit que j'identifie comme le brouhaha typique d'une gare, et elle paraît surexcitée. Bonnes nouvelles ? Est-ce possible ? Elle continue.

« Je l'ai trouvé ! Il descendait du train au moment où j'arrivais. » Sa voix est étouffée, comme si elle plaquait son portable contre sa poitrine, puis : « Désolée, mais il refuse de te parler. » Elle baisse la voix. « Il est gêné, je crois. Bref, nous sommes là, nous buvons un milkshake, et, quand on aura fini, on rentrera chez moi. Appelle-moi quand tu auras ce message. Tu nous retrouveras là-bas. »

Le soulagement se mêle à l'angoisse. J'aurais préféré qu'elle reste là avec lui, sans bouger, ou qu'elle l'emmène ailleurs. N'importe où plutôt que dans son appartement, ai-je envie de dire. Elle ne sait pas le danger qu'elle court.

Je la rappelle, mais mon téléphone sonne dans le vide. Allez, me dis-je, encore et encore, mais elle ne décroche pas. J'essaie de la rappeler. Puis je tente une troisième fois. Toujours rien. Ça ne sent pas bon. Je laisse un message, c'est tout ce que je peux faire, puis j'essaie de joindre Hugh.

Aucune réponse là non plus ; son portable me renvoie directement sur sa boîte vocale. J'imagine qu'il a pris un train après moi, et qu'il n'a pas de réseau. Je laisse un message, lui demandant de me rappeler. Je suis seule.

Je ne bouge pas. Je me focalise sur ma respiration, je reste calme. Je me concentre pour ne pas avoir envie de boire.

J'essaie de comprendre pourquoi il fait ça. Pourquoi il fait semblant d'être la petite amie de mon fils, pourquoi il l'attire à Paris.

Je pense aux chiens. Largos86.

Finalement, ma réflexion s'arrête sur la dernière vérité que j'ai évitée depuis le début.

Lukas est le père de Connor.

Les éléments du puzzle commencent à se mettre en place. Il a dû se lier d'amitié avec Kate, d'abord, peut-être avec Anna à peu près au même moment. Il est possible qu'aucune d'elles n'ait été au courant de son existence dans la vie de l'autre ; peut-être qu'il était ami avec Kate seulement sur Internet. C'est probablement lui qui l'a persuadée d'essayer de récupérer Connor, et ensuite, juste au moment où cela risquait de marcher, elle a été tuée.

Il a donc tenté d'atteindre mon fils en utilisant la seule autre voie qui lui restait : moi.

Pourquoi ne l'ai-je pas vu venir ? Je repense à toutes les fois où j'ai pressenti qu'il y avait dans notre relation quelque chose qui me dépassait, je pense à tous les signes que j'ai aperçus, et sur lesquels j'ai préféré fermer les yeux.

Mais qu'est-ce que Lukas imaginait ? Avait-il espéré que je mettrais fin à mon mariage pour être avec lui, que nous deviendrions une grande famille débordante de bonheur ?

Je repense à ce temps-là. Kate qui m'appelait. *Je veux le reprendre. C'est mon fils. Tu ne peux pas le garder. Je regrette de t'avoir laissée me le prendre.*

Maintenant, je sais que c'était lui. Lukas, qui lui soufflait ce qu'il fallait dire. Lukas, qui était revenu pour récupérer son fils. Mon fils.

« Je veux récupérer Connor », disait-elle, encore et encore, soir après soir.

Tout au fond de moi, je sais qu'elle serait toujours vivante si je n'avais pas dit non.

Nous arrivons gare du Nord, et je descends du train. J'attrape un taxi. Il fait nuit maintenant, la pluie tombe sur les rues argentées de Paris tandis que nous glissons en direction du 11e arrondissement. J'ai appelé

Hugh et je lui ai donné l'adresse d'Anna ; il a dit qu'il nous retrouverait là-bas. J'essaie à nouveau de joindre Anna. Il faut que je parle à mon fils.

L'icone Skype signale qu'elle est connectée, disponible pour une conversation en vidéo. J'appuie sur Appel et, quelques instants plus tard, une fenêtre s'ouvre sur mon écran. Je vois le salon d'Anna, les meubles que je connais, les mêmes affiches sur les murs. Un moment plus tard, elle apparaît.

« Dieu merci, Anna… »

Je suis pétrifiée. Elle paraît bouleversée, elle a les yeux écarquillés, rougis. Elle a l'air terrifiée.

« Qu'est-ce qui se passe ? Où est Connor ? »

Elle se rapproche de l'écran. Elle a pleuré.

« Que s'est-il passé ? Où est mon fils ?

— Il est ici, dit-elle, mais elle secoue la tête. Ryan est revenu, il était en colère… »

Je l'interromps. « Et tu avais Connor avec toi !

— Non, non, Connor attendait dehors. Mais… je n'ai pas pu l'arrêter. Les photos sur son ordinateur… je pense qu'il va les envoyer à Hugh. Et… et il m'a frappée. »

Elle paraît sonnée, comme si elle avait été anesthésiée.

Je pense à l'épisode avec David, l'incident dans la voiture, le couteau.

« Il était en colère.

— Ce n'est pas une excuse ! Anna, il faut que tu sortes de là tout de suite ! »

Elle s'approche tout près de son ordinateur. « Ça va. Écoute… » Elle jette un coup d'œil par-dessus son épaule. « Je n'ai pas beaucoup de temps. Il faut que je te dise quelque chose. J'ai une arme. » Au début, je pense avoir mal entendu, mais son visage est très sérieux. Je me rends compte que j'ai bien compris, qu'elle parle sérieusement.

« Quoi… ? Une arme ? Qu'est-ce que tu racontes ? »

Elle se met à parler, très vite. « Quand Kate est morte… un ami à moi… il m'a dit qu'il pouvait m'en trouver une. Pour me protéger. Et j'ai dit non, mais…

— Mais quoi ?

— Mais ensuite, cette histoire avec Ryan. J'avais peur. J'ai…

— Tu as dit oui. »

Elle hoche la tête. Je me demande comment c'en est arrivé là, et s'il y a quelque chose qu'elle me cache à propos de Ryan. Sur ce qu'il a peut-être déjà fait.

« Mais… dis-je. Une arme ? »

Elle ne répond pas. Je la vois regarder derrière elle. Il y a eu un bruit, qui se répète. Un bruit sourd.

« Écoute… » Elle parle vite, à voix basse. J'ai du mal à comprendre ce qu'elle dit : « Autre chose. Hugh m'a fait promettre de ne pas te le dire, mais il le faut…

— Hugh ? » Son nom est le dernier que je m'attendais à entendre.

— … concernant Kate. Le gars. Celui qu'ils ont attrapé avec la boucle d'oreille. Ce n'était pas lui. »

Je secoue la tête. Non. Non, c'est impossible.

« Que veux-tu dire, ce n'était pas lui ?

— Il avait un alibi.

— Hugh m'en aurait parlé. Il ne m'aurait pas laissée continuer à croire… »

La phrase reste en suspens. Peut-être que si. Pour que je reste en paix.

« Je suis désolée, mais c'est vrai. Il a dit… » Un bruit retentit de son côté, comme une porte qui claque.

Puis j'entends une voix, mais je n'arrive pas à comprendre ce qui est dit.

« Il faut que je te laisse. Il est revenu.

— Anna ! commencé-je. Ne... »

Je ne finis pas ma phrase. Par-dessus son épaule, je vois Lukas. Il crie, il a l'air furieux. Dans sa main, un objet projette des reflets de lumière, mais je n'arrive pas à voir ce que c'est. Anna se met debout, me bloque la vue. Je l'entends lui demander à qui elle parlait, j'entends les mots « Mais qui putain ? » et « Gamin ». Un râle, et l'écran devient noir. Je réalise qu'il l'a poussée contre la table, qu'elle est tombée contre l'ordinateur et bloque la caméra. Lorsque l'image revient, le portable est par terre et, via la caméra, j'aperçois le plancher, un tapis, un pied de chaise.

Mais j'entends ce qui se passe. Il dit qu'il va la tuer, elle a le souffle court, elle crie « Non ! » plusieurs fois de suite. Je hurle son nom, mais c'est inutile. J'entends un coup sourd, un corps qui cogne contre le mur, ou sur le sol. Je n'arrive pas à quitter l'écran des yeux. Quelque chose frappe dans l'ordinateur d'Anna, et l'image change. Sa tête apparaît, projetée sur le sol. Elle laisse échapper un cri muet et, quelques instants plus tard, sa tête est poussée violemment en arrière. Il y a un bruit sourd lorsque le poing entre en contact avec le crâne, un craquement sinistre. Je crie son nom, mais tout ce que je peux faire, c'est regarder, tandis que sa tête est brusquement tirée en arrière, encore et encore, jusqu'à ce que, finalement, elle ne dise plus rien.

Je regarde l'écran fixement. La pièce est silencieuse. Vide. Et toujours pas le moindre signe de la présence de Connor. Je suis terrorisée.

Au comble du désespoir, je mets fin à l'appel. Dans un français épouvantable, je demande au chauffeur combien de temps il va nous falloir, il dit cinq minutes, peut-être quinze. Je suis complètement affolée, tous mes nerfs frémissent d'une énergie que je ne peux plus contenir. J'ai envie d'ouvrir la portière, de sauter au milieu des voitures et de courir jusqu'à notre destination, mais je sais que, même si je le pouvais, je n'irais pas plus vite. Alors, je me carre au fond de mon siège et ordonne silencieusement à la circulation de se dégager, aux voitures d'aller plus vite.

Je compose le numéro de Hugh. Toujours pas de réponse.

« Merde ! » m'emporté-je, mais il n'y a rien à faire. Au bout d'un moment, je commence à reconnaître les rues. Je me souviens m'être promenée par ici, en avril. Consumée par le chagrin, brûlant d'un feu que je m'étais crue, à tort, capable d'éviter. Comme les choses étaient simples à ce moment-là – tout ce que j'avais à faire, c'était franchir le cap, survivre à la douleur –, et pourtant je n'avais rien vu.

Enfin, nous arrivons dans la rue d'Anna. Je vois la laverie automatique, toujours fermée, et en face il y a une *boulangerie** où, la dernière fois, nous avons acheté du pain frais pour notre petit-déjeuner. Il faut que je sois prudente.

Je demande au chauffeur de s'arrêter à quelques portes du bâtiment d'Anna ; ce serait peut-être mieux que je les prenne par surprise. Il fait ce que je lui demande et je le paie. Au moment où il démarre, mon téléphone sonne.

C'est Hugh. « Je viens d'arriver en France. Où es-tu ?

— Chez Anna, dis-je. Je crois que Connor est ici. »

Je lui raconte ce que j'ai vu, je lui demande d'appeler la police.

« Anna a été agressée, dis-je. Je t'expliquerai le reste plus tard. Au fait, Hugh ?

— Oui ? »

Je n'ai pas envie de lui demander, mais je sais qu'il le faut.

« Le type qu'ils ont arrêté. Que s'est-il passé ?

— Qu'est-ce que tu veux dire, que s'est-il passé ? »

Dis-moi la vérité, pensé-je. Dis-moi la vérité, sans que j'aie à l'exiger, et peut-être que nous aurons encore une chance.

« Tu m'as dit qu'ils l'avaient inculpé. »

Il reste silencieux, et je sais ce que cela signifie ; ce qu'Anna m'a dit est vrai, et Hugh sait que je le sais.

Je l'entends tousser. « Je suis désolé. »

Je ne dis rien. J'arrive à peine à respirer, mais il faut que je garde mon calme.

« J'ai pensé que c'était ce qu'il fallait faire. Julia ? »

Je me dis que tout va bien se passer. Hugh va appeler la police, ils seront bientôt là. Je me répète que, quoi qu'il ait fait, Lukas est le père de Connor. Il l'emmènera peut-être quelque part, mais il ne lui fera aucun mal.

Je devrais le dire à Hugh, lui dire pourquoi nous sommes là. Mais je ne peux pas. Pas comme ça.

« Appelle la police et viens me rejoindre. S'il te plaît. »

Je cours jusqu'à l'entrée de l'immeuble d'Anna, et j'actionne la poignée. J'ai de la chance. Le digicode est en panne, comme elle m'a dit que c'était souvent le cas. La porte s'ouvre et j'entre, la refermant doucement derrière moi.

Je n'allume pas la lumière, mais je monte l'escalier. Sur le premier palier je trouve l'appartement d'Anna, comme dans mon souvenir. Une faible lumière filtre par les carreaux de verre dépoli, mais quand je colle mon oreille à la porte, je n'entends pas un son. Pas de voix, pas de cris. Rien. Je vais jusqu'au petit bureau et, aussi doucement que possible, j'ouvre le tiroir, priant pour que la clé cachée là par Anna y soit toujours, et pour quelle n'ait pas changé les serrures depuis la dernière fois que je suis venue.

Ma chance persiste. La clé est là, scotchée sur la face inférieure. Je la prends et, une fois encore, je colle mon oreille à la porte. Toujours pas le moindre bruit. J'ouvre, et je me glisse à l'intérieur. La lumière est allumée dans le couloir, il y a un vase plein de fleurs fanées sur le guéridon. Je fais un pas ; le craquement de mes chaussures résonne affreusement fort dans le silence.

L'appartement semble plus grand, dans la pénombre. Je dois me retenir de crier, de demander s'il y a quelqu'un. Je me rends compte que je ne sais pas ce que j'espère le plus : qu'il y ait quelqu'un ou que les lieux soient déserts.

Je fouille l'appartement. Une pièce après l'autre. La télévision est allumée dans le salon – une chaîne d'informations, mais sans le son – et, dans la cuisine, je constate qu'une chaise a été renversée et que les vestiges marron et collants d'un repas maculent les murs. Quelque chose craque sous mon pied ; je regarde par terre et tombe sur les débris du saladier à rayures bleues qui a dû contenir la nourriture.

Je continue. Je jette un œil dans la chambre de Kate puis me dirige vers celle d'Anna. J'hésite sur le seuil. Je me demande ce que je vais y trouver. L'image de Kate surgit dans ma tête, le crâne enfoncé, les cheveux collés par le sang, les yeux grands ouverts et les membres pliés.

Je prends une grande inspiration, je déglutis et je pousse la porte.

Le lit est rouge sang dans la semi-pénombre, mais lorsque j'actionne l'interrupteur je constate que ce n'est qu'une couverture qui a glissé au pied du lit. La pièce est aussi déserte que le reste de l'appartement.

Je ne comprends pas. Je sors mon portable, j'ouvre l'application « Localiser mes amis ». Le point violet clignote toujours, superposé au mien, exactement à l'endroit où je me tiens. Elle devrait être là.

J'appelle. Pendant une seconde j'entends la tonalité de l'international, puis un bourdonnement, faible, persistant, qui provient de quelque part du côté de mes pieds. Je me penche. Un téléphone tressaute en vibrant sur le plancher, sous le lit, tout en clignotant. Il a dû tomber, être balancé là d'un coup de pied. Je me mets à quatre pattes et je l'attrape. En même temps, je vois qu'il y a autre chose en dessous, quelque chose de brillant, de métallique. Le pistolet.

Je me tétanise. Je ne veux pas le toucher. Je me demande comment il est arrivé ici, sous le lit. J'imagine Anna et Lukas en train de se battre, Anna essayant d'attraper le pistolet, pour le menacer. Peut-être a-t-il valsé dans la bagarre puis atterri là. Ou peut-être n'a-t-elle même pas pu arriver jusqu'ici. Elle cachait son arme là et n'a même pas eu le temps de venir la chercher.

Mais où est Connor ?

Je sens le monde s'effondrer, se désintégrer peu à peu. Je respire profondément et me dis qu'il faut que je reste calme. Je m'assois sur le lit, le pistolet posé à côté de moi. Le téléphone d'Anna affiche mon appel manqué, mais il y a un autre message, un SMS qui a été envoyé à partir d'un numéro que je ne reconnais pas. « Julia, si tu veux trouver Connor, rappelle. »

J'hésite, mais une fraction de seconde seulement. Je n'ai pas le choix. Je passe un doigt sur l'écran et le téléphone compose le numéro.

C'est un appel vidéo. Au bout d'un moment, quelqu'un décroche ; le contour d'un visage apparaît. C'est Lukas, il est assis dans la pénombre, devant une fenêtre. De son corps, il obstrue la faible lumière qui pénètre de l'extérieur, le découpant en ombre chinoise. L'espace d'une seconde, je pense aux émissions de télé-réalité sur les histoires criminelles, la victime au visage flouté, la voix déformée, puis rapidement mon esprit retourne aux moments où nous avons tchatté avec la vidéo, autrefois.

« Tu as trouvé le téléphone. »

Je prends une grande inspiration, essayant de rassembler tout le courage qui me reste. Je pose la main sur le pistolet posé à côté de moi ; il me donne une espèce de force. « Qu'est-ce que tu veux ? » Ma voix manque de fermeté. J'ai conscience de la banalité de ma question.

Il se penche en avant. Son visage est éclairé par le reflet de son écran. Il sourit.

Il n'a pas changé, mais je ne le reconnais pas du tout. Le Lukas que je connaissais a complètement disparu.

« Où est Connor ?

— Je n'en ai pas la moindre idée. »

Ses mots sont lourds de menace.

« Laisse-moi le voir. »

Il m'ignore. « Comme j'ai dit, j'ai décidé que je voulais la part que ta sœur a laissée à Connor. »

Je sais qu'il ment. Ses mots sont plats, sans la moindre conviction. Même si je ne connaissais pas la vérité, je serais capable de m'en rendre compte.

« Ce n'est pas pour l'argent. Je sais qui tu es.

— Vraiment ? »

Je ferme les yeux. La haine coule dans mes veines ; mon esprit refuse de se poser. Depuis combien de temps cet homme communique-t-il avec mon fils ? Son père, qui fait semblant d'être sa petite amie.

Pendant un moment, j'ai l'impression d'être un colosse impossible à arrêter, comme si ma haine était infinie, comme si j'avais le pouvoir de m'affranchir des limites imposées par les machines qui nous relient, les fibres optiques, les satellites, et de le détruire par la simple force de ma volonté.

Pourtant, je sais que je ne peux pas. Je m'efforce de me concentrer sur l'écran. Lukas parle encore, mais il est inaudible.

« Laisse-le partir, dis-je. Laisse-les partir tous les deux. Qu'est-ce qu'ils t'ont fait ? »

Il ne répond pas. Il m'ignore. Il brandit la carte mémoire. « Je t'ai dit ce qui arriverait si tu ne nous laissais pas tranquilles, Anna et moi. »

Une image s'affiche sur l'écran. Lui et moi, dans une chambre d'hôtel, lui me prenant par derrière et moi me retenant d'une main à la tête de lit ; il est derrière moi. J'ai la nausée.

« Ne fais pas ça. S'il te plaît. Laisse-moi voir Connor. »

Il rit. « Trop tard. Je t'ai prévenue que je dirais la vérité à ta famille. »

Il se lève, tenant fixement son téléphone-caméra devant lui de manière à ce que son visage ne bouge pas. On dirait que c'est l'arrière-plan qui tourne violemment, un bateau en train de chavirer. Une ampoule nue apparaît dans le champ – morte, j'imagine, ou qu'on n'a pas allumée –, puis l'embrasure d'une porte en verre, au-delà de laquelle il doit y avoir une autre pièce, et à côté se trouve une cuisinière.

« Julia… » dit-il. L'image tournoie à nouveau, puis se fige ; il se tient immobile, comme s'il s'était abîmé dans ses réflexions. Par-dessus son épaule, j'aperçois une fenêtre, et au-delà, la rue. « Je veux la part de Connor. Cela me paraît juste, puisque je ne vais plus avoir celle d'Anna. »

Je ne comprends pas pourquoi il fait ça. « Je sais que ça n'a rien à voir avec ce putain d'argent ! » Je crie, la colère inonde tout mon corps avec une intensité proche de l'ébullition. « Je sais qui tu es, espèce de pauvre type ! »

Il m'ignore. « N'oublie pas ces photos. Je vais te dire, pourquoi ne restes-tu pas ce soir ? Installe-toi, je suis certain qu'Anna n'y verra aucun inconvénient. Ensuite, demain, à la première heure, je passerai. Tu me donneras l'argent, et je te rendrai ça. » Il brandit une nouvelle fois la carte mémoire. « Ou je peux la donner à ta famille. C'est toi qui vois. »

Je reste silencieuse. Je n'ai rien à répliquer, personne vers qui me tourner.

« OK. À demain, donc. » Il rit. Je suis sur le point de répondre quand il ajoute : « Et si tu veux, on peut baiser encore un coup, juste en souvenir du bon vieux temps. »

Et il disparaît.

Je me lève. Ma rage est volcanique, mais impuissante. J'ai envie de me déchaîner, de tout casser, de tout détruire, mais il n'y a rien que je puisse faire. Je contemple l'arme et je la ramasse. Elle pèse de tout son poids dans ma main.

Je n'ai pas le temps de réfléchir. La police n'a pas encore débarqué, mais elle risque d'arriver bientôt. Un déplacement pour rien, mais je me suis bel et bien introduite dans cet appartement, et je tiens un pistolet à la main ; ils vont poser des questions. Il faut que je m'en aille. Je prends le pistolet, fouille dans la commode à côté de la fenêtre. Je sors un pull jaune, enroule le pistolet dedans puis le fourre dans mon sac. Je ferme la porte derrière moi en partant, puis je dégringole l'escalier.

Lukas a commis une erreur. Lorsqu'il a fait pivoter son téléphone dans la cuisine, j'ai vu quelque chose par la fenêtre à la droite de son épaule, dehors. Cela n'a pas été long, mais cela a été suffisant. Par la fenêtre, j'ai aperçu une rue, une rangée de boutiques, une enseigne au néon, « CLUB SANTÉ !* », avec un point d'exclamation jovial et un logo représentant un coureur figuré par un arc et un point. Au-dessus, un mot : « Berger ».

Une fois éloignée de l'appartement, je prends mon téléphone, et tape les mots dans le moteur de recherche, en priant pour qu'il n'y ait qu'une seule adresse. Mon cœur se serre lorsque j'en vois apparaître deux – l'une dans le 19e, l'autre dans le 17e –, mais les deux sont reliées à une carte ; la seconde paraît être située dans une rue passante alors que l'autre est en face d'un parc.

Ce doit être celle du 19e, à deux ou trois kilomètres d'ici.

Il faut que j'aille là-bas. Il faut que je récupère Connor, et peut-être pourrai-je forcer Lukas à me donner la carte mémoire, lui faire assez peur pour qu'il nous laisse tranquilles, Anna et moi.

Je hèle un taxi. Je donne l'adresse avant de monter. « Combien de temps ? » demandé-je au chauffeur, en anglais. Il me faut quelques secondes pour comprendre mon erreur et reprendre, en français : « *Combien de temps pour y arriver** ? »

Il me regarde dans le rétroviseur. Il est globalement indifférent. Il hausse les épaules, et dit : « *Nous ne sommes pas loin**. » Un arbre en plastique est accroché au rétroviseur et, sur le tableau de bord, une photo d'une femme avec un enfant. Sa famille, j'imagine ; comme la mienne. Je me tourne vers la vitre, je regarde dehors, les rues qui défilent. La pluie s'est mise à tomber ; une pluie lourde, les gens ont ouvert leur parapluie ou courent en tenant un journal au-dessus de leur tête. Je pose mon front contre la vitre fraîche et je ferme les yeux. J'ai envie de rester ainsi pour l'éternité. Dans le silence. La chaleur.

Mais je ne peux pas. Je sors mon portable et j'appelle mon mari.

« Hugh, où es-tu ?

— Nous arrivons juste à la gare du Nord.

— Est-ce que tu as appelé la police ? »

Il reste silencieux.

« Hugh ?

— Oui. Je les ai appelés ; ils sont en route.

— Il faut que tu les rappelles. S'il te plaît. Je suis allée chez Anna. Elle n'y est pas. L'appartement est vide. Elle et Connor… Je crois que quelque chose de terrible est arrivé.

— De terrible ?

— Retrouve-moi à cette adresse », dis-je, et je lui dicte ce que j'ai trouvé sur Internet. « Dès que tu peux.

— Pourquoi, Julia ? Qu'est-ce qu'il y a, là-bas ? »

Je ferme les yeux. Nous y sommes. Il va falloir que je lui dise. « Hugh, écoute. C'est l'endroit où Connor est allé. Cette Evie, elle n'existe pas.

— Mais je lui ai parlé.

— C'est juste un nom qu'il a utilisé pour l'attirer.

— Qui ? Ce que tu dis n'a aucun sens !

— Hugh, écoute-moi. Connor a trouvé son père. Son vrai père. Il est venu pour le rencontrer, mais il est en danger. »

Un silence. Je n'arrive pas imaginer ce que mon mari doit ressentir. Dans quelques secondes, il va me demander comment je sais ce qui s'est passé et tout va sortir d'un coup. Je prends une grande inspiration. Je suis prête.

« Le père de Connor… Je le connais. Il ne m'a pas dit qui il était, mais… »

Hugh m'interrompt.

« Mais ce n'est pas possible.

— Quoi ? »

Je l'entends soupirer. « Je suis désolée, Julia. Kate me l'a dit…

— Quoi ?

— Le père de Connor est mort. »

Je reste muette. « Quoi ? Qui était-ce, alors ? C'est ridicule.

— Je ne peux pas te le dire maintenant. Pas comme ça. »

J'entends une annonce résonner dans le téléphone. Son train arrive en gare.

Je me mets à crier. « Hugh ! Dis-moi !

— Nous sommes arrivés. Il faut que j'y aille.

— Hugh !

— Désolée, ma chérie. Je serai bientôt là. Je te dirai tout. »

33

Nous ralentissons considérablement, puis nous nous arrêtons à cause de la circulation. Un feu devant nous, un carrefour encombré où un pont ferroviaire enjambe la rue. Hugh a tort, forcément. Le père de Connor n'est pas mort, il est là, et il a attiré son fils ici.

« *Nous y sommes** », dit le chauffeur, mais il désigne un endroit plus loin. Je cherche à distinguer les lieux sous la pluie battante. Je vois le panneau. Berger. C'est encore ouvert, l'entrée paraît accueillante, engageante. Une femme sort, percute presque l'homme qui s'apprête à entrer. Je la regarde marquer un temps d'arrêt, allumer une cigarette. Je ne peux pas rester là plus longtemps, il faut que j'y aille. Le chauffeur grogne lorsque je lui annonce que je descends. Je le paie et je me retrouve sur le trottoir. La pluie tombe à verse et, instantanément, je suis trempée. La femme à la cigarette marche vers moi ; elle me fait un signe de tête lorsque nous nous croisons, et j'arrive devant la salle de sport. L'appartement de Lukas doit se trouver juste en face mais, maintenant que je suis là, je ne sais pas où aller. Je jette un coup d'œil, sans m'attarder, sur un empilement de bureaux en préfabriqué recouverts de graffiti à la bombe. L'immeuble en face est gris, ses fenêtres sont d'une régularité monotone. On dirait un bâtiment administratif ; cela pourrait être une prison. Je me demande quel appartement est le sien, et comment je vais pouvoir entrer. Plus loin, un train passe dans un grondement de tonnerre et je vois une rangée de bittes plantées en rang comme des sentinelles le long du trottoir. À leur suite, un kiosque bleu vif affichant une publicité pour *Cosmétiques Antilles** et, de ce côté-ci, une petite ruelle dépourvue d'éclairage qui s'enfonce vers on ne sait où.

Je sais. Aucun doute. J'ai déjà vu cet endroit, sur mon ordinateur. Je ne l'avais pas reconnu d'emblée, dans le noir, mais c'est bien là. Je passe Berger en courant jusqu'à l'entrée de la ruelle. C'est bien ça.

C'est ici que ma sœur est morte.

Je m'enfonce dans la ruelle. Elle est trempée par la pluie, dans une pénombre presque totale. Je n'y crois pas. J'y suis. C'est ici. C'est ici qu'on a découvert le corps de ma sœur, ici qu'elle s'est vidée de son sang sur les pavés. C'est là qu'a commencé le cauchemar de ces derniers mois.

Mon cerveau s'affole. J'ai été idiote. Tout du long. Lukas n'était pas en vacances en Australie, ou tout au moins il n'y était pas lorsque Kate a été tuée. Ce n'est pas un dealer qui l'a tuée.

Kate n'a pas été agressée pour une boucle d'oreille en toc, ni attaquée pendant qu'elle achetait de la drogue, ni assassinée gratuitement alors qu'elle rentrait chez elle après une soirée dans un bar. Elle était venue ici pour le voir, pour rencontrer le père de son fils.

J'essaie de visualiser la scène. Espérait-il une réconciliation ? Je vois Kate le repousser, lui dire qu'elle ne veut rien avoir à faire avec lui, qu'il ne reverra jamais plus Connor. Ils se disputent, ils se jettent des insultes à la figure, un poing se lève.

Ou peut-être était-ce son plan depuis le début. L'amener ici. La punir d'avoir éloigné Connor, puis de n'avoir pas réussi à le récupérer.

Je sors mon portable. Je veux parler à Hugh. J'ai besoin de son aide. J'ai besoin de savoir où il est, mais c'est plus que ça. Je veux lui dire qu'il se trompe, que ce qu'a dit Kate n'est qu'un mensonge. Le père de Connor est vivant, et il l'a tuée. Je veux lui faire comprendre et lui dire comment je l'ai découvert, et que c'est ma faute, et que je suis désolée. Je veux lui dire que je l'aime.

Mais je suis transférée directement sur sa boîte vocale. Une fois de plus, je suis seule.

Je me sens étonnamment calme, mais à l'intérieur mon estomac commence à se nouer, et j'ai conscience que c'est le premier signe d'un tsunami sur le point de se déclencher. Il faut que je reste concentrée, que je reste immobile. Ma main va se poser sur le pistolet rangé dans mon sac, mais cette fois il ne me donne pas d'assurance. Il me rappelle au contraire l'énormité de ce que j'envisage de faire. Pendant quelques instants, j'ai envie de courir, pas d'aller voir la police, mais de m'enfuir. Loin de tout, pour retrouver un temps où tout ceci n'était pas arrivé, où Kate était encore vivante et Connor heureux.

Mais ce n'est pas possible. Le temps fait son chemin de façon inéluctable, inexorable. Et je suis coincée ;

pas d'échappatoire. Je veux m'enfoncer dans le sol trempé et laisser la pluie froide déferler sur moi.

Tout à coup, un bruit, un cri. Je sursaute. Un train passe, au-dessus. Il est sorti de nulle part. Je lève les yeux ; il est jaune et blanc, il roule si vite que ses contours sont à peine perceptibles. Mais j'arrive à distinguer les passagers, qui ont tous les yeux baissés, le visage fermé. Ils doivent lire le journal, sans aucun doute, travailler sur leur ordinateur, consulter leur téléphone. Aucun d'eux n'a-t-il vu ce qui s'est passé ? Aucun d'eux n'a-t-il aperçu ma sœur, en train de se battre avec Lukas ?

Ou peut-être que si, et qu'ils n'en ont rien pensé. Ce n'était qu'une dispute, un différend. Ça arrive tout le temps.

Les roues grincent, le train passe, disparaît aussi vite qu'il est arrivé. Je me retourne vers l'entrée de la ruelle, à l'endroit où elle débouche sur la rue.

Et il est là. Alors qu'il n'avait aucun moyen de savoir que j'étais ici, que j'avais découvert où il vivait, il est là. Debout au bout de la ruelle, portant la même parka bleue que l'autre jour. Lukas.

Quelque chose se relâche à l'intérieur de moi. La vague monte et je fais un pas en arrière. « Qu'est-ce que… ? » mais je sais déjà comment il m'a trouvée.

« Tu crois que c'était un accident ? Que je t'ai laissée voir ce qu'il y avait derrière moi par mégarde ? Tu es une fille intelligente, Julia. Je savais que tu y arriverais. En plus, je savais que tu ne pourrais pas attendre demain…

— Où est Connor ? Où est mon fils ?

— Je ne sais pas de quoi tu parles. »

Salaud. Je commence à approcher la main de mon sac, puis je la plonge à l'intérieur. Je sens le poids du pistolet, sa dureté. Je me demande si la pluie va l'endommager, puis je me souviens que cela n'a aucune importance. Je n'ai aucune intention de m'en servir. Il faut que je lui fasse peur. Que je lui fasse croire que je suis capable de tuer – je sais aujourd'hui qu'il en a été capable, lui.

Non. Je dois balayer ces visions mortelles. Le visage de Connor apparaît. Je ne peux pas me permettre de penser à Kate. Pas maintenant. Il faut que je me concentre. Il faut que je l'oblige à me rendre mon fils, puis à admettre ce qu'il a fait, arriver à obtenir qu'il se rende.

Je lève la tête et je le regarde, d'un air de défi. La pluie continue à s'abattre sur nous.

« Je sais ce que tu as fait.

— Ce que j'ai fait ? À Anna ? Et quoi donc, alors ?

— Ici. Je sais ce qui s'est passé ici. Tu tchattais avec Kate sur Internet. Tu… tu l'as *attirée* ici. Tu l'as tuée… »

Il secoue la tête.

« Je sais que tu es le père de Connor. Je me fiche de ce qu'elle a dit à Anna, ou à moi, ou à Hugh. Tu es le père de Connor. »

Il plisse les yeux. « Tu es encore plus folle que je le croyais. Je ne connaissais même pas Kate.

— Menteur. » J'essaie de mettre de la fermeté dans ma voix, et je le redis. « Tu es un menteur.

— Ne sois pas idiote. Je n'ai pas… »

Je sors la main de mon sac. Le pull tombe. Il voit le pistolet, ses yeux s'écarquillent.

« Merde ! »

Je la sens monter. La colère dévorante, la rage. La vague est prête à tout emporter, mais je ne peux pas céder, pas encore. Il faut que je garde la tête froide.

« Tu as tué Kate ! » Ma fureur est de la lave en fusion ; elle brûle et ne se laisse pas contenir. J'essuie la pluie qui a coulé dans mes yeux du dos de la main qui tient le pistolet : « Tu as tué ma sœur ! »

Il fait un pas en avant. « Julia, dit-il, écoute-moi… »

Une expression de peur passe sur son visage, balayant au passage son air bravache. Il est à nouveau Lukas, l'homme que j'ai connu. Me revient à l'esprit l'époque où j'ai été fâchée contre lui, où je lui ai dit que je n'étais pas certaine de comprendre ce qui se passait entre nous, ni de savoir si je voulais que cela continue. Il avait semblé effrayé. Je pensais que c'était parce qu'il m'aimait, alors qu'en réalité il craignait juste que je lui échappe.

Je lève le pistolet. Je le pointe sur sa poitrine. J'envisage d'appuyer sur la détente, pour voir le rouge éclore sur sa chemise. L'espace d'un instant, je rêve de le faire.

« Ne t'approche pas de moi ! »

Il s'immobilise. Je le vois réfléchir aux moyens de s'en sortir. Il pense probablement qu'il pourrait se jeter sur moi, attraper l'arme. Il pense probablement que je n'appuierais pas sur la détente.

« J'ai dit, n'approche pas ! »

Il fait un pas en arrière. Il a l'air moins sûr de lui, il ne sait plus quoi faire. Il jette un œil dans la direction d'où il est venu, puis vers son appartement, comme si la réponse s'y trouvait.

« Voilà ce qui va se passer. » J'hésite. J'essaie de me calmer. « Nous allons monter dans ton appartement. Nous allons laisser Anna partir, ensuite…

— Écoute. » Il me regarde, implorant, et, l'espace d'un instant, je suis prête à croire qu'il est innocent, que rien de tout cela n'est réel. « Tu as tout faux. Je n'ai pas tué ta sœur. Je ne l'ai même jamais rencontrée. Anna a dit qu'elle savait que tu avais hérité d'une belle somme d'argent, et elle pensait qu'on pourrait la récupérer… »

Je le tiens en joue. « Tu mens.

— Non, écoute. Anna n'est qu'une passade, tu sais. Je l'ai rencontrée sur Internet. Comme toi. Il y a quelques mois…

— Tais-toi !

— … nous n'allons pas nous marier. Elle a dit qu'on devrait te faire chanter. »

Je fais un pas en avant. Mon doigt reste posé sur la détente. « Arrête de prétendre que tout ceci est une histoire d'argent ! »

Je ferme les yeux, je les ouvre à nouveau. Je veux le croire. Je veux croire que tout cela n'a rien à voir avec Connor.

Mais ce n'est pas le cas. Mon fils a disparu. Bien sûr qu'il s'agit de lui.

« Où est Connor ?

— Cela faisait juste partie du jeu. Je ne sais rien de ton fils. Il faut que tu me croies… »

Je hurle. « Où est-il ? » Les éclats de ma voix rebondissent sur les murs froids de la ruelle. Il secoue la tête. « Mon fils a disparu. Ma sœur a été tuée exactement ici, à l'endroit où nous sommes, et tu t'attends à ce que je…

— Quoi ? »

Il a l'air sincèrement perdu.

« Elle est morte ici. »

Il secoue la tête. « Non, non. »

À nouveau, le doute s'insinue. Peut-être ai-je tort, peut-être suis-je en train de commettre une erreur.

Je brandis le pistolet. Je ne le laisserai pas me convaincre une nouvelle fois. Derrière son épaule, je vois la ruelle ; une silhouette, qui traverse la rue, qui s'avance lentement vers nous. Un passant ? Il n'y en a pas eu un seul, depuis que nous sommes arrivés ici.

On dirait Anna. Je ne veux pas qu'il se retourne et qu'il la voie.

« Arrête de me mentir.

— Julia, il faut que tu me croies. Comment aurais-je pu tuer ta sœur ? J'étais en Australie, tu le sais… »

Je l'ignore. La silhouette qui approche se trouve sous le lampadaire, maintenant. J'ai raison, c'est Anna, et, même dans la semi-pénombre, je vois qu'elle est dans un état épouvantable. Son visage est contusionné, il y a une tache foncée sur son chemisier blanc, qui pourrait très bien être du sang. Un cri m'échappe : « Anna ! »

Lukas se retourne mais ne bouge pas. Elle le dépasse en courant et me rejoint.

« Julia, quoi qu'il dise, il ment. » Elle est à bout de souffle, mais elle parle vite, frénétiquement. « Écoute-moi… il a tué Kate… je l'ai découvert… c'était à cause de Connor… mais il m'a obligée à mentir… il m'a obligée… »

Le dernier lambeau d'espoir qui me restait s'envole. Je le regarde droit dans les yeux et je réalise que j'ai aimé cet homme – ou du moins, je l'ai cru –, alors qu'il avait tué ma sœur.

« C'était toi.

— Ne dis pas de sottises. Ne la crois pas ! Julia ! Je n'ai pas tué ta sœur, je le jure…

— Tu l'as tuée. » Je chuchote presque ; mes mots sont engloutis par la pluie. « Et ensuite, tu m'as séduite. » J'hésite. Les mots refusent de venir. « Je t'aimais et tu as tué ma sœur. Tu t'es servi de moi pour approcher Connor.

— Non ! » Il fait un pas en avant. Ses cheveux sont collés sur son front ; la pluie ruisselle sur lui, il est trempé. « Je n'ai tué personne, je le jure. » Son regard passe de moi à Anna. « Qu'est-ce que tu fais ? » Il tend le bras vers elle mais j'agite le pistolet et il recule. « Comment peux-tu dire que tu as menti pour moi ? C'est moi qui ai menti pour toi ! »

Je braque le pistolet sur lui

« Dis-lui ! » implore-t-il alors. Il s'adresse à Anna. « Dis-lui que j'étais à l'étranger ce soir-là ! »

Elle secoue la tête. « Je ne vais pas mentir pour te couvrir une nouvelle fois. » Elle sanglote. « J'ai menti à la police, mais je ne le referai pas. Tu m'as dit que tu étais parti, mais ce n'était pas vrai. Tu l'as tuée, Lukas. C'est toi qui l'as tuée.

— Non ! dit-il. Non ! » Mais je l'entends à peine. Tout ce que j'entends, c'est la voix d'Anna. *C'est toi qui l'as tuée.*

« Écoute, dit-il, je vais t'expliquer… »

Ma main commence à trembler. Le pistolet est lourd, luisant de pluie. « Où est Connor ? »

Personne ne dit rien.

« Où est-il ? »

Anna me regarde. « Julia, dit-elle, et je vois qu'elle pleure.

— Julia. Connor… est en haut. J'ai essayé de le protéger… » Je contemple le sang sur sa chemise. « Je n'ai pas pu. Il faut appeler une ambulance. Il faut l'emmener à l'hôpital… »

Tout s'écroule. C'est automatique, impulsif. Un réflexe. Je ne réfléchis même pas. Je regarde le pistolet dans ma main, et plus loin, Lukas.

J'appuie sur la détente.

Ce qui se produit ensuite n'est pas censé arriver. D'abord un instant – un moment presque imperceptible – de quelque chose qui ressemble à de l'immobilité. Une stase. Je n'ai pas l'impression d'avoir pris une décision irréversible ; pendant une fraction de seconde, c'est comme si je pouvais revenir en arrière. Faire demi-tour. Devenir autre chose, ou suivre un chemin qui mène à un avenir différent.

Mais ensuite, il y a le coup de feu. Ma main est brutalement rejetée en arrière par la puissance du tir ; un éclair, et un fracas. C'est intense. Tout mon corps réagit tandis que le la détonation se répercute en échos sur les murs de la ruelle. Une seconde plus tard, plus rien ; une torpeur assourdissante. Dans le silence, je contemple avec horreur le pistolet dans ma main, comme si je n'arrivais pas à croire ce que j'ai fait, puis je regarde Lukas.

Il bascule en arrière, les mains collées sur la poitrine. Même lorsqu'il fléchit, je vois ses yeux écarquillés, terrifiés ; une seconde plus tard, il est allongé sur le sol, contre le mur opposé de la ruelle. La stase revient. Il y a un sifflement dans mes oreilles, mais tout le reste est calme. Je regarde le pistolet. Il y a une légère odeur, sèche et âcre, qui ne ressemble à rien que je connaisse. Personne ne bouge. Il ne se passe rien. Je sens mon cœur battre.

Et là, une grande tache rouge éclot sur sa chemise, le monde sonore revient avec fracas, et tout arrive en même temps.

Je fais un pas en arrière, je sens le mur froid contre mon dos. Lukas se met à parler ; sa voix paraît étrangement forte maintenant que j'entends à nouveau, et pourtant ce n'est guère plus qu'un mince filet de sons sortant de sa gorge. « Espèce de salope ! Tu m'as tiré dessus ! »

Mon courage s'est envolé, mon audace bravache a disparu. Ma main vient se poser sur ma bouche.

Il est là, haletant, regardant le sang qui commence à couler entre ses doigts. Il laisse échapper un cri. Je n'arrive pas à distinguer ce qu'il dit, c'est à peine plus qu'un gémissement grinçant, mais il lève les yeux vers Anna et on dirait que résonne un nom. Ça ressemble à « Bella ».

Le mot me paraît vaguement familier, mais je n'arrive pas à retrouver pourquoi. Je me tourne vers Anna. Aide-moi, ai-je envie de dire. Qu'ai-je fait ? Mais elle me regarde. Son visage est glacial. Ses yeux grands ouverts, comme si elle était en état de choc, mais en même temps elle affiche un demi-sourire.

« Bella, dit-il à nouveau.

— Ta gueule, connard », dit-elle. Elle fait un pas. Elle bouge lentement. Elle est parfaitement calme.

Je la regarde, incrédule. Je ne sais pas quoi dire. Ma bouche s'ouvre, se ferme. Elle me regarde à son tour.

Mon monde est en train d'imploser. Je n'arrive pas à comprendre ce qui se passe. Tout paraît trop lumineux, comme si j'avais fixé le soleil trop longtemps.

Je n'arrive à distinguer que des contours, des ombres. Rien n'est solide, rien ne paraît réel.

« Où est Connor ? Où est-il ? »

Elle sourit, mais ne dit rien.

« Anna ? Qu'est-ce qui se passe ? Nous sommes amies… ? Non ? »

Elle rit. Le nom commence à remonter à la surface. Je l'ai déjà entendu quelque part. J'en suis sûre. Bella.

Je n'arrive pas à retrouver. Je regarde le corps à mes pieds, cherchant désespérément de l'aide. « Lukas ? » Il lève les yeux vers moi. Il est haletant, pâle. Ses yeux se ferment, s'ouvrent à nouveau. « Lukas ? »

Il essaie de prendre une nouvelle inspiration, de dire quelque chose, mais les mots se brisent, ne sortent pas.

Anna parle. Ce n'est pas certain, mais on dirait bien qu'elle s'est mise à pleurer. « La police sera bientôt là, Julia. »

Je regarde le pistolet dans ma main, l'homme sur lequel je viens de tirer. La vérité commence à émerger, mais elle est encore floue, la mise au point n'est pas parfaite.

« Je n'avais pas l'intention de le tuer.

— Tu n'as jamais l'intention.

— Quoi ?

— Mais les gens ne cessent de mourir… »

Je ne comprends pas ce qu'elle veut dire. « Quoi ? Anna… !

— Oh, Julia. Tu n'as pas encore compris, c'est ça ? »

Je commence à pleurer. « C'est ton pistolet. Le tien. C'est toi qui m'en as parlé.

— Mais ce n'est pas moi qui ai tiré.

— Il a tué ma sœur ! »

Elle sourit, alors, et avance dans la lumière. « Non, il ne l'a pas tuée. »

Sa voix est totalement froide, ses mots sont assez tranchants pour découper de la chair.

« Quoi ?

— C'est moi qu'elle devait retrouver ce soir-là. Je lui ai dit que nous devions parler. Mais pas ici. » Elle regarde Lukas, allongé sur le sol. « Chez lui. Il nous avait autorisées à y aller.

— Quoi ?

— Mais elle était en retard. Elle était restée boire un verre de plus. Alors je l'ai rejointe ici. Exactement à l'endroit où nous nous trouvons.

— Kate ? »

Elle hoche la tête. « Je lui ai dit que ça suffisait. Nous avions tout essayé, mais tu ne voulais toujours pas rendre Connor. Alors j'ai dit que nous ferions mieux de t'avouer la vérité. »

Une vague de terreur s'enroule autour de moi, autour de ma gorge. Je lutte pour respirer.

« C'était donc *toi* ? Qui essayais de la persuader…

— Oui. J'ai dit que nous devrions te parler du père de Connor. Faire savoir à Connor qu'il avait une famille, une famille qui prendrait soin de lui. Pas seulement Kate… »

À nouveau, je regarde Lukas. « Lui ?

— Ne sois pas ridicule. Lui, c'est juste un gars que je me tapais. » Elle secoue la tête. « Moi. »

Je fais un pas en arrière. Le pistolet retombe le long de ma cuisse. Je n'arrive pas à croire ce que j'entends.

« Mais…

— Elle n'a pas voulu m'écouter. Elle a répété qu'elle refusait de te le dire. Que cela te ferait trop de mal. » Elle secoue la tête. « Comme si te faire mal pouvait avoir la moindre importance, après ce que tu as fait. Nous avons fini par nous battre.

— Quoi… ? Mais qui es-tu ?

— Je n'avais pas l'intention de la faire tomber.

— C'est *toi* qui l'as tuée ! »

Elle me regarde. Elle lève le menton, d'un air de défi. Sa haine est presque physique ; collante, étouffante. Elle pénètre profondément à travers ma peau. Elle me regarde et je vois que je la dégoûte.

« Je l'ai poussée. Elle s'est cognée la tête. J'étais en colère. Je voulais arrêter mais… » Elle hausse les épaules. « Je ne savais pas qu'elle était morte lorsque je l'ai quittée. Mais elle l'était. Je l'ai laissée et je suis allée chez lui – elle regarde Lukas à nouveau – et, le jour suivant, j'ai découvert qu'elle était morte. Et j'étais contente. Tu sais quoi ? J'étais contente de l'avoir laissée ici, seule. »

Mes sanglots se transforment en larmes brûlantes. Elles coulent sur mon visage. Je lève le pistolet.

« Je suis contente, parce que c'est exactement ce que tu as fait à mon frère.

— Quoi… ? » dis-je, mais une image jaillit. La dernière fois que j'ai vu un corps, un homme mourant. Et enfin tout apparaît clairement. Je me souviens du nom que Marcus avait utilisé pour parler de sa sœur.

« Bella… tu es Bella. »

Je la vois maintenant, cette chose que je n'ai pas réussi à voir pendant tout ce temps. Dans certains éclairages, sous certains angles, elle ressemble un peu à son frère.

Soudain, je suis de retour là-bas. Je le revois, ce soir-là, le visage cendreux, exsangue, pourtant recouvert de sueur. Il avait l'air irréel, comme fait de caoutchouc. Il y avait de l'écume sur ses lèvres ; du vomi sur le plancher. « Pars ! a dit Frosty.

— Non. Je ne peux pas. »

Elle a levé les yeux vers moi. Elle pleurait. « Il le faut. Si on nous trouve ici, l'une ou l'autre…

— Non.

— … ce sera la fin pour nous tous. » Elle s'est levée, m'a prise dans ses bras. « Il n'y a plus rien qu'on puisse faire pour Marky, chérie. Il est parti. Parti…

— Non !

— … il faut que tu t'en ailles, maintenant. »

Et j'avais compris. La vérité. La vie des gens que je détruirais si je restais auprès d'un homme qu'on ne pouvait plus sauver, parce que c'était trop tard.

« Mais…

— Je te promets que je leur dirai qu'il est ici. » Elle m'a embrassée, au sommet de la tête. « Va. Pars, et fais attention à toi. »

Elle est retournée auprès de Marcus et, après avoir regardé son corps pour la dernière fois, j'ai tourné les talons et l'ai abandonné.

Je lève les yeux vers la femme que je croyais être mon amie Anna. La femme qui a fait semblant d'être la petite amie de mon fils. « Tu es la sœur de Marcus. »

Aucune réaction. Mes mains tremblent.

« Écoute, je ne sais pas ce que tu crois…

— Marcus allait rentrer à la maison. Tu le sais ? Nous allions prendre soin de lui. Nous l'aimions. Nous, sa famille. Pas toi. Tu n'étais même pas là. Tu l'as abandonné.

— Il a fait une overdose, Anna ! Tu n'aimes peut-être pas entendre ça, mais c'est vrai. Il était clean depuis des semaines, il a pris une dose plus forte que ce qu'il pouvait encaisser. Ce n'était la faute de personne.

— Vraiment ? » Elle secoue lentement la tête, les yeux plissés par l'amertume. « Tu vendais tes photos et tu lui achetais de la drogue. Je le sais.

— Non, non.

— Et ensuite, quand il n'a plus supporté, quand il a fait une overdose, tu l'as laissé mourir.

— Non ! Je l'aimais. J'aimais Marcus… » Je pleure, mon corps est secoué de convulsions, mes larmes se mêlent à la pluie qui coule sur mon visage. « Je n'ai jamais aimé personne comme je l'ai aimé, lui. »

Son regard glacial vient se fixer sur moi.

« Tu ne sais même pas ce qui s'est passé. Il était déjà mort. Il fallait que je parte. Marcus avait… nous étions… Il fallait que je parte.

— Tu l'as laissé là, mourant, par terre. Tu t'es enfuie. Tu es partie pour commencer une nouvelle vie, avec ta jolie petite maison et ton putain de mari avec sa grande carrière. Et ton fils. Connor chéri.

— Connor. Où est-il ?

— Tu m'as tout pris. Ma mère s'est pendue… »

Je la vise avec le pistolet. « Où est-il ?

— Ensuite, mon père est mort à son tour. Tu aurais dû aller en prison pour ce que tu as fait. » Elle marque une pause, la tête penchée. Couvrant la pluie battante, j'entends le bruit des sirènes qui approchent. « Et maintenant, tu vas y aller, en prison. Ils viennent te chercher. »

Je hurle. « *Qu'est-ce que tu as fait à mon fils ?*

— Connor ? Rien. Je ne ferais jamais de mal à Connor. Il est tout ce qui me reste. »

C'est alors que je comprends, enfin. « Marcus ? Marcus était le père de Connor ? »

Elle ne dit rien, mais j'ai beau ne pas vouloir que ce soit vrai, je sais que c'est la vérité. Je comprends tout. Cela devait être au moment où Kate est venue nous voir. Juste avant la mort de Marcus.

Elle hoche la tête. « Je ne savais pas qu'il avait eu un enfant. Mais l'an dernier, Kate m'a tout raconté sur Connor. Comment elle s'était retrouvée enceinte après avoir été voir sa sœur à Berlin, et que sa sœur n'était pas au courant. Je n'avais pas la moindre idée qu'elle parlait de Marcus, mais elle m'a montré cette photo de vous deux. J'ai failli lui dire que Marcus était mon frère, mais j'ai décidé de ne pas le faire. Tu sais pourquoi ? Parce que, finalement, tout se mettait en place. Après toutes ces années, je savais enfin qui était la salope qui l'avait laissé mourir. » Elle me regarde droit dans les yeux. « C'était toi, Julia. Et je me retrouvais à vivre sous le même toit que ta sœur. » Elle secoue la tête. « Cette photo. J'ai commencé à la voir partout…

— Si tu as touché à un cheveu de mon fils…

— C'est mon neveu, et je veux l'avoir, Julia. Il ne peut pas rester avec toi. Regarde-toi. Regarde ce que tu as fait. Tu n'es pas apte à être sa mère. J'en ai fait la preuve. J'ai envoyé les vidéos à Hugh, à tout le monde. Ils sauront tous que tu n'es qu'une sale traînée. »

C'était donc ça. Il s'agissait de récupérer Connor, depuis le début. Pas de l'argent.

Je regarde Lukas. Lukas, qui pensait qu'il me faisait chanter pour de l'argent. Il est allongé, immobile, ses yeux aveugles grands ouverts.

J'entends une voiture arriver, une portière s'ouvrir. Je n'ose pas me retourner. Je regarde le pistolet dans ma main. C'est comme s'il n'avait rien à voir avec moi.

Il est mort. L'homme qui est la preuve de ce qui s'est passé est mort. Et je l'ai tué.

« Une traînée », dit Anna. Elle fait un pas vers moi. Elle est presque assez près pour que je la touche. J'entends des pas, tout près. Je risque un rapide coup d'œil par-dessus mon épaule. Deux voitures de police sont arrivées et Hugh sort de la première voiture, avec trois ou quatre agents. Ils crient tous, c'est un mélange de français et d'anglais. La voix de Hugh est la seule que j'entende. « Julia ! dit-il. Julia ! Pose ce pistolet ! »

Je le regarde. Dans la voiture derrière lui, je vois une autre silhouette et, avec un sursaut de soulagement, je me rends compte qu'il s'agit de Connor. Il me regarde. Il a l'air perdu, déconcerté. Mais il est vivant. Anna mentait. Il est sain et sauf. Hugh a dû le retrouver, errant dans la gare du Nord, comme Anna avait prétendu l'avoir fait. Ou peut-être a-t-il fini par céder et rallumer son téléphone, pour appeler son père.

« Julia ! » dit Hugh à nouveau. Il trébuche puis s'arrête. Les policiers sont devant lui. Ils se sont accroupis au ras du sol. Il y a des pistolets pointés sur moi. Je regarde Anna.

« Elle a tué Kate ! » dis-je.

Anna parle, trop bas pour que quiconque d'autre que moi puisse l'entendre. « Tu es une junkie, une traînée et une meurtrière. »

Je ne quitte pas mon mari des yeux. Je me souviens de ce qu'il a dit au téléphone, quand il venait me rejoindre ici. *Le père de Connor est mort.*

Il savait. Kate avait dû le lui dire. Et il avait gardé ça pour lui.

Je regarde à nouveau Anna. Je sais qu'elle dit la vérité. Elle a envoyé les photos à Hugh.

Elle sourit.

« Je t'ai tout pris. J'ai détruit ta vie, Julia, et maintenant tu vas perdre son fils.

— Non… commencé-je, mais elle m'intime le silence.

— C'est terminé, Julia. »

Je lève le pistolet. Les policiers crient, Hugh dit quelque chose, mais je ne comprends pas. Je sais qu'elle a raison. Quoi qu'il arrive maintenant, c'est terminé. Il n'y a pas moyen de revenir en arrière. J'ai aimé quelqu'un, quelqu'un qui n'est pas mon mari. J'ai aimé quelqu'un, et je l'ai tué. Je ne peux pas repartir en arrière. Ma vie – ma seconde vie, celle dans laquelle je me suis réfugiée lorsque je me suis enfuie de Berlin – est terminée.

« Je devrais te tuer, dis-je.

Eh bien, fais le. »

Je ferme les yeux. C'est ce qu'elle veut. Je le sais. Et si je m'exécute, elle aura gagné. Mais je m'en fiche, maintenant. J'ai perdu Hugh, je vais perdre Connor. Plus rien n'a d'importance.

Ma main tremble, je ne sais pas ce que je vais faire. Je veux tirer, et en même temps je ne le veux pas. Peut-être n'est-ce pas trop tard, peut-être puis-je encore prouver que c'est Bella qui a tué ma sœur, qu'elle m'a persuadée par la ruse de tuer Lukas.

Mais je n'arrive pas à voir ce que cela changera ; Lukas était peut-être beaucoup de choses, mais ce n'était pas un meurtrier. J'ai tué un homme innocent ; que ce soit délibéré ou non ne semble pas vraiment pertinent. Je ne peux pas vivre avec cela, de toute façon.

J'ouvre les yeux. Quoi qu'il arrive maintenant, que je tire ou non, tout est terminé.

REMERCIEMENTS

Des remerciements tout particuliers à Clare Conville, Richard Skinner et Miffa Salter. Pour leurs conseils pratiques sur l'univers de la photographie, je remercie Annabel Staff et Stuart Sandford. Merci à tous ceux qui relisent mes textes à différents endroits du monde, en particulier Larry Finlay, Claire Wachtel, Michael Heyward et Iris Tupholme. Merci à ma famille et à mes amis, en particulier à Nicholas Ib.

Le nom de Paddy Renouf m'a été fourni par son véritable titulaire, qui a remporté le droit d'avoir un personnage portant son nom dans ce livre, lors d'une vente de charité dont les fonds ont été reversés au Kelling Hospital de Norfolk. C'est un personnage de pure fiction.

Ouvrage composé par
PCA 44400 Rezé

Imprimé en France par

MAURY IMPRIMEUR
à Malesherbes (Loiret)
en décembre 2016

POCKET – 12, avenue d'Italie – 75627 Paris Cedex 13

N° d'impression : 214367
Dépôt légal : janvier 2017
S21673/01